강릉대첩 상

강릉대첩 (상)

초판 1쇄 발행 2022년 9월 29일

지은이 최재효
펴낸이 장길수
펴낸곳 지식과감성#
출판등록 제2012-000081호

교정 이혜지
디자인 정윤솔
편집 정윤솔
검수 양수진, 이현
마케팅 고은빛, 정연우

주소 서울시 금천구 벚꽃로298 대륭포스트타워6차 1212호
전화 070-4651-3730~4
팩스 070-4325-7006
이메일 ksbookup@naver.com
홈페이지 www.knsbookup.com

ISBN 979-11-392-0667-8(03810)
값 16,800원

• 이 책의 판권은 지은이에게 있습니다.
• 이 책 내용의 전부 또는 일부를 재사용하려면 반드시 지은이의 서면 동의를 받아야 합니다.
• 잘못된 책은 구입하신 곳에서 바꾸어 드립니다.

지식과감성#
홈페이지 바로가기

작가의 변(辯)

　이옥(李沃)은 우리에게 오랫동안 잊힌 인물이었다. 고려 공민왕 21년인 1372년 6월, 강릉은 왜구의 침공으로 풍전등화의 신세였다. 그때 강릉에 관노 이옥이 있었다. 우리에게 다소 생소한 이름이지만, 이옥은 시중(侍中) 이춘부의 아들이었다. 그런데 이춘부가 신돈과 관련한 정변에 휘말리면서 처형되자, 처자식들은 하루아침에 노비가 되어 전국 관아로 흩어졌다.

　14세기 중반은 고려에 왜구의 침략이 가장 극심하던 때였다. 왜구의 노략질이 집중된 시기는 충정왕(忠定王)부터 우왕(禑王) 치세까지로 40여 년 가까이, 무려 4백여 회에 걸쳐 고려를 침구했다. 처음에 왜구는 소규모 단위로 침구하였으나, 나중에는 대규모로 선단(船團)을 타고 와 침공하였다. 왜구는 전라도, 경상도의 남부 해안 지역에 그치지 않고 차츰 동계와 북계, 서해도, 교주도 등 고려 전역에 걸쳐 침구했다. 이뿐만 아니라, 내륙 깊숙한 지역까지 침입하면서 왕도인 개경을 위협하기도 했다.

　고려 조정은 원나라의 간섭을 받는 상태에서 여진족, 홍건적, 명나라 등에 위협받고 있었으므로, 전국적으로 출몰하는 왜구를 효과적으로 대적하기 어려웠다. 왜(倭) 열도는 이 시기에 남북조로 갈라져 매우 혼란스러웠다. 두 명의 천황이 열도를 통치하면서 지역의 군벌들이 실리를 쫓아 이합집산을 거듭했다. 왜의 백성들도 생활이 피폐해졌고, 천황이나 막부는 지역의 군벌들을 통제하지 못했다. 이때 구주(九州)와 대마도를 중심으로 한 군벌(軍閥)들이 병량미 확보를 위해 고려와 중국 연안 지역으로 왜구를 보냈다.

이에 고려 조정에서는 왜의 막부(幕府)에 사신을 파견하여 왜구의 통제를 요청하였으나, 남북 내전 상태에 있던 왜의 막부는 힘을 쓰지 못했다. 고려 조정은 수군을 정비하고 해안 주요지점에 산성을 쌓는 등 군 전력 강화에 박차를 가했다. 최영 장군의 홍산대첩, 최무선의 진포대첩, 이성계의 황산대첩, 정지의 관음포 전투, 박위의 대마도 소탕 작전 등으로 왜구의 기세가 꺾였다. 왜구의 침공은 고려가 멸망의 길을 걷게 되는 주요 원인이 되기도 했다.

이옥은 강릉도안렴사와 강릉부 부사의 지시를 받고 고려군을 이끌며 강릉을 침공한 왜구 집단을 섬멸했다. 그의 역사적 흔적은 《고려사》, 《고려사절요》와 성현의 《용재총화》에 짧게 기록되어 있고, 《고려숭의전사》, 백문보의 《담암일집》, 허균의 《성소부부고》에도 약간 보인다. 이옥은 왜구를 섬멸한 공으로 복권되어 우왕 때 좌상시를 거쳐 강릉도절제사를 제수받았으며, 조선 태종 때에는 판한성부사, 도평의사사 등을 역임하는 등 많은 공을 쌓았다. 이옥 장군이 1409년 9월 4일(조선 태종 9년) 돌아가시니 조정에서는 사흘간 조회를 금지하고 고인을 추모했다. 정절공 이옥 장군 서거 613주년을 맞이하는 날에 본 작품을 세상에 선보이게 되어 흔연한 마음이다.

2022년 9월 29일(음력 9월 4일)
대한민국 인천광역시 구월동 여강재(驪江齋)에서 최재효

주요 등장인물

고려

이 옥　본 소설의 주인공으로 이춘부의 장남.

이춘부　시중(侍中)으로 신돈을 보좌했으나, 신돈의 몰락과 함께 처형된다.

신 돈　공민왕에 의해 중용되어 개혁정치를 펼치다 역모 혐의로 처형된다.

공민왕　고려 제31대 왕(재위 1351~1374년). 휘(諱)는 왕전(王顓).

우 왕　고려 제32대 왕(재위 1374~1388년). 휘(諱)는 왕우(王禑).

김구용　강릉대첩 당시(1372년) 강릉도안렴사.

안종원　강릉대첩 당시 강릉부사.

청허도인　이옥과 황상의 무예 스승.

황 상　고려 고위 관리이며 명궁.

홍씨 부인　이옥의 부인.

선 우　이옥의 정인(情人).

난 희　이옥의 지인(知人).

막 쇠　이옥의 종자(從者).

왜(倭)

케이혼쓰[溪本子]　　규슈지역 군벌.

마코지로[孫二郎]　　케이혼쓰의 아들.

히코지로[彦次郎]　　대마도 슈고다이[守護代].

사부로[三郎]　　히코지로의 동생.

오야케기쿠코[大宅菊子]　　사부로의 연인으로 왜구의 우두머리.

오야케시게루[大宅茂]　　기쿠코의 큰오라비로 왜구 제1부대장.

오야케쇼인[大宅松陰]　　기쿠코의 둘째 오라비로 왜구 제3부대장.

(상)권 목차

작가의 변(辯) ………………………………………… 4
주요 등장인물 ……………………………………… 6

왕의 변심 …………………………………………… 13
용둔야의 전설 ……………………………………… 39
흔들리는 가문 ……………………………………… 53
뿔뿔이 흩어지는 가족 …………………………… 83
강릉 가는 길 ……………………………………… 133
총관이 되다 ……………………………………… 207
첫 임무를 수행하다 ……………………………… 263

(중)권 목차

관노와 관기의 인연 ·· 13

강릉도 군사가 되다 ·· 59

실전 같은 훈련 ·· 103

고려를 유린하라 ·· 147

월대산 전투 ··· 185

초토화되는 금수강산 ··· 233

강릉을 사수하라 ·· 273

(하)권 목차

노예로 팔리는 고려인 ·················· 13
앞목 해안의 대학살 ·················· 37
불타는 안변 도호부 ·················· 75
왜구의 양동작전 ·················· 107
강릉의 수호신이 되다 ·················· 137
강릉도절제사가 되다 ·················· 217
또 한 번의 위기 ·················· 271

정절공 이옥(李沃) 연보 ·················· 302
이옥(李沃) 관련 고문헌 ·················· 304

- 일러두기 -
1. 이 책의 고유명사 표기 중 원(元), 왜(倭)와 관련된 단어는 대괄호[ ] 안에 원문을 표기하였다.
2. 일부 한자의 경우 글자와 음이 다를 경우 대괄호[ ]를 사용했다.
    예) 자[尺] - 음은 '척'이나 뜻을 나타내기 위해 사용했다.
3. 본 작품은 전기(戰記)가 아니다. 사서의 일부 기록을 근거로 작가가 상상력을 발휘하여 창작한 소설이다.
4. 본 작품은 오로지 소설로 읽혀야 한다. 실명으로 등장하는 인물의 언동의 묘사 등은 그 인물에 대한 평가가 될 수 없다. 일부 표현이나 묘사는 소설적 개연성을 위해 재구성된 허구임을 밝혀 둔다.

왕의 변심

고려는 야수들의 사냥터가 되어 가고 있었다. 개경 하늘에는 사해(四海)를 환하게 비추는 해가 없었다. 개경뿐만 아니라 고려 전역에 맑고 창대한 태양이 없다고 해야 정확한 말이 될 것 같다. 사방이 희뿌연 오리무중 속이라 백성들이 아무리 눈을 크게 뜨고 다녀도 사물의 형체를 뚜렷하게 구분하기 힘들었다. 사정이 이렇다 보니 차라리 눈을 감고 다니는 편이 더 안전할 것 같았다. 왕이 신하를 잡아먹고 신하가 왕을 잡아먹으며, 백성들이 같은 백성을 잡아먹어야 살아갈 수 있는 고약한 세상이 된 것이다.

대륙에서 원나라 군대에 쫓기던 홍건적 사만여 명이 고려를 침범하였다. 그들은 서경(西京)을 함락시켰으나 고려군의 강력한 반격에 밀려 섬멸되다시피 했다. 그러나 이태 뒤에 홍건적이 또 압록강을 넘어와 개경으로 진격하자, 왕은 *복주로 몽진을 떠나야 했다. 홍건적에게 함락된 개경은 아비규환이었다. 수많은 고려 백성들이 죽고 궁성과 관아 대부분이 불탔으며, 민가와

* **복주(福州)** - 경상도 안동.

사찰은 노략질을 당하는 등 막대한 손해를 입었다. 홍건적의 침입으로 몽고와 연합할 필요성을 느낀 고려는 반원 정책에서 한 발짝 물러나 원나라의 잔재인 북원(北元)과의 관계 개선을 시도하기도 했다. 고려군에 의해 홍건적이 격퇴되면서 고려는 잠시 평온이 유지되었다.

왕이 즉위하고 13년 되던 해에 보르지긴부다시리[孛兒只斤寶塔實里] 왕비에게 태기가 있었다. 왕은 곧 태어날 왕손을 위하여 전국 명산대찰에 사람을 보내 불공을 올리도록 했다. 왕은 전국에 포고령을 내려 강상(綱常)의 죄를 저지른 죄인을 제외한 모든 죄수를 사면하였다. 하지만 부다시리 왕비는 중년의 나이여서 출산하기에는 무리였다. 아침부터 시작된 진통은 밤늦도록 이어졌다. 죽음과 같은 진통이 온종일 이어졌지만, 분만은 쉽게 이루어지지 않았다. 차츰 산모도 지치고 산파들도 노그라지면서 심각한 상태가 되었다.

왕비는 나이가 많은 데다 몸이 마르고 약한 편이라 온전한 분만이 어려웠다. 급기야 옥문이 터지면서 하혈로 이어졌다. 왕비가 깔고 누워 있던 요는 선혈로 붉게 물들었다. 산파들이 지혈하려고 하였지만 쉽지 않았다. 부다시리 왕비는 자신의 배를 가르고 태아를 꺼내라고 했다. 그러나 의녀와 산파는 감히 왕비의 배를 가를 수 없었다. 결국 왕비는 의식을 잃었고 기지사경을 헤매다 태아와 함께 숨지고 말았다. 왕은 충격을 받고 정신 줄을 놓기도 했으며, 식음을 전폐하고 삼 일 밤낮 동안 왕비의 영전에 앉아 통곡하였다.

부다시리 왕비가 배 속의 태아와 함께 유명을 달리하자 원나라에서는 그녀를 휘의노국대장공주(徽懿魯國大長公主)에 추봉했다. 부다시리는 왕에게 진정으로 처음이자 마지막 사랑이었다. 왕은 여러 명의 후궁이 있었지만, 부다시리 외에는 정을 주지 않았다. 왕은 국정을 외면한 채 왕비의 유택인 정릉(正陵) 조성과 명복을 빌기 위한 불사(佛寺) 건립에 전념하였다. 든든한 후원자였던 부다시리 왕비가 난산 끝에 사망한 뒤 왕은 정치에 흥미를 잃고 기행을 일삼으며 일탈하기 시작했다.

왕은 부다시리의 생전 모습을 초상화로 그려 놓고 궁인들에게 아침, 점심, 저녁마다 상을 올리게 하는 등 초상화를 살아 있는 왕비를 대하듯 했다. 기존의 수구세력인 권문세족과 신진 사대부 간의 알력은 점점 심화하였다. 정치에 신물이 난 왕에게는 자신을 대신하여 혁신적인 정치를 해 줄 인물이 필요했다. 어느 날 왕이 흉몽을 꾸고 불안해하고 있을 때 왕의 생모 명덕태후와 왕의 먼 척리(戚里)인 상장군 김원명(金元命)이 편전에 들었다.

"어마마마, 간밤에 소자가 흉몽을 꾸었습니다. 어떤 흉악한 자가 칼을 빼 들고 소자에게 달려드는데, 마침 한 승려가 나타나 소자를 구했습니다."

왕은 꿈에 나타난 승려의 모습을 비교적 상세하게 설명하였다. 그런데 왕이 말하는 그 승려의 모습은 김원명이 알고 있는 승려와 흡사했다.

"전하, 꿈속에서 보셨다는 그 승려를 소신이 잘 알고 있습니다. 분명 그 스님이 맞습니다. 그 스님이 전하와 인연이 있는 듯합니다."

"상장군께서 그 승려를 과인에게 소개하구려. 비록 꿈속이지만 과인의 목숨을 구한 은인이니 고맙다는 인사를 하고 싶습니다."

다음 날 김원명은 그 스님을 데리고 궁궐로 들어와 왕을 알현케 했다.

"나무아미타불! 빈승 편조(遍照)가 전하를 알현하옵니다."

편조가 합장한 채 왕에게 고개를 숙였다. 단아한 얼굴에 보통 사람은 감히 범접할 수 없는 영기(靈氣)가 어려 있었다. 비록 남루한 납의(衲衣)를 걸

쳤지만, 그의 눈에서 푸른빛이 뿜어져 나왔다. 왕은 도저하고 고고해 보이는 편조에게서 시선을 떼지 못했다.

"과인을 구명한 꿈속의 그 스님이 틀림없도다."

왕은 자리에서 벌떡 일어나 편조를 정중하게 맞이했다. 왕이 편조와 더불어 담론하였는데, 그의 총명함과 청산유수 같은 언변에 그만 넋을 놓았다. 목소리와 어법 또한 범인(凡人)과 크게 달랐다. 왕이 물으면 그는 무엇이든 막히지 않고 쾌도난마로 시원한 답변을 내놓았다. 편조가 염량세태에 초월한 인물이며, 개경에 아무 연고가 없는 이세독립지인(離世獨立之人)이라는 데에 왕은 호감을 보였다. 편조의 말 한마디 한마디가 모두 왕의 심중에 그대로 박혔다. 이를 계기로 왕은 편조를 비밀리에 자주 궁중으로 불러들여 정치 전반에 관하여 이야기를 나눴다. 왕은 편조가 득도하여 풍진에 욕심도 없고 또한 조정 내에 붕당이 없기에 큰일을 맡길 만하다고 판단했다.

"왕후장상이나 천민 모두가 *남염부주에 잠시 스쳐 지나가는 바람일 뿐입니다. 소승은 뜻한 바가 있어 *운수행각으로 상구보리하화중생을 추구하고 있습니다. 전하께서는 이승의 *전륜성왕이 되셨으니, 곤도(袞道)를 높이 세우고 고려를 불국토로 만드는 데 진력하셔야 합니다. 백성들의 피를 빨아먹고 사는 부원배들과 이들 뒤에서 온갖 망나니짓을 일삼고 있는 파락호들을 조속히 발본색원하시어 백성들이 발편잠을 잘 수 있도록 하셔야 합니다."

* **남염부주(南閻浮州)** – [불교] 세계 중심에 있는 상상의 산인 수미산 남쪽 해상에 있다는 대륙. 인간 세계를 말한다.
* **운수행각(雲水行脚)** – 선승들이 물이나 구름처럼 한 곳에 머물러 있지 못하고 수행을 위해 여러 곳을 다니는 것을 말한다.
* **전륜성왕(轉輪聖王)** – 수레바퀴[轉輪]처럼 생긴 신통한 보배를 굴리면서 세상을 교화하는 불교의 이상적인 왕을 뜻한다.

편조는 고관들도 감히 할 수 없는 말을 왕 앞에서 서슴없이 토해 냈다. 왕은 듣고 싶었던 말을 일개 이름 없는 중이 해 주니 속이 다 후련했다.

"과연, 편조 스님은 영검한 대각이 맞소이다."

왕은 벌어진 입을 다물지 못했다. 편조는 법명이고, 요공(耀空)이 본명인 그는 경상도 *영산(靈山) 출신이었다. 그의 아버지가 누구인지 알려지지 않았지만, 사람들은 신(辛)씨 성을 가진 영산 지역의 유력자라고 했다. 그의 어머니는 영산 계성현에 소재한 옥천사(玉川寺)의 노비였다. 편조는 어려서 승려가 되었는데, 처음 인연을 맺은 사찰이 바로 옥천사였다. 왕은 편조를 왕사(王師)로 삼았다. 편조는 왕의 성정을 익히 들어 잘 알고 있었다. 경상도 영산에서 사찰 노비의 자식으로 태어나 나이 사십 살이 되도록 괄시를 받던 편조는, 자신보다도 어머니를 위해서 보란 듯 출세하고 싶었다. 왕은 편조에게 '돈(旽)'이라는 이름을 하사했다.

"전하, 나라가 잘 다스려지면 진승(眞僧)이 뜻을 얻게 되고, 나라가 위태로우면 사승(邪僧)이 때를 만나게 되는 것입니다. 신돈을 멀리하시면 종사(宗社)에 다행함을 얻을까 합니다."

왕사였던 보우(普雨)는 왕에게 신돈의 기용을 적극적으로 반대했다. 화엄종에 가까운 신돈은 선종(禪宗)의 보우에 의해 사승으로 몰렸다. 보우는 홍주(洪州)가 본관인 홍씨 성을 가졌지만, 남양이 본관인 명덕태후 홍씨와 가깝게 지냈다. 그러나 왕은 보우의 충고를 귓전으로 흘려버렸다. 신돈이 왕의 측근이 되면서 보우는 왕사의 자리에서 폐출되었다. 신돈은 자신과 친분이 있는 선현(禪顯)과 천희(千禧)를 왕사와

* **영산(靈山)** - 현재 경남 창녕군 영산면.

국사로 추천했고 왕은 윤허했다. 보우와 명덕태후는 신돈의 득세로 권력의 중심에서 밀려나면서 신돈과 척을 지는 사이가 되고 말았다.

"소승은 전하의 명을 받아 고려를 불국토로 만들겠나이다. 소승은 시국이 안정되고 백성들이 조금이나마 평안을 누리게 되면 납의(衲衣) 한 벌과 바리때 하나만 들고 산으로 돌아갈까 합니다."

신돈의 말에 왕의 용안에 미소가 잔즐거렸다.

"과인은 경에게 기대하는 바가 크답니다."

"전하께서 어떠한 경우라도 흔들리지 않고 소신을 믿겠다는 서약을 해주소서."

신돈이 고개를 조아리고 말했다. 신돈은 왕이 권문세족들의 참언이나 방해로 변심하지 않을까 우려하였다.

"스승은 과인을 구하고 과인은 스승을 구하며 남의 말에 미혹되지 않을 것이니, 오늘의 이 맹세는 부처와 하늘이 증명할 것입니다."

왕은 등극한 지 14년 만에 개혁을 맡을 인물로 신돈을 택한 것이었다. 왕은 서약서를 작성하여 신돈에게 건넸다. 비로소 신돈은 흡족한 표정을 지었다.

신돈에게 수정이순논도섭리보세공신·벽상삼한삼중대광·영도첨의사사사·판중방감찰사사·취산부원군·제조승록사사겸판서운관사(守正履順論道燮理保世功臣·壁上三韓三重大匡·領都僉議使司事·判重房監察司事·鷲山府院君·提調僧錄司事兼判書雲觀事)를 제수한다.

왕은 신돈에게 벼슬을 내렸는데, 고려가 건국되고 지금까지 그 어떤 신하도 받은 적이 없는 어마어마한 직책이었다. 신돈은 왕의 대리인이었다. 왕이 혼령이 된 부다시리 왕비와 시공을 초월한 사랑에 빠져 있을 때, 신돈의 영향력은 더욱 막강해졌다. 명나라 황제 주원장이 그를 상국(相國)으로 부를 만큼 신돈의 위세는 왕 못지않게 대단했다.

하지만 그의 세력 확대는 차츰 왕에게도 부담으로 다가오기 시작했다. 고려 정계 전면에 나선 신돈은 먼저 전민변정도감을 설치하였다. 그는 토지개혁을 주도하면서 권문세족이 백성들에게 부당하게 탈취한 토지를 회수하여 본래 주인들에게 돌려주었다. 고리대금을 빌려 쓰고 이를 제때 갚지 못한 백성과, 춘궁기에 양식을 빌렸다가 갚지 못한 백성들이 강제로 권문의 노비가 된 경우도 부지기수였는데, 신돈은 그들을 모두 해방시켜 주었다.

"고려에 성인(聖人)이 나타나셨다."

백성들은 모이면 신돈의 개혁정치에 박수갈채를 보냈다. 신돈은 특히 공신의 반열에 오른 자들을 중심으로 강력한 개혁을 추진했다. 전란으로 공을 세운 자들이 많은 토지를 하사받아 전제 개혁의 장애가 되었다. 신돈이 최영(崔瑩)을 본보기로 삼아 *계림윤(鷄林尹)으로 좌천시키자 수구세력들은 그를 경계하기 시작했다. 최영에 이어 이인복, 이구수, 양백익, 박춘, 이공수 등이 숙청되었다. 이때 유배 혹은 파직된 관리가 스물다섯 명에 달했다. 신돈은 이틀에 한 번씩 전민변정도감에 나가 일을 처리하였고, 실무 책임자인 이인임과 이춘부(李春富)를 접촉했다. 신돈의 개혁정책은 왕의 확실한 비호 아래 실효를 거둘 수 있었다.

* 계림윤(鷄林尹) – 경상도 경주의 지방 장관.

이춘부는 용모가 아름답고 마음씨가 훈훈한 것으로 정평이 나 있었다. 그가 원나라에 입시했을 때 *토곤테무르 황제는 이춘부의 선풍도골의 풍신과 인품에 반해 정4품 직성사인(直省舍人) 벼슬을 내렸다. 그의 아비 이나해(李那海)도 성정이 신실하고 상당한 미남자여서 원나라에서 직성사인 벼슬을 받은 적이 있었다. 그러한 이력으로 이춘부는 귀국 후에 고려 조정에서 삼사좌윤, 밀직, 대언 벼슬 등을 지냈다. 그는 홍건적의 일차 침입 때 서경윤으로 있으면서 공을 세웠고, 두 번째 침입 때 개경 탈환작전에서 큰 공을 세웠었다.

그는 무척 유순한 성격이었고 대체로 신돈과 호흡이 잘 맞았다. 만나는 사람마다 기분 좋게 말했고 왕에게도 좋은 평가를 받고 있었다. 원만한 처세와 일 처리로 이춘부는 시중까지 승차했다. 시중으로서 그는 신돈의 개혁정치를 뒤에서 지지하며 실행에 옮겼다. 또한, 신돈이 반대파를 처벌할 때 감형해 달라고 부탁하기도 했다. 신돈 집권기에 그의 좌우 핵심 세력은 이인임과 이춘부였다.

하지만 두 사람의 역할은 아주 달랐다. 신돈은 이인임과 유탁에게는 정부 운영을 맡겼고 김란, 김군보, 목인길에게 궁중을 맡겼으며, 자신의 개혁정치는 이춘부를 통하여 했다. 반지빠른 이인임은 신돈과 어느 정도 거리를 두고 있었고, 이춘부가 신돈을 실질적으로 보좌했다.

권력을 천민 출신의 이름 없는 속승(俗僧)에게 내주고, 소유하고 있던 토지마저 빼앗긴 기존의 권문세족들은 왕과 신돈에게 반감을 품기 시작하였다. 신돈에 의해 떠밀린 세력은 거대 농장을 소유한 권문세족들과 친원파들이 대다

* **토곤테무르[妥歡帖睦爾]** – 원나라 마지막 황제(1333~1368년). 원나라 묘호는 혜종(惠宗)이고, 명나라가 내린 시호는 순제(順帝)이다.

수였다. 그들은 왕에게 신돈을 내치라는 간언을 했다가 왕의 노여움을 사 *유찬(流竄)되거나 파직당하기도 했다.

"*매골승을 그냥 두면 안 된다."

신진 사대부들의 큰 존경을 받았던 유숙(柳淑) 등 당대에 활동했던 대부분의 정치 세력들이 신돈에 반대하거나 저항했다. 하지만 숫백성들에게 신돈은 엄청난 지지를 받고 있었기에 누구도 그를 함부로 할 수 없었다. 왕은 신돈을 방패막이 삼아 권문세족을 견제하고 그들의 세력을 약화시키려 했다. 그러나 권문세족의 원성이 차츰 왕에게 향하게 되자 왕은 신돈을 껄끄럽게 여겼다. 신돈을 향한 왕의 신임과 지지는 권문세족들의 끈질긴 도발로 서서히 흔들리기 시작했다.

신돈은 사심관제도를 부활시켜 오도도사심관(五道都事審官)이 되어 자신의 세력 기반을 구축하려고 시도했으나 왕의 반대로 실패했다. 또한, 그는 충주로 천도할 것을 건의했지만, 이 역시 왕의 반대로 실행할 수 없었다. 게다가 왕은 신돈에게 위임하다시피 했던 국정을 자신이 직접 처리하려는 의도를 드러내더니 곧 친정을 선포했다. 왕은 신돈의 권력이 너무 비대해졌고, 그가 측근으로서 쓸모가 다했다고 판단한 것 같았다.

왕과 신돈 사이의 보이지 않는 갈등은 날로 심화되고 있었다. 하지만 왕은 지켜보기만 할 뿐 섣불리 행동하지 않았다. 자신이 애걸하다시피 하여 중용한 신돈을 권문세족들의 험한 말만 듣고 내칠 수는 없었다. 왕은 신돈이 실수를 하거나, 그를 향한 조정과 백성들의 원성이 들끓기를 기다리고 있는 듯했다.

* 유찬(流竄) - 죄를 짓고 귀양 가던 일.
* 매골승(埋骨僧) - 사람의 뼈나 시체를 땅에 묻는 일을 하는 승려.

"전하, 신돈이 반역을 획책했습니다. 속히 잡아들여야 합니다."
"그게 무슨 말이오? 영도첨의가 반역을 하다니요?"
"전하, 이 투서를 보십시오. 이것이 어젯밤 소신의 집안으로 날아들었습니다. 소신이 수소문해 본 결과 선부의랑 이인(李靷)이 그 투서를 작성했다는 것을 밝혀냈습니다."

전 대사헌 김속명(金續命)은 신돈을 왕에게 소개한 김원명의 동생으로, 성정이 강직하고 불의와 타협할 줄 모르는 인사였다. 그는 왕의 모후인 명덕태후의 인척이기도 했다. 홍건적의 두 번째 침입 때 왕이 복주로 몽진하자 형 김원명과 호종한 공으로 *신축호종공신이 되었고, 감찰대부에 제수되었다가 지밀직사사에 올랐다. 첨의평리를 거쳐 대사헌에 있다가 최영의 보직 임명이 옳지 못함을 논하다가 파면되었으나, 왕은 여전히 그를 신뢰하고 있었다. 그는 신돈에 의해 처형된 형 김원명을 생각할 때마다 복수하고 싶은 마음이 간절했다.

'전하, 나라를 다스리는 치국의 도는 경적(經籍)에만 쓰여 있습니다. 소신은 여태껏 *석전으로 치국한다는 말은 듣지 못하였습니다.'

왕이 신돈에게 국정을 맡기려 할 때 김속명은 노골적으로 반대의 뜻을 비치기도 했었으나 왕의 결심을 흔들지는 못했다. 얼마 전에는 형 김원명이 오인택 등과 함께 신돈을 살해하려고 모의하다가 사전에 발각되어 경상도 영덕에 유배되었었다. 그는 곧 신돈의 추종 세력인 손연(孫演)에게 장살당했다. 김속명 가문에 있어 신돈은 불구대천의

* **신축호종공신(辛丑扈從功臣)**
  – 1361년(공민왕 10년) 2차 홍건적 침입으로 공민왕이 남쪽으로 몽진할 때, 왕을 호종한 공신.

* **석전(釋典)** – 불교의 경전.

왕의 변심 23

철천지원수나 다름없었다. 왕이 신돈을 제거하려고 마음먹고 있을 때 눈치 빠른 김속명이 적절한 명분을 제공한 것이었다.

"경이 과인을 위하는 마음이 하해와 같습니다."

"소신은 전하를 위한 일이라면 불 속이라도 들어갈 각오가 되어 있습니다."

선부의랑 이인은 신돈의 문객이었고 출세 지향적인 인물이었다. 최근 들어 왕과 신돈 사이에 갈등 국면이 형성되자 그는 이 기회를 노렸다. 왕은 *순위부에 명령을 내려 신돈의 도당인 기현(奇顯), 최사원, 진윤검(陳允儉), 고인기(高仁器) 등을 즉시 체포하도록 했다. 곧이어 고신이 이어졌다. 영문도 모르고 잡혀 온 신돈의 측근들은 다짜고짜 매부터 한차례 얻어맞고 나서 무시무시한 형신을 받아야 했다.

"이놈들! 신돈이 전하를 시해하려던 일을 실토하라. 이실직고하는 자는 살려 주겠다. 우리는 너희들이 무슨 일을 꾸미고 있는지 다 알고 있다. 살고 싶으면 어서 자백하렷다. *지만(遲晩)하는 것만이 살길이다."

고집불통의 *제조는 체머리를 흔들며 소리쳤다.

* **순위부(巡衛府)** – 도적의 예방·체포 및 정치적 변란의 진압을 맡은 사평순위부(司平巡衛府)를 말한다.
* **지만하다** – (죄인이 자복할 때에, 너무 오래 속여서 미안하다는 뜻으로 하던 말로) 자신의 죄를 자백하고 복종하다.
* **제조(提調)** – 고려 말 임시 겸직의 관직 이름. 특수한 임무를 다루었으며 제거(提擧), 제점(提點) 등 제(提)자를 붙였다.

"제조 나리! 우리는 아는 바가 없습니다."

기현 등이 거칠게 반항하였다. 관헌들이 갈마들며 기현 일당에게 달려들어 살이 타고 뼈가 으스러지는 혹독한 고문을 가했다. 순위부 제조는 잡혀 온 자들의 목숨은 아랑곳하지 않았다. 그는 수단과 방법을 가리지 않고 허위 자백이라도 받아 내려고 혈안이 되어 있었다. 누구든

순위부 감옥인 순군옥에 갇히면 살아나오기 어려웠고, 관리들도 순군옥에 하옥되면 무사하지 못하다는 것을 잘 알고 있었다.

　순위부 소속 순위관과 평사관들은 고문 기술자들이었다. 그들은 보통 사람들은 상상도 할 수 없는 방법으로 잡혀 온 자들을 고문하였다. 일단 누군가 잡혀 오면 무조건 매를 쳤고 주리를 틀었다. 벌겋게 달궈진 인두로 죄인들의 배와 등을 지지는 것은 보통이었고, 쇠침으로 손톱과 발톱 밑을 후벼 파기도 했다. 기현 일행의 비명은 순위부 담장을 넘어 개경 저잣거리까지 퍼져 나갔다.

　"이놈들아! 신돈이 시킨 일이라고 한마디만 하면 너희들은 살 수 있다. 이미 신돈은 전하의 신임을 잃었다. 그는 반역과 기군죄(欺君罪)로 토사구팽을 당할 처지란 말이다. 썩은 밧줄을 잡고 있어 봐야 누구도 너희들 목숨을 구명하지 않는다. 속히 자백하고 아까운 목숨을 부지하거라."

　"판사 나리, 우리는 모르는 일입니다. 믿어 주십시오. 누구의 입초시인지 모르나 정말로 억울합니다."

　온몸이 피투성이가 된 고인기가 이를 악물고 항변했다. 그는 승려로 이름은 석온(釋溫)이었다. 홍건적이 두 번째로 고려를 침략했을 때 군공을 세워 보리군에 책봉되고 환속하면서 고인기로 개명하였다. 이후 신돈이 집권하자 고인기는 그의 세력으로 활동하면서 판소부감사가 되었다.

　"형졸들은 저놈들 등뼈가 드러날 때까지 인두로 지져라."

　순위부 제조가 눈을 부릅뜨고 침을 튀겼다. 고막을 찢는 비명과 울부짖는 소리가 순위부에 메아리쳤다. 온종일 이어진 지옥 같은 고문에 기현 일행은 더는 버티지 못하고 거짓 자백을 하기에 이르렀다. 그들은 자백하면 살려 줄 것으로 믿고 있었다.

신돈은 자신의 권세가 강해짐에 따라 전하가 자신을 죽일까 두려워했다. 신돈과 일당은 지난 삼월 전하가 *헌릉(憲陵)과 *경릉(景陵)에 참배했을 때 시역하기로 모의했으나, 호위 군사들이 많아 실패하였다. 신돈은 계속해서 전하를 시해하기 위해 여러 차례 일당들과 모의를 하기도 했다.

"전하, 신돈의 도당인 기현 일당이 순순히 자백하였습니다."
왕은 순위부 제조가 올린 보고서를 보고 대로(大怒)하였다.
"기현, 최사원, 진윤검, 고인기, 한을송 등을 순군옥에 계속해서 가둬 두고 신돈을 그의 거처에 감금하라. 그리고 그의 주변 인물들을 철저히 감시하라."

그때까지 신돈은 궁중에서 벌어지고 있는 일에 관하여 아무것도 눈치채지 못하고 있었다. 그러다 갑자기 신돈의 거처 주위에 군사들이 경계를 섰고, 형부에서는 신돈의 거처를 들락거리는 자들을 파악하였다. 군사들의 배치에 충격을 받은 신돈은 자신에게 위험이 닥쳤음을 감지했다. 하지만 그가 할 수 있는 것은 아무것도 없었다. 사실상 수족이 잘린 상태와 같았다.

* **헌릉** – 고려 제4대 임금인 광종(光宗)의 릉.
* **경릉** – 고려 제11대 임금인 문종(文宗)의 릉.
* **이군(二軍)** – 국왕의 친위부대였던 응양군(鷹揚軍)과 용호군(龍虎軍)을 합쳐 부르는 말.

고려 중앙군 *이군 소속인 이옥은 전투가 끝나면 고려 최고의 신궁(神弓)이며 검신(劍神)으로 이름난 사부 청허도인(靑虛道人)을 찾곤 했다. 청허도인은 제자들이 찾아오면 병법을 가르치고 활과 검을 잡도록 했다. 그는 개경 천마산(天摩山) 중턱에 선옥(仙屋)이라는 누옥을 짓고 거주하는 선인(仙人)이었다. 천마산 주변에는 송악산, 봉명산, 화장산이 있는데 모두가 개경을 호위하듯 자리 잡고 있었다. 그 네 개의 산 중에서 가장 높은 천마산은 바위로 이루어진 산으로 산세가 무척 수려하면서도 험한 편이었다.

산속에서 청허도인은 자연을 벗 삼아 살면서 소문을 듣고 찾아오는 사내들에게 주로 궁술과 검술을 가르쳤다. 그의 명성이 고려 전역에 알려지면서 무술에 뜻이 있는 젊은 사내들이 몰려들었는데, 여러 차례 외적의 침입이 발발하면서 청허도인은 제자 양성을 그만두고 은인자중하고 있었다.
"사부님, 그동안 무탈하셨는지요?"
이옥이 청허도인에게 고개 숙여 인사를 올렸다.
"전장을 누비느라 무척 바빴던 모양이구나. 어느 전장을 다녀왔느냐?"
청허도인은 이옥이나 다른 제자들이 찾아오면 그들의 활동 상황을 물었다. 그는 제자들의 이야기를 듣다가 잘못된 점이 있으면 즉시 수정하여 같은 실수를 반복하지 않도록 했다.
"지난해 봄에 왜구 수백 명이 강화 교동도를 침범하여 마을 사람들을 죽이고 노략질을 하였습니다. 그때, 저는 서강병마사 휘하에 있으면서 병사들과 출병하여 왜구와 전투를 벌였습니다."
이옥이 왜구와 벌인 전투를 소개했다.
"제가 전부터 관찰한 바로 추측해 보면 해주 관아를 급습한 세력은 대마도에 근거지를 두고 있는 왜구가 틀림없습니다. 그들이 타고 온 뱃머리에 붉은색 바탕의 흰색 꽃잎 문양 세 개가 그려진 깃발이 꽂혀 있었습니다. 대마도는 군벌인 케이혼쓰[溪本子]가 다스리는 지역인데, 현재 대마도는 케이혼쓰 가문의 *슈고다이인 히코지로[彦次郞]가 관할하고 있습니다. 강화를 급습한 왜구는 평범한 해적이 아닙니다. 규모와 행동 그리고 무기류를 보면 정규군이 확실합니다."

"해주 관아에 난입한 세력도 왜군이 틀림없을 것이다. 그들이 목사의 식솔들만 납치하였느냐?"

"아닙니다."

해주 관아를 급습한 왜구의 규모는 대략 오백 명 정도였는데, 그들은 삼십여 척의 왜선을 타고 왔다. 그것은 보통 왜구의 배와 전혀 달랐다. 동이 트기 전에 해안에 정박한 왜선에서 내린 왜구들은 곧바로 해주 관아로 직행하였다. 해안에서 해주 관아까지는 그리 먼 거리가 아니었다. 왜구의 기습을 받은 해주 관아에는 고려군이 있었지만, 전투가 벌어지자 곧 궤멸하였고 해주 관아는 불타고 말았다.

"열도가 남북조(南北朝)로 갈라져 피 튀기는 전쟁이 진행 중이니 머지않아 그들 세력 중 일부가 고려로 대거 밀려들 수도 있다. 이미 *경인년을 기점으로 왜구의 출몰이 잦아지고 있다. 고려 조정은 왜구에 대한 방비가 허술하여 백성들만 큰 피해를 보고 있다."

* **슈고다이[守護代]** – 지방 장관인 슈고를 대신하여 지역을 다스리는 자.
* **경인년(庚寅年)** – 충정왕 2년인 1350년. 이때부터 본격적으로 왜구의 침구가 시작되었다.

청허도인의 가르침이 이옥의 뇌리에 새겨졌다. 청허도인은 단순한 무부(武夫)가 아니었다. 나라의 천년대계와 겨레의 장래를 걱정하는 고려인의 정신적지주이며 거벽(巨擘)이었다.

"이론과 역사 이야기는 이쯤 하고 이제 궁술과 검술에 관하여 관심을 가져 보자. 너도 어느 정도 경지에 올라 있다."

"사부님, 과찬이십니다."

"옥아, 지나친 겸손은 오히려 실례가 될 수도 있단다. 네가 나에게 무예를 배운 지 벌써 이십여 년 가까이 되는구나. 그동안 나에게 무예를 배운 제자들이 오백여 명이 넘는다. 하지만 그중에 너와 황상이 으뜸이었다. 먼저 경전(輕箭)으로 *십 순을 쏘자."

"사부님과 오랜만에 사대에 오르니 감개무량합니다."

황상과 이옥은 호형호제하는 사이로, 비록 나이는 크게 차이가 났지만 마음이 잘 맞는 편이었다. 청허도인에게 똑같이 무예를 배웠지만, 지금은 두 사람의 궁술과 검술 실력이 난형난제여서 스승인 청허도인도 그 실력의 차이를 잘 알지 못했다.

"사부님, 활을 쏘면 화살이 자주 춤을 추며 날아갑니다."

"가슴 속에 난마(亂麻)가 들어 있어 그런 것이다. 시위를 떠난 화살이 춤을 추며 날아가는 것은 시위를 너무 세게 당겼기 때문이다. 동시에 무명지와 소지(小指)에 힘이 빠져 있기 때문이기도 하다. 화살이 춤을 추며 날아갈 때는 화살의 작은 풀 끄트머리를 무명지와 새끼손가락 그리고 손바닥으로 살며시 눌러 주면 어느 정도 보정이 된다."

이옥은 활을 잡았지만, 간밤에 아버지가 한 말이 머릿속에서 뱅뱅 돌았다.

'어쩌면 우리 집안에 먹구름이 몰려올

*십 순(十巡) - 일 순은 차례대로 돌아가며 한 번에 화살 5개를 쏘는 것. 십 순은 화살 50개를 쏘는 것을 말한다.

수도 있겠구나. 그 먹구름은 보통 구름이 아닐 거야. 살풍혈풍(殺風血風)이 휘몰아치며 평지풍파를 일으킬 수도 있을 것이다. 어찌해야 한단 말인가?'

활의 줌통을 잡은 이옥의 팔이 흔들리자 오늬를 잡은 엄지와 식지도 따라 흔들렸다. 청허도인이 일 순을 쏘는 동안 이옥은 한 발도 쏘지 못했다. 청허도인이 쏜 화살이 과녁 정중앙을 꿰뚫었다. 그는 오늬를 잡은 채 식은 땀을 흘리고 있는 제자를 설핏 바라보았다. 청허도인은 모른 체하고 연신 화살을 날렸다. 그가 열 발의 화살을 날리고 있을 때 이옥이 쏜 화살 한 개가 과녁을 향해 날았다. 화살이 춤을 추며 날더니 과녁 아래에 꽂혔다. 세 발, 네 발, 다섯 발을 연사하였지만 모두 정곡을 비껴 났다. 사대에서 과녁까지 바탕은 대략 백오십 보(步) 정도였다.

"힘들면 잠시 쉬어라."

"아닙니다. 십 순을 마치고 쉬었다 검술을 연무하겠습니다."

오 순을 마친 이옥은 자꾸만 화살이 자신의 의도와 달리 날아가는 데 불안을 느꼈다. 자신의 형편없는 궁술에 스승이 실망할까 두렵기도 했다. 이옥은 시위에 화살을 걸고 깍짓손에 힘을 주어 과녁을 응시했다. 그리고 *만작 상태에서 시위를 놓았다. '핑' 소리와 함께 경전이 날았다. 잠시 후 '딱' 소리가 두 사람 귓전을 스쳤다.

"평정심을 찾았구나. 나머지 화살도 정곡을 뚫어 보거라."

이옥은 집안일을 잊고 오로지 활 쏘는 일에 정신을 집중했다.

'궁수는 활을 마음으로 쏘아야 한다. 나와 화살 그리고 과녁이 일심동체가 돼야 한다. 화살과 과녁에도 마음이 있는

* 만작(滿酌) - 활시위를 당겼을 때 화살촉이 줌통과 나란히 되도록 시위를 활의 외면까지 최대로 당긴 상태.

것이다. 세 마음이 일치되지 않으면 궁수는 절대로 과녁에 명중할 수 없다. 과녁을 맞히겠다는 분명한 의지가 없으면 열 발자국 앞에 있는 과녁도 맞힐 수 없다.'

이옥은 청허도인이 입버릇처럼 하던 말을 떠올렸다. 그는 무생물인 화살과 목표물인 과녁에 이르기까지 감정이입을 강조했다. 나머지 화살로 정곡을 맞힌 이옥은 이마에 흐르는 땀을 훔쳤다.

"사부님 말씀대로 제 가슴속에 잡념의 실타래가 뒤엉켜 있는 듯합니다."

"너에게 수백 번도 더 설파한 이야기이다. 잘 들어라."

청허도인은 궁술에 관한 이야기를 이어 나갔다.

"궁시(弓矢)와 궁수는 일심이 돼야 목표물을 맞힐 수 있다. 일단 활을 잡으면 *줌손의 손등에서부터 어깨와 팔에 고르게 등힘이 들어가야 한다. 궁수는 활을 잡은 지 수십 년이 지났어도 준요좌과(蹲腰坐胯)를 기억해야 한다. 즉, 평상시의 자세에서 두 발을 약간 벌린 상태에서 뒷다리를 조금만 구부려 허리를 낮추는 자세를 말한다. 활과 화살에 궁심(弓心)이 없으면 활은 쏘나 마나가 된다."

"만작 상태에서 화살이 시위를 떠나더라도 궁수는 끝까지 시선을 거두면 안 된다. 화살이 과녁에 꽂힐 때까지 응시해야 한다. 화살이 날아가는 도중에 눈을 깜빡이거나 다른 것을 쳐다보면 절대로 안 된다. 줌손은 태산을 미는 듯 뒷손은 호랑이 꼬리를 잡는 듯해야 한다. 시위를 당겨 열고 굳세게 화살을 쏘아야 하는데 이때 수평이 유지돼야 한다. 앞에 있는 손은 앞을 향해 힘을 쓰고 뒤에 있는 손은 끊듯이 해야 한다."

* **줌손** – 활을 쏠 때, 활의 줌통(활의 한가운데에서 손으로 쥐는 부분)을 잡은 손.

"사대에 올라 활을 잡으면 앞다리는 말뚝같이 고정하고 뒷다리는 절 듯해야 한다. 이 자세는 상태에 따라 변형할 수 있는데 이때는 뒷다리만 움직여야 한다. 화살이 우측으로 치우치면 좌측 발을 움직여 자세를 수정해야 한다. 화살이 좌측으로 치우쳤을 때는 반대로 우측 발을 고쳐야 한다. 활을 쏠 때 턱을 옆으로 당기거나 머리가 처지면 안 된다."

"사부님, 금과옥조 같은 말씀 고맙습니다."

"이제 검법에 관해 이야기해 보자. 네가 알다시피 고구려 군사들이 주로 익히고 사용했던 검법은 장백검법이었다. 네가 나중에 때가 되면 고려의 군사들에게 그대로 전수해야 한다."

청허도인의 장백검법에 대한 설명이 시작되자 이옥은 정신을 가다듬었다. 장백검법은 언제 들어도 흥미가 있었다. 이옥을 알고 있는 사람들은, 그가 명궁이라는 소리를 듣다 보니 검술에는 크게 신경 쓰지 않는다고 말하기도 했다. 이옥은 청허도인에게 무예를 배우기 시작할 때부터 마술, 검술, 창술, 수박, 점혈타법(點穴打法) 등도 함께 연마했다. 게다가 이옥은 팔이 길어 궁술에 최적인 신체조건을 지니고 있었고, 왼손과 오른손을 자유자재로 사용했다.

"내가 너에게 전수한 장백검법은 고구려 때 군사들이 사용하던 검법을 밀우(密友) 장군이 한층 더 발전시킨 것으로, 그는 이 방법을 사용하여 도적 관구검을 퇴치했다. 그러나 지금은 장백검법의 기본이 되는 초식들이 신라의 삼국 통일 과정에서 모래알처럼 흩어진 상태다. 내가 평생 삼한 전 지역을 돌아다니며 겨우 그 초식들을 수습하여 어느 정도는 복원하였으나 많이 부족한 느낌이다. 너를 비롯한 고려의 무인들이 꾸준히 노력하여 장백검법을 완벽하게 복원해야 할 것이다. 그럼, 몇 가지 초식을 연무해 보자."

"사부님, 응용포사(鷹龍捕蛇)부터 해 보겠습니다."

이옥은 장백검법의 기초 초식을 모두 습득했지만, 막상 전투에 임할 때는 자신의 체형에 맞고 성정에 부합하는 기술인 응용포사를 즐겨 사용했다. 청허도인과 이옥이 겨루기를 시작했다. 두 사람 모두 실검(實劍)을 든 상태였다. 응용포사는 비룡과 허공을 나는 사나운 매가 지상을 기어가는 뱀을 공격하는 초식으로 장백검법의 기초라 할 수 있다. 내리치는 칼과 칼이 부딪힐 때마다 파란 불꽃이 튀었다. 열 합을 겨뤘지만 승부는 쉽게 나지 않았다.

"옥아, 이번에는 응용포사와 폭호도산(暴虎跳山) 초식을 섞어 겨뤄 보자. 네가 완력이 무척 강해졌구나. 자, 간다."

"사부님, 고맙습니다."

폭호도산 초식은 반대로 올려치는 기술이 뛰어나다. 사나운 호랑이가 험준한 협곡을 단숨에 뛰어오르는 형식의 초식이었다. 응용포사 초식은 검을 내려치는 기술인데, 체내의 모든 힘을 칼날에 집중하기 때문에 파괴력이 상당히 높은 편이다. 이에 비해 폭호도산은 검으로 목표물을 베기 위해 올려칠 때, 칼날이 비껴서 나가기 때문에 응용포사 초식보다 파괴력이 약한 것이 단점이다.

검을 잡은 자는 상대가 직선으로 내리꽂는 칼을 막아 내기에 무리가 따르며 자칫 목숨을 잃을 수도 있다. 하지만 검사(劍士)는 항상 자신에게 유리한 기술을 사용할 수만 있는 것은 아니므로 그때그때 임기응변으로 상대를 대적해야 한다. 이때 임기응변은 머리에서 나오는 기술이 아니라, 몸에 깃든 기술들이 순간적으로 조합을 만들어 내는 기능이다.

이옥이 올려칠 때 청허도인은 재빨리 상체를 좌우로, 뒤로 굽혔다가 응용포사 초식으로 반격을 가했다. 청허도인의 칼을 피한 이옥도 이어 응용포사 초식으로 허점을 보인 사부를 공격했다. 아슬아슬한 찰나의 동작이 끊임없이 이어졌다. 만약 스승과 제자의 대결이 아닌 실전이라면 두 사람은 서로에게 극심한 타격을 주었을 것이다.

"옥아, 이번에는 응용포사와 폭호도산에 함기유회(含氣流回) 초식을 추가해 나를 공격하거라. 인정사정 보면 안 된다."

"알겠습니다."

함기유회 초식은 글자 그대로 기를 응축했다가 한순간 폭발하듯 날리는 초식이었다. 검사가 재빠르게 몸을 돌리고 나서 상대방을 겨눌 때, 상대방이 공격한 검기(劍氣)를 모아 다시 상대에게 날려 보내는 초식이다. 이옥이 검을 단단히 쥐고 응용포사와 폭호도산을 구사하며 청허도인을 공격했다. 이옥의 응용포사 초식에 청허도인은 폭호도산으로, 폭호도산에는 응용포사로 대응했다. 이옥은 그런 청허도인의 기술을 간파하고 두 초식을 대적하며 사부의 검기를 받아 날렸다. 이옥이 검기를 모아 허공으로 날릴 때면 하늘과 땅이 요동을 칠 정도로 폭음이 일었다. 일진일퇴가 전광석화처럼 이어졌다.

"옥아, 상대가 여러 명이라고 가정하고 수룡비천(水龍飛天)을 구사하거라. 나의 좌측에 두 명, 우측에 두 명이 있다. 허상이 보이느냐?"

"사부님, 보입니다. 갑니다."

이옥이 기합을 넣으니 산하가 부르르 떨고 날아가던 산새들이 방향을 잃고 엉뚱한 곳으로 향했다. 두 사람의 이마는 땀으로 번들거렸다. 바람 한 점 없는 산중에 오직 스승과 제자의 날카로운 눈빛과 결기만 번뜩였다. 오랜 세월 오로지 비상하는 꿈만 꾸던 잠룡의 축적된 힘과 과감한 도약은 사방의 모든 미물과 생령들을 압도했다. 그 같은 반동(反動)이 가능하지 않다면 수룡비천의 초식 또한 이름만 화려할 것이다. 이옥은 이 초식을 선호하기는 했지만 구사하기가 쉽지 않았다.

청허도인의 말처럼 수룡비천은 검사가 여러 명의 적과 접전을 치를 때 가장 적합한 기술이었다. 이 초식은 검사가 검을 지면을 향해 내리친 다음, 회전하는 동시에 상승하면서 전방위를 공격하고 또한 수비도 펼칠 수 있는 방법이다. 적군 한 명도 상대하기 버거운 상태에서 여러 명과 접전을 할 수 있을 정도라면 이미 상당한 수준에 도달해야 한다. 이옥은 조금 전 펼쳤던 초식을 혼합하여 적군을 다수로 설정하고 청허도인과 다수의 허상(虛像)을 향해 검기를 발산했다.

"이번에는 강호통곡(强虎痛哭), 비화수류(飛花水流), 뇌풍타봉(雷風打峰), 추뢰순섬(秋雷瞬閃)으로 변환하여 나를 공격해라."

"사부님, 갑니다."

이옥은 청허도인의 요구에 부응해 절묘한 검술을 구사했다. 검술로 출발한 검이 곧 검사와 혼연일체가 되자, 사람과 구분할 수 없었다. 만약 일반 백성들이 두 사람의 검연(劍練)을 목격했다면 착시로 인하여 귀신을 보았다고 놀라워했을 것이었다.

"옥아, 궁궁사시(穹弓射矢), 선녀승운(仙女乘雲), 속뢰타정(速雷打頂), 천겁만화(千劫萬化) 등의 초식을 연속으로 연결하여 절기를 시연하거라."

"사부님, 갑니다."

이옥의 두 눈에서 살기가 뻗치자 동시에 그의 검에서도 누구도 막을 수 없을 만큼 강력한 검기가 발산되었다. 단지 칼만 잘 휘두른다 하여 명성이 얻어지는 게 아니다. 주변 자연현상을 깊이 이해하고 우주의 기운을 흡수하여 그 가운데로 들어가 심신이 일체가 될 때 비로소 뜻한 바를 얻을 수 있게 된다. 이옥의 칼에서 나오는 검기는 변함없이 살기가 있고 강력했지만, 약간 변형된 것이 청허도인의 눈에 감지되었다. 청허도인은 이옥과 장백검법의 주요 초식들을 겨루었지만 개운한 맛이 적었다.

"애썼다."

"아닙니다. 사부님께서 고생하셨습니다."

청허도인은 설명이 부족한 부분에 대해서는 직접 그림을 그려 가며 장백검법의 도해서(圖解書)와 비교해 이옥의 이해를 도왔다. 그의 지론은 이러했다. '검술이 다른 병장기들에 필요한 움직임과 운용법을 모두 포함하고 있으므로 검술의 원리는 모든 무술과 통한다'. 검법의 중심은 인성(人性)이었다. 인성이 모지락스럽거나 신실하지 못한 자에게 검법은 살인 무기를 다루는 기술이 될 뿐이다.

"네가 용둔야에서 황상과 궁술을 겨뤘다고 들었다. 임금이 너에게 상으로 말 한 필과 황금 안장을 내렸다고 하는데, 그 이야기를 들려 다오."

"사부님께서 어떻게 아셨습니까?"

두 사람의 대화가 다시 궁술로 돌아갔다.

"나는 산속에 들어앉아서도 천 리를 내다본단다. 옥아, *군기시에 소속된 최무선(崔茂宣)이를 자주 보느냐?"

"제가 군기시에 가면 만나곤 합니다."

"그자는 원나라 상인 이원(李元)이란 자에게 화약 제조법을 배웠는데, 화살을 이용한 신무기를 만들려고 한다며 나에게 찾아와 여러 가지를 묻곤 했다."

최무선은 경상도 영천 사람으로 *광흥

* **군기시(軍器寺)** – 병기(兵器)의 제조를 맡아보던 관아.
* **광흥창사(廣興倉使)** – 예성강 하구를 통해 개경을 비롯한 전국으로 운반되는 세곡 창고의 관리.

창사 최동순(崔東洵)의 아들이었다. 광흥창은 관리들의 녹봉을 관리한 관청이었다. 그는 음직(蔭職)으로 관리가 되어 화약을 이용한 신무기 만드는 일에 몰두하고 있었다. 그러나 주변 사람들은 그의 일에 크게 관심을 두지 않았다. 최무선은 황상을 통해 청허도인을 소개받고 수시로 찾아와 화전(火箭), 철령전, 피령전에 관하여 자문을 하였다.

최근 들어 왜구는 예성강으로 통하는 서해 여러 항구의 조창에 보관된 세곡(稅穀)을 노렸다. 왜구들이 개경 근처와 강화도까지 진출하자 최무선은 화약을 이용한 다양한 화포를 만들어 왜구를 격퇴할 방안을 찾고 있었다. 그가 청허도인을 자주 찾다 보니 그들은 어느새 사제 관계가 되어 있었다. 이옥은 군기시에 찾아가 최무선을 만나 보기로 했다. 그는 이옥보다 열댓 살이나 많았다.

용둔야의 전설

 시중 이춘부 가문은 누대에 걸쳐 조정에 출사해 온 고가세족이었다. 그의 동생 인부, 광부, 원부 등도 조정에 출사하고 있었다. 이춘부는 양천 허씨 가문의 딸과 인연을 맺어 슬하에 옥(沃), 빈(斌), 예(裔), 한(澣), 징(澂)과 딸 초희(楚姬)를 두었다. 이춘부의 아들들은 갑족의 후예답게 문무에 뛰어난 소질을 보여 주었다. 특히 그의 다섯 아들 중 장남 이옥은 신궁이란 소리를 들을 정도로 궁술에 달통했다. 그는 이춘부를 따라 홍건적과 왜구를 상대로 하는 전투에 참여해 공을 세웠다.
 서너 달 전인 윤삼월, 왕이 조정 신하들과 광종 임금의 유택인 헌릉을 참배했다. 왕의 행차에는 신돈과 이춘부, 이인임, 이인복, 김보, 김란 등 조정 대신들과 수행원 그리고 왕의 경호부대인 이군(二軍) 등이 참가하였다. 왕은 무(武)의 중요성을 누구보다 잘 알고 있었지만, 행동과 관심은 문(文)과 예(藝)에 있었다. 송악산 북쪽 기슭 용둔야(龍遁野)라는 지역이 있었는데, 왕은 선대 임금의 능을 참배하고 돌아올 때마다 이곳에서 군신이 함께 즐길

수 있는 행사를 준비시키곤 했다. 행사는 첨의부 군부사(軍簿司)에서 주관했으며 격구, 축국(蹴踘), 궁술 등의 시합을 개최하곤 했는데, 이번에는 궁술 시합만 열기로 했다.

"전하, 오늘은 참배가 일찍 끝났습니다. 용둔야에서 잠시 쉬시면서 무관들의 검술과 궁술을 감상하는 경연을 개최하심이 좋을 듯합니다."

상장군 김흥경(金興慶)이 왕에게 아뢰었다.

"경은 오늘 어떤 종목으로 과인을 즐겁게 할 것입니까?"

"오늘은 이군 소속 군관들이 많이 동원되었으니, 승마와 궁술 시합을 벌여 볼까 합니다."

"승마는 시간이 오래 걸리니 궁술 시합만 하시구려. 과인도 이 순(二巡)을 쏘도록 하지요. 중신, 군관, 중신 자제의 세 무리로 분류하여 시합하도록 하고, 세 부류에서 일등을 한 자끼리 최종 경선에서 붙는 방식으로 하세요. 최종 우승자에게는 강궁(强弓)이라는 호칭과 함께 황금 안장과 말 한 필을 상으로 내리겠습니다."

궁술 시합 우승자를 위한 파격적인 혜택이 전해지자 무리는 잠시 술렁거렸다. 군사들이 서둘러 원형 군막 서너 동(棟)을 설치하였고, 왕과 중신들은 가장 큰 군막에 모여들었다. 왕의 명에 따라 한 *시진(時辰) 가량 주연이 펼쳐졌고, 왕은 중신들과 궁술 시합에 관하여 이야기를 주고받았다. 왕에게 관심을 받기 위해서는 활을 잘 쏠 줄 모르는 신하라도 활을 잡아야 할 판국이었다. 왕이 먼저 허청거리는 걸음으로 사대에 올랐다. 왕은 간신히 열 발을 쏘았으나 한 발이 과녁 하단에 꽂혔을 뿐 나머지 아홉 발은 과녁을 빗나가고 말았다. 기분이 상한 왕의 표정에 신

* 시진(時辰) - 현재의 단위로 보통 2시간 정도.

하들은 어찌할 바를 몰랐다.

"전하, 참으로 멋진 자세를 보여 주셨습니다. 취중에 쏘셨는데 한 발을 명중하셨으니 취중이 아니라면 능히 백발백중하셨을 것입니다."

이인임이 왕의 눈치를 살피며 아당하자, 신돈과 이춘부, 수시중 김보(金普), 참지문하부사 김란, 문하찬성사 황상 등이 이구동성으로 왕을 칭송하였다. 이어서 이춘부, 이원부, 김보, 김란, 이색, 감춘추관사 이인복 등이 사대에 올랐다. 왕이 시범을 보인 것이라면 중신들은 실제 시합에 임한 것이었다. 중신들은 사 순을 쏘기로 했다. 사선에 오른 중신 중에서 이춘부와 황상이 가장 돋보였다.

"사(射)!"

시작을 알리는 김흥경의 말에 사십여 명의 중신들이 열 명씩 차례로 사대에 올라 화살을 날렸다. 예상한 바와 같이 황상이 스무 발을 쏘아 스무 발을 적중시키고 다음으로 이춘부가 열여덟 발, 상장군 이원부가 열여섯 발, 이인임도 열여섯 발을 명중시켰다. 원로들의 시합에 이어 이군육위 소속 군관들도 사선에 올랐다.

"사!"

김흥경의 신호에 따라 사선에 선 군관들이 일제히 화살을 날렸다. 이옥은 두 번째로 사선에 섰다. 홍심(紅心)에 화살이 적중할 때마다 경쾌한 소리가 들렸다. 반 시진 만에 군관들의 연사가 끝났다. 대부분 열다섯 발에서 열일곱 발 수준인 데 비해 이옥은 스무 발을 모두 과녁 한가운데 꽂았다. 이어서 중신들의 자제들이 사선에 섰다. 그들의 활 솜씨는 크게 주목을 받지 못했으나, 김용초(金用貂)가 단독으로 스무 발을 적중시키는 기염을 토했다.

"오늘 이성계가 참여했더라면 꽤 볼만한 시합이었을 텐데……."

왕이 김흥경에게 지나가는 말로 중얼거렸다. 이성계는 고려 백성 모두가 인정하는 신궁이었다. 왕은 오늘 같은 날 그가 시합에 참여하여 황상이나 이옥 등 고려에서 궁술로 이름난 자들과 시합을 했으면 하는 바람이 있었지만, 마침 이성계는 개경에 없었다.

"전하, 황상, 이옥, 김용초가 각각 일등을 차지했습니다."

"그래요? 그럼 세 명을 사선에 세워 일등을 가려보세요. 이번에도 사 순을 쏘도록 하여 일등을 가리세요."

왕의 명령에 세 사람은 사선에 섰다. 이옥이 황상에게 다가갔다. 두 사람은 청허도인의 제자 사이여서 천마산 선옥에서 자주 마주친 적이 있었다. 황상은 이옥보다 여러 면에서 선배였기에 이옥은 그를 보면 깍듯하게 대했다. 두 사람은 시차를 두고 청허도인으로부터 궁술을 배운 터라 궁술로 우열을 가릴 기회가 없었다.

"선배님, 송구합니다."

"나야말로 후배와 대결할 기회를 얻게 되었으니 큰 영광이지."

곁에서 두 사람의 대화를 듣고 있는 김용초는 얼굴이 일그러지면서 입을 삐죽 내밀었다. 김용초는 뜨악한 표정으로 반드시 두 사람을 꺾겠다고 다짐했다. 신돈, 이춘부, 김보, 김란, 최사원, 정구한 등은 군막에 앉아서 사선에 올라가 있는 세 사람을 응시하였다. 그들 중 이춘부의 얼굴이 가장 밝았다.

"저 세 사람이 고려 최고의 궁사들입니다."

"맞아요. 언젠가 이옥 낭장이 전장에서 이성계를 우연히 만나 활쏘기 시합을 한 적이 있는데, 이성계가 졌다는 이야기가 계속 회자되고 있어요. 오늘 시합에서도 이옥 낭장이 일등을 할 겁니다."

이번에는 최사원이 이옥을 추어 주었다.

"그렇지 않을 겁니다. 황상 찬성사가 있습니다. 그는 원나라 황제와 우리 전하께서도 칭찬을 마다하지 않는 신궁 아닙니까?"

사람들이 이옥을 추어올리자 이춘부는 부러 황상을 띄웠다. 중신들은 두 편으로 갈라져 황상과 이옥의 편을 들었다. 그 와중에 김용초의 이름은 누구도 거론하는 사람이 없었다. 김흥경이 사선에 올라 주의 사항을 일러 주고 시합을 전개했다.

"세 사람이 각각 이십 발씩 쏴서 일등, 이등, 삼등을 가리겠습니다. 동점이 나오면 한 번 더 겨룹니다. 그래도 동점이 나오면 마상 궁술로 승부를 가리겠습니다. 마상 궁술도 역시 스무 발을 쏘겠습니다."

김흥경의 말에 황상의 얼굴빛이 변했다. 그는 얼마 전에 사냥을 나갔다가 말에서 떨어져 발목을 심하게 다친 적이 있어 마상 궁술에 자신이 없었다. 그렇다고 하여 시합을 하기도 전에 포기할 수는 없는 노릇이었다.

"아버님과 숙부를 기쁘게 해 드리게."

황상이 이옥에게 들릴 듯 말 듯 소곤거렸다.

"시작하겠습니다."

김흥경이 시작을 알렸다. 왕과 중신들 그리고 이군육위 소속 군사들은 세 사람이 쏜 화살이 과녁에 명중할 때마다 '우' 또는 '와' 하고 소리치며 환호하였다. 왕도 불콰한 용안(龍顔)으로 세 사람의 궁술 실력에 몰입하면서 넋을 빼고 있었다. 잠시 후에 세 사람의 실력이 확인되었다.

"전하, 세 사람 모두 스무 발을 과녁에 명중시켰습니다."

"과연 고려 최고의 명궁이로다. 다시 한번 겨뤄야겠구려."

세 사람은 목을 축이고 긴장을 풀고 다시 사선에 섰다. 사선을 오를 때 황상과 이춘부의 시선이 순간 마주쳤다. 그때 황상이 이춘부를 향해 고개를 한번 끄덕하며 미소를 지어 보였다. 황상이 일등 할 것으로 기대했던 사람들은 실망하는 안색이었고, 이옥을 마음속으로 지지했던 사람들은 이옥이 황상과 동등한 실력을 보인 것에 만족한 표정이었다. 그런데 김용초가 선전하자 모두 고개를 갸우뚱거렸다.

"이번에도 동점이 나오면 마상 궁술로 가겠습니다. 그러나 이번에 등위가 가려지면 시합은 끝나게 됩니다."

시작을 알리는 김흥경의 목소리가 용둔야에 울려 퍼졌다. 세 사람이 침착하게 화살을 날렸다. 이춘부는 차마 과녁을 응시하지 못했다. 혹시나 아들이 실수라도 하면 어쩌나 하는 우려 때문이었다. 그런데 기이한 일이 일어났다. 이옥과 김용초가 이 차전에서도 스무 발을 모두 과녁에 명중시켰는데, 황상만 열아홉 발을 명중시킨 것이었다.

김흥경이 세 사람의 과녁을 확인한 결과를 발표하자 사람들은 이변이라며 수군거렸다. 이옥과 김용초가 동점을 하였으니 자연히 마상 궁술로 우열을 가리게 되었다. 왕과 중신들 그리고 이군육위 소속 군관들은 더욱 흥미진진한 시합을 보게 되었다며 흥분하였고, 이춘부는 가슴을 졸여야 했다. 이제는 김씨와 이씨 문중이 서로 가문의 영광을 차지하기 위해 벌이는 시합이 되었다.

"이번에는 마상 궁술로, 두 사람이 순서대로 스무 발을 목표물을 향해 쏜다. 말 잔등에 앉아서 쏘거나 서서 쏘아도 되고 말의 배허벅에 붙어서 쏘아도 된다. 각자의 장기를 최대한 보여 주면 된다. 자, 그럼 전하께서 계시는 군막 앞마당으로 가서 말을 타고 전통과 동개활을 준비하라."

김흥경이 이옥과 김용초에게 최종 방식을 알렸다. 왕과 중신들은 궁술대회가 첫 번에 끝날 것으로 기대했으나 결과는 마지막 경합까지 가게 되었다. 용둔야 한가운데 있는 넓은 마당은 기마병들의 군사훈련이 자주 시행되는 장소로 치마장이나 다름없었다. 치마장 가운데 있는 목표물은 어른 키 두 배 정도 되는 나무 기둥에 짚으로 만든 인형을 동서남북으로 매달아 놓은 것이었다. 마상 궁술은 말을 타고 나무 기둥을 중심으로 약 칠십 보 정도 떨어져 원을 돌며 동개살을 쏘는 방식으로, 난이도가 있는 경기였다.

김용초가 먼저 출전하였다. 그는 정자세로 말 잔등에 앉아 왼쪽에서 오른쪽으로 치마장을 한 바퀴 돌고 나서 화살을 쏘기 시작했다. 그가 쏜 화살 열 발이 모두 기둥에 매달아 놓은 인형에 명중했다. 열 발을 명중시킨 김용초는 이어서 달리는 말 잔등에 서서 활을 쏘았다. 약간 불안해 보이기는 했으나 그럭저럭 말 잔등에 서서 활시위를 당길 수 있었다. 왕을 비롯한 사람들은 '우우' 소리를 지르며 힘차게 내달리는 김용초를 향해 환호성을 질렀다. 한 발, 두 발, 세 발……. 열 발. 화살 열 발이 모두 목표물에 명중하였다. 김흥경이 목표물로 달려가 상태를 확인하고 왕에게 아뢰었다.

"용초가 동쪽 인형에 아홉 발, 북쪽 인형에 여덟 발, 서쪽 인형에 두 발, 남쪽 인형에 한 발을 맞혔습니다."

"화살이 동북쪽에 치우쳤구나. 스무 발 모두 맞혔으니 장하기는 하다."

왕은 보고를 받았지만 개운한 안색이 아니었다.

"이옥 낭장, 출전하라."

이옥은 이성계를 능가하는 궁술 실력을 지니고 있다고 소문이 난 터라, 김용초에게 진다면 체면을 구기게 된다. 이옥을 응원하는 황상과 이춘부의 체면도 구기게 될 것이 뻔했다. 김용초가 선전하자 이옥은 부담이 되기는 했지만, 만면에 설핏 웃음을 띠고 말에 올랐다. 그는 말에 오르자마자 말 잔등에 서서 활을 잡았다. 왕을 위시한 사람들이 탄성을 쏟아 냈다. 이옥이 달리는 말 잔등에서 화살을 날렸다. 그가 쏜 동개화살 열 발이 인형에 적중했다. 열 발을 쏜 이옥은 말 잔등에 앉더니 상반신을 말의 왼쪽 배허벅에 붙여 다시 활을 쏘았다.

이옥은 보이지 않고 마치 말 한 마리가 치마장을 질주하고 있는 것 같았다. 다섯 발 모두 인형에 명중하자, 그는 말이 달리는 방향을 바꿔 상반신을 오른쪽 말의 배허벅에 붙이고 달리며 활을 쏘았다. 역시 다섯 발 모두 목표물에 명중하였다. 스무 발 모두 인형에 적중하자 '와' 하는 소리가 용둔야에 울려 퍼졌다. 승부는 이미 난 것이나 다름없었다. 이옥의 궁술과 말을 다루는 실력에 사람들은 할 말을 잊고 환호성만 질러 댈 뿐이었다.

"이옥이 쏜 화살 스무 발이 동서남북 인형에 각각 다섯 발씩 적중했습니다."

김흥경이 왕에게 이옥의 점수를 아뢰었다.

"과연 명불허전이외다. 과인은 시중의 아들이 명궁이라는 말은 들었지만, 이리도 활을 잘 쏘는 줄 몰랐습니다. 오늘 우승자는 이옥입니다. 두 사람이 이왕에 활을 잡았으니 과인과 중신들을 위해 더 보여 줄 것이 없겠습니까?"

왕의 요구에 김흥경은 머쓱한 표정을 지었고 이춘부, 이원부 형제와 황상은 가슴이 덜컥 내려앉았다. 변덕이 죽 끓듯 하는 왕이 무슨 트집을 잡을지 모르기 때문이었다. 김흥경이 어둔한 자세로 서 있자 이인임이 불쑥 나섰다. 이인임도 활을 제법 쏜다고 자부하던 터였다. 이에 이춘부는 바싹 긴장하였다.

"전하, 하늘을 보니 새들이 꽤 많이 날아다니고 있습니다."

이인임이 왕의 눈치를 보고 하늘을 가리켰다.

"오! 그럼 용초와 이옥이 활로 창공을 나는 새를 잡으면 되겠구나. 역시 이

시중은 특별한 데가 있군요. 두 사람에게 하늘을 나는 새를 잡도록 하구려."
 갈수록 태산이었다. 김흥경이 이옥과 김용초를 불렀다.
 "전하께서 새로운 제안을 하셨다. 지금 창공에 황조롱이와 새매들 그리고 잡새들이 날아다니고 있다. 두 사람이 활로 저 새들을 맞혀서 전하와 중신들 그리고 구경하는 군사들을 즐겁게 해 주기 바란다."
 왕과 중신들은 두 사람의 대결에 기대를 거는 모습이었다. 이춘부는 아들이 목표를 달성했지만, 왕의 제안을 무시할 수 없다는 것을 잘 알고 있었다. 그의 심장이 두방망이질 치고 있었다. 이미 이옥이 가문의 영광을 세우기는 했지만, 왕의 요구에 맞는 결과를 내지 못하면 그 영광은 퇴색될 수 있었다. 두 사람은 활을 들고 치마장 한가운데로 걸어 나갔다. 하늘을 날아다니는 새의 종류는 다양했다. 비둘기와 까치는 낮게 날아다녔고, 새매 여섯 마리가 천 길 높이 창공 위에서 아래를 내려다보며 하늘을 빙빙 돌고 있었다. 구름이 낮게 떠 있어 새매가 구름 속으로 숨었다 나타나기를 반복했다.
 "오십을 셀 동안 화살 다섯 발을 쏜다. 이옥의 화살 깃에는 붉은색이, 김용초의 화살 깃에는 파란색이 칠해져 있다."
 김흥경이 시작을 알렸다. 이옥과 김용초는 가문의 명예를 걸고 경쟁해야 했다. 중간에 포기해도 상관없겠지만 뒤에 왕과 중신들 그리고 동료들이 두 눈 똑바로 뜨고 바라보는 상태에서 포기하는 것은 불충이나 다름없는 행동이었다. 활을 잡고 하늘을 응시하는 두 사람의 눈에서 빛이 뿜어져 나왔다. 김용초가 먼저 한 발을 쏘았으나 하늘에서 아무런 반응이 없었다. 두 발, 세 발, 네 발을 쏘아도 하늘은 꿀 먹은 벙어리 같았다.
 '창공에는 늘 바람이 분다. 백 길 높이면 연을 날릴 수 있을 정도이고, 삼백 길 높이면 빨랫줄에 걸린 솜바지나 무명치마가 심하게 펄럭거릴 정도가 된다. 즉 창공의 바람 속도는 지상의 바람 속도보다 세 배는 빠르다. 그러니 먼저 구름이 흘러가는 방향과 바람의 속도를 초감각적 경험을 바탕으로 하여 정확하게 파악해야 한다.'

이옥은 청허도인이 자주 강조한 바를 떠올렸다. 김흥경이 이미 서른을 넘게 세고 있었으나 이옥은 하늘만 응시하고 있었다. 구경하던 사람들은 이옥이 미동도 하지 않자 웅성거리기 시작했다. 김용초가 속사로 네 발을 쏘았지만 아무 소득이 없었다. 김용초는 당황하여 왕과 김흥경의 안색을 흘낏 살폈다. 여전히 새매 여섯 마리는 일정한 간격을 두고 원을 그리며 날았다. 김용초가 마지막 화살을 날렸다. 이어서 이옥이 화살 한 발을 날리고 재빨리 또 한 발을 날렸다.

"오! 드디어 이옥이 화살을 쏘았다."

사람들이 소리쳤다.

"오십을 다 세었다. 두 사람 활을 놓아라."

김흥경이 시합을 중지시켰다. 왕과 중신들은 화살이 창공을 향해 날아가고도 아무 이변이 없자, 이옥과 김용초를 바라보며 반응을 살폈다. 이옥의 얼굴은 밝았지만 김용초는 잔뜩 긴장한 표정이 역력해 보였다. 왕의 낯빛이 어두워지자 중신들은 어찌할 줄 모르고 헛기침만 하며 왕의 눈치를 살폈다. 이춘부와 황상은 얼굴이 하얗게 변하여 반쯤 정신이 나간 듯 보였다. 이춘부는 가문의 영광이고 뭐고 모두 포기한 듯 안절부절못했다. 파랗게 질린 그의 안색에 사람들은 민망해 했다. 그때였다.

"하늘에서 뭔가 떨어지고 있다."

군관 한 사람이 하늘을 가리켰다.

"새다! 새 세 마리가 떨어지고 있다."

"오! 과연, 이옥과 김용초로다."

새 세 마리라면 이옥이 두 발을 쏘았고 김용초가 마지막 한 발을 쏘았으니, 이옥이 두 마리를 맞히고 김용초가 한 마리를 잡은 것이 틀림없었다. 왕은 자리에서 벌떡 일어나더니 허공을 빙글빙글 돌며 떨어지는 새를 응시했다. 새들이 땅에 떨어지자 군사들이 우르르 몰려가 새를 가져왔다. 그런데 세 마리가 아니었다.

"이옥이 새매 다섯 마리, 김용초가 한 마리를 잡았다."

김흥경이 흥분하여 소리쳤다. 중신들이 그 소리를 듣고 몰려들었다. 붉은색 화살 깃의 화살 한 대에 새매 세 마리의 날갯죽지가 꿰뚫려 있었고, 또 한 대의 붉은색 화살 깃의 화살에 새매 두 마리가 가슴이 관통당한 상태였다. 파란색 화살 깃의 화살에는 큰 새매 한 마리가 가슴을 관통당해 있었다.

"이옥이 궁술로 이성계를 눌렀다는 소문이 사실이었네."

"내가 오십 평생 살면서 오늘 같은 신기(神技)는 처음 보았네. 명궁이라고 소문난 자들도 창공을 낮게 날아가는 새를 겨우 한 마리 정도 잡을 뿐인데, 구름 속을 날아다니는 새를 다섯 마리나 잡다니 이옥은 고려의 신궁이 틀림없네."

모두가 이옥을 칭찬할 뿐 김용초를 입에 올리는 사람은 아무도 없었다. 그제야 안색이 밝아진 이춘부와 황상은 이옥의 등을 다독거렸다. 그러나 김용초를 생각하여 요란스럽게 떠들지는 않았다.

"과인은 오늘 고려의 강궁이 탄생하는 과정을 지켜보았습니다. 여러분과 약속한 대로 이옥에게 '강궁'이라는 칭호를 하사하고 상으로 황금 안장과 말 한 필을 내립니다. 김용초 역시 잘 쏘았습니다. 다음에도 기회가 있을 테니 용기를 잃지 않도록 하세요."

왕은 이옥에게 황금 안장이 얹힌 백마 한 필을 하사했고, 김용초에게는 보통 안장이 올라간 말 한 필을 주었다. 김용초는 성품이 꾸민 데가 없이 수수하고 무재(武才)가 있었다. 왕의 용안이 펴지자 중신들도 환한 얼굴로 두 사람을 치하했다. 중신과 고급 군관들은 이옥에게 치하했다. 왕에게 확실히 눈도장을 받았으니 장차 이옥의 앞날은 탄탄대로가 열린 것이나 마찬가지였다. 아들 덕분에 이춘부 역시 왕과 중신들 그리고 군관들로부터 칭찬을 듣느라 정신이 없었다.

"이옥을 병부시랑에 승차시키고자 합니다."

용둔야 행사가 있고 얼마 후 조정의 인사철이 다가왔다. 재추회의(宰樞會議)에서 다음번 고위관료 승진 인사를 논의하였다. 승진 대상자 중 이옥보다 우수한 인물은 없었다. 정6품 낭장에서 두 단계나 뛰어넘는 승진은 파격이었다. 하지만 이옥을 병부시랑으로 승진시키는 데 이의를 제기하는 인사는 없었다.

흔들리는 가문

　명덕태후는 고려 제27대 국왕인 충숙왕의 네 번째 후비이며, 충혜왕과 현재 왕의 모후이다. 그녀의 본관은 남양이고 남양부원군 홍규(洪奎)의 다섯째 딸로 태어났으며, 공원왕후(恭元王后)로 불리기도 했다. 그녀는 원래 충숙왕의 첫 번째 정비였다. 그의 언니는 충선왕의 후비였던 순화원비(順和院妃)이다.
　그런데 이때는 원나라 간섭기 시절이어서, 충숙왕이 원나라 여인인 이린친발라[亦憐眞八剌], 금동공주(金童公主), 바얀후두[伯顔忽都]와 차례로 혼인하자 홍 씨는 제4비로 밀려나고 말았다. 충숙왕과 명덕태후 사이에 태어난 자식은 죽은 충혜왕과 현재 고려 왕인 왕전(王顓)뿐이었다.
　"어마마마, 신돈 스님은 소자가 나라를 바로잡고자 중용한 분입니다."
　"나는 죄 없는 충신들을 죽이는 자를 관료로 인정할 수 없어요."
　명덕태후가 신돈과 척을 지고 있던 것은 그녀 자신이 기존 권문세력을 대표하고 있었기 때문이었다. 태후가 신돈에 의해 조정에서 축출된 자들을 죄 없는 충신들이라고 말한 것은 그들이 태후와 연관성이 있기 때문이었다. 신돈은 집권하면서 *문수회를 자주 개최하였고, 살아 있는 문수보살이라는 호칭을 듣기도 하는 등 백성들로부터 큰 호응을 얻었다.

'나라를 어지럽힐 자는 분명 이 중놈일 것이다.'
신돈과 대척점에 서 있던 기존의 집권세력들은 신돈을 눈엣가시로 여기며 그를 끊임없이 헐뜯었다. 공신 정세운이 신돈을 요승이라 칭하며 죽이려 하자 왕은 신돈을 안전한 곳으로 피신시키기도 했다. 신돈이 기존의 귀족들에게는 요승일지 모르지만, 고려의 숫백성에게는 문수보살의 화신으로 추앙받고 있었다. 그의 행보는 민생 정치였으며, 기득권 세력을 억눌러 백성들의 고통을 덜어 주는 데 초점이 맞춰져 있었다.

하지만 권문세족들의 끊임없는 개혁정치 반대에 왕은 서서히 지쳐 가고 있었다. 왕이 신돈을 중용할 때의 맹세와 개혁을 향한 의지 또한 점차 빛을 잃어 가고 있었다. 왕의 현실도피는 술을 찾고, 여장(女裝)하여 미소년들을 희롱하는 등 기이한 행동으로 나타났다. 권문세족들은 왕의 이상 행동은 못 본 체하면서 신돈에 관한 해괴한 말만을 퍼뜨리고 다녔다.

'신돈은 요승으로 말로는 성인(聖人)인 척하고 뒤로는 남을 중상모략하고 있다. 여염의 부녀자들을 갖은 구실로 유혹하여 음행을 일삼는다.'

'신돈은 아방궁처럼 꾸며 놓은 자신의 집에서 밤낮으로 주지육림 속에 지내다가 왕이 찾아오거나 우연히 만나면 돌변하여 듣기 좋은 말을 한다.'

'신돈은 집에서 술을 마시고 밖에서는 차(茶)를 마신다.'

* **문수회(文殊會)** - 문수보살을 신앙의 대상으로 삼아 행해진 법회. 천변(天變)이나 병란 따위를 극복하고자 행했다.

'신돈은 양기(陽氣)를 돋우기 위해 백마의 신장(腎臟)을 회를 쳐서 먹는다. 그는 여우가 사람으로 둔갑한 요물이다.'

삼인성호라 했다. 왕도 차츰 귀가 얇아지기 시작했다. 간관 이존오는 좌사의대부 정추와 왕에게 신돈을 탄핵하는 상소를 올렸다.

신돈은 궁궐에서 문수회를 베풀 때 재신(宰臣)의 반열에 앉지 않고 감히 전하와 더불어서 함께 앉아 나라 사람들이 매우 놀랐습니다. 신돈이 입조한 뒤로 금수 강토의 음양이 때를 잃었습니다. 겨울인데 천둥소리가 들리고 누런 안개가 사방에 가득하며 열흘 동안이나 해가 검고, 밤에는 붉은빛의 요상한 기운이 돌고 있습니다. *천구성이 땅에 떨어지고 청명한 날에 우박이 내리고 차가운 바람이 불며 천문이 자주 변하고 있습니다. 전하께서는 사직을 위해 신돈 같은 요물을 내치시고 국사를 광명정대하게 하소서.

왕은 크게 노하여 정추와 이존오를 불러 면전에서 꾸짖고 찬성사 이춘부, 밀직부사 김란 등에게 명하여 두 사람을 국문하게 했다. 국문을 받는 과정에서 이색의 무마로 이존오는 겨우 목숨을 건지고 *장사감무로 좌천되었고, 정추는 동래의 현령(縣令)으로 좌천되었다.

"아우들아, 지금 전하와 영도첨의 사이가 일촉즉발의 상황이다. 만약에 영도첨의에게 변고가 일어나면 나에게도 그

* **천구성(天狗星)** - 천구성은 개 모양의 별자리 이름이다. 28수에서 남방 7수 가운데 둘째인 귀수에 속한다.

* **장사감무(長沙監務)** - 장사(長沙)는 지금의 경북 영덕. 감무(監務)는 고려 시대 중앙정부가 지방에 파견한 정6품~정7품 지방관.

불똥이 튈 것이 분명하다. 아무래도 개경에 한바탕 평지풍파가 일고 피바람도 불 것만 같아 불안하구나."

신돈 휘하에서 자신과 뜻을 같이하던 기현, 최사원, 진윤검, 고인기 등이 어명에 의해 순군옥에 하옥되었다는 소식을 접한 이춘부는 급히 가족회의를 개최했다. 이춘부는 친동생들과 장남인 이옥, 차남 이빈 그리고 부인인 양천 허씨를 불렀다. 이춘부의 바로 아래 동생 인부, 둘째 동생 광부, 막냇동생 원부 등 모두가 조정에 출사하고 있었다.

"형님, 영도첨의가 욕심이 너무 많은 듯합니다. 이제는 권문(權門)들이 임금의 의도를 파악하고 단결하여 영도첨의를 축출하려고 합니다."

*봉선대부 벼슬을 하는 인부가 먼저 입을 열었다.

"형님은 신돈과 더불어 소임에 충실했을 뿐입니다. 변덕이 심한 왕은 이제 신돈을 귀찮아하는 것 같습니다. 형님도 그의 영향권에서 벗어나 살길을 도모해야 합니다. 잘못했다가는 우리 가문이 풍비박산 날 수도 있습니다."

*승선 벼슬을 하는 광부가 걱정스러운 얼굴로 말했다.

"형님, 태후와 신돈은 견원지간이나 다름없습니다. 권문세족들이 모두 한통속이 되어 영도첨의를 죽이려고 벼르고 있으니 조만간 혈풍이 불 것 같습니다."

이춘부의 동생 중에서 가장 너볏하고 *응양군의 상장군으로 있는 막냇동생 원부가 입을 열었다.

* **봉선대부(奉善大夫)** – 고려 정4품 벼슬.
* **승선(承宣)** – 왕명의 출납(出納)을 맡아본 정3품의 관직.
* **응양군(鷹揚軍)** – 용호군(龍虎軍)과 함께 2군으로, 왕의 친위군·시위군. 2군은 6위보다 우위에 있었다.

"아버님, 숙부님들 말씀처럼 신돈의 시대는 끝난 듯합니다. 그의 몰락이 벌써 여러 곳에서 감지되고 있습니다. 그의 쇠락은 곧 그를 따르던 아버님을 비롯한 김란, 홍영통, 김진, 이운목, 기중평 등 여러 신료의 불운을 의미합니다. 속히 대책을 세워야 합니다."

이옥의 말에 허씨 부인의 얼굴이 하얗게 변했다.

"옥이 말처럼 영도첨의가 임금의 눈 밖에 나서 처형되는 일이 일어나면 안 되겠지요. 당신도 시중 직분을 내려놓으세요."

"부인, 속단하기에는 이릅니다. 침착하세요."

무거운 침묵이 내실을 가득 채웠다. 이춘부는 동생들과 아들 그리고 허씨 부인의 이야기를 듣고 여러 정황을 생각했다.

'나는 지난 육 년 동안 신돈의 여러 개혁정책을 뒤에서 기획하고 실행에 옮겼다. 영도첨의가 실각하거나 역당의 수괴로 몰려 처형된다면 나 이인임 그리고 그의 개혁정책을 추진하고 지지한 신료들이 모두 나락으로 떨어질 수 있다. 하지만, 아무리 임금이 잔인해도 영도첨의는 죽이지 못할 것이다. 그를 죽이면 지금까지 추진한 개혁정책이 물거품이 되고 만다. 그리되면 임금의 지난 세월이 허송세월이 된다는 의미일 테고, 수구세력들로부터 빼앗은 것들을 다시 돌려줘야 한다.'

"당신께서 무슨 말씀이라도 해 보세요."

허씨 부인이 내실을 억누르고 있는 침묵을 깼다.

"잘 들어 보아라. 임금이 영도첨의를 조정에서 내치는 일이 있더라도 그동안의 업적을 봐서 죽이지는 않을 것이다. 조정 내에서는 신돈을 지지하는 세력이 꽤 있다. 태후도 영도첨의를 어쩌지 못할 것이다. 영도첨의가 역도로 몰려 사약을 받거나 처형된다면, 그를 도와 개혁정치에 관여한 당료들도 다칠 수 있다. 어쩌면 나도 신돈과 역도의 수괴로 몰려 그와 같은 수준의 처벌을 받게 될 것이다. 아직은 아무것도 결정된 것이 없으니 사태의 추이를 관망해야 한다."

말을 마친 이춘부의 눈자위가 붉게 물들어 있었고 가족들은 전율하였다. 특히, 허씨 부인은 이춘부가 처벌될 수 있다는 말에 숨이 턱턱 막혔다.

"전하, 영도첨의가 반역을 도모했다는 것은 사실이 아닙니다. 투옥된 기현, 최사원 등이 자백했다는 내용도 믿을 수 없습니다. 소신의 생각으로는 그들이 순위부 관리들의 혹독한 고문을 이기지 못하고 토설한 내용일 것입니다."

이춘부와 참지문하부사 김란이 편전에 들어 왕을 알현했다.

"이 공초(供招)를 보시오."

왕이 순위부에서 올린 죄인들의 자백서를 내밀었다. 이춘부와 김란은 그 공초를 읽고 또 읽었다. 공초를 읽어 본 두 사람은 낯빛이 백지장처럼 변하면서 떡심이 풀리고 말았다. 그러나 그들은 왕이 건넨 공초를 보고도 물러날 수 없었다. 만약 그냥 물러난다면 허위 자백서를 인정하는 꼴이 되기 때문이었다.

"전하, 영도첨의는 밑절미가 단단하고 사리사욕이 없으며, 눈비음이 없는 순수한 분입니다. 그러한 분이 전하에게 위해를 가하려 했다는 기현 등의 자백은 믿을 수 없사옵니다."

김란의 말에도 왕은 굳은 표정으로 미동도 하지 않고 앉아서 두 신하를 노려보았다. 그 시선 속에는 저주에 가까운 분노와 질시 등이 포함된 듯했다.

"전하, 전에 소신이 김란, 이색과 함께 영도첨의를 무고했던 이존오와 정

흔들리는 가문 59

초를 순군옥에 가두고 문초한 적이 있습니다. 이번에도 소신들이 순군옥에 갇힌 자들을 직접 신문하게 하소서. 또한, 이번 일을 발고한 이인도 함께 잡아다 신문해야 합니다."

이춘부의 말에 왕은 이맛살을 찡그렸다. 왕은 이춘부와 김란을 도두보아 온 탓인지 두 사람을 처벌하고 싶은 마음이 없는 듯했다. 두 신하와 왕 사이에 긴장감이 팽팽했다.

"입정 사납게 굴지 말고 그만 물러가 소임에 충실하시오."

이춘부와 김란은 핏대를 세우며 역정을 내는 왕의 처사를 이해할 수 없었다. 특히 성정이 결곡한 김란은 왕이 화를 내더라도 그냥 물러갈 인물이 아니었다.

"사구아아구사(師救我我救師), 사생이지무혹인언(死生以之無惑人言), 불천증명(佛天證明). 스승은 나를 구하고 나는 스승을 구하니, 생과 사를 함께 할 것을 부처와 하늘에 맹세한다. 전하, 영도첨의와 하신 그 맹세를 잊으셨습니까?"

김란이 신돈과 왕이 언약한 내용을 언급하였다.

"약속이란, 두 사람 사이에 신뢰가 전제되어야 합니다. 신뢰가 헌신짝처럼 내팽개쳐진 상태에서 맹세가 무슨 소용입니까?"

더는 세 사람 사이에 원만한 대화가 불가능했다. 대궐을 나서는 두 사람의 얼굴에는 형언할 수 없는 우수와 근심이 서려 있었다.

"군주를 향해 창칼을 들이대려는 자들은 이미 신하가 아닙니다. 주상(主上)은 어째서 대역죄인들의 처결을 차일피일 미루고 있습니까? 속히 그들을 효수하여 국법의 지엄함을 보이세요. 선부의랑 이인의 투서가 사실로 드러난 이상 주저할 필요가 없습니다."

명덕태후와 권신들이 왕을 찾았다

"어마마마, 영도첨의는 지난 육 년 동안 소자를 대신하여 과감하게 개혁 정치를 추진했습니다. 시대의 흐름을 역행한다면 사직이 위태롭게 될 수도 있습니다. 역도 몇 명 죽인다고 해결될 일이 아니란 말입니다."

왕은 신돈에 대해 미련이 남은 듯했다. 실상 신돈 한 명을 죽이는 게 두려운 게 아니었다. 신돈을 죽이면 그동안 추진했던 여러 정책이 그의 몰락과 함께 물거품이 될 것이고 그를 중용한 책임이 왕 자신에게 돌아올까 우려될 뿐이었다.

"전하, 신돈의 도당들이 역모죄를 실토했으니 처형하소서."

김속명이 왕에게 아뢰었다. 그는 벼슬이 없는 상태라 왕을 알현할 일이 없는 상태지만, 명덕태후는 척리인 그를 자주 불러 왕실의 대소사를 상의하였다.

"전하, 신돈은 *대두이며 전하의 성총을 흐리고 있습니다. 차제에 옥석을 구분해야 합니다. 부디, 성심을 바르게 하소서."

감춘추관사 이인복이 태후와 왕의 눈치를 흘낏 보고 입을 열었다. 그는 이인임의 친형이었다.

"주상, 신돈을 잡아들여 추국하세요. 차일피일 시일을 끌다 보면 그들이 무슨 후림대수작으로 자신들의 죄상을 밀막으려 들지 알 수 없습니다. 그 자는 계속해서 주상의 앞날을 흥글방망이놀 것입니다."

왕은 모후와 두 신료의 간언을 무시할 수 없었다.

'타인의 말을 믿지 마십시오. 전하께서 소신을 보호하고, 소신이 전하를 보

*대두(大蠹) - 큰 좀벌레.

호해야 합니다.'

왕은 눈을 감았다. 신돈의 말이 귓전에 울렸다. 태후와 두 신료는 왕의 용안을 살피며 어서 왕이 모종의 결단을 내리기를 기대했다. 그러나 왕은 꿀 먹은 벙어리처럼 두 눈만 슴벅거릴 뿐 아무런 응답이 없었다.

'내가 신돈을 기용하기 전에 그와 한 약속이 있다. 신돈을 죽이면 안 된다. 하지만, 그를 죽이지 않으면 왕위를 부지하기 힘들게 되어 있다. 외부적으로 원의 잔당들이 몽골의 초원으로 쫓겨 가 북원이라는 나라로 명맥을 유지하고 있지만, 그들의 위세를 무시할 수 없다. 명나라가 우리 고려를 시시각각 압박해 오고 열도(列島)에서 올라오는 왜적들 또한 나날이 거칠게 고려를 겁박하고 있다. 내부에서는 어머니와 권문세족들이 나를 피곤하게 하고 있다. 이 난국을 타개하고 새로운 활로를 모색하기 위해서는 어쩔 수 없이 신돈 일파를 제거해야만 한다. 하지만 신돈을 죽이면 과인이 반야와 통정해 낳은 모니노는 어찌한단 말인가?'

왕이 마치 면벽 삼매경에 든 선승처럼 앉아 있자 김속명이 왕의 눈치를 한번 보고서 목청을 높였다.

"전하, 신돈은 초심을 잃고 권력과 사리사욕을 추구하는 정치 모리배가 되었습니다. 속히 처형하여 전하의 안위를 도모하고 국정을 공고히 해야 합니다."

김속명의 말이 끝나기 무섭게 이인복이 입을 열었다.

"전하, 신돈을 살려 두면 거대한 파당을 이루어 조정을 뒤엎으려 할 것입니다. 절대로 살려 두면 안 될 인물입니다."

왕은 괴로운 듯 용안을 찡그리면서도 응답이 없었다. 명덕태후 역시 이참에 신돈을 확실히 제거해야 한다고 다짐하고 있는 터였다. 본래 성정이 유약한 왕이라 언제 마음이 변해 궁따는 소리를 할지 모르기에 그녀는 불안했다.

"어마마마와 경들은 물러가세요."

"전하, 신돈을 반드시 죽여야 합니다. 속히 어명을 내리소서."

"어허! 물러가라고 했습니다."

김속명이 왕을 다그치려 하자 왕이 벌컥 성질을 내며 소리쳤다. 왕의 심기가 무척 불편한 것을 알고 명덕태후와 두 신하는 대전에서 물러났다. 그들도 답답하기는 마찬가지였다. 세 사람이 대전에서 물러나자 왕은 습관적으로 술을 찾았다.

'나의 유일한 핏줄인 모니노를 보호해야 한다.'

왕은 신돈의 소개로 반야를 만나 모니노를 얻게 된 사정을 회상했다. 왕은 신돈이 권문세족을 정권에서 축출하고 백성들에게 희망을 준 치적을 인정하고 있었다. 이제 그를 정권에서 배제하려니, 마음에 걸리는 것이 많았다. 왕자 모니노는 사실 신돈이 아니면 세상에 태어날 수 없는 존재였다. 명덕태후와 수구세력들의 신돈을 숙청하라는 요구에 시달리느라, 왕은 최근 들어 모니노와 반야에게 신경 쓸 겨를이 없었다.

서너 해전 어느 봄날 땅거미가 질 무렵, 왕은 내관 서너 명을 대동하고 신돈의 집을 방문하였었다. 신돈의 집에는 절세가인 반야가 있었다. 집 근처는 온통 진달래꽃으로 단장되어 있었다. 진달래를 좋아하는 반야의 요구에 신돈이 집 둘레에 진달래나무를 심었기 때문이었다. 달포 전부터 신돈이 방문해 달라고 요청했기 때문에, 왕은 그의 거처로 발을 옮겼다.

"민춤한 소녀가 감히 지고하신 전하를 알현하나이다."

반야가 나부시 절을 하였다. 왕은 인사하는 반야를 내립떠보다가 깜짝 놀
랐다. 반야의 미모가 보통이 아니었다. 왕은 눈을 씻고 그를 다시 살펴보았
다. 왕은 원나라와 고려의 모든 미인을 간품해 보았지만, 그들의 외모는 반
야에 비할 바가 아니었다. 왕은 눈부신 외모와 오달져 보이는 반야를 보면
서도 자신의 눈을 의심했다. 백옥보다 흰 얼굴에 미소가 드리웠고, 언뜻 비
치는 단순호치는 금방 왕의 혼을 빼놓았다. 허리까지 내려온 하늘거리는
유발(柳髮), 한 움큼밖에 안 될 것 같은 허리는 환상적이었다. 전신에서 색
기가 자르르 흘렀다. 왕은 매초롬한 반야를 바라만 보아도 가슴속이 삽상
하였다.

"전하, 반야는 소신의 먼 친척 딸입니다. 소신이 전하의 부름을 받고 조정
에 출사하여 낮에는 집이 늘 비어 있는지라 반야를 소신의 집에 머물게 하
였습니다. 이곳에서 반야는 소신의 잔무를 거들고 있사옵니다. 저 아이는
그림과 노래 그리고 춤을 익혀 예기(藝妓) 못지않습니다. 소신이 전하께 향
기 진한 해어화 한 송이 진상하옵니다."

"고려에 이처럼 기가 막힌 경국지색이 있었다니 믿기지 않습니다. 과인
이 그동안 허상들만 보았습니다. 과인은 지금 곤륜산의 요희(瑤姬), 아니 백
의관음의 현신을 보는 듯합니다. 과연 방향이 진하고 아름다운 기화요초가
틀림없습니다. *청한거사는 풍류를 아시는 분입니다."

지금껏 왕이 한 여인을 앞에 두고 이처럼 침이 마르도록 칭찬한 적이 없
었다. 반야의 미모에 취한 왕은 마치 수도승이 어느 한순간에 도를 깨우친
돈오한 모습과도 같았다. 왕비 부다시리
가 궁에 있지만 왕은 진정한 여인을 만났
다는 기쁨에 들떠 정신을 차리지 못했다.

* **청한거사(清閑居士)** – 왕이 신돈에
게 내린 법호(法號).

"전하, 소비는 곤륜산의 요희도 좋고 백의관음도 좋습니다."

왕은 반야에게 첫눈에 반해 자신이 지금 무슨 말을 듣고 있는지 분간도 하지 못할 지경이었다. 궁궐과 개경의 이름난 기루에만 고려 최고 미인들이 있는 줄 알았던 왕은 그동안 만났던 여인들에게 속은 것 같아 내심 노기(怒氣)가 탱천하였다. 왕은 그동안 미인이라고 이름난 여인들과 무수히 접촉을 가졌지만, 반야의 수려한 미모에 비하면 모두 허접한 군상들이었다.

"네가 노장(老莊)과 싯다르타에 관심이 많은가 보구나. 아무렴, 네가 곤륜산의 요희면 어떻고 백의관음이면 어떠냐?"

왕은 아리따운 반야에게서 잠시도 시선을 떼지 못했다. 시선을 다른 곳으로 돌리면 그녀가 연기가 되어 금방 사라질 것만 같아 조바심쳤다. 왕은 반야를 정말로 곤륜산에 있다가 잠시 개경에 온 선녀로 착각하고 있었다. 반야는 신돈이 조정에 출사하기 전에 개경 외곽의 현화사(玄化寺) 주지로 있을 때, 그와 인연을 맺었다. 그는 중인 가문의 여식으로 기루에 잠시 머물기도 하였는데, 신돈이 우연히 기루에 갔다가 첫눈에 반야의 가치를 알아보고 현화사에 머물며 불도(佛道)에 정진하게 했다. 그러나 그의 타고난 끼는 어찌할 수 없었다.

신돈이 조정에 출사하면서부터 반야는 신돈의 집에 머물며 그의 시첩(侍妾)인 동시에 침첩(寢妾) 역할을 하게 되었다. 한편 왕이 후사가 없어 늘 고민하는 것을 신돈은 그냥 흘려버리지 않았다. 어녀술(御女術)에 통달한 신돈은 반야에게 규방의 비술을 전수하였다. 반야는 이미 남자를 잘 알고 있었기 때문에 규방술을 쉽게 터득하였다.

"전하, 소신이 주연을 준비하였나이다. 대청으로 드시지요."

흔들리는 가문

신돈은 반야에게 최고급 비단옷을 입히고 요염하게 단장을 시켰다. 대청에 준비된 주연장으로 자리를 옮긴 왕은 눈이 휘둥그레졌다. 대형 교자상 여러 개를 붙이고 그 위에 붉은색 비단을 깔았는데 거기에 산해진미가 산더미처럼 쌓여 있었다. 성인 스무 명이 먹고도 남을 분량이었다. 바닥에는 황금색 비단으로 만든 푹신한 수석(繡席)이 깔리고 뒤로 십장생이 수놓인 병풍이 쳐져 있어서 화려함의 극치를 더해 주고 있었다. 주연장 주변에는 진달래가 탐스럽게 핀 화분들을 빙 둘러 배치하였다. 주연장에는 악공들과 무희들이 대기하고 있었는데 무희들의 날개옷이 너무 현란하여 악공들은 어디에 시선을 두어야 할지 몰라 당황하는 기색이 역력했다. 그녀들은 신돈이 개경 저자의 유명 기루에서 데려온 가기(歌妓)들이었는데 미모도 출중했다.

"전하, 소비가 두견주를 올리겠나이다."

왕은 술잔을 잡고서 반야의 하얀 손을 정신없이 바라보았다. 그녀의 양 손목에는 황금으로 만든 팔찌, 양손 무명지에는 옥가락지가 끼어 있었는데 작고 앙증맞은 손에 너무나 잘 어울렸다. 왕의 시선이 반야의 얼굴로 옮겨 갔다. 왕의 끈적한 시선은 그녀의 얼굴에서 떨어질 줄 몰랐다. 왕은 반야의 얼굴에 요사(妖邪)와 방종의 절묘함이 숨어 있음을 간파하였다.

'정말로 아름다운 여인이다. 이 같은 절세가인이 어째서 이제야 과인 앞에 나타났을까. 그동안 어디 있었기에 뒤늦게 인연이 닿은 것일까. 가끔 꿈을 꾸면 정체불명의 가인(佳人)이 나타났다 사라지곤 했는데, 그 실살스럽고 오련한 여인은 과인 앞에 있는 반야가 틀림없다.'

왕이 넋을 빼고 주억거리며 반야를 바라보았는데, 그 눈동자가 약간 풀린 듯 보였다. 왕은 이미 반야의 돌올한 미모에 취해 사리 분별을 할 수 없을 정도로 미욱한 상태였다. 곁에 앉아 있던 신돈은 속으로 덩둘해진 왕을 바라보며 흡족해했다. 왕은 정신이 반쯤 나간 듯 언거번거하게 말이 많았다.

"소비는 언제부턴가 환영을 보기 시작하였습니다. 잠시 선잠이 들거나 혹은 무심결에 칠칠하고 습습해 보이는 헌헌장부가 소비 앞에 나타났다가 순식간에 사라지는 이상한 현상이었는데, 이제 생각해 보니 그 옥골선풍의 장부가 바로 전하였습니다. 소비는 몽중인을 뵈었으니 당장 죽어도 여한이 없사옵니다."

왕은 반야의 뻔한 후림대수작에도 입이 벌어져 다물 줄 몰랐다. 반야의 꿈 이야기에 왕은 진정으로 그녀를 천생연분이라고 생각하는 듯했다. 신돈이 손을 들어 신호를 보내자 악공들이 풍악을 울리기 시작하였고, 무희들이 속이 훤히 비치는 비단 사(紗)로 된 옷차림으로 현란한 춤을 추었다. 주연장이 흥취로 한창 무르익을 즈음 반야가 일어나더니 신돈에게 한쪽 눈을 찡끗하였다.

"전하, 반야는 춤이면 춤, 노래면 노래, 연주면 연주 등 못 하는 게 없사옵니다. 저 아이의 장기를 감상해 보시지요."

신돈은 반야의 묘기를 속히 왕에게 보여 주고 싶었다.

"영도첨의, 과인은 *광한청허부나 *요지에 온 듯합니다."

왕은 신돈의 집이 마치 신선들이 사는 고상한 공간 같다고 느꼈다. 푸른 기와, 붉은 기둥, 금빛 찬란한 벽지와 반질반질한 거실 바닥 등, 신하의 집이 왕궁보다 더 호화스러웠다. 반야 역시 무희들

* **광한청허부(廣寒淸虛府)** – 달나라 미인 항아가 사는 월궁.
* **요지(瑤池)** – 전설적인 선녀 서왕모가 사는 곤륜산의 궁궐에 있는 연못을 말한다.

이 입은 옷 못지않게 화려하고 가벼운 날개옷을 입었다. 그녀는 청산별곡을 구성지게 부르고 난 뒤 무희들과 한데 어울려 춤을 추기 시작하였다. 반야의 춤사위가 어찌나 현란한지 왕은 넋을 빼고 바라다보았다. 빠르게 추다가 천천히 이어지고 다시 강약 고저의 풍악에 맞춰 추는 그 몸놀림에 왕은 구름 위에 뜬 느낌이었다. 왕은 반야의 동작에 술기운이 오르는지 가리산지리산하며 달랑쇠처럼 히죽거렸다.

"영도첨의, 과인이 지금 생시에 있는 거요? 아니면 꿈을 꾸고 있는 거요? 분간이 안 갑니다. 진작 이런 자리를 마련하지 않고요?"

"앞으로 오늘 같은 자리를 약비나게 만들도록 하겠나이다."

신돈이 고개를 조아렸다. 왕은 이미 반야의 미모에 취하고 미주(美酒)에 취해 제정신이 아닌 듯 보였다. 반야는 춤을 추면서도 왕과 시선을 맞추었다. 그때마다 왕은 어린아이처럼 나부대며 손을 흔들어 댔다. 시선이 마주칠 때마다 두 사람의 눈에 파란 불꽃이 튀었다. 한바탕 가무가 끝나자 이번에는 반야 홀로 무대에 섰다. 반야가 왕을 흔연하게 만드는 일은 신산스럽고 각다분하기 이를 데 없었다.

쌍화점에 쌍화(雙花) 사라 가고신댄
회회(回回) 아비 내 손모글 주여이다.

악공들의 비파와 호금(胡琴) 반주에 맞춰 반야의 맑고 청아한 목소리가 울려 퍼졌다. 그녀의 아름다운 노랫소리는 달아올랐던 주연장의 달뜬 분위기를 차분하게 만들면서 한층 격조 높은 상태로 만들었다. 반야가 부르는 노래는 〈쌍화점(雙花店)〉으로, 원나라 간섭기에 대식국(大食國) 상인들이 개경에 들어오면서 고려 여인들과 맺어지는 농도 짙은 내용을 그린 퇴폐적 성격이 강한 노래였다. 반야의 애절하게 끊어질 듯하다가 이어지는 노랫소리에 왕은 거의 혼절할 수준에 이르렀다. 궁중에는 반야처럼 춤 잘 추고 노래를 기가 막히게 부르는 궁인(宮人)이 없었다. 반야가 노래를 부르며 왕에게 다가왔다.

〈쌍화점〉에 이어서 반야는 누에가 입에서 비단 실을 뽑아내듯 남녀상열지사인 〈만전춘(滿殿春)〉을 애끓는 목소리로 불렀다. 이 노래 역시 남녀 간의 농도 짙은 사랑의 표현을 대담하게 담은 속요로 주로 기루나 유곽의 기녀들이 불렀다. 왕은 자리에서 일어나 반야의 허리를 끌어안고 노래를 따라 하였다. 그리고는 노래하는 반야를 번쩍 들어 올리더니 빙빙 돌며 만면에 웃음을 머금었다.

반야의 노래가 끝나자 무희들이 무대를 돌며 춤사위를 선보였다. 그들의 날개옷은 입으나 마나였다. 은은한 불빛에 비치는, 무희들의 반라(半裸)의 요염하고 음란해 보이는 여체가 왕의 춘심을 자극하였다. 달은 송악산 너머로 사라지고 멀리서 귀촉도 우는 소리가 간간이 들려왔다. 노래와 춤을 끝내고 자리에 앉은 왕과 반야는 땀으로 흠뻑 젖어 있었다.

"과인은 태어나서 지금처럼 즐겁고 환상적인 시간을 가져 본 적이 없었다. 과연 너는 이름대로 과인에게 지혜와 깨달음을 줄 보물이로다."

왕은 연신 술잔을 비웠고, 신돈은 왕의 눈치를 살피며 슬며시 어둠 속으로 사라졌다.

"전하, 소비도 오늘 진정한 정인을 만난 듯하나이다. 하해와 같은 승은(承恩)을 내리소서. 이제 밤도 깊었사오니 침수 드셔야 합니다."

어느새 무희와 악공들도 물러가고 왕과 반야만 남았다.

"이곳에 과인이 잘 곳이 있더냐?"

왕이 귓속말로 반야에게 물었다. 반야는 웃으며 고개를 주억거렸다. 그때 신돈이 다시 나타났다. 신돈이 고개를 끄덕거리며 반야와 의미심장한 미소를 주고받았다. 신돈의 집은 저택이었다. 비록 왕궁만큼은 아니지만, 안채와 바깥채 그리고 별채로 나누어져 있어서 임금이 임시로 머무는 행궁(行宮) 같았다. 왕과 반야는 삼경(三更)이 훨씬 넘은 시각에 별채로 들었다. 별채에는 합환주와 함께 조촐한 주안상이 준비되어 있었다.

"과인과 네가 합궁을 하는 것이더냐?"

"전하, 소비가 마음에 들지 않더라도 오늘 밤은 소비를 내치지 마소서. 정성을 다해 전하를 모시겠나이다."

반야가 땀에 젖은 왕의 옷을 벗기고 잠옷으로 갈아 입혔다. 그런 뒤 날개옷을 벗고 속옷 차림으로 왕 앞에 다소곳이 앉았다.

"내치다니? 말도 안 될 소리다. 과인은 이 집에 온 뒤로 지금까지 꿈을 꾸고 있는 느낌이야. 여기는 곤륜산의 요지가 맞다. 너는 오늘 밤 과인의 요희가 돼야 한다. 밤새 비가 되어 과인의 답답한 가슴을 시원하게 해 주렴."

서로 마음을 주고받은 왕과 반야는 행동에 거침이 없었다. 별채에 불이 꺼지고 나자 궁에서 왕을 수행하고 온 내관들과 신돈은 별채 주변을 돌며 행여나 있을지 모를 잡인의 접근이나 변고에 대비하였다. 별채 침전에서 들려오는 반야의 애끓는 신음과 왕의 씨근덕대는 소리가 간간이 문틈으로 흘러나왔다.

별채를 밤새 수직하는 내관들은 끈끈하게 이어지는 남녀의 탄성을 들으면서 실내에서 진행되고 있을 왕과 반야의 교합(交合)을 상상하였다. 그러나 그들은 반쪽짜리 사내들이었기 때문에 더 이상의 상상은 금물이었다.

반야는 요분질에 이골이 나 있었다. 그녀는 다양한 형태의 규방술로 왕을 지극한 열락의 세계로 인도하였다.

"이 내관, 우리는 눈과 귀를 틀어막고 살아야 하는 운명일세."

"세상은 참으로 불공평해. 처음부터 반쪽이 아니었는데……."

두 사람의 합기는 새벽 첫닭이 울 때까지 이어졌다.

반야와의 첫 방사(房事) 이후 왕은 밤낮으로 반야를 그리워하여 사나흘 간격으로 신돈의 집을 찾았다. 왕이 신돈의 집으로 행차하는 일이 잦아지자 명덕태후 홍씨의 귀에 '반야'라는 이름이 전해졌다. 그러나 태후는 왕의 그러한 일에 크게 개의치 않았다. 그동안 한 달, 두 달, 석 달, 반년이 지나도록 왕의 출궁은 계속 이어지고 있었다. 부다시리 왕비도 왕의 빈번한 출궁을 알고는 있었지만 뭐라고 하지 않았다. 그런데 왕비에게 기적이 찾아왔다. 그녀가 회임을 한 것이었다. 왕은 부다시리 왕비의 임신을 기뻐하면서도 반야를 찾았다.

"전하, 어찌하면 좋습니까? 지난달부터 소비에게 꽃물이 끊겼습니다. 딸꾹질과 함께 *오조증이 심해 하루 세끼 식음(食飮)을 넘기기도 어렵습니다. 시큼한 것이 먹고 싶습니다."

왕은 왕비 이외에 후궁들과 가끔 관계를 맺었지만, 그녀들에게서 수태했다는 소식이 들려오지 않자 자신의 생식 능력을 의심했었다. 그런데 부다시리 왕비에 이어 반야가 덜컥 임신하자 왕은 믿기지 않았다.

"전하, 경하드립니다. 이는 전하뿐만 아니라 고려 왕실, 더 나아가 고려 만백

* **오조증(惡阻症)** – 입덧.

성의 홍복이옵니다."

"모든 게 청한거사 덕분입니다."

왕은 신돈을 크게 칭찬하며 어주(御酒)를 내렸다.

"전하, 소비가 얼마 전에 꿈을 꾸었습니다. 소비가 눈 덮인 산에 오르고 있는데 갑자기 커다란 흰 코끼리 한 마리가 소비의 오른쪽 옆구리를 통해 몸속으로 들어왔습니다. 얼마나 놀랐던지 일어나 보니 온몸이 땀에 젖어 있었답니다. 생전 본 적도 없는 코끼리가 어째서 소비 몸으로 들어왔는지 도대체 알 수가 없습니다."

반야는 신돈이 미리 말해 준 대로 꿈 이야기를 부풀려 왕에게 전했다. 왕은 반야의 꿈 이야기를 듣더니 반야의 배를 살살 문지르며 대견스러워했다.

"네가 부처님 꿈을 꾸었구나. 마야부인이 부처님을 임신했을 때에도 그 같은 꿈을 꾸었다. 흰 코끼리는 석가모니의 현신이나 다름없단다. 왕비도 태몽을 꾼 적이 없는데, 네가 그런 신성한 꿈을 꾸다니 이는 고려 왕실의 경사가 아닐 수 없구나. 참으로 대견하구나."

"전하, 이 아이가 딸인지 아들인지 모르는데요?"

"네가 흰 코끼리 꿈을 꾸었으니 아들이 틀림없다."

왕은 반야의 임신 소식에 뛸 듯이 기뻐하였다. 또한 반야가 코끼리 꿈을 꾼 사실을 왕은 일종의 신의 계시로 생각하였다. 왕은 곧장 모후인 명덕태후에게 달려가 반야의 임신을 고했다. 그러나 어쩐 일인지 태후 홍씨는 크게 반가워하는 얼굴이 아니었다. 신돈은 왕의 부탁을 받고 반야를 먼 시골의 친척 집으로 내려보냈다. 그리고 반년이 훨씬 지난 음력 칠월에 몸을 풀었다. 부다시리 왕비가 출산 중에 사망하고 다섯 달이 지난 한여름이었다.

"전하, 반야가 왕자를 낳았습니다."

반야가 왕자를 순산하자 왕의 기쁨은 형언할 수 없었다. 신돈의 위상은 더욱 치솟았다. 왕은 신돈에게 아낌없는 찬사와 신임을 주었고, 신돈도 왕의 신임을 등에 업고 왕의 개혁정책을 강력하게 밀어붙였다. 어느 늦가을 신돈은 반야가 돌아왔음을 알렸다. 왕은 초저녁에 미복 차림으로 신돈의 집으로 행차하였다. 반야는 몸을 예전의 상태로 회복한 상태였다.

"소비 모자가 전하를 뵙습니다. 왕자 이름이 아직 없습니다."

반야가 왕자를 왕에게 보였다. 왕의 입이 함지박만 해졌다.

"전하, 왕자님의 존호로 모니노(牟尼奴) 혹은 여래노(如來奴)가 어떠하옵니까? 모니노는 석가모니의 모니와 종 노(奴) 자를 붙인 것이고, 여래노는 부처님의 별칭인 석가여래의 여래와 종 노 자를 합한 존호이옵니다. 종이란 부처님의 제자를 뜻하옵니다. 반야라는 이름도 반야심경에서 차용한 이름입니다. 중국의 역대 왕후장상 중에는 이와 유사한 존호가 있었습니다. 당 태종의 황후 장손씨의 아명은 관음비(觀音婢)였고, 북송 휘종 황제의 강하부인 존호가 관음노(觀音奴)였습니다. 거란국 성종 황제 야율융서(耶律隆緖)의 별명은 문수노(文殊奴)였습니다."

신돈의 제안이 왕에게 그럴듯하게 들렸다. 어미와 자식에게 부처님과 연관된 이름을 지어 주면 여러 면에서 잘 어울릴 듯했다. 또한, 반야가 태몽으로 흰 코끼리가 나타나는 꿈을 꾸었으니 크게 나쁘지 않을 것 같았다.

"전하, 소비는 모니노란 존호가 친근하게 다가옵니다."

반야가 낳은 왕자의 존호는 그녀의 요구로 모니노로 정해졌다. 신돈은 별채를 깨끗하게 단장하고 두 사람만의 화려한 동방(洞房)을 꾸몄다. 저녁 식사를 마치자마자 왕과 반야는 곧 별채로 옮겨 흐연한 분위기를 이어 나갔다. 신돈은 병부에 명해 군사들이 집 주위를 철통같이 지키도록 하였다.

왕은 오랜만에 반야를 품었다. 아기를 낳은 반야의 육덕은 무척 흐벅져 있었다. 왕은 부다시리 왕비를 잃은 뒤로 후궁들과 일절 합방을 하지 않았고, 구중궁궐의 후비들은 밤마다 탄식이 늘어만 갔다. 후궁들은 반야의 미모에 훨씬 미치지 못했을 뿐만 아니라, 가무와 방사(房事)의 기교는 반야와 비교도 할 수 없었다. 왕은 정숙한 여인보다는 요염하고 색기가 잘잘 흐르는 여인을 선호하였다.

"네가 출산을 하더니 심성도 유순해지고 몸피도 풍만해 보이는구나. 무림산중에 숨겨진 홍목단의 옹달샘이 무척 그리웠단다. 오늘 밤도 은은한 촛불 아래서 거각준좌(擧脚蹲坐)의 자세로 질박한 자태를 과인에게 보이거라. 너의 환상적인 몸짓을 보고 싶구나."

"전하, 부끄럽습니다."

왕은 흐뭇한 표정으로 반야를 살피다가 그녀를 무릎 위에 앉혔다. 반야의 몽실한 둔부에서 전해지는 따뜻한 온기와 체취가 왕의 오감을 강하게 자극하였다. 왕이 반야의 상반신을 살며시 더듬었다. 반야가 임신하고 나서 왕과 반야는 오랫동안 잠자리를 하지 못했다. 반야가 없는 동안 왕의 괴고는 이루 말할 수 없었다. 반야와 왕은 술에 취한 상태였다. 반야가 능숙하게 왕을 잠자리로 이끌었다.

반야가 촛불 하나를 입으로 불어 껐다. 희미한 불빛 속에서 벌거숭이가 된 남녀의 움직임이 변화무쌍한 그림자로 벽에 그려졌다. 반야의 뒤까부는 몸짓에 왕은 밭은 숨을 토해 내기 바빴다. 남흔여열한 열락의 밤이 깊어 가는 줄도 모르고 동방에는 뜨거운 열기로 가득하였다. 반야가 질러 대는 교성이 별채 주변을 숙위하는 내관들의 귀에도 전해졌으나, 그들은 못 들은 체 하며 심드렁한 얼굴로 하늘의 별만 바라보았다.

"뭐라고요? 우리 측 인사들이 모두 잡혀가 고신(拷訊)을 받았다고요? 그리고 내가 임금을 시해하려고 음모를 꾸미고 있었다고요?"

이춘부와 김란이 신돈의 저택을 찾았다. 신돈은 갑자기 군사들이 몰려와 집 주위를 빙 둘러싸고 집안사람들의 출입을 막은 처사에 대충 무슨 변고가 있으리라 짐작은 했지만, 자신이 역모의 수괴로 지목된 줄은 전혀 모르고 있었다. 그래서 지금 두 사람이 무슨 말을 하는지 얼른 알아듣지 못했다. 두 사람이 자신을 놀리기 위해 농담을 하고 있다고 생각했다. 하지만 두 사람의 성정과 언행으로 보아 농담도 아닐 것 같았다.

"첨의 어른, 소신들이 전하를 뵙고 곧바로 이리 왔습니다."

김란이 어두운 낯빛으로 겨우 입을 열었다. 말하는 사람과 듣는 사람 사이가 백 리쯤 떨어진 듯했다. 신돈은 미동도 하지 않은 채 벽만 바라보았다. 중신들과 대화하는 중이라도 신돈이 갑자기 삼매에 들면 무조건 기다려야 했다. 방 안에는 세 사람의 둔중한 숨소리로 가득했다. 반 시진이 지나자 신돈이 눈을 떴다. 그리고 김란과 이춘부를 물끄러미 바라보았다.

"전하께서 뭐라고 말씀하시던가요?"

이춘부가 왕이 말한 내용을 그대로 전달했다. 그동안 신돈은 면벽하듯 눈을 감고 듣고만 있었다. 그는 꿈결처럼 흘러간 지난 세월을 회고하는 중이었다.

'인생무상이로다! 색즉시공이고 공즉시색이로다! 나는 왕에게 쓸모없는 물건이 되었구나. 내가 일인지하만인지상의 자리에 앉은 것은 오로지 옥천사 노비로 눈물의 세월을 사신 어머니와 숫백성을 위로하기 위해서였다.

나는 사찰 노비인 어머니와 양산 지역 신씨(辛氏) 양반의 하룻밤 풋사랑으로 태어났다. 나는 지금도 나의 생부가 누구인지 알지 못한다. 노비로 한평생 사신 불쌍한 어머니에게 기를 펴게 해 드리고, 힘없는 백성들이 권세가들의 그늘에서 노예처럼 살아가는 세상을 뒤집어 보려고 했다. 나의 뜻은 어느 정도 이루어졌다. 이만하면 세속에서 나의 목표는 달성되었다. 그러나 그 모든 혁신이 내가 세상에서 사라지는 날 본래의 모습으로 바뀔 것이다.'

이춘부에 이어 김란이 그동안 신돈이 이룩한 개혁에 대한 업적을 일일이 나열하며 왕의 처사에 분개하였다. 그러나 신돈은 삼매에 든 선승처럼 부동의 자세를 유지하고 있었다.

"이리 앉아만 계실 겁니까?"

이춘부가 숨소리도 내지 않고 기신대고 있는 신돈을 향해 한마디 했지만, 신돈은 여전히 부동의 자세를 유지할 뿐이었다. 내실에 세 사람의 어깨를 짓누르는 천근 무게의 침묵만을 강요했다. 그렇게 반 식경이 흘렀다. 신돈이 눈을 번쩍 뜨더니 이춘부와 김란을 넌지시 바라보았다.

"만사휴의입니다. 제행무상이고 제법무아입니다. 두 분은 그동안 나를 위해 많은 고생을 하셨습니다. 인명은 재천이니 하늘이 알아서 할 것입니다."

신돈의 말은 세속의 삶을 포기한 듯했다.

"첨의 어른! 이리 쉽게 모든 것을 끝내려 하십니까?"

"영도첨의 어른! 어찌 반항도 하지 않고 쉽게 포기하십니까?"

이춘부와 김란의 울음 섞인 소리에도 신돈은 아무런 답변이 없었다. 이춘부와 김란이 아무리 하소연해도 신돈은 눈을 감고 묵묵부답이었다. 칠월의 뜨거운 뙤약볕이 신돈의 저택에 사정없이 쏟아지고 있었다. 두 사람은 신돈의 무기력한 모습에 낙담하고 반쯤 정신이 나간 상태가 되었다.

신돈의 저택을 나서는 두 중신의 발걸음이 따가운 햇볕 속에서 아지랑이처럼 허청거렸다. 이춘부와 김란은 서로의 손을 굳게 한번 잡고 나서 각자의 집으로 향했다. 이춘부는 가끔 들르던 행화촌으로 들어섰다. 주모가 그를 알아보고 손을 비비며 달려왔다.

"시중 나리, 어서 오세요. 봉놋방으로 드세요."

"난 평상이 좋습니다. 주모, 여기 탁배기 한 잔 주시오."

머리에 백설을 수북하게 이고 있는 늙은 주모는 수십 년간 이춘부를 지켜보고 있었다. 자주는 아니지만, 이춘부는 고민거리가 있으면 고급 기루가 아닌 집 근처 주막에 혼자 들르곤 했다. 이심전심으로 무언의 대화를 나누고 있는 두 사람은 세상에서 가장 편한 친구이기도 했다. 주모가 얼른 소반에 탁주와 안주를 내왔다.

"시중 어른, 쇤네가 한 잔 올리겠습니다."

"고맙구려. 나만 늙은 줄 알았는데, 주모도 많이 변했습니다."

이춘부는 고려의 재상이지만 다른 고관대작들처럼 신분을 따지며 백성들을 대하지 않았다. 안마당에는 여러 개의 평상이 놓여 있었는데 이미 다른 축들이 앉아 술을 마시고 있었다. 그들은 독작하는 이춘부를 훔쳐보며 귓속말로 소곤거렸다. 그중에는 이춘부를 아는 사람도 있었다. 어느덧 땅거미가 지자 주모가 등불을 밝혔다.

'나의 시대도 이리 허무하게 끝나고 말 것인가? 나 하나만 다치면 그만이지만 나로 인하여 아우들과 자식들이 다칠 수도 있다. 영도첨의가 숙청당하고 나면 그다음은 나를 비롯한 김란이나 유탁, 이백수, 백현, 손연 등 첨의의 추종 세력들이 숙청될 것이다. 만약을 위한 일에 대비해야 한다.'

이춘부는 술잔을 비웠다. 술맛이 무척 텁텁하면서 썼다.

"주모, 거간꾼 최 씨를 알지요? 최 씨 좀 불러 주구려."

주모는 최 선달의 집으로 사람을 보냈다. 최 선달은 젊어서 과거에 급제하여 말단 벼슬을 하다가 뇌물을 받은 죄로 삭탈관직 되어 거간꾼으로 살아가는 자였다. 그래도 언변이 뛰어나고 사람 사귀는 너울가지가 있어 개경에 많은 벗을 두고 있었다. 특히 집과 땅을 팔거나 사는 일 또는 남의 송사에 개입하여 판결을 유리하게 나오게 하는 등 재주가 많아 주변에서 최 선달을 찾는 이들이 제법 많았다.

"미거한 소인이 시중 어른을 뵙습니다."

"최 선달! 땅 좀 팔아 줘야겠네. 내가 급전이 필요해서 그러니 무조건 사흘 안으로 팔아야 하네."

"시중 어른, 요즘은 비수기라 매매가 잘 이루어지지 않습니다. 팔려는 땅의 규모가 얼마나 되는지 모르겠지만 달포는 잡아야 할 것 같습니다."

"달포는 너무 길어. 가격을 낮추더라도 사흘 내로 마무리하게."

"팔려고 하는 땅이 얼마나 되고 어디 있는데요?"

최 선달은 급전이라는 말에 속으로 재바르게 셈평을 하고 있었다.

"그 땅은 모두 개경에 있네. 유동(柳洞)에 있는 집터 천 평이 있고, 배오개에 밭 삼천 평, 수철동(水鐵洞)에 논이 오천 평, 양온동(良醞洞)에 과수원 만 평이 있네."

이춘부는 종이에 그림을 그리며 정확한 위치를 알려 주었다. 그는 일단 매매하기 쉬운 땅을 팔기로 했다. 조상 대대로 내려오던 땅을 팔아야 하는 절박함에 그는 헐값에라도 팔려고 마음먹고 있었다. 그 밖에 두모사동(斗毛寺洞)에 선산과 임야가 수십만 평 있지만, 쉽게 환전하기 어려울 듯하여 환금이 쉬운 땅만 팔려고 했다.

"시중 어른, 수철동은 대장장이 마을이 있는 무쇠골을 말하는 거지요? 그쪽은 땅값이 약한 편입니다. 평당 닷 냥 정도입니다. 배오개 밭은 요즘 거래되는 시세가 평당 세 냥 정도입니다. 유동은 영도첨의 어른이 사시는 동네인데 그곳은 개경에서도 땅값이 괜찮은 편입니다. 평당 스무 냥 정도는 받을 수 있습니다. 집터는 매매가 잘되는 편입니다. 양온동 과수지는 평당 닷 냥 정도입니다."

최 선달은 속셈이 빠르기는 하지만 이악한 자는 아니었다.

"그럼, 모두 얼마나 되는가?"

"무쇠골 논이 이만 오천 냥, 배오개 밭이 구천 냥, 유동 집터가 이만 냥, 양온동 과수지 오만 냥, 모두 십만 사천 냥입니다. 거기서 거간비가 전체 금액에서 오 푼이니까 오천이백 냥입니다. 거간비를 빼면 구만 팔천팔백 냥입니다."

이춘부도 속셈으로 최 선달이 부른 값을 검산했다. 손가락을 접었다 폈다 하더니 흡족한 표정을 지었다.

"최 선달, 내일 중으로 토지문서를 넘겨줄 테니, 꼭 사흘 안으로 땅값을 가져와야 하네. 내가 급해서 자네를 믿고 넘기는 것이야. 그리고 이건 내가 그냥 물어만 보는 것인데, 우리 집을 팔면 얼마나 되겠는가? 대지가 이천 평, 건물이 다섯 채로 대략 오백 평쯤 나갈 걸세. 집은 지은 지 이십 년쯤 되네."

"시중 어른 집은 개경의 요지라서 값이 비싼 편입니다. 집터만 평당 오십 냥은 족히 갈 겁니다. 건물도 지은 지 이십 년쯤 되었고 다섯 채면 상당한 가격이 될 겁니다. 대지와 건물값으로 십오만 냥은 될 겁니다."

'집은 혹시 남을 가족이 살아야 하니 팔 수는 없다. 땅을 파는 것도 안사람과 상의를 해 봐야 하는데, 나 혼자 결정했다고 나중에 뭐라고 하는 거 아

닌지 모르겠네. 하지만 시간이 없다. 빨리 정리를 해야 한다.'

이춘부는 집과 선산 등 다른 가산은 팔고 싶은 마음이 없었다. 그에게는 개경 이외 지역에도 조상 대대로 내려오는 전답이 더 있었다. 그 농토에서는 백성들에게 소작을 부치게 하였는데, 가을에 다른 지주들에 비해 소작료를 적게 받았기 때문에 사람들은 이춘부의 전답을 서로 부치려고 눈독을 들이고 있을 정도였다. 선산에는 조상의 묘가 있으므로 건드릴 수 없었다.

"시중 어른, 소인이 내일 댁으로 찾아뵙겠습니다."

이춘부는 최 선달이 돌아가고 난 뒤에도 시척지근한 술 한 잔 따라 놓고 반 시진쯤 멍하니 앉아 어둑해진 하늘만 올려다보았다. 술 마시러 온 손님들은 하늘바라기처럼 앉아 있는 이춘부를 바라보며 고개를 갸우뚱거렸다.

"서방님, 아버님께서 너무 늦으시는 것 같아요."

"글쎄. 귀가하실 때가 지났는데……."

홍씨 부인은 자꾸만 불안한 생각이 들어 한시도 마음을 놓을 수 없었다. 낮에도 친정에 잠깐 다녀왔지만, 불안감은 가시지 않았다. 그녀는 이번 일로 예부상서로 있는 친정아버지 홍상재에게 불똥이 튈까 걱정하였다. 이옥과 슬하에 두 아들을 두고 행복감을 만끽할 시기에 집안에 먹장구름이 드리우자 그녀는 좌불안석이었다. 이옥은 집안의 충직한 하인 막쇠에게 마을을 샅샅이 뒤져 이춘부를 찾아보게 했다. 이경(二更)이 다 돼서야 막쇠가 대취한 이춘부를 부축하여 집 안으로 들었다. 허씨 부인은 남편을 뭐라고 나무라지 않았다. 이춘부는 방에 들자 허씨 부인에게 거간꾼과 흥정한 내용을 알렸다.

"잘하셨어요. 저도 만약에 당신이 잘못되는 날이면 어쩌나 걱정하고 있었어요. 그 많은 돈을 어떻게 하시려고요?"

허씨 부인은 이춘부의 땅 흥정 건에 관해 칭찬하였다.

"나로 인해 동생들도 해를 입으면 인부, 광부, 원부에게 각각 이천 냥씩 위로금을 주려고 합니다. 나머지는 당신이 알아서 아이들에게 분배해요."

부부가 잠자리에 들었지만, 근심 걱정으로 쉽게 잠을 이루지 못했다. 허씨 부인은 이춘부가 조정 일에 관하여 자세하게 말하지는 않았으나 현재 사태가 얼마나 심각하게 돌아가고 있는지 눈치채고 있었다. 이춘부가 긴급히 가산을 정리할 정도라면 보통 일이 아니었다.

뿔뿔이 흩어지는 가족

　왕은 권문세족의 거대한 세력화에 불안해했지만, 신돈을 중심으로 한 새로운 세력의 등장도 원하지 않았다. 김원명의 친동생인 김속명이 신돈 제거의 핵심 인물로 떠올랐다. 이인(李靭)이 왕과 신돈 사이에 타오르는 갈등의 불에 기름을 부은 것이나 다름없었다. 왕은 군부에 자기 세력이 없는 신돈이 반역이나 반란을 도모할 수 없다는 것을 잘 알고 있었다.

　기현, 최사원, 정구한, 진윤검, 고인기, 기중수 등을 처형하고, 이운목, 신귀, 신수 등을 원지에 유배하라. 또한, 그들의 수괴인 전 영도첨의사사 신돈을 *수주로 압송하여 유폐하라.

　아침에 중신들만 모인 회의에서 갑자기 왕이 어명을 내렸다. 누구도 예상하지 못했던 조치였다. 이춘부와 김란 등은 왕이 순군옥에 갇혀 있는 신돈의

* **수주(水州)** - 현재의 경기도 수원.

심복들 정도만 죽이거나, 신돈을 원지에 부쳐하는 것으로 이번 사건을 마무리 지을 것으로 내다보고 있던 차였다.

"전하, 영도첨의를 죽이면 안 됩니다. 전하께서는 신돈을 보호하겠다고 맹세하신 적이 있습니다. 그 사실은 조정의 백관이 알고 만백성이 알고 있습니다. 군주가 백성들과 한 약속을 파기하면 군주의 명령이 더는 백성들에게 먹혀들지 않습니다."

"전하, 시중의 말이 맞습니다. 전하께서는 아직도 하실 일이 많습니다. 개혁은 반밖에 이룩하지 못한 상태입니다. 김속명과 이인이 짜고서 영도첨의를 모함하고 있습니다."

이춘부와 김란이 죽을 각오로 왕에게 아뢰었다. 두 사람은 왕의 정치적 성격을 잘 알고 있었다. 만약에 신돈이 처형된다면 그다음은 자신들의 차례라는 것을 확신하고 있었다.

"과인은 신돈을 죽이라 명하지 않았습니다. 그대들은 신돈의 하수인들이 자백한 공초를 봤으면서도 그러한 말을 합니까?"

왕은 명덕태후와 수구세력들의 압박에 더는 견디지 못하고 지난번 이인의 투서 사건으로 순군옥에 갇혀 있던 자들을 처형하도록 했다. 명나라의 침략이 예상되는 만큼 왕은 내정 개혁을 일단 뒤로 물리고 무장 세력을 주축으로 한 전시태세를 갖춰야 했다. 전시체제로 전환하기 위해서는 북원(北元)과 연계된 권문세족의 지지와 경제적인 지원이 있어야 했다. 기현 일당은 개경 저잣거리에서 목이 떨어졌다. 신돈의 수주 압송은 군관 이성림과 왕인덕이 담당하였다.

"조무래기들만 죽이면 또다시 역모가 일어날 것이다."

"신돈과 그의 아들도 죽여야 한다."

권문세족들은 저잣거리를 떠돌며 신돈과 그의 추종 세력들도 죽여야 한다고 떠들어 댔다. 그들은 이제야 신돈에 의해 움츠러들었던 운신을 펼치게 되었다며 희희낙락했다. 수구세력들은 왕이 신돈을 즉시 처형하지 않은 것에 대하여 노골적으로 불만을 드러내기도 했다. 그들은 몰려다니며 왕이 신돈을 버렸다고 떠벌렸다. 명덕태후와 권문세력들은 신돈과 그의 뒤에 있는 나머지 협력 세력들까지 처형하도록 왕을 압박했다. 그러나 신돈과 척을 진 자들과 달리, 일반 백성들의 반응은 전혀 달랐다.

"영도첨의님은 하늘이 내리신 성인이다. 영도첨의는 권문세족들의 사주를 받은 간신배 이인의 투서를 받았다고 한다."

"권문세족들이 짜고서 성인을 죽이려고 한다. *조마구 같은 놈들이다."

"성인은 여색(女色)을 멀리하신다. 왕이 이제 성인을 헌신짝 버리듯 하려고 한다. 빨리 권좌에서 끌어내려야 한다."

신돈의 수족 노릇을 한 자들의 목이 개경 저자에 내걸리자 사람들은 두 패로 갈려 언쟁을 벌였다. 신돈을 반대하는 자들은 기현, 최사원 등의 목을 향해 돌멩이를 던지며 고래고래 욕설을 퍼부었다. 하지만 신돈을 성인이라며 추켜세우는 사람들은 돌을 던지는 자들에게 달려들어 몽둥이를 휘둘렀다. 신돈을 욕하는 자들보다 옹호하는 무리가 훨씬 많았다. 양측이 난타전을 벌이는 과정에서 수십 명이 머리가 터지고 다리가 부러지는 등 아수라장이 되고 말았다. 관군들은 소요사태를 멀리서 바라만 볼 뿐이었다.

*조마구 – 사람의 시신을 뜯어먹는다는 귀신으로 고려 후기 때 사용되었던 말.

신돈은 마차에 태워져 수원성으로 향

하고 있었다. 형부(刑部)에서는 만약의 사태를 우려하여 중무장한 군사들이 신돈을 보호하게 했다. 왕은 신돈을 수주성으로 보내라고 말했을 뿐 그 이외의 명령은 내리지 않았다. 신돈이 개경을 떠나던 날 그를 아끼고 존경하던 개경의 숫백성들은 길거리에 나와 땅을 치며 통곡했다. 어떤 아녀자들은 신돈이 탄 함거(轞車)가 지나갈 때 그를 향해 큰절하고 통곡했다. 신돈은 함거 안에 앉아 있으면서도 얼굴은 온화하고 편해 보였다.

'순진무구한 백성들에게 조금이나마 평안을 누리게 한 뒤에 납의(衲衣) 한 벌과 바리때 하나만 들고 다시 산으로 돌아갈 생각이었건만……. 내가 어쩌다 이리 처참한 꼴이 되었다는 말인가. 산에서 내려와 쓸데없이 몸에 풍진을 묻힌 탓이리라.'

신돈은 지난 세월이 일장춘몽 같았다. 개경에서 수주까지는 삼백여 리가 조금 넘는 거리였다.

"주상, 이번 역모 사건의 몸통은 신돈입니다. 몸통은 그대로 두고 조무래기들만 처형하면 일이 완벽하게 마무리되었다고 볼 수 없습니다. 속히 신돈을 효수하여 국왕을 시해하려던 자들과 백성들에게 국법의 지엄함을 보여야 합니다."

돈바른 성정의 명덕태후는 신돈의 신병 처리를 두고 주저하고 있는 왕을 닦아세웠다. 행여 왕이 신돈을 방면할까 우려하여 그녀는 잠시도 안심할 수 없었다. 그녀뿐만 아니라 그녀에게 아부하는 주변의 그악스러운 간신배들과 권문세족들이 더 난리를 쳤다.

"전하, 태후마마 말씀이 지당하옵니다. 신돈뿐만 아니라 그의 수족이 되어 움직였던 이춘부, 김란, 이운목, 이백수, 성여완, 조사겸, 유준 등도 죽여야 합니다."

"주상, 이참에 주상의 총기를 흐리게 하고 조정을 혼란에 빠트린 세력들을 발본색원하여야 합니다."

왕은 태후에게 언짢은 표정을 지었다. 왕이 신돈의 추종 세력이었던 기현, 최사원, 정구한 등만 죽이고 신돈을 수주에 유폐하는 것으로 마무리하려고 하자, 명덕태후와 김속명 등 수구세력 등은 왕을 압박하였다. 왕이 주저하며 신료들의 대면을 금지하자, 그들은 시도 때도 없이 대전 앞으로 몰려와 왕을 압박하였다. 수구세력뿐만 아니라 그들에게 사주를 받은 대간(臺諫)의 간관들도 합세하여 왕을 압박했다.

"전하, 신돈은 요얼이며 도척(盜跖) 같은 자입니다. 국기(國基)를 흔들려는 신돈과 그 일당을 처단하소서."

"전하, 신돈의 패악질과 기군죄가 너무 크옵니다. 속히 처형하시어 곤도(袞道)를 세우고 천위(天威)를 보이소서."

왕은 이틀 동안 대전에서 꼼짝도 하지 않았다. 홀로 술잔을 기울이며 깊은 고뇌에 빠져 정사도 회피하였다. 수구세력의 신료들과 간신(諫臣)들이 몰려와 아무리 신돈 일파를 처형하라고 하여도 왕은 꿈쩍도 하지 않았다. 수구세력들이 왕을 독대하려고 했지만, 왕은 그들을 만나지 않았다. 왕의 곁에는 이제현의 딸인 혜비(惠妃)와 안극인의 딸 정비(定妃) 등도 있었지만, 어찌 된 일인지 왕은 홀로 술잔을 기울였다.

"전하, 밤이 깊었습니다. 침수 드셔야 할 시각입니다."

왕을 그림자처럼 따르며 수발을 들고 있는 최만생(崔萬生)이 조심스럽게 왕에게 아뢰었다. 최만생은 환자(宦者)이기는 하지만 생김새가 후덕하고 행동이 민첩하며, 왕의 의중을 잘 파악하여 총애를 받고 있었다.

"만생아, 너는 영도첨의를 어찌 생각하느냐?"

왕의 벌겋게 충혈된 두 눈동자에 살기가 어려 있었다. 능갈치는데 남다른 재주가 있는 최만생은 무슨 대답이라도 해야 했다. 하지만 말을 잘못했다가 목숨을 잃을 수도 있으니 신중해야 했다. 그가 왕의 눈치를 보다가 입을 열었다.

"전하, 영도첨의 신돈은 전하를 위하여 목숨을 초개와 같이 버릴 수 있는 자입니다. 많은 백성은 영도첨의를 열렬하게 지지하고 있습니다. 백성들의 반응을 살펴보시고 처결해도 늦지 않을 것입니다."

"백성들이 과인보다 영도첨의를 더 좋아한단 말이냐?"

왕의 물음에 최만생은 가슴이 뜨끔했다. 그는 사실을 왕에게 말했을 뿐이었다. 최만생의 말에 왕은 기분이 나쁜 듯 입을 삐쭉거렸다. 요즘 들어 변덕이 더욱 심해진 왕이 자신에게 무슨 짓을 할지 몰라 최만생은 두려웠다.

"전하께서는 고려 만백성의 어버이시니 당연히 백성들이 전하를 더 좋아하지요. 신돈은 전하와 비교할 바가 못 됩니다. 고려의 민초와 산천초목은 전하의 숨결에 한없는 사랑을 느끼며 오로지 전하 한 분만 바라보고 있습니다. 전하의 용안이 흐리면 백성들은 걱정이 태산 같아서 잠시도 마음을 놓을 수 없습니다. 전하께서 한번 웃으시면 사해는 만사가 형통하여 태평가를 부를 것입니다. 백성들은 전하를 하늘의 태양처럼 받들어 모시고 있습니다."

최만생이 아당했다. 말 한마디 잘못했다가 목이 달아날 수도 있었기 때문이었다.

"그렇지? 백성들이 과인을 더 좋아하지? 아마도 그럴 것이야. 과인이 보위에 올랐을 때를 생각하면 지금도 가슴이 벅차오른단다. 과인을 거역하면 지벌을 받을 것이다."

왕은 수염을 쓰다듬으며 자화자찬하였다.

"전하의 말씀이 지당하옵니다. 전하께서 매국노 기철 일가와 기타 부원배(附元輩)를 척결하시고 영도첨의를 중용하여 조정과 국정을 개혁하신 일은 만고에 남을 치적이십니다. 하지만 전하께서 오냐오냐하니까 음험하기 짝이 없는 신돈이 분수를 모르고 마구발방으로 날뛰다 저리된 것입니다."

최만생의 아부에 왕은 입이 벌어졌다.

"네가 과연 과인의 속내를 잘 알고 있구나. 그런데 만생아, 영도첨의를 죽여야 하냐? 아니면 살려 둬야 하냐? 과인은 이 문제를 생각하면 머리가 아프구나. 네가 결론을 내려 보거라."

왕의 한심한 언행에 최만생은 물론 다른 궁인들도 실소를 금할 수 없었다. 왕의 물음에 최만생은 무슨 답변이라도 해야 했다. 그는 속으로 쾌재를 불렀다. 고려 임금 다음으로 최고 권력자였던 신돈의 생사가 일개 내관의 입에 달리는 처참한 상태가 된 것이다.

"전하께서는 고려의 지존이십니다. 고려의 하늘과 지상 그리고 수중(水中)에 있는 모든 생명의 생사여탈권을 쥐고 계십니다. 태후마마와 중신들도 도척(盜跖) 신돈을 죽이라고 난리이시니 신속하게 죽이는 게 좋을 듯합니다. 개경의 저잣거리에서는 신돈이 천 년 묵은 여우라는 말이 돌고 있습니다. 신돈을 죽이면 그의 사지와 목을 잘라 백성들의 의심을 풀어 줘야 합니다."

최만생은 *측견첩이 자세로 백성들의 민심을 들어 보라고 했던 말을 한순간에 뒤집어 버렸다. 그래도 자신이 살고 출세하기 위해서 타인의 목숨 따위는 초개처럼 버리는 그의 품성을 두고 뭐라고 탓할 사람은 없었다. 그는 궁궐에서 지내며 살벌한 정치판에서 어떻

* **측견첩이(側肩帖耳)** - 상대방 눈치를 살피며 공손해함.

게 처신해야 살아남을 수 있는지 잘 알고 있는 영악한 위인이었다.

"네가 과인의 무거운 짐을 한순간에 덜어 주는구나. 앞으로는 국정의 주요 현안은 너에게 자문을 구한 다음에 처리해야 할 것 같구나. 나중에 너에게 상을 내릴 것이야. 정말 고맙구나."

최만생이 왕에게 넙죽 절을 하였다.

"전하, 성은이 망극하옵니다."

왕은 최만생과 더불어 술을 마시기 시작했다. 지밀전 나인들은 술과 안주를 만들어 올리느라 죽을 지경이었다. 나인들이 최만생에게 눈치를 주어도 그는 아랑곳하지 않고 왕과 수작하는 데 정신이 팔린 상태였다.

"만생아, 다시 한번 묻자. 영도첨의를 꼭 죽여야 하겠느냐?"

"영도첨의를 죽이고 살리고는 전적으로 전하의 마음입니다."

"조금 전에는 영도첨의를 죽여야 한다고 말하지 않았더냐?"

두 사람은 대취한 상태였다. 누가 왕이고 누가 내관인지 모를 지경이었다. 두 사람을 지켜보는 궁인들이 이맛살을 찌푸렸다.

"내가 그랬습니까? 그럼, 죽이세요. 내 마음입니다."

왕과 최만생의 언동은 갈수록 가관이었다.

"역시! 너의 현명한 판단이 과인을 평안케 하는구나. 고맙다. 너는 과연 나의 충복이 맞다. 영도첨의를 죽이고 나서 너에게 큰 상을 내리마."

아래위 구분이 없었다. 새벽이 지나고 멀리서 닭 우는 소리가 들리면서 두 사람은 그제야 술자리를 파했다. 왕은 침전에서 최만생을 부둥켜안고 잠자리에 들었다. 왕은 요즘 들어 미소년이나 풍신이 그럴듯한 환관에게 묘한 매력을 느껴 자주 침전으로 불러 단수를 즐겼다. 왕이 기침하기도 전에 신돈과 척을 진 수구세력의 신료들은 지밀전으로 우르르 몰려들었다.

뿔뿔이 흩어지는 가족 91

그들은 발악에 가까운 행동을 일삼으며 왕에게 신돈을 빨리 죽이라고 채근하고 있었다.

"전하, 반역자 신돈은 늙은 여우가 사람으로 둔갑한 요물입니다. 속히 그 요물을 죽여 민심을 안정시키고 전하의 성심을 바르게 하소서."
"전하, 효경(梟獍) 같은 신돈을 참하소서."
"전하, 괴승 신돈의 목을 베어 국법의 지엄함을 보이소서."
수구세력들이 잠시도 쉬지 않고 신돈을 죽이라고 소리쳤다. 왕은 귀를 틀어막았다. 하지만 그들이 단체로 몰려와 청개구리처럼 떠들어 대는 말이 지밀전을 뒤흔들었다.

'저 사훼(蛇虺) 같은 놈들이 떼거리로 몰려와 영도첨의를 죽이라고 악머구리처럼 떠들어 대는구나. 참으로 지겨운 놈들이다. 아침부터 몰려와 과인을 겁박하는 것을 보면 어머니가 뒤에서 사주한 게 틀림없다. 영도첨의를 어쩐다? 그렇지! 간밤에 만생이가 해답을 줬지. 죽이자. 죽여야 과인이 발편잠을 편히 잘 수 있고 어머니의 성화도 피할 수 있다.'

해가 중천에 뜰 때쯤 왕은 어명을 내렸다.

> 신돈과 그의 아들을 즉시 처형하고 유탁, 이백수, 백현, 손연, 김두달, 김원만, 임인무, 철관(哲觀), 천정(天正) 등도 참수하라. 송란, 석란(石蘭), 손주, 김안, 김중원, 박천우 등은 장형에 처하고 귀양 보내라.

이른 아침부터 몰려들어 신돈을 죽이라고 떠들어 대던 신하들은 왕의 전격적인 처결에 귀를 의심했다. 그들은 왕이 신돈을 수주로 빼돌린 다음에 방면할 수도 있다고 보고 있었다. 그런데 왕명이 떨어지니 그들은 기쁨을 감추지 못했다.

"전하, 성은이 망극하여이다."

"전하, 참으로 현명한 판단을 하셨습니다."

"전하는 과연 성군(聖君)이십니다."

자신들의 기득권을 지키기 위하여 일 잘하는 신하를 죽게 해 놓고 함부로 떠들어 대는 고려 조정 대신들은 도대체 누구란 말인가? 왕은 간신배들의 간지러운 칭찬을 듣고 있으면서도 가슴 한쪽이 아려왔다. 왕은 *찰방사 임박(林樸)과 *체복사 김규(金玒)를 특사로 하여 신돈을 주살하게 했다. 왕은 신돈에게 사전에 처형된다는 통보도 하지 않고 최후 진술도 생략하였다. 임박과 김규가 수주로 바람처럼 달려갔다.

"역적 신돈을 끌어내라."

수주 관아에 들이닥친 특사들은 형옥에 구금되어 있던 신돈을 끌어내라고 했다. 신돈은 형리들로부터 개경에서 찰방사와 체복사가 내려왔다는 말에 가슴이 덜컥 내려앉았다.

'체복사나 찰방사라면 지방에 특별한 사건이나 사고가 터지거나 소요사태가 있을 때 전하가 보내는 특사인데······. 간밤 꿈에 어머니가 소복을 입고 나를 보며 우시더니 나에게 무슨 안 좋은 일이 일어나려는가?'

"역적 신돈은 나오시오."

* **찰방사(察訪使)** – 지방에 보내던 사행(使行)으로 백성의 어려움을 살피고 지방관들의 질서를 바로잡는 역할을 수행했다. 정4품~정6품 관원이 임명되었다.

* **체복사(體覆使)** – 지방에 보내던 사행으로 정3품 이상의 관원이 주로 임명되었다.

뿔뿔이 흩어지는 가족

신돈은 역적이라는 말에 화들짝 놀라는 모습이었다. 옥사장은 신돈에게 '영도첨의 어른'이라고 불렀다. 옥문이 열리더니 건장한 옥졸 두 명이 다가와 신돈의 좌우에서 그의 팔을 잡았다.

"나를 어디로 데려가려는 것이오?"

신돈은 옥사(獄舍) 밖으로 끌려 나갔다. 옥사 앞마당에 낯익은 관리 두 명이 서 있었다. 그들은 신돈을 보자 다가와 공손히 허리를 굽혔다. 신돈은 그들이 누구인지 얼른 생각나지 않았다. 며칠 사이에 눈이 흐려지고 잠을 자지 못한 탓에 가까이 있는 사람의 얼굴 윤곽도 잘 파악되지 않았다.

"찰방사 임박과 체복사 김규가 영도첨의 어른을 뵙습니다."

임박과 김규는 신돈을 처형하러 왔지만, 한때는 고려의 일인지하만인지상의 위치에 있던 그에게 예의를 갖추었다. 그들은 신돈의 마지막 가는 길을 자신들에게 위임한 왕의 처사를 속으로 원망하였다.

"반갑습니다. 전하의 어지(御旨)를 가져왔나 봅니다."

두 사람이 심각한 얼굴을 하고 있는 데 반해 신돈 혼자 해맑은 웃음을 만면에 머금고 마당에 꿇어앉아 왕의 어지를 받을 준비를 했다. 임박이 얼른 교지를 읽지 않고 신돈을 물끄러미 바라보았다. 두 사람의 시선이 마주치자 신돈이 빙그레 웃는 낯을 보였다. 임박이 잠시 후에 침울한 표정으로 왕의 교지(敎旨)를 읽었다. 김규는 두 눈을 부릅뜨고 신돈과 임박을 바라보았다.

    과인은 그대의 청빈함과 세속과의 초연함에 감화되어 나랏일을 맡겼다. 이에 과인은 하늘과 부처에게 맹세하여 그대를 변함없이 신임하려 했다. 그러나 그대는 도성 안에 저택을 일곱 채나 소유하고 공공연히 뇌물을 받아 축적하였다. 게다가 불제자임에도 부녀자를 가까이하여 자식까지 두었다. 또한, 족당과 결탁하여 과인을 시해하려고 했다. 이에 과인은 그대와 주고받은 맹세문을 불태우고 그대를 대역죄로 엄단한다.

임박이 교지를 다 읽고서 신돈에게 건넸다. 신돈은 안색이 하얗게 변한 상태에서 부들부들 떨며 간신히 김규와 임박을 올려다보았다. 입을 벌려 무슨 말을 하려고 하는 것 같은데 말소리가 나오지 않는지, 그는 꺽꺽대다가 겨우 말을 했다.

"나는 도성에 저택을 가지고 있지도 않고, 뇌물을 받은 적도 없으며 처첩을 거느린 적도 없습니다. 전하를 시해하려고 시도한 적도 없습니다. 찰방사! 교지에 대한 나의 해명서를 써 줄 테니 전하께 전해 주시오. 그다음에 나를 어찌해도 좋습니다."

"그렇다면 자식을 두셨다는 이야기는 무엇입니까?"

체복사 김규가 신돈을 내립떠보며 물었다.

"그 아이는 부처님이 보낸 동자입니다. 나의 변명서를 전해 드리고 난 뒤에 전하께서 다시 내리는 그 어떤 처분도 감수하겠습니다."

신돈이 김규에게 매달렸다. 개경에서 수주로 압송될 때도 그는 담담한 상태였다. 왕이 차마 자신을 죽이거나 위해를 가하지 않을 것이란 믿음이 약간은 남아 있었기 때문이었다. 그러나 왕이 그 맹세문을 불태웠다는 소리에 신돈은 충격을 받았다.

"우리는 오늘 중으로 일을 마무리 지어야 합니다."

임박이 신돈에게 소리쳤다.

"그리되면 전하께서 백성들의 원성을 듣게 됩니다. 찰방사! 신하로서 마지막으로 전하에게 나의 무죄를 해명할 수 있게 해 주시오. 전하께서 백성들의 원성을 듣는 것을 원치 않습니다."

임박과 김규는 신돈이 아직도 뭘 모른다는 듯 서로의 얼굴을 쳐다보며 피식 웃었다. 김규가 임박에게 눈짓으로 서둘러 일을 마무리 짓자고 했다. 임박이 신돈에게 다가갔다.

"첨의 어른, 이제 모든 게 끝났습니다. 마음의 정리를 하셔야 합니다. 그 누구도 전하의 어명을 멈출 수 없습니다."

"이보시오! 전하께 변명이라도 하고 죽을 수 있게 해 주시오."

신돈은 임박과 김규에게 애걸복걸해 보았지만 소용없었다. 살 가능성이 없다는 것을 깨달은 신돈은 결가부좌를 하고 합장을 한 채 최후를 준비했다.

"수주의 형리(刑吏)는 역적 신돈을 처형하라."

임박이 매몰찬 어조로 수주의 형리들에게 소리쳤다. 김규도 머리를 푹 숙이고 눈치만 보고 있는 형리들에게 명령했다. 그러나 수주 관아 소속의 형리들은 주저주저하며 신돈의 곁에 다가가지도 못했다. 그들이 서로 옥신각신하자 체복사 김규의 얼굴이 붉으락푸르락했다.

"별장! 죄인을 참수하라. 오늘 중으로 일을 마무리해야 한다."

체복사 김규가, 수주 관아 형리들이 움직이지 않자 개경에서 함께 온 *별장에게 명령을 내렸다. 별장이 형졸들과 나서서 신돈의 두 손을 뒤로 묶고 천 조각으로 눈을 가렸다. 이미 모든 것이 끝났음을 감지한 신돈은 직수굿하게 결가부좌 상태로 소리쳤다.

"나무아미타불. 전하! 소승은 피안으로 가옵니다. 부디 성군이 되시옵소서.

* **별장(別將)** – 정7품의 무장 벼슬.

고려는 *지하고병이 점점 깊어지고 있습니다. 돈담무심한 성정을 버리시고 백성들에게 가까이 다가가셔야 합니다. 그간 베풀어 주신 은혜는 저승에서도 잊지 않겠습니다."

신돈이 부처를 찾자 별장이 잠시 주춤거렸다. 별장의 장검이 허공을 한 번 휘젓다가 신돈의 목을 향해 내리쳤다. 신돈의 머리가 땅으로 떨어지고 몸통에서 파란 피가 분수처럼 솟구쳤다. 머리가 떨어진 신돈의 몸통은 한동안 꼿꼿한 자세로 앉아 있었다. 목에서 울컥울컥 파란 피가 모두 나오고 나서야 몸통이 옆으로 힘없이 쓰러졌다. 체복사는 별장에게 명하여 신돈의 육신을 찢어 여덟 개의 목함에 넣고 소금을 채우게 했다.

그런데 신돈이 죽임을 당하자 맑았던 하늘에 갑자기 먹구름이 끼기 시작하면서 곧이어 뇌성벽력이 천지를 진동시켰다. 덜컥 겁이 난 찰방사와 체복사 그리고 수주의 현령 등은 얼른 동헌으로 달려갔다. 하늘이 비를 뿌리기 시작했다. 천둥 번개가 수주를 집어삼킬 것만 같았다. 그렇게 반 시진 가까이 비를 뿌리더니 이내 하늘은 개었고, 수주 하늘에 무지개가 잠깐 나타났다 사라졌다. 신돈의 머리는 개경으로, 갈가리 찢긴 육신은 소금에 절여진 상태로 나무 상자에 넣어져 오도양계로 보내질 예정이었다. 비가 그치자 형장에 김규와 임박이 나타났다.

"신돈의 자식도 끌어내라."

김규가 별장에게 명을 내렸다. 아무것도 모르는 신돈의 어린 아들은 잠들어 있다가 형졸에게 업혀 나왔다. 신돈의 아들은 낯선 풍경에 그만 울음을 터트렸다.

* **지하고병(地下膏病)** – 죽을 수밖에 없는 병.

"아버지! 우리 아버지, 어디 있어요? 아버지!"

별장도 어린아이를 죽이기 뭣한지 한동안 신돈의 아들을 바라보다가 칼을 뺐다. 겁에 질린 신돈의 아들이 칼을 보더니 형졸에게 다가와 뒤로 숨었다. 형졸이 차마 아이를 떼어 내지 못하고 서 있자, 김규가 별장에게 빨리 처형하라고 소리쳤다. 사태를 직감한 신돈의 어린 아들이 울며불며 발버둥 쳤지만, 어른의 완력을 당할 수 없었다. 형졸이 아이를 간신히 떼어 놓자 별장의 시퍼런 칼이 사선을 그었다.

"오도양계 병마사와 안렴사들에게 신돈의 육신을 전달하라."

수주현은 신돈과 그의 어린 아들이 참수형을 받았다는 소문으로 온통 벌집을 쑤셔 놓은 듯 시끄러웠다. 수주 백성들 상당수가 신돈의 죽음에 애도의 뜻을 표하고 있었다. 사람들이 모이는 곳마다 신돈 부자가 처형된 이야기가 난무했다. 신돈의 죽음을 확인한 각 지방의 장관들은 치를 떨었다. 나는 새도 떨어뜨릴 만큼 막강했던 권력자가 한 뭉텅이 살덩이가 되니 그것을 보는 관리들은 임금의 잔인성에 두려움을 느꼈다.

"아이고! 고려의 성인께서 저리 처참하게 돌아가시다니······."

"성인은 변덕쟁이 왕이 죽인 것이다. 고려는 얼마 못 가서 망하고 말 것이다. 왕씨들이 너무 오래 임금 노릇을 했어."

"어린아이가 무슨 죄가 있다고 참수하였단 말인가?"

개경 동문 밖에 높다란 장대에 신돈과 그의 어린 아들의 머리가 내걸렸다. 신돈 부자의 머리가 매달린 나무 아래에는 푯말이 걸려 있었는데, 붉은 글씨로 大逆不道妖僧辛旽父子(대역부도요승신돈부자)라고 쓰여 있었다. 동문 주변에 구름처럼 몰려든 개경의 숫백성들은 장대에 걸린 신돈 부자의 머리를 바라보며 통곡하였다.

"큰애야, 아무래도 일이 심상치 않다. 관을 준비하거라."

이춘부와 김란 등은 자신들도 신돈과 같은 신세가 될 것이라는 판단에 미리 관(棺)을 준비하였다. 이춘부의 집안사람들은 집에 관이 들어오자 충격을 받았다. 허씨 부인은 지아비가 관까지 준비하였다는 말을 듣고 실신하였고, 두 며느리는 숨을 죽이며 집안 분위기를 관망하였다. 이춘부가 관을 집에 들였다는 소문은 금방 마을에 퍼지고 말았다. 마을 사람들은 삼삼오오 모이기만 하면 이춘부의 일에 대하여 소곤거렸다.

"시중 어른이 집에 관을 준비했대요."

"정신 나간 왕이 충신들을 모조리 죽이는구나. 말세로다."

마을 사람들은 근심 어린 얼굴로 이춘부 가문을 걱정하고 있었다. 신돈의 처형으로 개경은 밤낮 쥐죽은 듯 고요했다. 보름 가까이 내리던 비가 그치자 무더위가 기승을 부리기 시작했다. 한낮의 개경 저잣거리는 돌아다니는 사람을 찾아보기 힘들 정도로 한산했다. 조정에 출사하고 있는 벼슬아치 서너 명이 개경에서 제법 잘나가는 기루에 모였다.

"신돈이 죽었으니 그의 추종자들도 제거해야 합니다."

"이춘부와 김란, 기현, 김진 등을 반드시 처형해야 합니다."

"그럼, 이인임도 처형해야지요."

"이인임이 어떤 사람인지 몰라서 그런 소릴 하는 거요?"

이춘부와 이인임은 권문세족 출신이었지만, 자신의 입지가 든든한 자는 수완가 이인임뿐이었다. 그는 왕권 강화를 위해 이색과 협력 관계를 맺고 있었다. 또한, 이인임은 다른 중신들과는 달리 왕이 승하한 부다시리 왕비의 명복을 빌기 위한 영전 건축에 앞장서기도 했다. 왕은 신돈을 미워할지 몰라도 이인임은 신임하고 있었다.

"만생아, 네 뜻대로 영도첨의를 죽였다. 그런데 모후와 권문의 중신들이 벌떼처럼 달려들어 영도첨의를 도왔던 자들도 죽이라고 한다. 그들을 어찌하면 좋겠느냐? 그들을 죽이면 백성들과 신진 사대부들이 거칠게 반항할지도 모른다."

왕은 이미 대취하여 거의 인사불성의 상태였다.

"영도첨의 일파를 죽이고 살리고는 전적으로 전하의 의중에 달렸습니다."

"지난번에 너는 과인에게 영도첨의를 죽여야 한다고 말하지 않았더냐? 어째 말이 왔다 갔다 하냐?"

"소신은 기억이 있는 듯도 하고 없는 듯도 합니다."

"네가 헷갈리면 과인도 어지럽다."

두 사람의 대화는 가관이었다. 왕과 내관의 처지가 뒤바뀐 듯했다. 궁인들은 최만생을 노려보며 이맛살을 찌푸렸다.

"신돈에게 아당하며 반연하던 자들을 모두 죽이세요."

최만생이 왕에게 장난치듯 말했다. 마치 어른이 어린아이를 가지고 노는 것과 다름없었다. 조정 중신들의 목숨을 일개 내시가 좌지우지하는 기막힌 일이 연이어 벌어지고 있었다.

"역시 너는 현명한 판단을 내릴 줄 아는구나. 영도첨의의 남은 세력을 모두 척결하고 나면 너에게 큰 상을 내릴 것이야."

"전하, 정말이지요? 지난번보다 더 큰 상을 내려야 합니다."

최만생은 두 눈을 크게 뜨고 용안에 얼굴을 바싹 댔다. 상하의 구분이 모호했다. 나인들은 문밖에 서서 졸고 있었다. 멀리서 닭 우는 소리가 들리면서 술자리가 파했다. 왕은 게슴츠레한 눈으로 최만생을 부둥켜안고 용양을 시도하였다. 조정에는 권문세족들과 신흥사대부 세력들 간의 권력 암투가 치열하게 전개되는 터라 왕은 점차 설 자리를 잃어 가고 있었다. 날이 밝기도 전에 권문세족의 사촉을 받은 배알 없는 대소신료들이 지밀전 앞으로 몰려들었다.

"전하, 신돈의 일파인 이춘부, 김란, 기현 등을 처형하소서."
"전하, 이춘부와 기현, 김란 등을 즉시 처형하소서."
"전하, 신돈 일파를 죽여야 조정이 안정을 찾을 수 있습니다."

그들은 마치 까마귀 떼처럼 몰려와 똑같은 소리를 반복하며 술이 덜 깬 왕을 압박하였다. 왕은 밖에서 들리는 소리에 눈을 비볐다. 왕이 일어나 앉으니 곁에는 최만생이 벌거벗은 채로 대자로 누워 코를 골고 있었다.

'그놈 참! 정말로 가관이로다. 만생이 놈이 과인의 베개를 빼앗아 베고 있구나. 누가 왕인지 모르겠다. 그런데, 저 배라먹을 놈들은 아침부터 몰려와 사람을 죽이라고 악다구니를 쓰고 있구나. 과인은 저승사자가 되고 말았어.'

왕은 지끈거리는 머리를 흔들며 자리에서 일어나 앉았다. 최만생은 코를 골면서 방귀를 북북 뀌어 대고 있었다. 왕은 그를 바라보고 피식 웃고 이불을 덮어 주었다.

"*추밀원사를 들라 하여라."

추밀원사가 급히 왕의 부름을 받고 지밀전으로 달려왔다. 그는 내실로 들었다가 최만생을 보고 깜짝 놀라고 말았다.

"전하, 찾아 계시옵니까?"
"추밀원사, 놀랄 것 없느니라. 내가 요즘 흉몽을 자주 꾸는 바람에 만생이를 곁에 있게 하였다. 그런데 저 녀석이 베

* **추밀원사(樞密院使)** – 왕명의 출납, 궁궐의 경호 및 군사 기밀 따위에 관한 일을 맡아보던 관리.

뿔뿔이 흩어지는 가족

개와 이불을 독차지하고 있구나."

왕은 최만생을 넌지시 바라보며 미소를 지었다. 추밀원사는 그를 깨워 호통을 치려고 했으나, 왕이 너그럽게 말하는 것을 듣고 참아야 했다. 왕은 빨갛게 충혈된 눈을 슴벅거리며 헛기침을 서너 번하더니 어명을 내렸다.

> 이춘부, 김란, 이운목, 기중평을 처형하고 그들의 처와 자식 그리고 형제는 노비로 삼아 전국의 관아에 배속시켜라. 또한, 김진(金縝)과 김정(金鼎)을 장형에 처한 후 유배 보내라. 죄인들의 가산은 국고에 귀속시켜라.

이춘부는 불안한 마음에 간밤에도 홀로 주막에 들러 술을 마셨다. 그리고 늦은 밤에 대취한 상태로 막쇠에게 업혀 귀가하였다. 매초롬하고 윤기가 자르르 흐르던 그의 얼굴은 검게 변해 부석부석했다. 다음 날 해가 중천에 오를 즈음 이춘부는 늦은 조반상을 받았다. 허씨 부인과 자식들은 이춘부가 기침할 때를 기다리고 있었다. 장가를 들어 분가한 자식들도 본가(本家) 근처에 살고 있어 아침과 저녁은 늘 본가에 모여 부모와 형제가 함께 식사하곤 했다. 이춘부가 간신히 일어나 소세를 하고 가족들과 막 아침밥을 먹으려던 때였다.

"대역죄인, 이춘부는 어명을 받으시오!"

밖에서 우렁찬 목소리가 온 가족의 귓전을 때렸다. 가족들은 숟가락을 들고 서로의 얼굴을 바라보았다.

"죄인은 속히 나와 어명을 받으시오!"

또 한 번 건장한 사내의 목소리가 울려 퍼졌다. 그 순간 이춘부는 눈을 감앉고 아들들은 밖으로 나갔다. 관복을 입은 고위급 관리 한 명과 군관 두 명 그리고 그들 뒤로 형졸들이 무장한 상태로 안채 마당에 늘어섰다. 이옥을 비롯한 다섯 아들은 그들을 보고 숨이 턱 막히며 눈앞이 캄캄해졌다. 이옥이 마당으로 내려가 그들을 맞았다. 이옥과 두 군관은 안면이 있는 사이였다. 두 군관 뒤로 대도(大刀)를 든 망나니가 서서 누런 이빨을 드러내고 웃고 있었다. 이옥은 망나니를 보고 사태의 심각성을 직감했다.

'아! 결국, 올 것이 왔구나.'

이옥은 입술을 깨물었다.

"나는 형부에서 어명을 받고 나왔습니다. 죄인은 속히 나와 지엄하신 어명을 받도록 하시오. 잠시도 지체하면 안 되오."

"무슨 일인데 미리 기별도 없이 형부 관헌들이 오셨습니까?"

이옥이 따지듯 물었다. 이옥이 두 번 세 번 물었으나 형부 관리는 똑같은 말만 반복할 뿐이었다. 내실에 있던 허씨 부인, 딸, 두 며느리 그리고 손자들도 마당으로 나와 무장한 관헌들을 노려보았다. 잠시 후에 이춘부가 관복을 입고 마당으로 내려왔다. 막쇠가 마당에 멍석을 펼쳤다. 이춘부는 이미 모든 것을 파악한 듯 멍석 위에 무릎을 꿇고 앉았다.

"시중 어른, 형부의 *원외랑입니다."

"원외랑이 이른 아침에 무슨 일로 내 집에 오셨습니까?"

이춘부의 물음에 원외랑은 얼른 답변하지 못하고 우물쭈물했다. 이춘부는 그가 자신의 집에 찾아온 것을 모르는 바가 아니었다. 다만 원외랑의 입에서 무슨 답변이 나올지 궁금했다. 원외랑은 감히 이춘부를 똑바로 바라볼 수도 없는 위치였다.

* **원외랑(員外郞)** – 정6품 벼슬.

그러나 이제는 처지가 바뀌어 있었다. 한 군관이 이춘부를 내립떠보더니 묘한 표정을 지었다. 그의 입가에 설핏 웃음기가 스쳐 지나갔고 이춘부는 말없이 올려다보았다. 옆에 있던 한 군관이 헛기침하면서 원외랑에게 무언으로 일을 재촉했다. 원외랑이 이춘부의 가족들을 한번 둘러본 다음 왕의 교지를 읽었다.

이춘부는 재상임에도 신돈에게 아첨하고 과인을 무시하였다. 신돈의 역모를 알고 있으면서도 고발하지 않았고, 역모가 적발된 뒤에도 신돈을 두둔하였다. 신돈의 역모를 두둔한 정황이 있으니 법에 따라 처단하노라. 또한, 그의 관작을 삭탈하고 가산은 적몰하여 국고로 귀속한다. 그의 처와 자식, 며느리, 손자, 형제는 관노와 관비(官婢)로 삼아 전국 관아에 배속한다. 현지로 부처되는 죄인들은 이틀 내로 개경을 떠나야 한다.

교지를 다 읽은 원외랑이 공손히 교지를 이춘부에게 건넸다. 그는 원외랑이 읽은 왕의 교지를 펼쳤다. 읽고 또 읽으며 한숨을 쉬었다. 복잡한 그의 심경이 얼굴에 그대로 그려지고 있었다. 이춘부의 얼굴빛이 하얗게 변하고 눈가가 가늘게 떨리면서 밭은 숨을 내쉬었다.

'전하, 사람을 이런 식으로 버리는군요. 조상 대대로 고려의 부흥을 위하여 헌신하였는데, 전하께서는 신하의 충정을 죽음으로 답하는군요. 소신은 영도첨의 신돈과 더불어 나라를 위하고 백성들의 안녕을 위하여 사심 없이 일했습니다. 전하께서 권문들의 압력에 굴복하여 신하를 하루아침에 내치고 죽인 처사는 영원히 치욕스러운 역사로 남을 것입니다.'

이춘부가 돌부처처럼 앉아 있자 원외랑 옆에 있던 군관이 망나니에게 눈짓하였다. 망나니가 헤벌레 웃으며 멍석 위로 올라갔다. 그는 커다란 칼을 들고 춤을 추며 이춘부 앞뒤로 왔다 갔다 했다. 이에 이춘부는 두 눈을 질끈 감았다. 망나니는 누런 이빨을 드러내고 뭐가 그리 좋은지 덩실덩실 춤을 추며 칼날을 이춘부의 목에 댔다가 떼길 여러 차례 반복했다.

"아버님은 죄가 없습니다. 간신배의 모함을 받으신 겁니다."

이옥이 원외랑에게 달려들자, 형졸들이 몰려들어 그에게 발길질하며 저지하였다. 그 모습을 바라보던 그의 동생들이 달려들어 이옥을 구했다.

"아버님은 죄가 없다. 김속명과 이인이 모함한 것이다."

"이놈들아! 우리부터 죽여라."

이옥의 아우들이 우르르 달려들어 망나니를 밀치고 이춘부를 감쌌다. 형장이 갑자기 이상한 분위기로 변하자 원외랑 일행은 당황하였다. 왕명을 받은 관리의 법 집행을 방해하는 행위는 처벌 대상이었다.

"주인어른은 간신배들의 모함을 받은 것이다. 어르신에게 손을 대는 놈은 내 손에 박살 날 것이다."

기골이 장대한 하인 막쇠가 어른 키만 한 몽둥이를 들고 형졸들을 닥치는 대로 두들겨 팼다. 막쇠는 이춘부의 하인으로, 힘이 장사여서 마을에서도 함부로 건들지 못했다. 막쇠가 대도를 들고 있던 망나니의 정강이를 가격하자 망나니가 비명을 지르며 고꾸라졌다. 이옥의 동생들도 장검을 들고 형졸들에게 항거했다. 남자 하인들도 몽둥이와 절굿공이를 들고 가세하였다.

"비키지 못할까? 너희들은 지금 어명을 방해하고 있다. 법 집행을 방해하면 역모죄로 다스릴 것이다."

군관이 칼을 빼 들고 소리쳤다. 그 바람에 이춘부를 가운데 두고 두 패로 갈려서 대치하는 형국이 되었다. 형졸들은 칼과 장창을 들고 있었으나 이춘부의 아들들과 막쇠 그리고 하인들에게 얻어맞고 방어만 하다가, 머리가 터지고 팔다리에 상처를 입은 채 나뒹굴며 비명을 질렀다.

"이놈들! 아버님은 나라와 백성을 위해 일하신 분이시다. 나라를 위해 뼈 빠지게 일한 대가가 죽음이란 말이냐?"

둘째 아들 이빈이 앞으로 나서서 칼을 빼 들고 군관을 겨눴다. 자칫하면 관군과 이춘부 가족 간에 일대 혈전이 일어날 수도 있는 일촉즉발의 위험한 상황이었다. 하지만 지엄한 왕명을 거역할 수 없다는 것을 이춘부의 가족들은 알고 있었다.

"너희는 어명을 거역하고 있다. 어서 무기를 내려놓고 비켜서라. 계속 반항하면 역도로 단정하고 무참히 처단할 것이다."

군관이 이옥과 그의 아우들을 향해 눈알을 부라렸다. 원외랑이 이춘부에게 다가왔다. 그는 평소에도 이춘부를 존경했고 이춘부도 그에게 따뜻하게 대했다. 두 사람이 조용히 말을 주고받더니 이춘부가 자식들을 불렀다.

"얘들아, 아비 말을 잘 들어라. 어명을 피할 수는 없다. 우리 가문에서 나 한 사람 죽는 것으로 족하다. 다행히 너희들 목숨은 보전할 수 있게 되었으니, 앞으로 무슨 일이 있더라도 살아남아야 한다. 지금의 임금이 가고 다음 임금이 올 때까지 목숨을 부지해야 한다. 나의 무고함은 언젠가 밝혀질 것이다. 이 아비는 조용히 가고 싶다. 너희들도 관노가 되어 이틀 내로 개경을 떠나야 하니 나의 시신은 오늘 중으로 묻어 다오."

이춘부는 자식들에게 유언하고 있었다. 그는 막내딸 초희를 바라보며 눈물을 훔쳤다. 피기도 전에 노비로 전락한 어린 딸이 저승에 들더라도 눈에 밟힐 것 같았다.

"아버지!"

"아버님!"

"주인 어르신!"

이옥과 동생들 그리고 하인들은 참았던 울음을 터트렸다. 이옥은 왕의 명령이 떨어진 이상 관헌들에게 대항해 봤자 동생들만 다칠 뿐이라는 것을 너무나 잘 알고 있었다. 이옥은 아버지의 유언을 받들어야 했고, 흥분한 동생들을 다독거려야 했다.

"아버지! 안 돼요. 저도 아버지와 같이 갈래요."

막내딸 초희가 이춘부의 품을 파고들었다. 눈에 넣어도 아프지 않을 딸이었다. 금지옥엽의 어린 딸이 이춘부의 가슴을 아프게 했다. 이춘부는 딸을 꼭 안고 볼을 어루만졌다. 세상의 마지막에 서 있다는 감정에 이춘부는 흘러내리는 눈물을 주체하지 못했다. 초희는 어린 나이에도 불구하고 천자문을 독파하고 시문을 읽고 쓸 정도의 식견을 지니고 있었다.

"초희야, 울지 말거라. 아비는 이렇게 가지만 너를 무슨 일이 있어도 보호해 주마. 아비가 너를 지켜 줄 것이다."

이춘부의 얼굴에도 이제껏 참았던 눈물이 폭포수처럼 흘러내렸다. 나이 어린 딸이지만 초희는 아비가 곧 죽음을 맞이한다는 것을 알고 결사적으로 이춘부의 품에서 떨어지지 않으려고 발버둥 쳤다. 두 며느리가 달려들어 초희를 떼어 내려고 했다. 가슴을 후벼 파는 초희의 애절한 울음소리에 이춘부와 아들들은 눈물을 삼켜야 했다. 이춘부는 이옥을 불렀다.

"큰애야, 초희를 *영숙의 집에 배속되도록 네가 힘을 써 다오. 영숙이라면 초희를 잘 보살펴 줄 것이다."

* **영숙(穎叔)** - 이색(李穡)의 자(字). 이색은 고려 후기 대사성, 정당문학, 판삼사사 등을 역임한 관리.

"아버님, 그리하겠습니다."

"큰애야, 너희 형제만 남고 어머니와 두 며느리 그리고 네 여동생, 하인들을 모두 물러가게 하여라. 그리고 마지막으로 너의 대금 연주를 듣고 싶구나."

이옥이 대금 연주를 마치자 이춘부는 간신히 일어나 궁궐이 있는 방향으로 절을 하였다. 아무리 부당한 어명이라 해도 어명을 부정하거나 거역할 수 없었다. 이춘부가 절을 마치고 그 자리에 풀썩 주저앉자 아들들은 가슴을 쳤다.

"여보!"
"아버지!"
"아버님!"

이옥은 통곡하고 있는 어머니, 여동생, 지어미 홍씨, 계수 정씨 그리고 하인들을 집 밖으로 내보냈다. 집 밖에서 여인들과 하인들이 대성통곡하자 이웃 사람들이 놀라서 달려왔고 지나가던 행인들도 무슨 일인가 궁금하여 이춘부의 집 앞으로 몰려들었다. 이춘부의 집에서는 여태껏 울음소리가 흘러나온 적이 없었다. 마을 한가운데 있는 시중 이춘부의 집은 마을 사람들에게 자랑거리였다. 그런 저택에서 통곡 소리가 울려 퍼진 것이다.

"나라를 위하고 백성을 위해 일한 충신이 죽음을 맞는구나."

"신돈과 합심하여 나라를 살리고 백성들을 편안케 하려고 힘썼던 시중 어르신의 지난 노력이 수포가 되었다. 일국의 왕이란 자가 지조를 잃고 어미와 수구세력에게 꺼둘려 의인을 죽이고 신하들까지 무자비하게 죽이는구나."

"고려의 운명도 얼마 남지 않았다. 신하가 잘되는 꼴을 절대 그냥 두지 않는 비열한 임금이다."

몰려든 사람들이 한마디씩 내뱉었다. 맑았던 하늘에 먹장구름이 끼면서 일기가 끄느름하게 변하고 있었다. 관헌들은 한시가 급했다. 비가 내리기 전에 어서 일을 끝내야 했다.

"나는 준비가 끝났으니 집행하시오."

이춘부가 처연한 얼굴로 원외랑에게 말했다. 원외랑이 군관에게 고개를 끄덕거렸다. 곧이어 망나니가 칼춤을 추기 시작했다. 칼날에 햇빛이 반사되어 하얀 검광을 뿜어내게 했다.

이춘부는 충숙왕 두 번째 집권기에 과거에 급제하여 벼슬을 시작하였다. 그는 여러 벼슬을 거쳐 충정왕 때 지신사, 우대언, 밀직부사를 거쳤고, 현재의 왕 밑에서 서강병마사가 되어 왜구를 격퇴하는 데 분발하였으며, 판추밀원사, 동강도병마사를 지냈다.

또한, 홍건적 이차 침입 때 개경이 함락되자 전라도도순검겸병마사(全羅道都巡檢兼兵馬使)로 참전하여 공을 세워 일등 공신에 책록되었다. 이와 더불어 도첨의평리와 도첨의찬성사를 거쳐 충근절의동덕찬화공신으로 양성부원군(陽城府院君)에 봉해졌다. 곧이어 삼중대광도첨의시중이 되었으며, 신돈과 호흡을 맞추며 개혁정치의 중심에 섰다. 그러나 지난 수십 년 세월은 일장춘몽이 분명했다. 이토록 나라의 안위를 위해 헌신하였건만 그 결과는 참담했다.

한여름의 뙤약볕이 내리쬐는 마당에서 고려의 시중 이춘부는 처형되었다. 멍석은 선혈로 흥건하게 젖었고 다섯 아들은 이춘부의 주검을 보고 발버둥 치며 통곡하였다. 얼마 지나지 않아 맑았던 하늘에 먹구름이 끼면서 뇌성벽력이 개경을 뒤흔들었다. 궁성에 벼락이 떨어져 고목이 검게 그을렸고, 저잣거리에도 벼락을 맞고 죽은 자들이 속출했다. 하늘이 대로한 게 틀림없었다. 비가 그친 뒤에는 *음우채홍이 개경의 하늘을 수놓았다.

"아버지!"

"아버님!"

다섯 형제가 땅을 치며 통곡하였다. 막쇠가 광에 있던 관을 가져왔다. 아들들은 고인의 시신을 온전히 관 속에 모시고 장례를 서둘렀다. 곧 소식을 듣고 이옥의 숙부들이 달려왔다.

"형님! 이 무슨 일이랍니까? 형님이 어째서 목숨을 잃어야 한단 말입니까?"

"형님! 나라에 충성을 한 대가가 죽음이란 말입니까?"

이춘부의 동생들이 땅을 치며 통곡했다. 이춘부와 김란, 이운목 등은 다행히 신돈처럼 목이 장대에 매달리는 수모는 피했다. 이춘부의 아우인 인부, 광부, 원부 그리고 이옥과 그의 형제들은 슬픔을 가눌 겨를도 없이 이춘부의 장례를 치러야 했다.

"아우들아, 아버님 유언대로 오늘 중으로 장례를 치러야 한다. 아버님께서 살아생전에 개경 서쪽 *두모사동에 자주 가셔서 경치가 좋다고 하셨다. 다행히 그곳에 문중의 땅이 있으니 서둘러 모시도록 하자."

이춘부의 아우들도 이옥의 의견에 따라 고인을 두모사동에 장사 지내기로 했다. 이춘부뿐만 아니라 김란과 이운목의 집에서도 당일 고인의 장례를 치르느라 야단법석이었다. 평소에 마을 사람들에게 인심을 잃지 않은 덕분에 이춘부의 집으로 사람들이 몰려들었다. 그러나 관아의 감시를 의식해서인지 조

* **음우채홍(陰雨彩虹)** - 비가 그친 뒤에 무지개가 뜨는 일.

* **두모사동(斗毛寺洞)** - 현재 개성시 서쪽 중서면 두모사동.

정의 녹(祿)을 먹는 사람들의 모습은 보이지 않았다.

"어르신의 마지막 길을 우리가 모셔야 한다."
"시중 어른은 우리를 위해 일하시다 모함을 받으셨습니다."
"신돈님이 성인이라면 시중 어른은 현인(賢人)이셨습니다."
마을 사람들뿐만 아니라, 소문을 듣고 개경의 의식 있는 사람들이 몰려들었다. 급조된 상여가 마을을 나가자 그 뒤를 수백 명의 개경 사람들이 만장기를 들고 통곡하며 뒤따랐다. 관아에서 관헌들이 나와 은밀하게 장례 행렬을 따르며 기찰하였으나 특이한 일은 일어나지 않았다. 이춘부의 장례가 끝나고 가족들이 집으로 돌아오자, 관군들은 이춘부의 집을 에워싸고 경계를 철저히 했다. 형부에서 장례를 마친 이춘부의 가족들이 행여나 야반도주라도 할까 봐 관군을 파견한 것이었다.

"모두 모였느냐?"
허씨 부인이 자식들과 며느리를 불러 내실로 들게 했다. 자식들과 며느리들이 모두 모였지만 허씨 부인은 말을 잇지 못하고 멍하니 천정만 올려다보고 있었다. 무거운 침묵이 모두의 어깨를 짓눌렀다.

"어머니, 모두 모였습니다."
이옥이 침묵을 깼다. 그 사품에 정신이 돌아온 허씨 부인이 입을 열었다. 그녀의 울먹이는 목소리에 자식들과 며느리는 억장이 무너져 내렸다.

"아버지께서 이런 일이 있을 줄 아셨는지 조상 대대로 내려오던 전답 일부를 급하게 팔았다. 너희들은 하루아침에 관노가 되어 전국으로 뿔뿔이 흩어지는 신세가 되었다. 너희들이 가야 하는 목적지가 어디인지 모르지만, 가는 동안 당사자와 관헌이 먹고 자는 비용은 귀양 가는 사람이 내야 하는 게 원칙이다. 아버지께서 급전을 마련하다 보니 전답을 헐값에 넘기셨다. 옥이부터 막내 초희까지 여섯 남매에게 일인당 은자(銀子)로 이천 냥씩 분배했다. 옥이는 막쇠를 데리고 간다니 오백 냥 더했다. 큰 며느리는 두 손자를 데리고 가니 삼천오백 냥을 배분했다."

허씨 부인은 정작 자신에게는 천 냥만 배분했다. 연로하여 가장 많은 노자가 필요한 입장임에도 가장 적은 돈을 배분한 것이다. 아들 며느리들은 허씨 부인의 세심한 배려에 고마워했다.

"집 떠나는 사람에게 돈은 목숨과 같은 것이다. 탐라가 아니라도 전라도나 경상도까지 가는 길은 걸어서 한 달은 족히 걸릴 것이다. 하루에도 세 끼 먹고 자고 하는 비용이 열댓 냥은 들 것이다. 남은 돈은 너희들이 어느 지역 관아에 배속될지 모르지만 잘 보관하고 있어야 한다. 지난 일은 이제 일장춘몽이 되었다. 앞으로 너희들이 다시 이 집에 모일 수 있을지 아니면 평생 관노로 살다가 죽을지는 아무도 모른다. 조상님께서 물려주신 땅을 판 죄는 두고두고 속죄해야 할 것이다. 너희들에게 더 많은 돈을 주고 싶지만, 노비가 많은 돈을 가지고 있게 되면 위험해질 수 있다."

허씨 부인은 은자가 든 여염 주머니를 한 개씩 건네주고 돈을 함부로 쓰지 말 것과 관노로서 몸가짐을 잘할 것을 신신당부했다. 자식들이 모두 일어나 각자 방으로 돌아가고 나서 이옥이 어머니 허씨 부인의 방을 찾아왔다. 그의 손에는 여염 주머니가 들려 있었다.

"무슨 일이니?"

"어머니, 저는 약간의 노자만 있으면 됩니다. 형제들과 며느리들에게 넉넉히 주셨지만, 정작 돈이 많이 필요하실 어머니 몫은 너무 적습니다. 여기 천 냥을 어머니에게 드리니 받아 두세요."

이옥은 아버지가 마련한 급전의 총금액을 알고 있었다. 이춘부가 부인 허씨와 큰아들 이옥에게만 자세한 내용을 알려 준 것이었다.

"너는 막쇠와 함께 가지 않느냐?"

"저와 막쇠는 천오백 냥이면 스무날 이상 먹고 자는 데 충분합니다. 제가 어느 지역으로 갈지 모르지만 스무날이면 도착할 것 같습니다. 돈은 어머니께서 더 필요하실 겁니다."

"옥아, 너희는 두 사람이야. 천오백 냥은 너무 적다."

허씨 부인은 이옥에게 여염 주머니를 열어 보지도 않은 채 다시 건넸다.

"어머니, 저희는 아직 젊습니다. 하루 한 끼만 먹어도 됩니다."

"아니야. 두 사내가 가는데 어찌 천오백 냥으로 족하단 말이냐. 그럼, 이렇게 하거라. 나에게 삼백 냥만 주고 나머지 칠백 냥은 가져가거라."

결국, 이옥은 허씨 부인에게 삼백 냥만 건넬 수 있었다. 그는 거처로 돌아와 홍씨 부인과 이야기를 나누었다.

"부인, 우리 두 사람이 함께 이불을 덮고 누울 수 있는 마지막 밤 같습니다. 앞으로 나와 부인의 인생이 어찌 펼쳐질지 생각만 해도 암담합니다."

이옥이 침통한 어조로 홍씨 부인에게 말했다.

"서방님, 저와 두 아이는 너무 걱정하지 마세요. 친정아버님이 조정에 출사하고 계시니 저와 두 아이가 관노로 간다고 해도 관아에서 거칠게 대하지는 못할 것입니다. 서방님이 걱정입니다. 서방님께서 어느 지역 관아로 배속될지는 모르지만 아마도 아버님께서 가만히 보고만 있지는 않으실 겁니다. 어떤 시련이 닥쳐도 꿋꿋하게 견뎌 내셔야 합니다. 지금의 임금이 죽거나 아니면 어떤 계기로 인하여 서방님을 비롯한 온 가족이 예전처럼 될 수도 있을 것입니다. 절대로 희망을 포기하시면 안 됩니다. 저는 어떤 일이 있더라도 두 아이만큼은 반드시 지켜 낼 겁니다."

 서둘러 장례를 치른 이춘부의 가족들은 밤잠을 이루지 못하고 있었다. 날이 밝으면 모두가 관노의 신분으로 알 수 없는 곳으로 떠나야 하는 운명이었다.

 "부인, 미안합니다."

 이옥이 지어미를 살며시 안아 주었다. 부친의 장례를 치른 상태에다, 어쩌면 이승에서 지어미와 마지막 밤이라는 생각에 치밀어 오르는 분함과 애잔함이 한데 뒤섞여 뜬눈으로 밤을 새우고 있었다. 두 사람은 온종일 아무것도 먹지 못했지만 배는 고프지 않았다. 까닭을 모를 갈증이 동시에 두 사람의 심연에서부터 끓어올라 본능을 자극하며 강하게 부추기고 있었다.

 "서방님!"

 이옥은 지어미의 풍성하고 탐스러운 머릿결에 얼굴을 묻었다. 방금 창포에 머리를 감은 듯 향긋한 냄새가 본능을 더욱 자극했다. 홍씨 부인은 지아비와의 첫날밤을 떠올리고 잠자리에 들기 전에 목욕재계하였다. 온종일 장례를 치르느라 노그라질만도 하지만 이승에서 마지막일 수도 있는 밤이 너무 허전하였다. 부부로서 옥촉조화를 이루며 아름다운 시절을 보내야 할 때 불행이 닥치자 이옥은 가슴이 찢어졌다.

 "부인, 은애하오. 내 목숨이 붙어 있는 한 내가 어디를 가더라도 부인을 절대 잊지 않을 겁니다."

 이옥은 지어미의 귓가에 입을 대고 나직하게 속삭이면서도 한편으로는 너무나 원통하고 서러웠다.

 '이승에서 사랑하는 지어미와 마지막 밤이라니······. 한창 부부애를 나누며 행복할 시기에······. 아내가 미색(美色)이라, 장차 어떤 모리배의 간계에 빠져 험한 꼴을 당하게 될지 알 수 없다. 지어미가 배정된 관아의 수장(守長)이 욕정에 눈먼 자가 아니어야 한다. 수장을 잘못 만나면 지어미뿐만 아니라 자칫 두 아이까지 위험에 빠질 수 있을 것이다.'

이옥은 긴 한숨을 뱉어 냈다.

"서방님! 저는 일부종사로 세상을 살아갈 것입니다. 어떤 유혹이 있더라도 절대 꺼둘리지 않고 오로지 아이들 돌보며 서방님을 기다리고 있을 겁니다. 그 세월이 십 년이 되든 백 년이 되든 서방님을 기다릴 겁니다."

"부인, 고맙습니다."

홍씨 부인은 이옥의 심중을 헤아렸는지 지아비를 안심시켰다. 홍씨 부인은 이옥과 혼인하여 부부가 된 세월이 길지는 않지만, 그동안 두 아들 낳고 행복한 삶을 산 것에 고마워했다. 이옥은 혼인한 뒤로 지어미가 아닌 여인에게 눈길조차 주지 않았던 지조 있는 사내였다. 선풍도골의 빼어난 외모, 칠칠한 성격, 부친이 고려의 시중이라는 배경을 둔 그는 동료들과 어울려 기루에 가면 인기를 독차지할 정도였다. 개경 최고의 미인들이 이옥의 눈길을 한 번이라도 받기 위해 줄을 섰지만, 그는 노류장화나 해어화의 미소를 적당히 외면했다.

"서방님!"

홍씨 부인은 어깨를 가늘게 들썩이며 소리 없이 흐느끼고 있었다. 이옥은 어떻게 지어미를 달래야 할지 난감했다. 담묵색의 여명이 서서히 창문을 물들이고 있었다. 두 사람은 혼례를 올렸던 첫날밤을 떠올렸다. 이옥은 지어미의 풍성한 머리를 비다듬었다. 그의 손길에 닿는 부위마다 진홍빛의 꽃이 피어나고 있었다.

"부인이 보고 싶을 때 어찌해야 할지 모르겠구려."

"서방님, 하늘에 보름달이 뜰 때마다 달을 향해 서방님의 무사안일을 위해 빌고 또 빌 겁니다. 그 달을 저라고 여기세요. 별빛이 유난히 영롱하고 아름다운 밤에는 밤새 서방님과 맺었던 아름다운 인연을 반추하고 있을 겁니다."

"부인, 미안하오. 그리고 고맙소."

"서방님!"

남흔여열한 기쁨으로 가득해야 할 동방(洞房)에 구슬픈 흐느낌이 넘쳐 났다. 두 시진 가까이 부부는 춘몽인 듯 또는 백일몽인 듯 구분하기 어려운 상태를 유지하였다. 멀리서 새벽닭 울음소리가 바람을 타고 전해졌다. 홍씨 부인이 잠자리에서 일어나 불을 밝혔다. 그녀는 경대 앞에 앉아 머리를 매만지고 옷매무새를 단정히 하였다.

"부인, 눈을 좀 더 붙이지 않고요?"

"서방님, 절 받으세요."

이옥은 그제야 지어미가 작별 인사를 하려는 것을 알고 일어나 자세를 잡고 앉았다. 홍씨 부인이 절을 하자 이옥도 얼른 일어나 맞절을 하였다. 지아비에게 절을 하는 홍씨 부인의 얼굴은 서럽도록 붉게 물들어 있었고, 쉴 새 없이 쏟아지는 눈물이 두 뺨을 타고 흘러내렸다. 두 사람은 서로의 얼굴을 똑바로 바라보지 못했다. 이옥은 홍씨 부인을 왈칵 끌어안았다. 부부는 간신히 참고 있던 울음을 터트리고 말았다.

이옥의 방에서 울음소리가 나자 허씨 부인과 아래 동생 내외 그리고 동생들이 들어 있는 방에서 일제히 통곡 소리가 나면서 집 안에 울려 퍼졌다. 가족들의 울음소리는 담장을 넘어 이웃들에게도 전해졌다. 한 식경가량 온 집안이 울음소리에 묻혀 버리고 말았다. 곧 가족들이 알 수 없는 곳으로 끈

떨어진 뒤웅박 신세가 되어 뿔뿔이 흩어질 운명이었다. 허씨 부인은 밖으로 나와 자식들을 깨우고 먼 길 떠날 채비를 하라고 채근했다.

"서둘러 떠날 준비를 하거라. 관헌들이 곧 들이닥칠 것이다."

허씨 부인을 비롯하여 모든 가족은 눈이 붉게 충혈된 채 침통한 얼굴이었다. 허씨 부인은 간밤에 두 며느리에게 아침을 풍성하게 준비하라고 일러두었다. 온 가족이 한곳에 모여 조반을 들었다. 허씨 부인은 오밀조밀하게 모여 아침밥을 먹는 자식들과 며느리, 손자를 멍하니 바라보다 그만 눈물을 보이고 말았다. 그 바람에 자식들은 목이 메어 조반을 들지 못했다. 막쇠가 형부에서 관헌들이 나왔다고 알렸다. 조반을 먹는 둥 마는 둥 한 이옥의 가족은 행장을 챙기고 밖으로 나왔다. 마을 사람들과 형부에서 나온 관리와 관헌 등 수십여 명이 앞마당을 가득 메우고 있었다.

"어머님! 소자 떠납니다. 부디 몸조심하시고 안녕히 가세요."

"어머니! 부디 안녕히 가세요. 건강하셔야 합니다."

"어머니! 건강하게 지내셔야 합니다."

"할머니! 안녕히 계세요."

아들, 딸, 며느리, 손자들의 울음 섞인 목소리가 앞마당에 가득했다. 이옥을 비롯한 다섯 아들과 딸, 며느리, 손자들이 허씨 부인에게 작별을 고했다. 허씨 부인을 비롯하여 모두 삼베로 만든 상복(喪服)을 입고 있었다. 자식들과 며느리, 손자들이 허씨 부인에게 큰절을 올릴 때 허씨 부인은 거의 혼절에 가까운 상태가 되었다.

"옥아! 빈아! 예야! 한아! 징아! 초희야! 사치야! 사근아! 며느리들아! 어디를 가든지 이 악물고 참고 견뎌야 한다. 언젠가는 좋은 때가 올 것이다. 마음 약하게 먹지 말고, 반드시 살아남아서 다시 보자꾸나. 우리 가족이 다시

만날 날까지 앞으로 십 년이 걸릴지 삼십 년이 될지 아니면 영영 만나지 못할지는 오로지 천지신명께서 아실 것이다. 고려 천지 어디를 가거나 그곳 상황에 맞게 처신하고 체념하지 말기 바란다. 나는 너희들을 믿는다."

"어머니 말씀 가슴에 새기겠습니다."

허씨 부인은 자식들에게 당부하고도 통곡을 멈추지 못하고 자식과 손자를 끌어안고 몸부림쳤다. 울음을 그친 허씨 부인은 정신을 가다듬었다.

"어머니! 가기 싫어요. 저는 어머니를 따라갈래요."

초희가 허씨 부인을 따라가겠다고 하여 잠시 어수선했다. 두 며느리가 울며 발버둥 치는 초희를 간신히 떼어 놓았다. 오라비들은 서럽게 우는 초희를 바라보며 눈물을 훔쳤다.

"얘들아! 다시 말하마. 어디를 가든지 꼭 목숨만은 부지해야 한다. 우리는 다시 만나야 한다. 이를 깨물고 이 험난한 세월을 견뎌 내자. 며늘아기들아, 너희들도 어디를 가든지 이를 악물고 이 모진 세월을 견뎌 내거라."

이옥은 어제 장례를 치르고 나서 이색의 집안을 찾았다. 다행히 이색이 이춘부의 딸 초희를 맡겠다고 했다. 이색은 형부(刑部)와 협의하여 이춘부의 딸을 가노(家奴)로 들이기로 합의했다. 이춘부 가족들의 *도류안이 작성되었지만, 형부에서는 가족원들에게 그들의 행선지를 알려 주지 않고 철저히 비밀에 부쳤다. 어른들은 각자 뿔뿔이 갈 길을 가야 했고, 이옥의 아들 사치와 사근 형제는 홍씨 부인과 같은 곳으로 가게 되었다. 가족들은 초희가 가는 곳만 알 수 있을 뿐이었다. 허씨 부인은 하인들에게 일 년치 새경을 주었다. 그들은 노비가 아니고 품삯을 받고 일하는 자들이라 마을에 살림집이 있었다. 다만, 이춘부의 가노(家奴)로 갈

* 도류안(徒流案) - 도형(徒刑)과 유형(流刑)에 처할 사람들의 형량, 이름, 나이 등을 기록한 문서.

곳이 없는 막쇠만 특별히 형부의 배려로 이옥을 따르기로 했다.

"부인, 노비 생활을 하며 두 아이를 건사하려면 무척 힘이 들 겁니다. 두 아이를 내가 데려가면 좋으련만……."
"서방님, 아이들은 아직 어려서 어미의 손길이 필요합니다. 아침 일찍 친정에서 사람이 왔기에 아버님께 부탁 말씀을 전했습니다. 아버님께서 저와 아이들을 남모르게 도와주실 겁니다. 어디를 가시든 몸조심하세요. 보름달이 뜨는 날 밤이면 달님 편에 저와 아이들 소식을 띄우겠습니다."
"부인!"
이옥은 홍씨 부인과 두 아들을 잡고 흐느꼈다. 간밤의 여운이 두 사람 가슴에 잔물결로 남아 있었다.
"서방님, 울지 마세요. 언젠가는 가족들이 예전처럼 한집에서 살게 될 날이 올 겁니다. 새옹지마란 말이 있잖아요."
"부인! 고맙습니다. 보름달이 뜨면 부인이 전하는 소식을 받아보고 답장을 보내겠습니다. 두 아이를 잘 부탁합니다."
"아버지, 부디 건강하세요."
"소자는 아버지를 다시 뵙기를 기원하겠습니다."
"사치야! 사근아! 아비가 너희들에게 이야기해 준 *척령재원의 뜻을 잊지 말거라."

사치와 사근이 이옥에게 절을 하였다. 이옥은 두 아들을 안고 눈물을 뿌렸다. 남자들은 상복 차림에 머리에는 패

* **척령재원(鶺鴒在原)** – 형제가 어려울 때 서로 도움.

랭이를 쓰고 대나무 상장(喪杖)을 짚고 미투리를 신었으며, 여인들은 삼베로 만든 치마와 저고리를 입고 역시 미투리를 신었다. 갈 곳이 정해진 초희를 제외하고 모두 먼 길을 떠나야 했기에, 각자 미투리를 서너 개씩 준비했다.

괴나리봇짐을 멘 가족들이 각각 형부에서 나온 관리를 따라나섰다. 마을 사람들은 가슴 아픈 광경을 보고 눈물을 훔쳤다. 그들도 단란했던 가족이 사방으로 뿔뿔이 흩어지는 모습은 처음 보았다. 아낙들은 보자기에 주먹밥과 과일 등을 담아 허씨 부인과 그녀의 가족들에게 건넸다. 이춘부의 어린 딸은 관원의 손에 이끌려 가며 울부짖었다.

"어머니! 저도 데려가세요. 저 혼자 가기 싫어요."

"초희야! 네가 무슨 죄가 있다고 어린 나이에 노비가 되었단 말이냐. 어미를 원망하거라. 부모가 너에게 못 할 짓을 하는구나. 미안하다. 미안해."

허씨 부인은 관원을 따라가다 말고 딸에게 달려왔다.

"어머니! 저도 데려가 주세요."

초희는 허씨 부인에게 안겨 서럽게 울었다. 어린 딸의 피를 토하는 울음에 가족뿐 아니라, 마을 사람들도 뒤돌아서서 눈물을 훔쳤다.

"초희야! 울지 마라. 너는 아버지와 친분이 있는 가문으로 가니 그 댁 대사성 어르신이 너를 잘 돌봐 주실 것이야. 그 댁 어르신을 아버지라고 생각하고 지내거라. 참고 기다리다 보면 언젠가는 이 어미와 오라비들을 다시 볼 날이 있을 게야. 너에게 정말로 미안하구나."

"저도 어머니와 같이 갈래요."

허씨 부인은 어린 딸을 끌어안고 통곡하였다. 그 사품에 이옥 형제들과 며느리 그리고 두 손자도 허씨 부인에게 달려와 서로를 부둥켜안았다. 집 앞마당이 다시 한번 울음바다가 되었다. 하인들도 몰려들어 통곡하였다. 형부에서 나온 관헌들은 울고 있는 이옥의 가족들에게 심하게 대하지 않았다. 그들도 이춘부가 수구세력들의 모함으로 처형되고 집안이 풍비박산 난 상황을 잘 알고 있는 터였다. 허씨 부인은 피눈물을 쏟으며 아들, 딸, 며느리, 손자의 손을 일일이 잡아 주었다. 마을 사람들은 삼삼오오 모여 왕의 처사를 탓했고, 아낙들은 흐느끼며 눈물을 훔쳤다.

"에구! 하늘님도 무심하시지. 시중 어른 한 분이 벌을 받았으면 되었지, 가족들을 노비로 만들고 집안을 산산조각 내다니……. 시중 어르신이 지하에서 눈도 감지 못하실 텐데, 저 일을 어쩌누."

"임금이 부덕해서 그런 것이야."

"임금보다 명덕태후가 더 나쁜 인사네. 어미가 권문세족 놈들 편에 서서 신돈님께서 어렵게 이룩해 놓은 개혁을 물거품이 되게 만들지 않았는가? 모자(母子)가 제정신이 아니네. 빨리 임금이 벼락 맞아 죽든지 갈아 치워야 하네."

"쇠돌 아범 말이 맞아. 임금이 애를 낳다 죽은 왕비에게 정신이 나가 있어. 십년이 넘도록 왕비 초상화 앞에 하루 세끼 밥상을 차리게 해서 올린다니 그런 자가 제정신인가? 정신 나간 왕이 다스리는 나라가 얼마나 가겠는가? 이성계 장군이나 최영 장군이 나라를 뒤엎어야 하네."

사람들은 이춘부의 처자식들이 관노가 되어 관헌들에게 끌려가는 모습을 보고 가슴을 쳐 대며 속에 있던 불만을 토로했다. 가족들은 서로를 부르며 시야에서 사라질 때까지 손을 흔들었다. 마을 사람들도 정든 집을 뒤로 하고 떠나가는 이옥의 가족들에게 손을 흔들어 주었다. 사람들은 가족들이 시야에서 사라졌는데도 자리를 뜰 줄 몰랐다. 이춘부의 가족에게는 한 명당 무장한 관헌이 두 명씩 달라붙었다. 이옥은 개경에서 모르는 사람이 없을 정도로 유명 인사였다. 그는 관헌들에게 양해를 구하고 평소 애지중지 하던 활을 가져가기로 했다.

"초희 왔구나. 나는 너의 아버지와 마음을 주고받던 사이였단다. 앞으로 너는 이 집에서 지내게 될 것이야. 모든 것이 무척 낯설겠지만 조금 지나면 차츰 적응하게 될 것이다."

초희는 관헌들과 한 식경 만에 대사성 목은 이색(李穡)의 집에 도착하였다. 이색은 부인 권씨와 집 밖에까지 나가 초희를 반갑게 맞이하였다. 이춘부와 이색은 뜻이 맞아 국사를 논의하면서 친분이 두터워졌다. 두 사람은 본관이 다르지만 여러 부분에서 통하는 바가 있었다.

"어서 오거라. 에구! 어린 것이 얼마나 놀라고 겁이 났을까. 어르신 말씀처럼 오늘부터 이곳이 내 집이라고 생각하고 지내거라."

권씨 부인은 천성이 착하고 후덕한 여인으로 *명위장군 권중달(權仲達)의 딸이었다. 그녀는 이춘부의 딸이 노비 신분이 되어 왔지만, 노비가 아닌 친딸처럼 대했다.

"어르신, 아주머니! 고맙습니다."

초희는 훌쩍거리며 이색 내외에게 고개 숙여 인사를 했다. 졸지에 아비를 잃고 온 가족이 노비가 되어 전국 관아로 뿔뿔이 흩어진 것이 남의 일 같지 않았다. 권씨 부인은 울고 있는 초희를 데리고 안채로 들었다.

"어머니, 그 소녀는 누구입니까?"

"이 아이는 시중 이춘부님의 딸 초희란다. 앞으로 우리 집에서 살 것이야. 그

* **명위장군(明威將軍)** - 고려 시대 종4품 무관 벼슬.

러니 네가 친동생처럼 대해 주거라."

이색의 둘째 아들 이종학(李鍾學)은 과거를 준비하고 있었다. 그는 십 대 중반으로 천성이 착하고 영민하여 주변 사람들로부터 장차 고려의 큰 인물이 되리라는 소리를 듣고 있었다. 이색은 아들 셋을 두었는데 큰아들은 이종덕(李鍾德), 막내아들은 이종선(李鍾善)이며 형제간에 우애가 무척 돈독했다.

"안녕하세요? 이초희라고 합니다."

초희가 이종학에게 공손히 인사를 했다. 사람의 전생 숙연은 이승에서는 우연과 인연이 될 수도 있다. 집안은 비록 풍비박산 났지만, 이춘부의 딸은 이색의 가문에서 또 다른 역사를 준비하고 있었다. 이종학 형제들은 초희를 두고 서로 자신의 벗으로 삼기 위해 보이지 않는 경쟁을 해야 했다.

"모니노를 데리고 와라."

왕은 태후의 요구로 모니노를 궁으로 데려오게 했다. 그녀는 신돈을 추종하는 세력들이 불만을 품고 모니노에게 위해를 가하지나 않을까 우려했다. 왕이 난마처럼 얽힌 국사로 정신이 없자 명덕태후가 손자 모니노의 안전을 염려한 것이었다. 신돈이 처형된 뒤에도 마땅히 갈 곳이 없어 신돈의 저택에 머물고 있던 반야는 극심한 공포에 사로잡혀 하루하루 보내고 있었다. 왕은 신돈이 죽은 뒤에도 자신의 핏줄을 신돈의 집에 둔다는 게 꺼림칙했다.

"안 된다. 모니노를 데리고 가려면 나도 함께 데리고 가야 한다. 나는 고려의 후비(后妃)이다. 전하께서 나에게 비빈의 첩지를 내릴 것이다."

"내관들은 어서 모니노 왕자님을 모셔라."

반야는 모니노를 안고 발버둥 쳤다. 그녀는 목숨과도 같은 모니노를 빼앗기면 모든 게 끝난다고 생각하고 있었다. 반야가 모니노를 내놓지 않자 내관들이 우르르 달려들어 강제로 모니노를 빼앗았다. 왕자가 마치 물건이 된 느낌이었다. 반야는 사내들의 완력을 당하지 못하고 결국 모니노를 내주고 말았다. 밀고 당기는 과정에서 모니노가 자칫 크게 다칠까 봐 염려되어 그녀는 심하게 반발하지 못했다.

"이보시오! 전하께 전하시오. 나는 자나 깨나 전하께서 불러 주기를 학수고대하고 있습니다. 전하께서 나에게 후궁의 첩지를 내리고 속히 왕궁으로 불러 달라고 전해 주시오."

궁에서 나온 관헌들이 모니노를 데리고 돌아갔다. 모니노를 빼앗긴 반야는 제정신이 아니었다. 왕이 오랫동안 자신과 모니노를 찾지 않자, 그녀는 왕에게 버림받았다고 판단하고 모든 것을 포기하고 있었다. 그런데 느닷없이 궁에서 사람들이 나와 모니노를 데리고 가니 정신이 아득하고 손발이 떨려 아무것도 할 수 없었다. 반야는 예전의 반야가 아니었다. 모니노를 낳았지만, 왕이 찾지 않자 그녀는 날마다 왕을 원망하며 술로 살아가고 있었다.

"오! 네가 나의 아들 모니노구나. 내가 너의 아버지이다. 너는 앞으로 궁궐에서 살 것이야. 이전의 일은 잊어버려야 한다. 너의 어머니는 반야가 아니라, 돌아가신 궁인 한씨(韓氏)이니라."

왕은 모니노를 어려서 궁에 들이려 하였으나 사정이 여의치 못했다.

모니노는 과인의 친아들이며, 사망한 궁인 한씨의 소생이다. 이름을 우(禑)라 하고 강녕부원대군(江寧府院大君)에 봉한다.

왕은 일곱 살 된 아들 모니노에게 이름과 관작을 제수하였다. 왕은 죽은 궁인 한씨(韓氏)를 순정왕후(順靜王后)에 추증하고 왕우의 생모라고 공표했다. 한씨는 왕에게 승은을 몇 번 입은 적이 있었는데 갑자기 병이 들어 사망하였다. 태후와 왕은 반야에 대해서는 한마디도 없었다. 명덕태후도 모니노를 친손자로 받아들이기로 마음먹었다. 왕이 그 외에는 자식이 없으니 모니노를 친손자로 인정할 수밖에 없었다. 왕실의 공표에 반야는 참을 수 없었지만, 어찌할 도리가 없었다. 반야는 왕실의 조치에 반항이라도 하듯 술과 향락으로 자신을 철저히 망가뜨리고 있었다.

개경을 떠난 이옥과 막쇠는 묵묵히 동남쪽을 향해 걸었다. 형부의 관헌은 이옥에게 목적지를 알려 주지 않았다. 막쇠가 몇 번이고 물었으나 관헌은 묵묵부답이었다. 이옥이 가는 목적지는 오직 관헌들만 알고 있을 뿐이었다. 하지만 이옥은 자신이 가는 곳을 알고 싶지도 않았고 관심을 두지도 않았다. 그는 정4품 병부시랑(兵部侍郞) 승차를 앞두고 있었다. 다른 권문세족들의 모함을 받아 집안이 풍비박산 난 것이 생각할수록 너무 원통하고 억울했다.

개경에서 시작하여 전국 내륙으로 통하는 도로는 인주(仁州)까지 연결된 청교도(靑郊道), *내생(奈生)까지 연결된 평구도(平丘道), 의주를 거쳐 삭주까지 연결된 흥화도(興化道) 등 모두 스물두 개가 있었다. 이옥과 관헌들은 청교도로 접어들어 동남쪽으로 향했다. 햇살이 따가워 한낮에는 멀리 갈 수 없었다. 일행은 해가 떨어질 때쯤 동강에서 가까운 어느 한 지역에 도착했다. 역참이 없는 것으로 보아 한적한 시골인 듯했다. 그들은 어느 허름한 주막에 들어 저녁을 먹고 눈을 붙였다.
역참이 없는 곳에는 주막이 있어 길 가 * **내생** – 현재의 강원도 영월.

는 나그네들이 하룻밤 쉬어 갈 수 있었다.

 다음 날 이옥 일행은 아침 일찍 주막을 나왔다. 해가 뜨자 뜨거운 열기로 인마가 지쳐서 곧 쓰러질 것만 같았다. 일행은 한 시진 만에 도라산을 지나 *동강(東江)의 노상 나루터에 도착했다. 노상 나루터는 개경에서 한양 방향으로 오고 가는 사람들로 북적였고, 십여 척의 크고 작은 배들이 강을 건너는 사람들을 실어 나르고 있었다. 중선(重船)은 사람 오십여 명 정도와 많은 화물을 실을 수 있는데, 전쟁이 나면 병참선(兵站船)으로도 이용되었다.
 중선은 공무로 강을 건너는 관리들이나 국가의 주요 물자를 운반할 때 주로 사용되었다. 중선은 길이가 백 척, 폭은 삼십 척쯤 되어 보이고 노를 젓는 사공도 스무 명쯤 되었다. 이옥 일행은 중선을 탔다. 관헌들은 타고 온 말을 고물에 매어 두고 이물 쪽에 앉아 배가 뜨기를 기다렸다. 배는 어느 정도 사람과 마소 그리고 짐이 실려야 떠나기 때문이었다.

 "낭장님, 개경을 떠나면서 인사가 없었습니다. 형부 소속 나장으로 있는 이가(李哥)라 하고, 이쪽은 나졸 박가(朴哥)라 합니다. 저희는 시중 어른의 죽음을 안타깝게 생각하고 있습니다. 낭장님을 모시게 되어 영광입니다."
 두 관헌 중 키가 크고 나이가 들어 보이는 나장 이가가 자신들을 소개했다. 이가는 이옥을 목적지까지 압송하는 책임을 맡고 있었다. 그는 이옥이 지금은 관노의 신분이지만 시국이 변하면 복권될 수도 있다고 생각하는 듯했다. 관헌들이 이옥과 막쇠가 어깨에 메고 있던 활과 전통을 받아 말 잔등에 실어 주자 걷기가 한결 편했다.

* **동강(東江)** – 현재의 임진강. 개경의 동쪽에 있다 하여 동강으로 불렸다.

"나장님, 나는 낭장이 아닙니다. 관노입니다. 나에게 존대할 필요 없습니다. 목적지가 어디인지 모르지만 나와 멀리 갈 듯하니 목적지에 도착할 때까지 사이좋게 지내면 좋겠습니다."

이옥이 두 관헌에게 공손히 머리 숙여 답례했다.

관헌들은 이춘부가 신돈의 측근이라는 이유로 억울하게 처형을 당했다는 사실을 잘 알고 있었다. 한편 이옥은 모든 것을 하늘에 맡기고 자신이 처한 상황에 순응하며 살겠다고 다짐한 상태였다.

"노를 저어라."

중선 운영의 총책임자인 듯한 나이 먹은 사공이 소리쳤다. 그의 명령에 스무 명의 사공들이 거대한 횡포 돛을 올리고 배의 좌현, 우현에 열 명씩 배치되어 노를 젓기 시작했다. 배에는 사공 스무 명을 포함하여 장사치, 일반 백성, 군현에 소속된 아전 등 예순 명 정도가 탔고 마소도 열 필이나 실려 있었다. 배는 서서히 동강을 건너 동남쪽으로 방향을 잡았다. 배가 강 한가운데 왔을 때였다. 갑자기 고물 쪽에서 비명과 웅성거리는 소리가 들렸다.

"모두 꿇어앉아 머리를 바닥에 처박아라. 가지고 있는 귀중품은 남김없이 꺼내 놓아라. 고개를 드는 놈은 머리통을 박살 낼 것이다."

대략 스무 명쯤 되는 흉기를 든 괴한들이 승객들을 협박했다. 최근 들어 조정이 왜구의 빈번한 침범으로 치안 상태가 느슨한 틈을 타 전국적으로 화적, 수적(水賊), 산적이 활개를 치고 있었다. 동강이 개경에서 가까운 위치에 있었지만, 이곳 노상 나루에도 종종 수적들이 출몰했다. 수적들은 장검을 들고 뱃사공과 배에 탄 승객들을 배 한가운데로 몰아넣었다. 이옥과 막쇠는 고물과 가까운 곳에 있었다. 수적들이 사람들을 에워싸고 있었고 그들 중 서너 명이 꿇어앉은 사람들에게서 귀중품을 탈취하기 시작했다.

"서방님, 저놈들 수가 많아 대거리하기 곤란할 것 같습니다."

"막쇠야, 가만히 두고 보자. 무슨 방법이 있겠지."

사공들은 나이가 많은 사람들이라 수적들을 맞서 싸우기에는 힘에 부칠 것 같았다. 또한, 일반 승객들은 평범한 부류라 승냥이 같은 수적을 상대할 수도 없는 상태였다. 이옥을 압송하는 두 관헌은 수적들의 지시에 머리를 바닥에 처박고 죽은 듯 움직이지 않았다. 이옥은 이 위험한 난국을 어떻게 타개해야 할지 골몰했다. 아무리 신궁이라고 하지만, 고물 쪽에 매여 있는 말 잔등에 활이 실려 있어서 그는 활을 사용할 수도 없었다.

"막쇠야, 네가 아픈 척하며 수적에게 접근하여 칼을 빼앗아라."

이옥이 막쇠에게 속삭였다. 이옥의 의중을 알아차린 막쇠가 고개를 끄덕거렸다. 수적패 세 명이 커다란 자루를 가지고 사람들이 꺼내 놓은 물건을 담으며 이옥이 있는 곳으로 다가왔다.

"아이고 배야! 아이고! 나 죽는다."

막쇠가 벌떡 일어나 배가 아프다며 이리저리 바장였다. 수적들이 막쇠의 행동에 당황하며 가까이 다가왔을 때였다. 순간 막쇠가 수적 두 명을 번쩍 들어 강물로 집어던졌다. 다른 수적들이 소리치며 막쇠에게 달려들었다. 그 사품에 배 바닥에 머리를 처박고 있던 사람들이 일제히 고개를 쳐들고 막쇠가 있는 쪽을 바라보았다. 막쇠가 수적에게 칼을 빼앗아 던지자 이옥이 얼른 칼을 받아 수적 서너 명을 베었다.

"저놈들을 잡아라!"

두목인 듯한 자가 소리치자 수적들이 몰려왔다.

"여러분! 고개를 숙이고 그 자리에 가만히 있으세요."

막쇠가 뱃사공과 사람들을 향해 소리쳤다. 수적들이 두 사람에게 칼을 휘두르며 덤벼들었으나, 이옥과 막쇠의 칼을 맞고 쓰러졌다. 그때 뒤에서 덩저리가 깍짓동만 한 사내가 장도를 들고 이옥에게 다가왔다. 그가 나서자 다른 수적들은 비실거리며 자리를 비켜 주었다.

"이놈! 나는 동강 일대를 주름잡는 수달 어른이다. 네놈이 감히 나의 부하를 죽였겠다. 네놈을 죽여 부하들의 원수를 갚겠다."

수달의 우렁찬 목소리에 사람들은 기가 죽어 다시 고개를 숙였고, 수달의 부하들은 두령이 나서자 의기양양한 표정이었다.

"잠깐! 수달이라고 했겠다. 너희들은 기골이 장대한데 어째서 힘없는 백성을 상대로 도적질을 하는 것이냐? 일해서 먹고살 생각은 안 하고 이런 비열한 짓을 하다니, 너희는 날을 잘못 잡았다. 더는 살상은 하고 싶지 않으니, 빼앗은 물건을 주인에게 돌려주고 무기를 버리고 포박을 받아라."

"이노옴! 곱상하고 잔망스럽게 생긴 놈이 입이 꽤 거칠구나."

수달이 씩씩거리며 자세를 잡았다. 그가 검을 잡은 자세와 눈빛이 예사롭지 않았다. 이옥은 수달의 발 움직임과 눈빛을 주시했다.

'저 자세는 대륙의 검법을 배운 자만 쓸 수 있다.'

이옥이 한 발짝 움직이면 수달도 따라 움직이며 자세를 취했다. 수달의 칼이 빛을 발산하더니 이옥을 겨누며 파고들었다. 칼과 칼이 서너 번 부딪혔다. 칼이 부딪칠 때마다 섬광이 일었다. 배 바닥에 머리를 박고 있던 사람들과 뱃사공들은 모두 고개를 들고 싸움을 구경했고, 수달의 부하들은 수달이 이옥을 공격할 때마다 손뼉을 쳐대며 환호했다.

'수달이 나의 검기를 모아 역으로 둥글게 날려 보내는 검술을 쓰는 걸 보니 장백검법의 함기유회(含氣流回)와 비슷한 초식을 사용하는구나. 그렇지만 정통 장백검법은 아니다. 수룡비천(水龍飛天) 초식으로 수달의 검기를

끊어야겠구나.'

이옥이 자신의 공격을 번번이 피하거나 막아 내자 수달은 당황하는 듯했다. 수달이 다시 공격을 시도했다. 이옥은 회심의 미소를 지으며 수달을 노려보았다. 수달은 자신의 초식이 이옥에게 간파당한 것을 알지 못했다. 이옥은 부러 수달과 같은 초식으로 공격을 시도했다. 이옥이 날린 검기를 수달이 받아 둥글게 날리려 할 때 이옥은 바닥을 박차고 허공으로 솟아올랐다. 그는 수달을 공격하고 동시에 우측으로 세 바퀴 회전 상승하면서 공격을 펼쳤다. 이옥이 같은 방식으로 좌측으로도 세 바퀴 회전하며 공격하자 수달의 초식이 무너지고 말았다. 번개보다 빠른 그의 검술에 수달은 비명을 지르며 바닥에 주저앉았는데 한쪽 팔이 떨어져 나간 상태였다.

"두령이 당했다. 강으로 뛰어들어라. 검귀(劍鬼)가 타고 있다."

"이놈들아! 너희들만 도망치면 나는 어쩌란 말이냐."

수달도 강으로 뛰어들었지만, 한쪽 팔이 없어 헤엄을 치지 못했다. 수달이 부하들을 불렀지만, 그의 부하들은 뒤도 돌아보지 않고 배가 출발했던 지점인 노상 나루터 쪽으로 도망쳤다. 그때 막쇠가 말에서 활과 전통을 가져왔다.

"서방님, 저놈들을 살려 두면 또 강도질을 일삼을 것입니다."

두 관헌은 이옥의 활약에 주눅이 들어 아무 말도 못 하고 뻘쭘하게 서 있었다. 이옥의 활약상을 본 사람들이 우르르 몰려들었다.

"무사님, 이분 말씀이 맞습니다. 저놈들은 동강 주변 지역 사람들을 괴롭히는 악귀 같은 놈들입니다. 무사님께서 저놈들을 죽여 주십시오."

"막쇠야, 애기살 아홉 개를 준비하거라."

이옥은 잠시도 주저하지 않고 시위를 당겼다. '핑' 소리와 동시에 도망치던 수적 한 명이 비명을 지르며 인홀불견 물속으로 사라졌다. 이옥이 연속으로 화살을 쏘았다. 노상 나루터로 도망치던 수적들이 모두 물속으로 사라지고 강물은 고요히 흘렀다. 도도히 흐르는 강물 위로 물오리 떼가 사뿐히 내려앉았다.

"이옥 무사님, 만세!"

"이옥 신궁님, 만세!"

"수적 놈들이 물귀신이 되었다. 통쾌하고 속이 시원하다."

배에 타고 있던 사람들은 일제히 두 손을 번쩍 치켜들고 만세를 외쳤다. 막쇠가 수적들이 빼앗은 물건을 주인에게 돌려주었다. 두 관헌은 말로만 듣던 신궁 이옥의 진가를 목격하고 충격을 받았다. 배가 다시 움직이기 시작했다. 반 시진 만에 이옥 일행은 강을 건너 *파평현(坡縣平)으로 접어들었다.

---

* **파평현** – 현재 경기도 파주시 파평면 일원.

강릉 가는 길

 죄 짓고 귀양이나 유배 갈 때 죄인을 호송하는 관헌들의 숙식비 등의 공적 비용은 유배 가는 사람이 부담해야 했다. 가진 것 없는 자들은 목적지에 도착할 때까지 돈이 없다는 이유로 관헌들에게 매를 맞거나 학대를 당했다.

 "나리, 이제 목적지를 알려 주셔도 되잖습니까? 우리가 도망을 가겠습니까, 아니면 다시 개경으로 돌아가기를 하겠습니까?"

 막쇠가 이가에게 물었다. 나장 이가가 이옥에게 다가왔다. 그는 중대한 사안이 있는 듯 이옥의 눈치를 한번 보고 입을 열었다.

 "개경에서 백여 리(里) 이상 벗어났으니 행선지를 알려 드리겠습니다. 낭장님께서는 지금 강릉으로 가고 있습니다."

 "강릉!"

 이옥은 나장 이가의 말에 매우 놀랐다. 누가 자신을 그 먼 강릉에 배속시켰는지 알 수는 없지만 이옥은 속으로 안도했다. 왜구들의 주요 침구 지역이 남해와 서해에 집중되다 보니 이옥은 강릉으로 간다는 말에 속으로 안도하였다.

'강릉도 안렴사는 현재 공석이고, 강릉부 부사는 안종원(安宗源)으로 알고 있다. 안종원 부사는 신돈의 눈 밖에 나 강릉부로 좌천되었다. 그는 성품이 온화하고 시류에 휩쓸리는 이악한 인사가 아니니 다행이다. 하지만 나이는 나보다 열 살 이상 많다. 그의 집안과 우리 가문은 빈번한 왕래는 없었으나, 양가에 큰일이 있을 때는 아버님이 예를 갖춰 방문하기도 했다. 그가 나를 보면 어찌 대할지 무척 궁금하구나.'

안종원은 흥녕군 안축(安軸)의 둘째 아들이며 경상도 순흥이 본관이었다. 안축은 *죽계에 지지기반을 다지고 개경에 진출한 신흥사대부였다. 그는 충혜왕 때 강원도존무사를 역임했고, 상주 목사를 지내기도 했다.

그 아들인 안종원은 정5품 전법정랑(典法正郞)으로 있을 때 수많은 송사를 법에 따라 공정하게 처리해 명성을 얻었다. 어사대 종5품 시어사(侍御史)를 거쳐 양광도안렴사로 있을 때 홍건적 난을 피해 몽진 길에 오른 왕을 *대원(大原)에서 맞았다. 하지만 왕을 접대하는 문제로 인하여 지청풍군사로 좌천되었다가 다시 전법총랑에 기용되기도 했다. 신돈에게 아부하는 관리들이 많았는데, 안종원은 아당할 줄 몰랐다. 결국, 그는 참소를 당해 강릉부사로 좌천되었다.

"나장 나리, 그럼 우리는 어떤 경로로 강릉까지 갑니까?"

막쇠가 나장 이가에게 물었다.

"오늘은 *고봉에서 묵고 내일 아침 일찍 출발할 것이다. 강릉까지 가는 경로

* **죽계(竹溪)** - 현재의 경상도 풍기.
* **대원** - 지금의 충청도 충주.
* **고봉(高峰)** - 현재 경기도 고양시.

강릉 가는 길 **135**

는 한양을 지나서 광주목(廣州牧), *여흥군, 원주목, 평창현까지 가서 *대관을 넘으면 도착하게 된다. 개경에서부터 강릉까지는 대략 칠백여 리(里)쯤 생각하면 된다. 지금처럼 가면 스무날 정도는 걸릴 것이다."

나장 이가가 말하는 것으로 보아 그는 강릉을 서너 번쯤 다녀온 듯했다. 이옥 일행은 잠시 나무 그늘에서 쉬었다가 발걸음을 재촉했다. 두 시진쯤 걸으니 해가 서산으로 기울고 있었다. 이옥 일행은 고봉에 도착하여 주막을 찾았다. 온종일 강행군을 한 탓에 모두 저녁을 먹자마자 곯아떨어졌다.

"낭장님, 아침에 안개가 자욱한 것을 보니 오늘도 무척 더울 것 같습니다. 일찍 서둘러 떠나는 게 좋겠습니다."

이옥 일행은 고봉에서 하룻밤을 자고 다음 날 동이 트기 전에 주막을 나섰다. 이옥과 막쇠의 발이 부르터 자주 쉬어야 했는데, 관헌들은 말을 타고 가다가도 이옥과 막쇠에게 미안한 생각이 들었는지 말에서 내려 말고삐를 잡고 걸었다. 나장 이가가 이옥에게 말을 타고 가라고 했지만, 이옥은 관헌의 호의를 정중하게 거절했다. 두 관헌은 이옥의 무예와 당당한 위상에 눌려 흰수작이나 허튼짓을 하지 못했다. 세 시진을 걸으니 한양을 상징하는 삼각산이 나타났다.

"서방님, 다리 아프실 텐데 말을 타시지요."

"나는 괜찮다. 너야말로 다리가 무척 아플 텐데 타고 가렴."

"아닙니다. 저는 다리 하나는 튼튼합니다."

"막쇠야, 보름만 참고 견디자. 강릉에 가면 신천지를 보게 될 것이다. 동쪽으로는 푸른 바다가 끝없이 펼쳐져 있고,

* **여흥군(驪興郡)** – 현재 경기도 여주시.

* **대관(大關)** – 현재 대관령.

서쪽으로는 백두산의 정기가 경상도와 전라도까지 흐르는 대간(大幹)이 병풍처럼 버티고 있을 것이다."

이옥과 막쇠가 이야기를 나누며 부지런히 걸었다. 내를 건너고 산을 넘고 또 다른 재에 오르니 저만치 아스라이 한양의 전경이 한눈에 들어왔다. 희뿌연 안개에 묻혀 있는 한양의 모습은 무척이나 아늑해 보였다. 일행은 조금 더 걷다가 주막으로 들어갔다. 해가 중천에 걸렸는데 무척 허기졌다.

"주모, 국밥 네 개하고 탁배기 좀 빨리 가져오시오."

"우리 주막은 국밥과 술 말고도 맛있는 음식이 많아유. 국밥 말고 더 자시고 싶은 음식 있으시면 주문하세유."

두 관헌은 멍청한 얼굴로 주모에게서 시선을 떼지 못했다. 젊은 주모는 이옥을 보고 묘한 웃음을 흘리며 주방 쪽으로 사라졌다. 주모가 금방 소반에 국밥과 술을 차려 가지고 왔다. 이가가 술병을 들더니 이옥에게 술을 권했다. 이옥은 마지못해 한 잔 받았다.

"낭장님, 발이 매우 아프실 텐데, 저희와 말을 교대로 이용하시지요? 강릉까지 걸어가는 길이 꽤 험할 것입니다."

"신경 써 주셔서 고맙습니다. 하지만 나는 죄인입니다."

두 관헌은 추가로 술 한 병을 더 시키고 깔축없이 마셔 버렸다. 일행은 중화를 들고 한수(漢水)를 따라 남동쪽으로 방향을 잡았다. 오후의 햇볕이 살갗을 파고들었다. 관헌들은 관모를 쓰고 이옥과 막쇠는 패랭이를 썼지만, 강렬한 태양의 열기를 완벽하게 막을 수 없었다. 일행은 한여름 뙤약볕에 얼굴이 벌겋게 익었고 옷은 땀에 절어 짠 내가 풍겼다.

"박가야, 저기 아차산이 보인다. *양진

* 양진(楊津) - 현재의 서울 광진구 구의동 광진 나루.

에 다 온 듯싶구나. 양진에서 배를 타고 건너야 한다. 강을 건너면 하남 땅이고 남으로 한나절 가면 광주목에 다다른다. 오늘은 강을 건너 하남에서 하루 묵어야겠다."

"나장 어른, 강을 건너면 어둡겠는데요. 양진 나루에서 하루 묵으면 안 됩니까? 온종일 걸었더니 다리가 퉁퉁 부었습니다."

박가가 투덜거렸다.

"강을 건너 하룻밤을 자야 내일 아침 출발하기 쉽다. 강을 건너지 못하면 내일 오전 반나절을 까먹고 만다."

일행이 양진 나루에 도착하니 배가 막 떠나려고 했다. 배가 하남 쪽 나루에 닿자 이옥 일행은 서둘러 길을 재촉했다. 일행은 객사에 들어 저녁을 먹자마자 잠자리에 들었다. 이튿날 일행은 동이 트기 전에 객사를 출발하여 광주목으로 향했다. 각자 주먹밥 두 개씩을 챙겼다. 두 시진 정도 걷자 하늘이 끄느름하더니 천둥이 지축을 흔들고 번개가 천지를 압도했다. 곧 비가 내릴 기세였다.

"빨리 가야겠습니다. 사방이 산지와 평지밖에 없습니다. 민가라도 있다면 잠시 비를 피하면 좋으련만, 비가 내리면 고스란히 맞아야 합니다."

"막쇠야, 속도를 내야 할 것 같구나."

이옥이 막쇠를 다독였다. 나장의 말대로 빗방울이 떨어지기 시작했다. 사방이 칠흑 같은 밤처럼 어두워 아무것도 보이지 않았고 천둥과 번개가 산하를 집어삼킬 것만 같았다. 일행은 하는 수 없이 고목 아래서 비를 피하기로 했다. 다행히 비는 오래 내리지 않았지만, 일행은 물에 빠진 생쥐 꼴이 되고 말았다. 이옥 일행은 부리나케 걸어 광주목 관아를 지나 여흥군 방향으로 향했다. 그리고 잠시 길가에 앉아 퉁퉁 불은 주먹밥으로 허기를 때웠다. 머지않아 구름이 모두 걷히자 송곳 같은 뙤약볕이 일행을 괴롭혔다.

"세 시진 정도 더 가면 여흥군의 *천녕입니다. 그곳 이포진(梨浦津)에서 배를 타고 강을 건너야 합니다. 오늘은 이포진에서 자야 할 것 같습니다. 그곳에는 객줏집이 많답니다."

술 좋아하는 나장 이가가 신이 난 듯 떠들어 댔다.

"나장님, 이포진에는 주막, 기루, 색주가, 요릿집 등 홍등(紅燈) 달린 집들이 많다면서요?"

나졸 박가가 무척 들떠서 물었다.

"이포진은 태원이나 여흥군에서 출발하여 개경 벽란도로 가는 세곡선이 잠시 쉬는 곳이야. 주변에 나라의 세곡미를 저장하는 이포창과 우만창(宇萬倉)이 있지. 그런데 최근 들어 왜구들이 내륙 깊숙한 곳까지 말을 타고 들어와 약탈을 하기 때문에 그 두 개의 조창도 이제는 안전하지가 않아. 조창이 있는 곳마다 진군(津軍)이 배치되어 있어. 이포진에는 술집뿐만 아니라 숙사(宿舍), 난전, 잡화상도 있어. 보면 무척 놀랄 거야."

나장 이가의 말에 모두 달뜬 표정이었다. 이옥도 여흥군의 이포진에 가 보기는 처음이었다. 일행은 말없이 무거운 몸으로 길을 걸었다. 막쇠는 무거운 체구를 지탱하느라 상당히 지친 듯했다. 사방에 보이는 것은 푸른 들판과 산뿐이었다. 한차례 소나기가 지나가니 산하가 시원해 보였다. 이름 모를 고개를 지나갈 때는 모두 긴장해야 했다. 숲이 우거진 산길을 걸을 때는 산적이라도 나타날까 봐 두 관헌이 사방을

*천녕(川寧) - 현재 경기도 여주시 금사면.

두리번거렸다. 온종일 대지를 달구던 해가 어느새 서산으로 기울고 있었다. 이옥 일행은 걸음을 재촉했다. 땅거미가 지고 사방이 어스레해지자 마음이 급해지기 시작했다.

"서방님, 저기가 이포진 같습니다."

가파른 고갯길을 넘자 막쇠가 저 멀리 불빛이 반짝거리는 곳을 가리켰다. 고개에서 대략 시오 리(里)쯤 되어 보이는 거리였다. 일행은 정신없이 걸어 곧 이포진에 도착했다. 이포진은 주변 가옥과 배에서 밝힌 등불로 환했다. 포구에는 수십 척의 크고 작은 황포돛배가 정박해 있었는데 옹기를 가득 실은 배, 세곡선(稅穀船)과 어선들로 장관을 이루고 있었다. 포구의 규모는 크지 않지만 벽란도의 축소판 같았다. 거리는 여러 지역에서 올라온 사내들로 북적거렸다. 대취해 갈지자걸음을 걸으며 흥얼대는 사람도 있고, 술값이 모자라 주모에게 봐달라며 사정하는 광경도 목격되었다.

일행은 개경의 어느 홍등가에 온 것처럼 묘한 느낌을 받았다. 화장을 진하게 한 작부들이 상인이나 배꾼들을 호객하기 위하여 색주가 대문 앞에 죽 늘어서서 히죽거리며 손짓을 했다. 작부들은 만만해 보이거나 눈이 마주친 사내들에게 재빨리 달려들어 팔을 잡아끌기도 하였고, 치마를 반쯤 걷어 올려 속곳을 은근히 내보이며 허여멀건 허벅지를 보여 주기도 하였다. 작부들은 별의별 희한한 행동과 말로 지나가는 사내들을 유혹하였다.

"나좃님, 저 집이 규모도 크고 괜찮은 듯합니다."

나좃 박가가 가리킨 곳은 주막과 기루 중간쯤 가는 크기로, 주점 같기도 하고 객사처럼 보이기도 했다. 일행은 박가가 가리킨 집으로 향했다. 집 밖에 매달아 놓은 청사초롱이 바람에 흔들리면서 길손들의 시선을 끌었다. 대문 우측에 '여흥원(驪興苑)'이라고 쓰인 간판이 붙어 있었다. 바깥에서 보아도 집의 규모가 상당히 커 보였다. 가운데 안채가 있고 안채를 중심으로 앞쪽과 좌측, 우측에 각각 손님들이 식사나 잠을 잘 수 있는 건물이 있었는데 객실이 삼십여 개쯤 되어 보였다. 마구간에는 손님들이 타고 온 것으로 보이는 말 십여 필이 매여 있었다. 이옥 일행이 여흥원으로 들어서자 젊은 여인이 나오며 인사를 건넸다.

"어서 오세요. 여흥원 주인 난희라고 합니다. 저희 집에 정말로 잘 오셨습니다. 이곳은 주막과 기루의 중간급 음식점입니다. 음식 가격 저렴하고 맛이 그만입니다. 잠도 주무실 수 있습니다. 숙박할 곳을 정하지 않으셨다면 저희 집에서 주무세요. 방 삯도 비교적 저렴한 편입니다."

여주인은 상당한 미색을 지닌 이십 대 초중반쯤으로 보이는 여인이었다. 이옥은 그와 시선이 마주쳤을 때 깜짝 놀랐다. 홍씨 부인과 난희가 너무 닮았기 때문이었다. 그녀도 후줄근한 상복 차림의 이옥을 보고 흠칫 놀라며 묘한 표정으로 고개를 갸우뚱거렸다. 일행은 여인이 안내한 객실로 들었고, 나장 이가가 음식을 주문했다. 음식은 곧바로 나왔다. 마치 이옥 일행이 올 줄 알고 미리 준비한 듯했다. 음식과 술이 나오자 두 관헌은 술부터 허겁지겁 마시기 시작했다. 이옥과 막쇠는 이가가 권하는 사품에 할 수 없이 한 잔씩 받았다. 박가는 술을 더 주문했다.

"낭장님, 오늘 이곳에서 주무시지요?"

"그리하세요. 음식도 괜찮고 시설도 깨끗하고 넓어 보입니다."

막쇠는 말 잔등에 실려 있는 활과 전통을 가지고 객실로 들었다. 이옥과 막쇠는 저녁밥을 해결하고 나서 몸을 씻었다. 발바닥이 부르튼 부위에 약을 바르고 두 사람은 옆방으로 옮겨 잠을 청했다. 나장 이가와 박가가 술을 더 주문했는지 시끄럽게 떠들어 댔다. 이옥은 개경을 떠나던 날을 떠올렸다.

'어머님은 어디로 가셨는지? 부인과 두 아이는 또 어느 관아에 배속되어 가고 있을까? 숙부님과 동생들도 지금쯤 나처럼 지방으로 가다가 어느 주막이나 객사에서 밤잠을 설치고 있지나 않은지……'

이옥이 이런저런 잡념에 빠져 있을 때 막쇠가 가늘게 코를 골았다. 이옥도 피곤하여 곧 잠이 들었다. 나장 이가와 박가는 한 식경 후에 방으로 들어 잠을 청했다.

이옥은 홍씨 부인을 만나기 위해 개경으로 달려가고 있었다. 몽도(夢道)는 하얀 모래밭으로 가도 가도 끝이 보이지 않았다. 한참을 가다 보니 홍씨 부인이 맞은편에서 손을 흔들며 이옥을 향해 뛰어오고 있었다. 이옥은 너무 기쁜 나머지 '부인!' 하고 소리를 지르며 뛰어갔다. 그런데 어찌나 크게 소리를 질렀던지 자신이 지른 소리에 그만 잠에서 깨고 말았다. 이옥은 꿈속이지만 홍씨 부인을 만난 것에 기분이 흔연했다. 나장 이가와 박가 그리고 막쇠는 누가 더 코를 심하게 고는지 내기라도 하는 양 천둥 치는 소리를 토해 냈다.

이옥은 잠이 오지 않자 살며시 자리에서 일어나 바람을 쐬려고 객실에서 나와 안뜰을 바장였다. 강바람이 불어와서 그런지 밖이 시원했다. 하늘에는 달이 떠 있어 사방의 윤곽을 대충은 파악할 수 있었다. 그는 달을 올려다보며 방금 꿈속에서 본 홍씨 부인을 그리고 있었다. 그때 멀리서 개 짖는 소리, 함성, 사람들 비명, 말 울음소리 등이 한데 뒤섞여 바람을 타고 전해졌다. 이옥은 불현듯 전장(戰場)을 떠올렸다. 전장에서 들려오는 소리가 틀림없었다. 그는 안채로 뛰어가 주인을 찾았다.

"주인장! 난희 주인장!"

"어머나! 선달님, 어찌 안 주무시고요?"

이옥이 큰 소리로 주인을 부르자 여주인이 밖으로 나왔다. 여주인은 잠옷 차림에 머리만 대충 묶은 상태였다. 새벽에 잠을 자다 말고 사내가 부른다고 얼른 뛰어나온 자신이 부끄러웠는지 여주인은 고개를 반쯤 숙였다. 달빛에 난희의 얼굴이 뽀얗게 빛났다. 이옥은 잠시 그 고고한 자태에 넋을 빼다가 정신을 차렸다.

"지금 들리는 저것이 무슨 소리입니까?"

이옥은 소음이 들려오는 곳으로 여주인 난희의 주의를 끌게 했다. 그녀도 잠시 그 소리를 들어 보더니 몸을 부르르 떨었다.

"서, 선달님! 왜구들이 또 쳐들어왔나 봅니다."

"뭐라고요? 왜구가 쳐들어왔다고요? 자세히 말씀해 보세요."

"선달님, 어서 피하세요. 지난해 가을과 올봄에도 이곳 이포진에 말을 탄 왜구들이 나타나 포구에 정박돼 있던 세곡선을 *태원 쪽으로 끌고 간 적이 있었습니다. 저놈들은 사람이 아닙니다. 지난봄에 왜구들이 출몰했을 때는 이곳 사람 다섯 명이 목숨을 잃었고 세곡선을 탈취당했습니다."

'왜구들이 이제는 해안 지역뿐만 아니라 양광도와 교주도 내륙까지 침공한다더니 어느새 이곳 이포진까지 진출했더란 말인가? 이포진에는 수십 척의 세곡선이 늘 정박해 있을 테고 근처에 이포창과 우만창이 있지 않은가? 저놈들이 그것을 노리고 이포진까지 진출하였구나. 내가 지금 관노가 되어 강릉으로 가는 길이지만 화급을 다투는 시점에서 신분이 무슨 소용이란 말인가?'

"주인장, 내가 나의 종자와 나가 볼 테니, 지금 객실에서 잠자고 있는 관헌 두

* **태원(太原)** - 현재 충주의 별칭.

사람을 깨워 적당한 곳에 숨겨 주세요."

"선달님, 안 됩니다! 왜구들은 고려 백성을 보면 무조건 죽입니다. 어서 일행분들과 뒷산으로 피하세요."

"나는 고려의 무장입니다. 왜구가 침입했는데 가만히 있으면 무장으로서 자존심이 상하는 일입니다. 염려하지 마세요."

"선달님, 몸을 상하게 되십니다."

여주인은 마치 지아비를 대하듯 막무가내로 이옥의 앞을 가로막았다. 이옥은 난희의 행동에 당황했다. 그가 자신이 개경의 중앙군 소속 무장이라고 소개하자 여주인은 그제야 안도하는 듯했다. 이옥은 객실로 들어와 막쇠를 깨워 무장하고 밖으로 나왔다.

"서방님, 무슨 일입니까? 그리고 저 함성은 또 무엇입니까?"

"막쇠야, 왜구들이 쳐들어온 모양이다. 나를 따라나서거라."

이옥과 막쇠는 각자 활과 전통을 어깨에 둘러멨다. 두 사람은 나장 이가와 박가의 장검도 소지했다.

"선달님, 조심하세요. 꼭 돌아오셔야 합니다."

"걱정하지 말아요. 잠시 다녀오겠습니다."

막쇠가 이옥과 난희를 묘한 시선으로 바라보았다. 이옥이 여흥원을 나와 이포진 쪽으로 달려가며 보니 말을 탄 왜구들이 이리저리 달리며 이포진의 고려군과 싸움을 벌이고 있는 것 같았다. 포구 주변의 민가 서너 채가 불타고 있었다. 이옥과 막쇠가 왜구들이 몰려 있는 곳으로 접근했을 때 고려 군사들은 보이지 않았다.

"서방님, 고려군이 전멸했거나 도망친 듯합니다."

"막쇠야, 정신 똑바로 차리고 내가 지시하는 대로 해야 한다. 왜구들이 세곡선이 있는 곳에 몰려 있다. 나는 남쪽으로 달려가 저놈들을 공격할 테니 너는 북쪽으로 가서 공격해라. 우리 둘이라면 저놈들을 섬멸할 수 있다."

두 사람은 이포 나루를 가운데 두고 남북으로 이동하여 세곡선이 정박 중인 곳으로 접근했다. 민가가 불에 타고 있었지만, 사방이 어둑어둑해 사물을 분간할 수 없었다. 말 탄 왜구들이 말에서 내려 세곡선 쪽으로 몰려가고 있었다.

'이놈들, 이포진에 내가 있는 줄 꿈에도 모르고 있으렷다.'

이옥이 적당한 거리에서 애기살을 연속으로 날렸다. 화살 한 발에 정확히 왜구 한 명이 맞고 쓰러졌다. 막쇠도 화살을 날렸다. 눈 깜짝할 사이에 왜구들이 비명을 지르며 쓰러졌다. 막쇠도 이옥을 따라 전장을 누볐기 때문에 병장기를 다루는 데 능숙했다. 왜구들은 모두 간편한 *유카타 차림에 칼만 차고 있었는데, 몸을 숨기고 움직이지 않았다. 이옥과 막쇠는 왜구들이 보이지 않자 기다리기로 했다. 민가가 불에 타고 있어 주변 움직임이 파악되었다. 두 사람은 활시위에 화살을 걸고 세곡선 쪽을 노려보았다. 왜구들이 다시 움직일 기미를 보였다가 일시에 세곡선을 향해 달려갔다.

"이놈들! 막쇠님은 자비가 없다."

이옥과 막쇠의 활이 속사로 화살을 발사하였다. 왜구들이 달려가다 전원 화살을 맞고 쓰러졌다. 이옥과 막쇠는 잠시 주변을 살피고 나서 천천히 나루터를 향해 걸어갔다. 세곡선은 열두 척이었다. 세곡선 안에 왜구나 고려 사람들이 있다면 밖으로 나와 반응을 보였을 법한데 조용했다. 이옥이 막쇠에게 칼

* **유카타[浴衣]** – 왜국의 전통 의상. 소매가 넓고 솔기가 바로 들어온다. 전통적으로 유카타는 대부분 남색으로 만들었다.

을 뽑으라고 신호를 보냈다. 세곡선 안에서는 여전히 아무 기척이 없었다.

"이옥 낭장님, 어디 계시오? 이 나장과 박 나졸입니다."

두 관헌이 여흥원의 여주인으로부터 비상사태가 발생했음을 전해 듣고 나타났다. 그런데 그들 뒤로 난희와 고려군 십여 명도 있었다. 군관인 듯한 자가 이옥에게 다가와 예의를 갖추었다.

"이포진장 최재보(崔在甫)입니다. 이 나장으로부터 낭장님에 대하여 들었습니다. 만나 뵙게 되어 영광입니다. 왜구들이 한밤에 갑자기 습격하는 바람에 제대로 대처하지 못했습니다. 이포진에는 삼십 명의 진군이 있는데 결원이 많아 현재는 이십 명밖에 없습니다. 왜구의 습격으로 다섯 명이 전사하고 두 명이 중상을 입었으며, 남은 군사는 소관을 포함하여 열세 명뿐입니다."

최재보는 이옥이 관노가 되어 유배지로 가는 처지임을 앎에도 그를 마치 상관 대하듯 했다. 그도 이옥의 명성을 알기에 스스로 몸을 사리며 행동하는 듯했다. 최재보는 두 사람이 왜구들을 사살한 것을 보고 매우 놀랐다.

"고려군이 다섯 명이나 전사했으니 피해가 큽니다. 왜구들을 사살했으나, 문제는 세곡선 안에 있는 왜구입니다."

"낭장님, 세곡선 안에 왜구가 있다면 배 한 척당 한 놈 정도 있을 것입니다. 그놈들은 저희가 제압할 테니 여흥원으로 돌아가 쉬십시오. 고생하셨습니다."

"우리 두 사람이 활을 겨누고 있을 테니 최 진장이 군사들과 배 안에 있는 왜구를 밖으로 유인하세요. 군사 중에 왜국 말을 할 줄 아는 군사가 있습니까?"

"소장이 몇 마디 할 줄 아니 왜구들을 배 밖으로 유인해 보겠습니다."

최재보가 나란히 정박해 있는 세곡선으로 접근하여 맨 왼쪽에 있는 배에 올랐다. 이옥과 막쇠는 최재보와 일정 거리를 두고 뒤따랐다. 세곡선은 배의 좌현, 우현에 열댓 명씩 배치되어 노를 젓는 구조였다. 세곡선 중간 뒷부분에 두 평 남짓한 나무로 만들어진 구조물이 있었는데 비를 피하거나 잠을 자는 공간 같았다. 배 위에는 아무도 없었다. 최재보가 배를 살펴보다가 소리쳤다.

"*소토에데로! *쿄히스레바 *코로스조!"

최재보가 두 번이나 소리쳤으나 배 안에서는 아무 반응이 없었다. 그가 배 중간쯤 접근했을 때였다. 고물 쪽에서 인기척이 들리더니 이상한 차림의 사내 한 명이 나타났다. 이옥과 막쇠는 급히 몸을 낮추고 그를 살폈다. 왜구가 틀림없었다. 유카타 차림에 칼을 들고 있었다. 최재보와 왜구 사이는 열 발짝 정도 떨어져 있었다. 최재보가 다시 한번 소리쳤다.

"소토에데로! 소토에데로!"

최재보가 왜국말로 왜구를 나오게 했다.

왜구는 투항할 것처럼 행동하면서도 칼을 들고 있었다. 갑자기 최재보에게 어떤 행동을 할지 알 수 없는 위험한 순간이었다. 그때 이옥이 화살을 날렸다. '쉭' 소리와 동시에 왜구의 이마에 화살이 박혔다. 왜구가 사살당하자 잠시 적막이 흘렀다. 군사들과 나장 이가와 박가 그리고 난희가 몸을 숨긴 채 전투 장면을 주시하고 있었다. 이옥과 막쇠가 고물 쪽으로 접근했다.

"살려 주시오. 우리는 고려 사람입니다."

고물에 고려인 열댓 명이 웅크리고 앉

* 소토에데로[外へ出ろ] - 밖으로 나와라.
* 쿄히스레바[拒否すれば] - 거부하면
* 코로스조[殺すぞ] - 죽이겠다.

강릉 가는 길 **147**

아 있었다. 다른 세곡선도 같은 상태일 것 같았다. 이옥이 그들에게 다가가 주의를 시켰다.

"그대로 조용히 앉아 있으시오. 왜구는 죽었으니 아무 일 없을 겁니다. 우리는 다른 배로 가서 왜구들을 사살할 테니 일이 끝날 때까지 지금처럼 배에 가만히 앉아 있어야 합니다."

"낭장님, 다른 배 왜구들도 눈치챘을 것입니다."

"최 진장은 조금 전에 하던 방식으로 다른 배로 옮겨 가서 하세요."

최재보가 다른 세곡선으로 올라가 조금 전에 했던 것처럼 왜어(倭語)로 소리쳤다. 또다시 왜구 한 명이 유카타 차림으로 칼을 들고 최재보에게 달려들었다. 이옥이 화살을 날렸고 왜구는 비명을 질러 댔다. 세곡선 한 척, 한 척 똑같은 방법으로 왜구들을 제거해 나갔다. 배 안에 갇혀 있던 고려인들은 안전하게 구조되었다. 세곡선 열두 척에는 수천 석의 세곡이 실려 있었다.

"낭장님, 왜구 스무 명이 사살되었습니다. 고맙습니다. 두 분이 아니었으면 세곡선을 왜구들에게 탈취당할 뻔했습니다. 낭장님의 전공은 이포진을 담당하는 여흥군 현령에게 통보하겠습니다. 아마 조정에서도 이 사실을 알면 두 분께 좋은 결과가 있을 겁니다."

"아닙니다. 나는 죄를 짓고 유배 가는 몸입니다. 고려군이 피해를 본 것이 안타깝습니다. 오늘 공과(功過)는 전적으로 최 진장의 몫입니다."

이옥이 곡진한 자세로 최재보에게 사정을 말했다. 최재보는 이옥이 관노가 되어 강릉으로 가는 길이라는 사실을 알고, 그가 왜구를 사살한 공로를 상관에게 알리고 싶어 했다.

"낭장님, 아닙니다. 최 진장의 말이 옳은 듯합니다. 최 진장께서 오늘 사건의 전말을 상부로 보고하게 하고 이포진에서 사나흘 정도 머물러 보시지요. 혹시 개경에서 희소식이 전해질지 모르잖습니까?"

이번에는 나장 이가가 대화에 끼어들었다. 하지만 이옥은 최 진장과 나장 이가가 하는 말이 조정의 권력 관계를 전혀 모르고 하는 소리라고 치부했다. 이옥이 강릉으로 유배 가는 도중에 여흥군 이포진에서 전공을 세웠다고 하더라도 중간에 다른 세력이 껴들어 전공을 가로채거나, 이옥에게 엉뚱한 결과를 맞게 할 수도 있었다.

"낭장님, 소장은 여흥군의 천녕에서 태어나 이포진장으로 있습니다. 혹시 나중에라도 여흥군을 지나가실 일이 있으면 저를 한번 찾아 주십시오. 천녕에는 찬성사를 지낸 급암 민사평(閔思平) 선생의 고택이 있습니다. 급암 선생은 십여 년 전에 돌아가셨지만, 그곳에 그분의 외손자이시며, 전 성균 직강을 지낸 척약재 김구용 선생께서 가끔 들르곤 한답니다. 소장은 척약재 선생이 오시면 달려가 학문을 배운답니다."

'김구용의 외가가 여흥군의 천녕이던가? 그는 지금 무엇을 하고 있는가? 나와는 참으로 막역한 사이였는데……'

"최 진장과 척약재가 그런 인연이 있군요. 척약재는 고려의 동량지재입니다. 부디 그분과 좋은 인연을 이어 가시기 바랍니다. 내가 다시 이 고장을 지나가는 일이 있으면 최 진장을 찾아뵙지요. 하지만 기대는 하지 마세요. 이 몸은 죄를 짓고 관노가 되었습니다. 언제 개경을 다시 갈 수 있을지 모르겠습니다. 어쩌면 강릉에서 늙어 죽을 수도 있을 테지요. 아무튼, 인연이 있으면 다시 뵙겠습니다."

이옥이 최재보에게 정중히 인사를 했다.

"낭장님, 부디 몸조심하시고, 곧 고향으로 돌아가시기를 기원하겠습니다.

낭장님은 구국의 근간으로 계셔야 하는데, 관노가 되셨다는 게 믿기지 않습니다. 꼭 다시 뵙기를 희망합니다."

이옥과 막쇠는 여흥원으로 돌아갔다. 막쇠도 이옥의 의중을 알고 아무 말도 하지 않았다. 이옥이 여흥원에 들 무렵 먼동이 터 오고 있었다. 밤잠을 설친 이옥은 나장 이가에게 조반을 일찍 먹고 떠나자고 제안했다. 하지만 이가는 곤란한 표정을 지으며 뭔가 할 말이 있는 듯했다.

"낭장님, 천천히 가시지요."

"더워지기 전에 조금이라도 더 갔으면 합니다."

"혹시 여흥 현령이 포상금을 가지고 찾아올지 모르잖습니까?"

"나는 교주도 안렴사가 상금을 준다고 하며 찾아와도 받을 생각이 없습니다. 당연히 할 일을 했을 뿐입니다."

이옥의 말에 나장 이가는 무척 서운한 표정을 지었다. 이옥이 상금이라도 타면 덕 좀 보려고 했던 의도가 무산되자 이가는 입맛을 다시며 킁킁거렸다. 이옥의 의도를 알아차린 여흥원의 주인 난희는 동자아치와 반빗아치들을 깨워 조반을 짓도록 했다. 잠시 후에 조반상이 객실로 들어왔다. 뒤따라 난희가 주전자를 들고 들어왔다. 그런데 밥상이 만반진수(滿盤珍羞)로 잔칫상보다 더 푸짐했다. 나장 이가가 눈이 휘둥그레지며 난희를 바라보았다. 난희는 살포시 미소를 지으며 이옥에게 시선을 건넸다.

"먼 길 떠나시는 이옥 낭장님과 세 분을 위해 준비했습니다. 여러분이 이 포진에 안 계셨으면 사악한 왜구들에게 수천 석의 세곡을 탈취당하고 많은 사람이 목숨을 잃을 뻔했습니다. 네 분이 저희 여흥원에 드셔서 하룻밤 유숙하신 일은 천우신조나 다름없습니다. 제가 너무 고마워서 차린 것이니 많이 드세요. 그리고 하룻밤 묵으신 방값과 음식값은 받지 않겠습니다."

난희가 살포시 미소를 지으며 고마움을 표시했다.

"그럼, 고맙지요. 나는 이옥 낭장님을 모시고 강릉까지 간답니다. 낭장님은 개경 근처에서 동강을 건널 때도 수적 패 스무 명을 물귀신으로 만들었습니다. 낭장님은 지난해 개경 근처 용둔야에서 있었던 국궁 시합에서 일등을 차지해 임금님에게 준마와 황금 말안장을 상으로 받으신 전력도 있습니다."

난희의 말이 끝나기 무섭게 이가가 침을 튀기며 이옥을 추어 주었다. 이가의 말에 난희는 매우 놀라며 이옥을 존경하는 시선으로 바라보았다. 그녀는 이옥 일행이 여흥원에서 며칠 더 묵었다 갔으면 하는 눈치였다. 난희가 이옥에게 술잔을 건네고 주전자를 들었다.

"나는 갈 길이 먼 사람입니다. 술을 입에 댈 수 없습니다. 마신 것으로 하겠습니다. 호의를 사양하여 미안합니다."

이옥이 난희에게 고개를 약간 숙이며 미안함을 전했다. 이옥을 바라보는 난희의 눈빛이 무척 맑고 얼굴이 온화했다. 이옥과 시선이 마주치자 그녀의 양쪽 볼이 화끈 달아올랐다.

"낭장님, 주인분 정성을 봐서라도 한 잔만 받으세요."

나장 이가의 말에 이옥이 마지못해 잔을 받았다.

"낭장님, 고맙습니다. 낭장님은 고려 어디를 가시든 곧 좋은 소식이 있을 것입니다. 낭장님은 나라를 위해 큰일을 하실 분이십니다. 제가 관상을 공부했습니다. 낭장님은 보기 드문 길상(吉相)이세요. 얼굴이 맑고 밝으며 삼각검(三角劍) 모양의 눈썹을 지니셨으니, 지모가 뛰어나고 권세를 누릴 상이십니다. 낭장님은 지금의 상태가 어떻든 훗날 장상(將相)이 되실 것입니다. 풍우가 한차례 있었지만 또 한차례 지축을 흔드는 폭풍이 지나고 나면

닫힌 대문이 열리고 흩어진 혈육들이 모여들 것입니다. 낭장님께 머지않아 큰 경사가 있을 조짐이 보입니다. 그때 혹여 이포진을 지나가시면 꼭 여흥원에 들러 주세요. 제가 정성을 다해 모시겠습니다."

이옥은 난희가 마치 천기를 누설하고 있는 것 같아 잠시 망설였다.

"나에게 경사가 있다고요? 그냥 하시는 말씀으로 듣겠습니다."

아침을 해결한 이옥 일행은 여흥원을 나섰다. 동녘이 훤하게 밝아 오면서 사방 천지의 눈부신 모습이 나타났다. 이옥은 나장 이가에게 말해 민폐를 끼치면 안 된다고 말하고 서른 냥을 내놓았다. 난희는 한사코 받지 않으려고 했으나, 이가가 억지로 떠넘기는 바람에 어쩔 수 없이 받아야 했다.

"고맙습니다. 간밤에 왜구를 토벌해 주신 것으로도 저희 이포진 사람들은 낭장님에게 큰 은혜를 받은 것입니다."

일행은 여흥원을 나와 포구로 향했다. 난희는 이포진까지 따라와 이옥을 배웅했다. 이포진은 간밤에 벌어진 일로 어수선했다. 불에 탄 민가가 을씨년스러웠다. 진군과 마을 사람들이 나와 주변을 정리하고 있었다. 왜구의 시체는 진군이 치웠는지 보이지 않았다. 마을 사람들도 이옥의 활약상을 들어 그를 알고 있었다. 그들은 이옥을 보자 일제히 고개를 숙였다. 마을 원로 서너 명이 이옥과 막쇠에게 고개를 숙이고 고마움을 전했다.

"낭장님! 고맙습니다. 이것은 주먹밥입니다. 가시다가 시장하시면 드세요. 넉넉하게 준비했습니다."

난희가 큼직한 보자기를 이옥에게 건넸다. 사람들이 배에 오르자 이옥 일행도 배에 올랐다. 난희가 이옥을 향해 하얀 손을 흔드는데 그녀의 두 눈에 매작지근한 물기가 어려 있는 듯했다. 그녀는 잠시도 이옥에게서 시선을 떼지 못했다. 이옥은 배에 올라 물끄러미 난희를 바라보다가 손을 흔들었다. 그녀는 마치 정인(情人)과 작별을 하듯 무척 아쉬워했다. 난희를 알아본 이포진 아낙들이 두 사람을 힐끔힐끔 훔쳐보며 소곤거렸다.

"여흥원 주인이 배에 탄 사내를 보고 손을 흔들고 있네."

"난희 씨가 눈물을 흘리는 것 같은데. 저 사내가 정인이 틀림없을 거야."

"사내는 상복 차림인데 난희 씨를 바라보고 있네."

"서방을 저승에 보내고 한동안 조용히 지내더니, 언제 저렇게 헌헌장부를 정인으로 두었을까? 난희 씨는 참으로 재주도 좋아. 과부 삼 년이면 은이 서말이라던데……."

"저 사내가 새서방인지 아닌지 어찌 아나? 친정 오라비일 수도 있지."

"난희 씨는 얼굴이 반반하고 인품도 좋으니 마음먹고 사내를 구한다고 소문내면 헌거로운 사내들이 수도 없이 달려들 거야. 그런데 상복을 입은 사내가 참으로 옥골(玉骨)이네. 웬만한 여인네는 쳐다보지도 않겠어."

아낙들은 시시덕거리며 난희의 눈치를 살폈다. 아낙들은 이옥의 존재를 알지 못하고 함부로 떠들어 댔다.

'난희, 고마웠습니다. 이포진을 지나가게 되면 여흥원을 꼭 들르겠습니다.'

'낭장님, 기다릴게요. 개경 가실 때 여흥원에 꼭 들르세요.'

이옥은 차마 큰 소리로 말을 하지 못하고 속으로 난희에게 약속했다. 난희도 무언으로 대답하고 나서 고개를 끄덕거렸다. 배가 강 중간쯤 가자 물안개가 자욱했다.

"서방님, 여흥원 여주인이 서방님을 쳐다보는 시선이 무척 슬퍼 보였습니다. 무언가 서방님에게 할 말이 많은 듯 보였습니다. 그곳에서 일하는 사람에게 슬쩍 물었는데, 서너 해 전에 지아비가 병으로 죽고 홀로 여흥원을 운영하고 있다고 합니다. 그런데 여주인이 아씨 마님을 많이 닮았습니다."

"잠시 스쳐 지나가는 인연인데 무슨 할 말이 있겠느냐? 세상에는 비슷한 사람이 참으로 많단다."

"아닙니다. 여흥원 여주인이 저와 서방님이 왜구들 소탕 작전을 펼칠 때 어두운 새벽인데도 불구하고 이포진까지 나온 것을 보면 강단이 있는 분입니다. 사내들은 왜구라는 소리만 들어도 도망가잖아요?"

이옥 일행은 배에서 내려 강을 따라 허위단심으로 동쪽으로 걸었다. 두 관헌은 이옥이 걸으니 차마 말 잔등에는 타지 못하고 할 수 없이 말고삐를 잡고 걸어야 했다. 세 시진쯤 걸으니 다리가 아팠고 허리도 쑤셨다. 일행은 잠시 개울가에 앉아 쉬어 가기로 했다. 막쇠가 각자에게 주먹밥을 한 개씩 나누어 주었다. 이옥은 주먹밥을 먹으며 난희를 생각했다. 그녀는 돈만 바라는 되바라지거나 샷된 여인이 아니었다. 이옥 일행은 여흥군을 완전히 벗어나 원주현(原州縣)으로 접어드는 길에 있었다.

"낭장님, 세 시진(時辰) 정도만 더 가면 *물막이라고 하는 포구 마을이 나옵니다. 그곳에 가면 이포진처럼 먹고 마시고 잠자는 곳이 꽤 있습니다. 물막은 강의 지류에 선창이 있어 찾는 사람들이 제법 많습니다. 오늘은 그곳에서 하룻밤 묵어야 할 듯합니다."

이옥과 막쇠는 툭툭 털고 일어났다. 반면 두 관헌은 상당히 지친 듯 보였다. 이옥이 나장 이가와 박가에게 말을 타고 가라고 하자, 마치 기다렸다는 듯 둘은 재빨리 말에 올라탔다. 하지만 말이 걷는 속도보다 이옥과 막쇠의 걸음걸이가 더 빨랐다. 그렇게 육십여 리를 달리듯 걸었다. 고개를 넘으니 나장 이가가 소리쳤다.

"저기가 물막입니다."

아득한 물가에 삼십여 채의 민가가 눈

***물막** – 현재의 강원도 원주시 문막(文幕)의 옛 이름.

에 들어왔다. 대략 이십여 리는 될 듯했다. 해가 서산을 향해 빠르게 달려가고 있었다. 물막에 도착하면 땅거미가 내릴 것 같았다. 십여 리를 더 가니 두 관헌이 말에서 내려 이옥과 막쇠에게 말을 타라고 권했다. 막쇠가 상당히 피로해 보였는데, 등에 무거운 봇짐을 짊어진 상태라 꽤 힘이 든 것 같았다. 막쇠는 물막까지 말을 탔다. 이옥은 다리에 쥐가 나고 발바닥에 감각이 없었으나 이를 악물고 걸었다. 물막 초입에 들어섰는데 사방은 어둡고 하늘엔 별들이 맑게 빛났다. 별들이 머리 위로 떨어질 것만 같았다.

물막은 원주현의 영향권에 있어 원주 주변의 풍부한 농산물과 목재 그리고 산에서 나오는 각종 특산물이 넘쳐났다. 상인들은 이곳에서 산출되는 물건을 배를 이용해 여흥군을 거쳐 한양으로 물자를 실어 날랐다. 이포진처럼 규모가 크지는 않지만 물막에도 주막, 색주가, 마방, 선박 수리소, 잡화점 등이 들어서 번잡해 보였다. 나장 이가가, 물막에는 객사가 없으니 주막에서 하룻밤 묵고 가야 한다고 했다. 이옥 일행은 제법 커 보이는 한 주막으로 향했다. 주막 안마당에는 평상이 열 개 정도 깔렸는데 모두 술꾼들이 차지하고 앉아 술을 마시며 떠들어 대고 있었다. 안채에는 봉놋방도 열 개쯤 있는 것 같았다. 이옥 일행이 주막으로 들어서자 중년의 사내가 일행을 안내했다.

"밥도 먹고 하룻밤 자고 갈 거요."

나장 이가가 사내에게 말했다.

"봉놋방은 이미 다 찼습니다. 오늘은 배가 들어오는 날이라 손님들이 많습니다. 물막의 모든 주막의 봉놋방은 지금쯤 손님들로 만원일 것 같습니다."

"다른 주막에 들러도 사정은 같을 텐데, 이를 어찌한다?"

나장 이가가 곤란한 표정을 지었다. 이가가 이옥에게 사정을 말하면서 어찌해야 할지 물었다. 그렇다고 민가에 들어 잠을 청할 수도 없었다.

"주막 처마 밑이나 마당에서라도 자야지요."

일행은 우선 식사를 하고 나서 방도를 찾기로 했다. 이옥과 막쇠는 국밥을 들고, 두 관헌은 밥 대신 술과 안주로 배를 채웠다. 이가가 이옥에게 술을 권했으나 그는 사양했다. 늦은 밤까지 두 관헌의 술자리는 계속되었고, 길손들이 끊임없이 주막을 들락거렸다. 봉놋방을 구하지 못해 안달하는 사람도 꽤 있었다. 그들은 이옥 일행과 마찬가지로 주막에 봇짐을 내려놓고 앉아 술을 마셔 댔다. 막쇠가 주막 주인에게 멍석을 얻어 마당에 깔았다. 방을 구하지 못한 다른 길손들도 막쇠처럼 멍석을 얻어와 마당에 깔고 누웠다.

여름이라 한데서 잠을 자도 될 듯했다. 막쇠가 주인에게 풀을 얻어와 마당 한가운데에 모깃불을 피웠다. 사방이 고요한데 뒷산에서 소쩍새가 울어 댔다. 그 울음소리가 꽤 구슬프게 들렸다. 잠시 후에는 달이 떠올라 산촌을 희미하게 밝혔다. 봉놋방을 구하지 못한 사람들이 모두 멍석에 누워 밤하늘을 올려다보았다. 산골의 밤은 대처의 밤보다 맑고 청명하여 바람 소리, 짐승 우는 소리, 취객들의 우격다짐 소리가 가깝게 들렸다.

"막쇠야, 다리는 어떠냐?"

"말을 탔더니 좋아졌습니다."

다른 사람들도 잠을 자지 못하고 웅성거리고 있었다. 고향 이야기를 하는 사람, 매정하게 떠나간 여인을 원망하는 사내의 지청구, 내일 팔아야 할 물건에 대한 장사치들의 이야기 등 서민의 애환이 주막 안마당에 가득했다. 막쇠가 가늘게 코를 골았다. 이옥은 홍씨 부인과 두 아이들을 떠올렸다. 이옥은 중천에 오른 달을 바라보았다. 홍씨 부인이 달 속에서 배시시 웃으며 하얀 손을 흔들고 있었다. 그런데 홍씨 부인 모습이 사라지고 이어서 손을 흔드는 여인이 있었다. 이포진까지 나와 배웅했던 난희의 모습이 분명했다.

'내가 어째서 난희를 그리워하는 걸까? 단 하룻밤 그녀의 집에서 잠을 잤을 뿐인데……. 그녀도 나를 생각하고 있을까? 참으로 희한한 일이다.'

소쩍새의 울음소리가 점점 더 슬프게 들렸다. 이옥은 뒤척이다가 잠이 들었다. 그는 꿈속을 달리며 그리운 사람들을 찾아가고 있었다. 모깃불 위로 반딧불이 서너 마리가 빙빙 돌며 춤을 추고, 이따금 별똥별이 길게 꼬리를 매달고 먼 산으로 곤두박질치기도 했다. 잠을 자는 중에도 이옥은 '부인!', '어머니!'를 부르며 손을 허공으로 휘젓기도 했다. 밤이슬이 내리기는 했지만, 오히려 주막 마당에서 잠을 청하는 사람들에게 시원함을 주었다.

"어머니, 다리 아파요. 앞으로 며칠을 더 가야 하나요?"

"어머니, 발바닥이 아파서 죽겠어요."

"조금만 참아라. 며칠만 더 가면 목적지에 도착할 것이야."

홍씨 부인은 두 아들을 데리고 남도를 향해 걷고 또 걸었다. 형부 소속의 관헌 두 명이 모자를 개경에서부터 압송하고 있었는데 다행히 포악하거나 강파르지 않았다. 관헌들은 홍씨 부인이 예부상서 홍상재의 딸이라는 것을 알고 그녀에게 잘 대해 주었다. 그들의 목적지는 오로지 관헌들만 알고 있을 뿐이었다. 홍씨 부인은 다만 어린 두 아들이 가는 도중에 발병이라도 날까봐 걱정이 되었다.

"관헌 나리, 잠시 쉬었다 가면 안 될까요?"

"그, 그렇게 하시지요. 두 도령이 무척이나 피곤해 보입니다."

아침에 주막을 나서면서 가져온 주먹밥으로 중화(中火)를 먹고 두 식경쯤 걸었는데 벌써 시장기가 돌았다. 어른이 시장기가 들 정도면 아이들은 배가 고플 터였다. 하지만 사치와 사근은 홍씨 부인에게 아무 말도 하지 않았다. 홍씨 부인은 시어머니 허씨의 배려로 넉넉한 노자(路資)를 가져올 수 있었다. 게다가 귀양 가기 전날 홍씨 부인의 친정아버지 홍상재가 인편에 많은 은자를 보냈다.

'서방님은 지금 어디쯤 가고 계실까? 막쇠를 데리고 가셨으니 적적하지는 않으시겠지. 그런데 내가 가는 곳을 친정아버님도 모르고 계셨나 보다. 내가 가는 곳을 아셨다면 미리 알려 주셨을 텐데. 아이들이 벌써 지쳤으니 목적지까지 잘 갈 수나 있을지 모르겠네. 가는 도중에 병이라도 난다면 큰일인데. 관헌에게 물어봐도 목적지를 알려 주지 않으니 어쩐다?'

홍씨 부인은 용기를 내어 다시 물어보기로 했다.

"저어, 나리님! 저희 모자가 가는 곳이 어디인지 알려 주세요. 이제는 알려 주셔도 되잖아요. 개경에서 수백 리나 왔는데요."

홍씨 부인이 키가 약간 크고 주름이 잔다랗게 패인 관헌에게 물었다. 그러나 그는 아무 대꾸도 없이 홍씨 부인을 쳐다볼 뿐이었다. 홍씨 부인은 이번에는 다른 관헌에게 행선지를 물었다. 그러나 그도 멀뚱히 홍씨 부인을 바라만 볼 뿐이었다. 관헌들이 자기들끼리 뭐라고 속닥거리더니 키 큰 관헌이 홍씨 부인에게 다가왔다.

"먼젓번에도 말했듯이 죄인들은 목적지에 도착할 때까지 아무것도 물어보면 안 됩니다. 한 가지 말씀 드릴 수 있는 것은 개경에서 천 리 떨어진 전라도 바닷가 마을 관아가 목적지라는 것입니다. 그 이상은 알려 드릴 수 없습니다. 여기서 좋이 열흘 정도만 더 가면 도착할 겁니다."

홍씨 부인과 두 아들은 미투리를 신고 있었는데 백여 리 정도 걸으면 다

낡아 버려 새것으로 바꿔 신어야 했다. 보통 미투리는 생삼이나 왕골 또는 *청올치로 만드는데 짚신보다 조밀하고 촘촘하게 짜기 때문에 상당히 질기고 가볍다. 양반가에서 신는 경우는 미투리에 견사(絹絲)나 면사(綿絲)를 집어넣어 만들기도 했다. 시어머니인 허씨 부인은 전국 각지로 흩어지는 자식과 며느리 손자를 위해 한 사람당 튼튼하게 만들어진 미투리를 서너 켤레씩 건넸었다. 홍씨 부인은 두 아들의 미투리를 벗기고 발바닥을 살펴보았다. 두 아이 모두 발바닥이 퉁퉁 부어 있어 작은 돌멩이나 나뭇가지를 밟으면 통증이 심할 것 같았다.

"사치야, 많이 아프지?"
"어머니, 저는 참을 만해요. 사근이가 많이 아플 겁니다."
"아직도 열흘은 더 가야 하는데, 큰일이구나. 너희들 발바닥이 퉁퉁 부어 있으니 말이다. 어쩌면 좋을지 모르겠구나."
"어머니, 소자도 참을 만합니다. 어머니가 걱정입니다."
둘째 사근이 제법 어른스러운 말을 했다. 홍씨 부인은 개경을 떠나면서 크게 걱정했지만 다행히 두 아들은 투정을 부리거나 칭얼대지 않았다. 그러나 이대로 열흘을 더 걷는다면 가는 도중에 두 아들의 발바닥이 터지고 말 것이었다. 홍씨 부인은 두 아들의 발바닥이 더 이상 상태가 악화되지 않을 방안을 곰곰이 생각해 보았다.
"관헌 나리, 두 아들 발바닥이 퉁퉁 부어서 걷기가 어려울 듯합니다. 저기 보이는 마을에 도착하면 제가 마차를 빌려서 아이들을 태우고 가면 안 되겠습니까? 그 마차에 두 분 나리도 함께 타시

*청올치 – 칡덩굴의 속껍질 혹은 칡의 속껍질로 꼬아 만든 노끈.

면 좋을 텐데요."

　관헌들이 홍씨 부인의 두 아들의 발바닥 상태를 살펴보았다. 그들이 보아도 지금 상태로 천 리를 걷기란 불가능해 보였다. 홍씨 부인의 제안을 거절하고 계속 걷다가는 자신들이 두 아이를 업고 가야 할 상황이 될 수도 있을 것만 같았다. 두 관헌은 잠시 이야기를 나누더니 홍씨 부인의 제의를 받아들이기로 했다. 마을에 도착하자 홍씨 부인은 상당한 돈을 주어 농부 한 명을 고용하고 마차 한 대를 빌렸다. 열흘 동안 남쪽으로 가는 조건이었다. 마침 농한기라 농부들은 별로 할 일이 없었다.

　"낭장님, 저 멀리 보이는 대관(大關)만 넘으면 강릉입니다. 개경을 떠난 지 오늘로 열엿새가 되는 날입니다. 여기서 강릉까지는 하루 반나절 정도 걸릴 듯합니다. 당초 예상했던 날짜보다 사나흘 일찍 도착할 것 같습니다."
　"이 나장께서 여러 번 다녀 본 경험이 있었기 때문입니다."
　"아닙니다. 두 분이 강건하시니 빨리 올 수 있었습니다."
　이옥 일행은 물막을 떠나 원주현과 평창현(平昌縣)을 지나 사흘 만에 대관이 보이는 지점까지 왔다. 북쪽에서 내려와 남쪽으로 굽이치듯 흐르는 거대한 산맥이 시원하게 다가왔다. 울창한 숲과 파란 하늘이 묘한 대조를 보이며 동계의 산천경개를 뽐내는 듯했다. 이옥이 늘 보던 개경의 송악산(松岳山)하고는 비교할 수도 없을 정도였다. 산길을 걷는 일은 평지보다 갑절이나 힘이 들었다. 나장 이가, 박가, 막쇠는 번갈아 말을 탔고 이옥은 이를 악물고 걸었다.
　두 관헌은 관아에서 지급하는 가죽신을 신었지만, 이옥과 막쇠는 삼(杉)으로 만든 신발을 착용하였다. 개경에서 출발할 때 열 켤레씩 준비했었는데 이미 여덟 켤레가 닳아 버렸다. 이옥은 발바닥 살갗이 벗겨지고 피가 흘러도 전혀 아픈 내색을 하지 않았다. 그는 온종일 걷다 잠잘 때면 발바닥을 물로 씻고 상처를 옷을 찢어 감쌌다. 이제는 두 관헌의 발도 성한 데가 없었다.

"이제부터 대관을 오릅니다."

이 나장이 남북으로 길게 이어진 푸른 산맥을 가리켰다. 대관을 오르는 산길이 무척 험하고 가팔랐지만 네 사람은 별로 힘들지 않게 한 시진 만에 대관의 정상에 올랐다. 저 멀리 푸른 동해가 손에 잡힐 듯 시야에 들어왔다. 날개가 있다면 단숨에 창공으로 솟구쳐 강릉으로 날아갈 수 있을 것만 같았다. 숲속 사이로 언뜻 보이는 산길이 구불구불했다. 하얀 구름은 대관 봉우리 아래로 여유롭게 날았다.

"잠시 쉬겠습니다. 저 아래 마을이 있습니다. 오늘은 저 마을에서 묵고 내일 아침 일찍 떠나야 할 것 같습니다."

이옥은 강릉이 가까워지자 걱정이 되었다. 모든 것이 낯설었고, 새로운 사람들을 만나 살아가야 한다는 것이 심적으로 부담이 되었다. 이가가 가리킨 대관 중턱에는 옹기종기 모여 있는 초가집들이 보였다. 대략 열 가구 정도인데, 대관을 넘나드는 사람들을 상대로 음식을 팔고 잠자리를 제공하며 살아가는 사람들이라고 했다. 한 식경 쉬고 나서 일행은 다시 길을 걷기 시작했다. 막쇠는 새로운 세상을 만난 듯 무척 들떠 있었다. 일행이 산 아랫마을에 도착했을 때 땅거미가 내려앉았고, 주막 사람들이 집 밖으로 나와 행인들을 상대로 호객하는 모습이 보였다.

"저 주막에서 묵고 가야 할 것 같습니다. 지난해에도 강릉 갈 때 저 집에서 하룻밤 묵었었지요."

나장 이가가 앞장서서 걸으며 말했다.

"서방님, 내일이면 강릉에 도착하네요."

"강릉에 도착하면 그곳 사람들과 잘 사귀고 윗사람 지시를 잘 따라야 한다. 눈에 거슬린다고 완력을 사용하거나 거친 언사를 쓰면 안 된다. 처음에는 부사나 아전들이 우리를 길들이기 위해 거칠게 나올 수도 있을 것이야. 하지만 아니꼬운 일이 있더라도 참고 지내다 보면 곧 적응할 수 있을 것이다."

이옥은 막쇠가 걱정이 되었다. 개경에 있을 때도 막쇠는 가끔 욱하는 성질을 참지 못해 이웃 사람들과 다투기도 했었다. 만약 막쇠가 강릉 관아에 배속된 뒤라도 자신을 통제하지 못하면 부사나 아전들에게 조리돌림 같은 형벌을 받을 수도 있게 된다. 일행은 저녁을 들고 일찍 잠자리에 들었다. 사정상 모두가 한방에서 잠을 자야 했다. 발을 씻지 않은 탓으로 발 고린내가 진동했다. 다행히 산골이라 그런지 한여름인데도 밤공기가 시원했다.

멀리서 늑대 울음소리가 바람을 타고 전해졌다. 한 마리가 길게 울고 나면 뒤이어 여기저기서 소름 돋는 울음소리가 들렸다. 늑대 울음소리가 그치면 소쩍새의 애절한 울음소리가 이옥의 울울한 가슴을 찢어 놓았다. 눈을 감고 잠을 청했지만, 수마는 찾아오지 않았다. 홍씨 부인도 지금쯤 자신을 생각하며 전전반측하고 있을 것만 같았다. 이옥은 잡념과 번뇌로 뒤척이다가 선잠이 들었다.

"자, 출발합니다."

다음 날 일행은 서둘러 간단한 조반을 들고 주막을 나섰다. 아침 햇살이 맑고 따뜻했다. 그래도 잠시 후면 따갑게 내리쬘 것이었다. 멀리 안개 속에 강릉이 한눈에 들어왔다. 가운데 기와를 덮은 건물들이 모여 있는 곳이 강릉부 관아였다. 그 뒤로 바다가 마치 파란 비단을 펼쳐 놓은 듯 눈이 부셨다. 그런데 바다에 배가 한 척도 떠 있지 않아 여느 해안의 모습과는 달랐다.

"강릉 사람들은 순박하고 인정이 많습니다. 강릉부 관아에서 일하는 아전들이나 관속들도 대체로 심성이 좋은 편입니다. 괴팍하거나 꺽진 사람은 거의 없어요. 내가 여러 차례 공무로 강릉부 관아를 다녀왔으니 잘 알고 있지요."

나장 이가는 묻지도 않은 것에 대하여 주절주절 말해 놓고 은근히 이옥의 반응을 살폈다. 그는 이옥이 개경을 떠나 대관까지 오면서 보여 준 역량이라면 강릉부에서는 이옥을 관노가 아니라 영웅 대접을 할 것이라 예측하는 듯했다. 이옥이 강릉부에 도착하고 나서도, 머지않아 동강에서 수적패를 몰살시킨 것과 이포진에서 왜구를 소탕한 공적이 알려질 것이 뻔했다. 가파른 경사의 산길을 내려가는 속도는 산을 오를 때보다 훨씬 빨랐다. 이옥 일행은 두 시진 만에 강릉 중심 지역에 들어섰다. 강릉부에 가까울수록 이옥은 긴장하였고, 이가와 박가는 목적지에 도착했다는 안도감에 여유를 부리고 있었다.

강릉 외곽은 대부분 초가이지만 중심 지역은 기와지붕의 민가와 관아가 보기 좋게 어울려 번화가를 형성하고 있었다. 한여름의 강릉 중심 저잣거리는 사람들로 넘쳐났다. 개경과는 전혀 다른 분위기였다. 개경은 고려의 왕도(王都)이기 때문에 정치적 파동이나 격변에 민감하게 반응하는 반면에 강릉은 왕도에서 멀리 떨어져 있으므로 중앙의 영향력이 크게 미치지 못했다. 사람들은 이옥 일행을 호기심 어린 시선으로 바라보며 고개를 갸우뚱거렸다. 이옥이 상복(喪服) 차림에 패랭이를 쓴 모습이라 그럴 법도 했다. 저잣거리를 통과할 때 강릉 사람들은 경계하는 눈빛으로 바라보기도 하고 이옥과 막쇠의 후줄근한 모습에 동정의 시선을 보내기도 했다.

동계 중심을 이루고 있는 강릉은 북쪽으로는 안변, 남쪽으로는 *척주와 더불어 동해의 중심지였다. 고려 조정은 이곳에 부(府)를 설치하여 동해를 관할하게 했다. 조정은 강릉의 군사와 행정 전반을 아우를 수 있는 직위인 종3품의 부사(府使)를 두었고, 동계 전체를 방어하고 지방의 관리들을 규찰할 수 있는 직위로 안렴사(按廉使)를 두었다. 안렴사는 재상이 조정의 청렴한 관리 중에서 선발하는데 보통은 정3품이었다. 안렴사는 6개월 정도 임기로 파견되지만, 보통은 이삼 년 정도 머무는 경우가 많았다. 특히, 안렴사는 부사를 규찰할 수 있는 권한이 있어 부사는 늘 안렴사의 눈치를 봐야 했다.

"낭장님, 저기 보이는 건물이 강릉부(江陵府)입니다. 앞으로 낭장님은 저기서 생활하셔야 할 겁니다. 지방관아 건물치고 상당히 잘 지었다고 소문났습니다. 저기 가운데 임영관(臨瀛館)이라고 쓴 편액이 보이지요? 저 편액은 서너 해 전에 임금께서 직접 쓴 글씨입니다. 임영관은 강릉부에 소속된 객사인데 규모가 상당하답니다. 저 객관을 통과하면 동헌(東軒)이 나타나고 그 옆으로 아전들이 업무를 보는 칠사당(七事堂)이 있습니다. 동헌 옆으로는 서헌(西軒)과 전대청, 중대청, 동대청 등 주요 건물이 줄느런히 있답니다."

이가는 마치 제집을 소개하듯 강릉부 관아에 관해 떠들어 댔다. 막쇠는 이가의 말에 굉장히 신이 난 듯했다. 이옥은 이가가 손으로 가리키는 곳을 바라보았다. 어른 키 세 배 정도 되는 우뚝한 하얀 벽돌 담장이 관청이라는 기품을 보여 주고 있었다. 앞으로 저곳에서 무슨 일이 벌어질지 알 수는 없지만, 이옥은 좋은 일보다 그렇지 않은 사건 사고가 더 잦을 것만 같은 예감이

*척주(陟州) - 현재의 강원도 삼척.

들었다. 임영관을 통과하니 두 번째 문이 나타났다. 문 앞에 강릉부 관아 소속의 나졸들이 이옥 일행을 막아섰다. 나장 이가가 품 안에서 공문서를 꺼내 보이자 나졸들이 길을 터 주었다. 나졸 한 명이 일행을 안내하여 안으로 향했다.

"낭장님, 저기가 동헌입니다."

이가와 박가가 가리키는 동헌은 보통의 군현(郡縣)의 관아보다 위용이 있어 보였다. 어른 허리보다 굵은 붉은색 기둥과 알록달록한 단청이 무척 인상적이었다. 개경의 궁성에 있는 전각 일부를 옮겨 놓은 듯 웅장했다. 막쇠는 동헌과 인근 전각들의 규모에 벌어진 입을 다물지 못했다. 이옥도 강릉 관아의 규모에 상당히 놀라워했다. 임금이 자주 행차하여 그곳 지방 백성들의 생활을 둘러보기 위해 설치된 행궁 같기도 했다.

"여기서 잠시만 기다리시오. 부사님에게 말씀드려야 합니다."

강릉부의 나졸이 이가가 건넨 문서를 가지고 동헌으로 들었다. 잠시 후에 동헌에서 고위 관리 한 명이 나오더니 이옥 일행에게 다가왔다. 이옥과 막쇠는 고개를 숙이고 서 있었다. 이가가 얼른 고개를 숙이고 인사를 하고 나서 이옥에게 말했다.

"강릉 부사님이십니다. 인사 올리시지요."

그제야 이옥이 고개를 들어 부사를 올려다보고 인사를 했다.

"강릉부 관노로 전입된 이옥(李沃)이 부사님께 인사 올립니다. 이쪽은 가노(家奴) 막쇠인데 소인과 함께 배속받았습니다."

이옥이 정중하게 예를 갖추고 인사를 하자 부사는 이옥에게 손을 내밀었다. 이옥은 얼떨결에 안종원의 손을 잡았다. 예전 같으면 자연스러운 일이나 지금은 강릉 부사와 관노의 사이였다.

"안종원이라 합니다. 우리 구면이지요? 강릉에서 이 낭장을 만나다니 참으로 묘한 인연입니다. 시중 어른께서 변고를 당하신 일은 들어 알고 있습니다. 참으로 안타깝습니다. 이 낭장은 문무를 겸비한 고려 최고의 무관 아닙니까? 지난해 용둔야에서 고려의 신궁으로 이름난 찬성사 황상(黃裳)을 궁술 시합에서 이겼다고 들었습니다. 현재 강릉도안렴사는 공백입니다. 신돈에게 아부하던 곽의(郭儀)가 안렴사로 있다가 떠난 뒤로 일 년 가까이 후임이 오지 않고 있습니다."

얼마 전까지만 해도 앞날이 보장되었던 이옥이었다. 안종원은 이옥이 관노의 신분이 되어 자신의 휘하 사람이 되었지만, 이옥에게 함부로 대할 수 없었다. 시국이 변하면 이옥은 복권이 될 수도 있는 상태였다. 태생이 노비가 아니므로 안종원은 이옥이 언젠가는 복권될 것으로 예상하였다.

"부사님, 이 아이는 가노이긴 하지만 소인과 전장에 출전한 경험이 있고 검술과 궁술도 출중합니다. 소인이 강릉으로 오면서 형부에 부탁해 이곳으로 같이 오게 되었습니다."

이옥이 막쇠의 소개를 마치자 막쇠가 허리를 굽혀 안종원에게 예의를 차렸다. 안종원은 기골이 장대하고 당당한 막쇠를 톺아보더니 흡족한 얼굴을 했다. 관아에는 여종보다 완력이 있는 사내종이 있는 게 여러모로 이득이 되었다. 특히 강릉부는 갈수록 더해 가는 왜구들의 침공 위협에 시달리고 있는 처지여서, 무술을 할 줄 아는 군사가 필요한 때였다.

"막쇠는 앞으로 이 낭장과 관아의 일을 돕도록 하거라. 네가 전장에도 나갔던 경험이 있다고 하니 잘되었구나."

"부사님, 신명을 다해 부사님의 지시에 따르겠습니다."

"이 낭장과 박 나졸은 관아에서 며칠 쉬었다가 귀경하도록 하시오. 개경에 올라가거든 형부상서께 이 낭장 같은 인재를 강릉에 보내 주어 고맙다는 말도 전해 주시오. 이 낭장은 나와 동헌으로 듭시다."

안종원의 파격적인 언동에 이옥은 잔잔한 충격을 받았다. 이옥은 혹여 안종원이 신돈으로 인해 좌천된 것에 앙심을 품고 자신에게 해코지하는 게 아닌가 크게 우려했었다. 이옥은 안도의 한숨을 내쉬며 안종원을 따라 동헌으로 들어갔다. 두 사람은 한동안 옛이야기를 하며 담소하였다.

"안녕하세요? 이옥이라고 합니다. 이쪽은 막쇠입니다."

안종원과 담소를 마친 이옥은 칠사당에 모여 있던 강릉부 관아 아전들에게 인사를 하였다. 그는 막쇠도 함께 소개했다. 아전들은 기골이 장대한 막쇠를 보고 기가 질리기도 했다.

"나는 이방이오. 이쪽은 호방, 저기는 예방, 그 옆은 병방, 그 뒤는 형방, 그 오른쪽은 공방이오. 우리 앞으로 잘 지냅시다. 막쇠는 역발산기개세의 항우 같구나."

이방이 아전들을 소개하였다. 아전들은 이옥이 누구라는 것을 이미 들어 잘 알았다. 상복 차림의 이옥을 바라보는 아전들의 시선이 묘했다. 시중의 아들이며, 고려 중앙군 이군 소속 낭장이었다는 화려한 경력이 그들을 주눅 들게 했다. 이옥이 관노의 신분이 되었지만, 아전들은 그를 함부로 하대하지 못했다.

"처음 뵙겠습니다. 이옥이라 합니다. 이쪽은 함께 온 막쇠라고 합니다. 앞으로 잘 부탁드립니다."

이옥은 막쇠와 함께 보이는 사람마다 정중하게 인사했다. 그는 이전의 특권 의식을 버리고 빨리 강릉부 관아 사람들과 친하게 지내려고 노력했다. 이번에는 여인들이 모여 있는 찬방(饌房)에 들러 인사를 했다. 어차피 앞으로 어깨를 부딪치며 살아갈 사람들이었다.

"아이고! 훤칠하니 신선이 하강한 줄 알았습니다."

"그 옆에 있는 총각은 힘이 장사겠어요."

"우리 언년이가 아직 짝이 없다우."

여인들은 두 남자에게 관심이 많았다. 이옥은 강릉부에 오자마자 여인들 사이에서 관심의 대상이 되었다. 소문을 듣고 관비(官婢)들이 몰려들었다. 여인들은 이옥을 보고 넋이 나간 듯했고, 어떤 처녀는 벌어진 입을 다물지 못했다.

"이리 반겨 주시니 고맙습니다. 앞으로 잘 부탁드리겠습니다."

"힘쓸 일 있으면 이 막쇠에게 부탁하세요."

여인들은 두 남자가 나간 뒤에도 한동안 수다를 떠느라 정신이 없었다. 그녀들도 대충은 소문을 들어 이옥이 어떤 사람이라는 것을 알고 있었다. 분위기로 보아 그녀들은 당분간 이옥이란 이름을 입에 달고 살 것만 같았다.

"이옥입니다. 이쪽은 함께 온 막쇠라고 합니다."

이옥이 병기창을 찾았다. 병기창은 강릉부 소속 군사들이 사용하는 각종 병장기를 만들거나 수리하는 곳으로 수십 명의 *관예가 일하는 곳이었다. 창, 칼, 활, 마구, 화살 등을 만들고 수리하느라 내부는 꽤 시끄러웠다.

"반갑네. 나는 석우 할아범이라 하네. 강릉 관아 사람들이 이름 대신 그리 부른다네. 이곳에서 병장기를 만들고 수리하는 일을 하는데, 나는 주로 활을 수리하는 일을 전문으로 한다네."

육십 초반쯤 되는 석우 할아범은 강릉부 최고의 병장기 수리 전문가였다. 그

* **관예(官隸)** – 관아에 소속된 남녀노소 관노, 노비 등을 말한다.

는 동계의 군사로 있다가 전장에서 심하게 다치는 바람에 군문에서 나와 강릉부 병기창에서 무기 수리를 담당하고 있었다. 석우 할아범은 침착한 성격에 말수가 적고 아랫사람을 보살펴 관아 사람들에게 존경을 받고 있었다.

"제가 강릉에 오면서 평소에 사용하던 각궁을 가져왔는데 나중에 손 좀 봐 주세요."

"가져오시게. 내가 틈틈이 살펴보겠네. 소문에는 개경에서 활을 아주 잘 쏘는 사람이 왔다는데, 자네 같구먼."

"조금 쏠 줄 압니다."

"자네 인상이 보통이 아니구먼. 대군을 거느릴 장군의 상이야."

석우 할아범은 이옥의 얼굴을 이리저리 살펴보더니 뜬금없는 말을 하여 주위 사람들을 놀라게 했다.

"안녕하세요? 이옥이라 합니다. 이쪽은 막쇠라고 합니다."

"반갑습니다."

"처음 뵙겠습니다. 명궁이라고 들었습니다. 시간 나면 저에게 활 잘 쏘는 법을 가르쳐 주십시오."

"처음 뵙겠습니다. 저에게도 가르쳐 주세요."

강릉부 관아에서 가장 낮은 신분의 관예들에게도 이옥과 막쇠는 깍듯하게 전입 인사를 하였다. 이옥이 찾아와 인사를 하자 그들은 두 사람을 무척 반겼다. 관아에 관노가 새로 배속되면 기존에 있는 사람들에게 인사를 해야 하지만, 개중에는 인사도 없이 도도한 척하는 인사도 있었다. 일 년이면 서너 번 정도 정치적 참화에 휩쓸려 양반에서 졸지에 관노가 되어 편입된 자들이 전입되곤 했다. 그들은 이전의 생활 습관을 쉽게 버리지 못했다. 그런 자들은 관아에 편입되고도 양반 행세를 하다가 다른 관노들에게 몰매를 맞기도 하고 따돌림을 당하기도 했다.

이옥과 막쇠가 의운루(倚雲樓) 앞을 지나고 있을 때 한 여인과 시선이 마주쳤다. 그녀는 이옥을 보더니 웃으며 고개를 숙여 먼저 인사를 건넸다. 그녀가 이옥에게 뭐라고 말을 하는 것 같았는데 거리가 있어 정확하게 들을 수 없었다. 관기가 분명했다. 그는 이옥에게 올라오라고 손짓을 하였다. 이옥은 잠시 망설이다가 의운루 쪽으로 가까이 갔다.

"올라오세요."

그녀가 이옥에게 소리쳤다.

"저는 새로 온 관노입니다. 관노가 어찌 감히 항아님들이 계신 의운루에 올라갈 수 있습니까? 여기서 인사드리겠습니다."

"관노도 사람이고, 관기도 사람입니다. 사람이 사람을 보는 건데 무에 흉이 된답니까?"

여인의 말은 상당히 당돌했다. 이옥은 주변을 한번 둘러보고 의운루로 올라갔다. 육십여 평(坪) 크기의 의운루는 강릉부 관아의 공식 행사 때나 안렴사나 부사가 주연(酒宴)을 열 때 자주 이용되는 곳이었다. 의운루에 올라가보니 관기들이 춤을 연습하고 있었다. 장구와 가야금 그리고 대금을 부는 악공들도 있었다. 이옥이 올라가자 관기들과 악공들이 몰려들어 먼저 알은체를 했다.

"이옥이라 합니다. 이쪽은 함께 온 막쇠라고 합니다."

두 사람이 공손히 고개를 숙여 인사를 했다.

"선우(蟬羽)라 합니다. 잘 오셨습니다. 시중님의 장자이시죠?"

"처음 뵈어요. 매향(梅香)이라 합니다. 신궁님을 뵙습니다."

"어머나! 선풍도골이시다. 춘란(春蘭)입니다. 막쇠님은 항우장사 같아요."

"안녕하세요? 추월(秋月)이라 합니다. 명궁 이 낭장님 맞죠?"
"부용(芙蓉)이라 합니다. 두 분을 환영합니다."
 어찌 된 일인지 관기들은 이미 이옥과 막쇠를 알고 있었다. 다섯 명 모두 이십 대 초중반으로 보였으며 미색도 뛰어났다. 그런데 그중 가장 돌올해 보이는 가인(佳人)은 선우였다. 키도 크고 몸매도 빼어났다. 뽀얀 얼굴과 붉은 입술, 하얀 치아, 웃을 때마다 뇌쇄적인 인상이 사내들의 마음을 단숨에 훔치고도 남을 듯했다.
"저희는 낭장님이 강릉에 오신 사연을 알고 있습니다. 시중 어른께서 간신배들의 모함을 받고 억울하게 돌아가셨다고 들었습니다. 이 무더위에도 상복을 입고 있으시니 낭장님은 과연 출천지대효(出天之大孝)가 맞습니다. 앞으로 저희와 교감하면서 지내요. 저희는 두 분을 열렬히 환영한답니다."
 이옥은 깜짝 놀랐다. 선우는 다른 관기들을 대표해 이옥에게 동료들을 소개하였다. 그녀들이 자신에 대하여 잘 알고 있다는 말에 이옥은 얼굴이 화끈 달아올랐다.
"나는 항아님들에 대하여 아는 게 없는데, 이 사람에 대하여 알고 있다니 부끄럽습니다."
"낭장님, 막쇠님! 이왕에 강릉에 오셨으니 강릉에 계시는 동안 강릉 사람이 되어 보세요. 이곳 강릉은 인심도 좋고 산천경개가 수려합니다. 농산물도 풍부하고 기후도 사시사철 좋은 편입니다. 강릉에 오신 것을 환영하는 의미로 저희가 노래와 춤을 선사하겠습니다."
"아, 아닙니다. 그러실 필요 없습니다. 이만 가야 합니다."
"그냥 가시면 미워할 겁니다."
 이옥이 의운루에서 내려가려고 하자 관기들이 달려들어 이옥의 팔을 잡앉다. 그들은 노래와 춤을 감상하지 않고 그냥 가면 미워하겠다며 억지를 부렸다. 이옥과 막쇠는 할 수 없이 자리에 앉아야 했다. 여태껏 관노로 배속된 자들 중 도도하고 콧대 높기로 이름난 강릉부 관기들의 환영 인사를 받은 사람은 이옥과 막쇠가 처음이었다.

"고맙습니다. 그럼, 잠시만……."

선우와 그녀 동료들 호의에 이옥의 뺨이 빨갛게 익고 말았다. 풍악이 울리면서 선우가 노래를 부르고 다른 기녀들은 춤을 추기 시작했다. 선우의 목소리가 어찌나 고운지 두 사내는 듣고만 있는데도 가슴이 울렁거렸다.

딩아 돌하 당금(當今)에 계샹이다 / 딩아 돌하 당금(當今)에 계샹이
다 / 션왕셩대(先王聖代)예 노니아와지이다

선우의 고운 목소리가 의운루에 울려 퍼졌다. 가야금과 대금 그리고 장구 등 관현타(管絃打) 악기가 선우와 환상의 화음을 만들어 냈다. 선우는 노래를 부르면서도 이옥에게서 시선을 떼지 못했다. 선우가 부르는 노래는 〈정석가(鄭石歌)〉로 고려 사람들에게 널리 불리는 노래였다. 이 노래는 기원과 축원을 역설적으로 담고 있는 특이한 형태였다. 불가능을 가능한 것으로 설정해 놓고 영원한 사랑을 구가하는 내용이기도 하다. 선우가 첫 연을 부르고 나자 이어서 다른 기녀가 두 번째 연을 불렀다.

삭삭기 셰몰애 별헤 나는 / 삭삭기 셰몰애 별헤 나는
구은 밤 닷 되를 심고이다

모두 여섯 개 연(聯)으로 지어진 〈정석가〉의 주된 내용은 남녀 간의 사랑이 무한함을 표현하는 것이었다. 관기들이 무슨 이유로 정석가를 부르는지 모르겠지만, 신입 관노를 환영하는 노래치고는 너무 의미심장하여 이옥은 감동하였다. 육련(六聯)까지 관기들이 돌아가며 노래를 부르며 춤을 추었다. 노래가 끝나자 이옥은 관기와 악공들에게 허리 굽혀 고마움을 전했다.

"저희 두 사람에게 너무 과분한 선물이었습니다. 고맙습니다."

이옥과 막쇠가 의운루 아래로 내려가자 선우가 따라나섰다.

"이옥님, 자주 뵈어요. 혹시 다루실 줄 아는 악기가 있으신가요? 가야금, 비파, 거문고, 퉁소, 대금, 피리 중에서요."

"대금을 좀 불 줄 압니다."

"이른 시일 내로 *소사(蕭史)의 연주를 듣고 싶네요."

"그럼, 농옥(弄玉)과 달빛 아래서 합주도 가능하겠군요."

이옥은 선우에게 눈빛으로 묵약을 남겼다. 이옥은 강릉부 *관속과 관예들에게 인사를 하고 군부 인사들에게도 일일이 찾아다니며 얼굴을 알렸다. 특히, 군관들은 이옥이 어떤 존재라는 것을 알고 있기에 그가 비록 관노의 신분이지만 그에 대해 함부로 말하지 못했다.

이옥과 막쇠는 일을 찾아서 했다. 관아 주변 청소, 무기고 청소, 관아 건물의 훼손된 곳 수리 등등 닥치는 대로 일을 하며 관아 사람들과 어울렸다. 관아 사람들은 이옥이 관노의 신분이지만 시중의 아들이고 중앙의 이군 소속 낭장 벼슬을 했던 사람이라 상당히 도도하고

* **소사(蕭史)** – 춘추시대 피리 명인 진목공의 딸로 농옥(弄玉)과 혼인하여 부부가 되었다.
* **관속(官屬)** – 보통 지방관아의 아전 등 구실아치를 말한다.

강릉 가는 길 173

거만할 것이라고 속단하고 있었다. 그러나 이옥이 예의 바르고 매사 긍정적이며 궂은일을 마다하지 않고 솔선수범하자 사람들은 그를 달리 보기 시작했다. 어느 날 오후였다.

"부사님! 저희 서방님이 관아 뒤 공터에서 잡초를 베다가 뱀한테 물렸습니다. 뱀에 물린 부위가 퉁퉁 부어오르면서 혼절하셨습니다."

막쇠가 얼굴이 하얗게 변해 동헌으로 달려와 소리쳤다.

"뭐라? 이옥이 뱀에 물렸다고? 그곳은 돌밭이고 뱀이 많은 곳이다. 큰일 났구나. 지난해도 관예 한 명이 그곳에서 독사에 물려 죽은 적이 있었다."

안종원은 이방, 병방, 호방과 강릉 관아의 잡다한 일을 두고 이야기를 나누던 중이었다. 그들 곁에는 선우와 매향이 등 관기들도 있었는데 선우는 이옥이 뱀에 물렸다는 소리에 매우 놀라워했다.

"어머나! 그럼 살모사나 독사에 물린 게 틀림없습니다. 부사님, 거기는 뱀이 우글대는 곳입니다. 빨리 무슨 조처를 하지 않으면 목숨이 위험합니다. 속히 의원을 부르셔야 합니다. 부사님, 도와주세요."

선우가 다급한 소리로 부사에게 도움을 요청하였다. 그녀의 어색한 행동에 관기들과 아전들은 뻘쭘한 표정을 지었다.

"막쇠는 어서 이옥을 서헌으로 옮기고, 이방은 의원을 불러라. 맹독성의 뱀에 물리면 목숨을 잃을 수 있다. 지금은 뱀들이 먹이를 충분히 먹은 상태라 독이 상당히 강할 것이다. 어서, 어서 서둘러라."

안종원이 이옥에게 달려갔다. 그의 뒤로 두 아전과 막쇠 그리고 관기들이 따랐다. 선우는 체면이고 뭐고 내팽개치고 양손으로 치마를 걷어 올려 잡고 뛰었다. 그 뒤를 매향과 관기들이 실큼한 모습으로 쫓아갔다. 선우가 어찌나 빨리 달려갔는지 안종원과 아전들도 그녀를 따라가지 못했다. 선우가 관아 뒤 공터에 도착하였다. 그녀의 이마에는 땀방울이 달려 있었다.

"낭장님, 어쩌다가 뱀에 물리셨어요?"

이옥이 느티나무에 기대어 비스듬히 앉아 있는데 얼굴이 하얗게 변해 헐떡대고 있었다. 그는 고통을 참느라 이를 악물고 눈이 반쯤 감긴 상태였다. 뱀에 물리면 빨리 해독을 해야 하는데 막쇠도 이런 경우는 처음이라 허둥대다가 안종원을 찾은 것이었다. 이옥이 선우의 목소리를 듣고 살포시 눈을 떴다.

"서, 선우님! 풀을 베다가 그만……."

선우가 이옥의 바짓가랑이를 걷어 올려 뱀에 물린 부위를 살펴보았다. 발목에 뱀 이빨 자국 두 개가 선명했고 발목 주위가 검푸르게 변해 있었다. 뱀은 이빨을 통해 독을 주입하기 때문에 뱀에게 깊이 물렸을 경우 독이 금방 신체에 퍼져 생명이 위독한 지경에 이르게 된다. 이옥은 헛구역질하며 괴로워하였다. 금방 숨이 넘어갈 듯 상태가 최악으로 진행되고 있는 것 같았다. 두 눈이 감기고 호흡조차 곤란한 듯 땀을 비 오듯 흘리며 헉헉댔다. 안종원이 도착해 이옥이 뱀에 물린 부위를 살펴보고 소리쳤다.

"이옥을 서헌으로 옮겨라."

"부사님! 이옥님은 지금 상당히 위험한 상태입니다. 몸을 움직이게 되면 빨리 독이 퍼집니다. 의원이 올 때까지 여기서 기다리는 게 좋습니다."

선우가 안종원에게 말하자 아전들도 선우 말이 맞다고 했다. 뱀에 물린 부위가 점점 더 심하게 부어올라 검푸르게 변해 가고 있었다. 독이 빠른 속도로 퍼지고 있는 게 분명했다. 선우는 치맛자락을 찢어 뱀독이 위로 올라가지 못하게 다리를 꽁꽁 동여맸다. 이옥의 얼굴은 고통을 참느라 일그러졌고 이마에서 구슬 같은 땀이 뚝뚝 떨어지고 있었다. 지금 상태로 방치하면 큰일 날 것 같았다. 부사와 막쇠는 어찌할 줄 모르고 발만 동동 굴렀다. 선우가 뱀에 물린 이옥의 다리를 다시 살펴보다가 주저 없이 흙먼지와 피땀으로 범벅이 된 상처 부위에 붉은 입을 갖다 댔다. 그리고 상처 부위를 양손으로 짜면서 세게 빨기 시작했다. 이옥이 간신히 정신을 차렸는데, 그는 자신의 다리를 빨고 있는 선우를 바라보고 놀랐다.

"아, 안 됩니다. 뱀독이 항아님 몸속으로 들어갈 수 있습니다."

이옥이 선우에게 그만두라고 했지만, 그녀는 말을 듣지 않았다. 선우는 현재 꽃물을 배출하는 시기이고 몸살 기운이 있어 상태가 좋지 않았다. 하지만 그녀는 그런 것에 개의치 않고 독을 빨아내느라 안간힘을 썼다.

"저는 입 안에 상처가 없어 괜찮습니다. 빨리 독을 빼내지 않으면 위험합니다. 가만히 계세요. 움직이면 안 됩니다."

선우는 강릉부에서 가장 아름다운 관기였다. 그녀가 관노의 다리에 난 뱀의 이빨 자국에 입을 대고 독을 빨아내고 있었다. 옆에 서 있던 동료 관기들은 눈을 찡그리며, 선우의 민망한 행동을 바라보았다. 아전들도 선우가 남사스러운 행동을 한다며 혀를 끌끌 찼다. 선우는 연신 검붉은 피를 뱉어 냈다. 그 피에 독이 섞인 게 틀림없었다. 그녀는 양손으로 상처 부위를 강하게 짜면서 같은 행동을 반복했다. 한 번, 두 번, 세 번, 네 번, 다섯 번……. 선우가 뱀독을 빨아내고 있을 때 이방이 의원과 헐레벌떡 달려왔다. 의원은 상처 부위와 이옥의 안면 상태를 살피고 나서 해독제를 먹였다.

"다행히 총각이 독을 빨아낸 모양이구먼. 상처 부위에 난 이빨 자국을 보니 살모사가 못된 짓을 했어. 살모사의 맹독은 소량이라도 혈관에 유입되면 목숨을 잃을 수 있어. 하마터면 잘생긴 장부가 저승으로 갈 뻔했구먼. 해

독약을 투여했으니 차츰 독 기운이 잦아질 거야. 그런데 총각은 입 안에 상처가 있거나 충치가 심한 거 아니지?"

의원은 막쇠가 한 줄 알고 그를 칭찬했다.

"의원님, 제가 독을 빨아낸 게 아니고 저 항아님이 했습니다."

막쇠가 선우를 가리켰다.

"아이고! 사내들도 하기 힘든 일을 어여쁘신 항아님이 하셨네. 항아님이 헌헌장부를 살리셨구먼. 잘했어요. 상처 부위와 환자의 상태를 보니 뱀독이 몸속으로 들어간 것 같기도 해요. 장부님 몸속에 있는 뱀독이 완전히 해독되려면 열흘은 걸려요. 그때까지 꼼짝하지 말고 이 약을 아침, 점심, 저녁에 한 번씩 복용케 하고 휴식을 취하도록 해야 합니다. 하루 이틀은 잠에 빠져 있을 테니 곁에서 누가 병간호를 해야 합니다."

윤 의원은 환부(患部)의 살갗이 검게 변한 주위에 침을 꽂아 검은 피를 짜냈다. 선우가 입으로 독을 빨아냈지만, 아직도 환부 아래에 뱀독이 남아 있었다. 하얀 헝겊이 금방 검붉은 피로 물들었다. 윤 의원이 환부를 눌러 피를 짜낼 때마다 이옥의 얼굴이 일그러졌다.

"윤 의원, 환자가 어떤가? 금방 쾌차하겠는가?"

"부사님, 환자의 체력이 좋으니 곧 좋아질 겁니다."

의원이 선우에게 약 봉투를 건넸다. 막쇠가 이옥을 업어 서헌으로 옮겼다. 안종원은 가슴을 쓸어내리며 속으로 선우에게 고마워했다. 이옥은 서헌으로 옮겨졌으나 반쯤 혼수상태라 아무것도 할 수 없었다.

"막쇠가 병간호를 하거라."

안종원이 막쇠에게 지시하고 나갔다. 하지만 선우는 서헌에 들어 잠시도 자리를 뜨지 않고 이옥의 곁에 앉아 있었다. 환자의 거친 숨소리도 차츰 줄

어들었고, 이옥은 깊은 잠에 빠진 듯 조용했다. 선우가 수시로 물수건을 가져와 이옥의 이마에 난 땀을 닦아 주었다.

'낭장님! 어서 깨어나세요. 저는 낭장님이 뱀과 싸워 이길 것이라고 믿습니다. 그깟 뱀에 한 번 물렸다고 어찌 될 분이 아니라는 것을 알고 있습니다. 낭장님은 앞으로 하실 일이 많은 분입니다.'

선우는 곤히 잠든 이옥의 조각 같은 얼굴을 들여다보았다. 처음으로 그의 얼굴을 자세히 보았다. 하얀 피부, 오똑한 코, 붉은 입술, 가지런한 눈썹, 복스러운 귀. 그의 모든 것이 선우의 동공을 통해 가슴 깊은 곳에 간직되었다.

"항아님, 밤이 깊었습니다. 이제 그만 돌아가세요. 서방님은 제가 돌보겠습니다. 항아님께서 서방님을 살리셨습니다. 고맙습니다. 정말로 고맙습니다. 서방님께서도 평생 항아님의 은혜를 잊지 못하실 겁니다."

막쇠가 선우에게 새삼 고개를 숙여 고마워했다.

"환자는 여인네가 간호하는 게 좋아요. 막쇠님은 주무셨다가 아침 일찍 오세요. 그때 나랑 교대하면 되잖아요."

이옥의 병간호를 두고 선우와 막쇠는 옥신각신했다. 결국 막쇠가 할 수 없이 처소로 돌아가고 아침 일찍 서헌으로 오기로 했다. 선우는 정신을 잃고 누워 있는 이옥을 정성껏 간호했다. 이옥은 자다가 잠꼬대를 하기도 했고, 손을 허공으로 휘저으며 누군가를 애타게 찾기도 했다. 가끔은 자다가도 물을 찾았다. 그때마다 선우는 숟가락으로 물을 떠서 입 안으로 흘려 넣었다. 몸속에서 해독 작용을 하는지 계속 열을 발산했는데, 그 독한 기운이 땀으로 배출되는 듯했다. 선우는 물수건으로 이마와 가슴에 난 땀을 닦아 주고 부채로 시원한 바람을 부쳐 주기도 했다.

"부인, 미안합니다. 못난 지아비를 용서하세요. 어머니, 어머니……."

이옥이 잠꼬대를 하며 흐느꼈다.

'낭장님이 부인과 어머님을 찾고 계시구나. 온 가족이 하루아침에 노비가 되어 생이별하다니, 참으로 모진 세파를 맞으셨어.'

선우는 이옥의 머리맡에 앉아 이런저런 잡념에 빠졌다. 그녀는 예전에 개경에서 요양차 왔던 사내를 사랑했었다. 그러나 그는 상태가 호전되자 간다는 말도 없이 떠난 것이다. 선우는 앞으로는 절대로 사내를 사귀지 않겠다고 독하게 마음을 먹었지만, 이옥을 처음 보는 순간 그녀의 각오는 허무하게 무너지고 말았다. 더욱 그녀의 마음을 움직인 것은 이 무더운 날씨에도 불구하고 상복을 입고 있는 이옥의 효심(孝心)이었다. 선우는 이옥이 지나친 *이효상효로 몸이 상할까 우려했다. 선우는 잠시 밖으로 나왔다. 달이 동쪽 바다에서 오르고 있었다. 그녀는 자신도 모르게 달을 향해 두 손을 모았다.

달님! 이옥 낭장님이 쾌차할 수 있도록 도와주세요. 낭장님은 장차 집안을 일으켜야 합니다. 이 밤이 지나면 예전처럼 웃으며 일상을 살아갈 수 있도록 도와주세요. 무슨 이유인지는 모르겠으나 제가 이옥 낭장님을 뵙자마자 심사가 이상해졌습니다. 관아에서 뵐 때는 안심이 되다가도 보이지 않으면 불안합니다. 그런데 어제 사악한 악마에게 큰 상처를 입었습니다. 낭장님에게는 집안을 부흥시켜야 할 막중한 임무가 있습니다. 부디, 낭장님을 보살펴 주세요.

* **이효상효(以孝傷孝)** – 효성이 지극하여 어버이의 죽음을 슬퍼하다가 병이 나거나 죽음.

이미 *오경이 훨씬 지난 시각이었다.

* **오경(五更)** – 새벽 3시부터 5시 사이.

선우는 내실로 들어와 이옥의 상태를 살폈다. 이제 식은땀은 흘리지 않았으나 자주 뒤척거렸다. 선우는 베개를 바르게 베게 하고 잠시 벽에 기대앉았다. 촛불이 문틈으로 들어오는 바람에 흔들렸다. 뒷산에서 소쩍새가 처량하게 울고 있었다. 선우는 비몽사몽 간 선잠에 빠져들었다.

얼마쯤 지난 뒤에 소쩍새도 울음을 멈추었고 먼동이 터 오는지 여명이 서헌의 창문을 묵색으로 물들였다. 멀리서 새벽닭 우는 소리가 들렸다. 그때 이옥이 습관처럼 눈을 떴다. 그는 머리가 아팠지만, 그런대로 몸을 움직일 수 있었다. 다만 누워 있는 내실이 낯설었다.

'아! 내가 어제 뱀에 물려 혼절했었지. 그리고……. 맞아 선우가 나의 상처 부위를 빨아 주었어. 여인네가 어디서 그런 용기가 났을까? 사내들도 뱀에 물린 자국을 입으로 빨지 못하는데 말이야. 다른 사람들도 그 장소에 있었던 것 같았는데. 나중에 만나면 고맙다고 인사를 해야겠어. 그런데 여기는 도대체 어디인가? 도무지 감을 잡을 수 없네.'

이옥이 게슴츠레 눈을 떠서 내실을 살펴보았다. 촛불도 꺼져 있어 내실 안이 잘 보이지 않았다. 그런데 인기척이 들렸다. 이옥은 그 인기척을 막쇠가 내는 것으로 알고 있었다. 그는 목이 말랐지만 막쇠가 더 자도록 깨우지 않았다. 그런데 벽에 기대어 있으면 힘들 것 같다는 생각에 막쇠를 누워서 자게 하려고 간신히 몸을 일으켜 다가갔다. 머리가 띵하고 다리가 쿡쿡 쑤시면서 속이 울렁거렸다.

"막쇠야! 막쇠야! 누워서 자거라. 나 때문에 밤새 앉아 있었구나. 미안하다. 나 때문에 편하게 자지도 못하고……."

이옥은 손을 뻗어 막쇠라고 생각한 사람을 흔들다 이상한 감촉에 화들짝 놀랐다. 투박한 사내의 몸이 아니고 가냘픈 체구로 보아 여인이 틀림없었다. 이옥은 다시 한번 손을 뻗어 더듬었다. 치마와 저고리가 만져졌다.

'어? 막쇠가 아닌데. 그럼 누구지? 그것도 여인……. 혹시 선우가? 선우가 밤새 나를 병간호했단 말인가? 그럴 리가? 사방에 다른 사람들 눈이 있고 남녀가 유별한데, 설마 선우가?'

이옥은 몸을 일으켜 가까이 다가가 벽에 기대어 앉아 있는 사람의 실체를 살펴보았다. 손을 뻗어 천천히 만져보고 냄새를 맡아 보았다. 치마와 저고리가 분명하고 분 냄새도 맡을 수 있었다. 그가 알고 있는 선우의 모습이 분명했다. 강릉부 관아에서 자신에게 밤새 병간호해 줄 여인은 선우밖에 없었다. 모든 게 확연해졌다. 이옥의 눈가에 매작지근한 액체가 고였다. 차츰 여명이 사라지고 창문을 통해 빛이 들어오면서 내실 안의 윤곽을 파악할 수 있었다.

"선우!"

이옥이 선우의 손을 잡고 흐느꼈다. 선우는 이옥의 흐느낌 소리를 듣고 눈을 떴다. 하지만 그녀는 손을 뺄 수 없어 이옥에게 손을 맡긴 채 가만히 있었다.

"낭장님, 깨어나셨군요."

"이대로 잠시만 가만히 있어요. 고마워요. 그대가 나의 목숨을 구했습니다. 이 은혜는 평생 잊지 않겠습니다."

"얼른 쾌차하세요. 낭장님은 할 일이 많으신 분이세요."

이옥의 흐느낌에 선우의 양 볼 위에도 눈물이 흘러내렸다. 두 젊은이의 혈기와 정이 손을 통해 전달되고 있었다. 이옥은 사람과 사람의 인연이 얼마나 위대하고 한편으로는 무섭다는 것을 잘 알고 있었다. 지금 온 가족이 모래알처럼 흩어져 버린 이옥에게 선우가 새로운 인연으로 다가온 것이었다. 이옥과 선우는 도란도란 이야기를 나누며 서로의 마음을 확인할 수 있었다. 선우는 날이 밝자 막쇠와 간호를 교대하고 집으로 돌아왔다.

'아! 내가 왜 이러지? 여태껏 이런 적이 한 번도 없었는데 이상하다.'

선우는 집에 돌아오자마자 식은땀을 흘리며 비틀거렸다. 선우에게는 관아에 행사가 있는 날이면 밤을 새우고 다음 날 귀가하는 일이 종종 있었다. 그렇기에 최 씨는 아침에 귀가하는 딸을 이상하게 생각하지 않았다. 그런데 선우가 허청대자 최 씨는 깜짝 놀라 딸의 팔을 잡았다.

"선우야! 왜 그러니? 어디가 아픈 거야?"

"몸이 이상해요. 어지럽고 속이 메스껍고 숨이 가빠요."

"얘야! 선우야! 정신 차려라."

"어머니, 몸이, 제 몸이 이상……."

"선우야! 안 된다. 정신 차려라. 선우야!"

선우는 방으로 들어가다 그만 쓰러지고 말았다. 최 씨는 딸을 안고 울부짖었다. 눈에 넣어도 아프지 않은 딸이었다. 최 씨는 무엇을 어찌해야 할지 몰라 딸을 안고 벌벌 떨었다. 아무리 흔들고 소리쳐도 선우는 미동도 하지 않았다. 최 씨의 눈앞이 캄캄해졌다. 그녀는 딸을 두고 버선발로 의원에게 달려갔다. 어제 이옥을 치료해 준 윤 의원이었다. 최 씨는 금방 윤 의원을 데리고 달려왔다.

"선우 어머니! 선우가 혼절해 있어요."

최 씨가 울면서 의원으로 달려가는 것을 보고 이웃 아낙들이 와서 선우를 살피고 있었다. 그녀들도 놀란 표정으로 발을 동동 굴렀다.

"아픈 애를 두고 나가면 어떻게 해요? 우릴 시키지 않고서."

아낙들이 걱정스러운 얼굴로 한마디씩 했다. 의원이 방으로 들어가 선우의 상태를 살폈다. 그는 선우의 얼굴을 보다가 깜짝 놀랐다.

"아니! 어제 뱀독을 입으로 빨아낸 항아님이네."

윤 의원 말에 최 씨의 두 눈이 휘둥그레졌다.

"의원님, 그게 무슨 말씀이세요? 우리 딸이 어제 뱀독을 입으로 빨았다니요? 무슨 내용인지 자세히 말씀해 주세요."

최 씨는 윤 의원으로부터 어제 있던 일을 전해 듣고 기가 막혔다. 더구나 이옥이란 사람이 강릉부 관노라는 말에 정신이 아득했다. 하지만 이미 지나간 일이니 어쩔 수 없는 일이었다. 최 씨의 뇌리에 이옥이란 이름이 깊게 각인되었다.

"이 애는 요즘 몸 상태가 아주 좋지 않아요. 요즘 달거리를 하고 몸살 기운도 있습니다. 의원님, 그럼 딸이 뱀독에 해를 입었다는 말씀인가요?"

윤 의원은 진맥을 하고 선우의 상태를 살펴보더니, 선우가 뱀독에 의해 몸에 부작용이 발생한 게 틀림없다고 결론을 내렸다. 의원의 말에 최 씨는 가슴이 떨리고 정신이 아득해졌다.

"의원님, 딸을 살려 주세요. 저에게 하나밖에 없는 딸입니다. 딸이 잘못되면 안 됩니다. 저 애가 없으면 저는 세상을 살아갈 수가 없습니다. 제발 딸을 살려 주세요."

최 씨가 의원에게 울며 매달렸다.

"부인, 제 말 잘 들으세요. 따님은 뱀독에 내상(內傷)을 입은 게 확실합니다. 팔다리에 상처를 입었다면 독을 짜낼 수 있지만, 몸속의 장기가 손상을 입었으니 약으로 다스리는 수밖에 없습니다. 내가 돌아가서 약을 제조해 사환 편에 보낼 테니, 달여서 하루에 세 번 식후에 복용하게 하세요. 다행히 따님이 건강하고 젊은 나이라 회복하는 데 오래가지는 않을 겁니다."

의원은 돌아가자마자 어린 사환 편에 약을 보내왔다. 최 씨는 약을 달여 선우에게 복용케 하고 병간호를 했다. 선우는 종일 끙끙 앓았다. 전날 밤 이옥이 앓던 상태를 선우가 똑같이 재현하고 있었다. 최 씨는 잠시도 딸의 곁을 떠나지 못했다. 그녀는 속으로 천지신명, 부처를 연호하며 딸을 살려 달라고 빌었다. 한여름이라 밤에도 무척 무더웠다. 선우는 밤새 잠꼬대를 하며, 들릴 듯 말 듯 누군가를 애타게 찾고 있었다. 최 씨는 딸이 잠꼬대할 때마다 귀를 가까이 대고 누구를 애타게 찾는지 신경을 곤두세우고 들었다.

'이 애가 누구를 찾고 있는데, 누군지 정확히 알 수가 없네. 오 씨? 옥 씨? 오 씨나 혹은 옥 씨가 누굴까? 오 씨, 옥 씨……. 아! 낮에 윤 의원이 말했던 사람 이름이 '이옥'이라 했던가? 맞다. 이옥이라고 했어. 그럼 딸이 찾는 사람이 관노 이옥? 그런데 왜 하필이면 관노일까? 세상에 많고 많은 사내 중에 하필이면 노비라니……. 아이고! 선우가 남자 복이 지지리도 없구나.'

최 씨는 딸이 애타게 찾는 사람이 강릉부 관아의 관노 이옥이라는 결론에 도달하자 무척 혼란스러웠다. 지금은 딸이 관기로 있지만 마땅한 신랑감이 나타나면 혼인을 시킬 계획이었다. 관기라도 혼인은 얼마든지 할 수 있었다. 최 씨는 이옥에 대하여 무척 궁금해하며 딸이 쾌차하면 알아볼 심산이었다.

이옥이 뱀에 물리고 온전한 상태가 되기까지 엿새 정도 걸렸다. 선우는 몸을 회복하는 데 열흘 가까이 누워 있어야 했다. 최 씨는 관아를 찾아가 선우의 상태를 알렸고, 이방이 선우의 집으로 찾아와 그녀의 상태를 들여다보고 돌아가 안종원에게 알렸다. 안종원은 선우가 이옥의 뱀독 상처 부위를 입으로 빨아내는 과정에서 중독된 것을 알고 걱정이 되었다.

"막쇠야, 이 약재를 선우 어머니에게 전하거라."

"부사님, 선우님이 요즘에 통 보이질 않아 이상했습니다. 많이 편찮으신가 봅니다?"

막쇠는 감히 부사에게 선우의 동태에 관하여 물었다. 안종원은 선우가 뱀독에 중독되었다고 했다. 막쇠는 안종원의 말에 가슴을 쳤다.

"부사님! 이놈이, 이놈이 그때 뱀독을 빨아냈어야 했습니다. 이놈이 죽일 놈입니다."

"어서 다녀오거라. 다른 사람들에게 비밀로 해야 한다."

막쇠는 눈물을 글썽이며 약을 받아들고 선우의 집으로 향했다. 그는 이옥에게는 당분간 알리지 않기로 했다. 이옥은 아직 완치된 게 아니었다. 선우의 집으로 향하는 막쇠는 가슴이 답답하고 큰 죄를 지은 듯 미안한 심정이었다.

"감사합니다. 돌아가시면 부사님께 고맙다고 말씀 전해 주세요."

최 씨는 막쇠에게서 부사가 보내온 약재를 받아들고 고마워했다. 전혀 예상하지 못한 안종원의 호의였다.

"선우님을 잠시만 뵐 수 있을까요?"

최 씨는 막쇠를 선우가 누워 있는 방으로 안내했다.

"선우님! 막쇠입니다. 선우님이 이리된 것은 이놈 탓입니다. 이놈이 용기가 없어 이리되신 겁니다. 이놈을 나무라세요."

선우가 간신히 창문을 열었다. 막쇠는 두 눈이 십 리나 들어간 선우를 보고 울음 섞인 목소리로 말했다. 선우는 간신히 몸을 일으켰다. 평소에 보던 선우의 모습이 아니었다. 때꾼한 얼굴과 생기를 잃은 눈동자를 보니 오래

병을 앓은 환자 같았다.

"아닙니다. 나는 괜찮습니다. 막쇠님, 부사님께 고맙다는 말씀 전해 주세요. 그리고 이옥님에게는 절대로 나의 상태를 말씀드리면 안 됩니다. 그리해 주실 거죠? 의원이 건넨 약은 빠트리지 말고 드시게 하세요."

막쇠가 관아로 돌아가려고 하자 최 씨가 뒤따라 나왔다.

"막쇠님이라고 하셨죠? 한 가지만 물어볼게요. 꼭 대답해 주셔야 합니다. 딸이 잠꼬대하면서 이옥이란 분을 애타게 찾았습니다. 그분이 어떤 분인지 알려 주세요. 나만 알고 있을게요."

막쇠는 잠시 망설였다. 하지만 주인인 이옥의 상처를 빨다가 선우가 저리된 상태에서 최 씨의 물음에 모르쇠 할 수 없었다. 막쇠는 말을 할까 말까 주저주저했다.

"이옥님은 제가 모시는 분입니다. 서방님께서는 자신의 신분이 알려지는 것을 원하지 않습니다."

"나는 저 애 어미입니다. 나만 알고 있을 테니 걱정하지 마세요. 저 애가 잠을 자면서도 이옥이란 분을 찾으니 걱정입니다."

최 씨의 간절한 부탁에 막쇠는 흔들렸다. 최 씨가 절대로 비밀을 지킨다고 하니 막쇠는 안심이 되었다.

"이옥님은 지난여름 신돈의 사람으로 몰려 처형된 시중 이춘부님의 맏아드님이십니다. 영도첨의사사이신 신돈이 간신들의 모함으로 처형되었는데, 간신들이 신돈의 측근들까지 죽이라고 임금에게 고하는 바람에 시중님도 처형되시고, 가족들은 관노가 되어 전국 관아로 뿔뿔이 흩어졌습니다."

"네에? 이, 이춘부 시중님의 장남이라고요?"

최 씨는 막쇠의 말에 가슴이 덜컥 내려앉았다. 다른 것은 다 좋은데 하필이면 역적으로 몰려 처형된 이춘부의 자식이라는 말에 최 씨의 가슴이 무너져 내렸다. 자칫 잘못하면 딸이 역적의 자식을 병간호하다가 저리되었다는 소문이라도 날까 두려웠다. 딸이 서너 해 전 요양차 강릉에 왔던 개경 출신 사내와 열렬한 연애를 했다가 마음의 상처를 입은 적이 있었기 때문에 최 씨의 우려는 더욱 컸다. 또다시 악몽이 재현되는 게 아닌지 눈앞이 캄캄했다. 절색(絶色)의 딸이 평범한 가정의 자제와 정분이 나길 고대했던 최 씨였다. 그런데 이옥이 권력 다툼에서 희생된 이춘부의 자제란 말에 그는 충격을 받았다.

'또 개경 출신 사내라니! 딸애는 어째서 외지에서 온 사내들만 마음에 둔단 말인가? 무엇이 딸의 인생을 자꾸만 굴곡진 곳으로 이끈단 말인가? 말려야 하나? 아니면 모르는 체해야 하나? 어찌해야 좋단 말인가?'

최 씨는 이옥의 실체에 대해 알고 나서 깊은 고민에 빠졌다. 딸이 자면서까지 찾는 사내라면 이미 마음속에 깊이 자리하고 있을 터였다. 그는 한숨만 푹푹 내쉬며 아무런 결론에 도달하지 못했다. 다 큰 딸에게 이래라저래라 간섭할 수는 없는 일이었다. 그는 일단 딸의 행동을 지켜보기로 했다.

"뱀독이 모두 해독된 듯합니다."
"다행입니다. 윤 의원이 조제해 준 약이 아주 잘 듣는 모양입니다."
안종원이 윤 의원을 다시 불러 이옥의 상태를 살펴보게 했다. 의원의 말에 안종원은 안도했다. 병석에서 일어난 이옥은 평상시처럼 활동했다. 자신을 위해 의원을 초빙하고 모든 역(役)에서 자유롭게 해 준 안종원에게 고마움을 전했다. 그런데 막쇠는 이옥이 자리에서 일어나자 반가움보다는 고민이 많아졌다. 그는 이옥과 눈을 맞추려 하지 않고 주변을 베돌기만 할 뿐이었다. 이옥의 눈에도 막쇠의 행동이 이상하게 보였다.

 '어쩌나? 선우님은 아직도 병석에 누워 있는데, 이 사실을 서방님에게 알려야 하나 말아야 하나? 선우님은 나에게 절대로 알리지 말라고 했어. 나중에 서방님이 알면 나에게 '왜 알리지 않았느냐?' 하고 질책할 텐데······.'

 막쇠는 온종일 우울한 얼굴로 병기창에 앉아서 한숨만 푹푹 내쉬었다. 이옥은 막쇠가 우거지상을 하고 있자 이상한 느낌이 들었다. 그는 막쇠에게 무슨 일이 일어나고 있음을 직감했다.

 "막쇠야, 무슨 일 있니?"

 이옥이 두세 번 물어도 고개만 푹 숙이고 있을 뿐 응답이 없었다. 막쇠는 종자(從者)이지만 어린아이가 아니었다. 이옥은 막쇠를 달래며 그의 속사정을 알아보려 했다. 계속 설득하자 막쇠가 눈물을 보이며 흐느꼈다. 이옥은 그 모습을 보고 깜짝 놀랐다.

 "서방님, 놀라지 마세요. 선우님이, 선우님이······."

 "선우에게 무슨 일이 있는 것이냐? 그렇지 않아도 요즘 통 보이지 않아 무척 궁금했었다. 선우에게 무슨 일이 있는 게야? 어서 말해 보아라. 답답하구나."

 "선우님이 지금 병석에 누워 있습니다."

 "뭐라! 벼, 병석에 누워 있다고? 도대체 왜? 어찌하여 병석에 누워 있다는 것이냐?"

 "서방님 상처 부위를 빨아내다가 뱀독에 중독되었습니다."

 이옥은 막쇠의 말에 숨이 턱 막히고 가슴이 먹먹했다. 그는 즉시 막쇠를 앞세우고 선우의 집으로 달려갔다. 선우도 이제는 어느 정도 몸이 호전되어 예전의 상태를 되찾아 가는 중이었다. 한걸음에 달려간 이옥은 선우가 누워 있는 방문을 열었다. 마침 외출했던 최 씨가 집으로 돌아오던 차였다.
"선우! 이게, 이게 어찌 된 일입니까? 나 때문에, 나를 살리자고 그대가 이리되었습니다. 그대가 이리된 것도 모르고 나는 그대가 나타나지 않아 속으로 원망했습니다. 미안합니다. 나를 살리려고 이리된 것도 모르고……."
이옥은 밖에 최 씨와 막쇠가 있다는 것도 잊고 흐느꼈다. 선우는 간신히 일어나 울고 있는 이옥의 손을 잡았다. 그도 조용히 흘러내리는 눈물을 닦고 있었다. 어느새 두 사람은 서로의 손을 잡고 참았던 눈물을 쏟아 냈다. 그렇게 반 시진 동안 울고 난 두 사람은 마음을 가다듬고 도란도란 이야기를 나누었다.
"낭장님, 몸은 어떠신지요? 바쁘실 텐데 저를 찾아 주셨습니다. 막쇠님에게 절대로 저의 상태에 대해 말씀드리지 말라고 했는데……."
"나는 거의 회복했습니다. 막쇠가 계속 사실을 알리지 않다가 나중에 내가 알았다면 경을 쳤을 겁니다. 그도 며칠을 고민하다가 나에게 말한 겁니다."
이옥이 찾아오자 선우는 금방 얼굴이 환하게 변했다. 그는 언제 아팠었느냐는 듯 생글생글 웃으며 정담을 나누었다. 그러다 이왕 자리가 이리되었으니 어머니 최 씨를 방으로 들게 했다.
"어머니, 이옥 낭장님이세요."
"반가워요. 딸애가 여러 차례 낭장님을 찾길래 무척 궁금해했습니다."
'응? 어머니 앞에서 내가 언제 낭장님을 찾았지? 찾은 적이 없었는데, 어머니도 농담할 때가 다 있네.'
이옥이 반절로 최 씨에게 예의를 갖추었다. 최 씨도 얼떨결에 이옥에게 맞절로 응수했다. 최 씨는 얼굴을 들어 이옥을 바라보고 나서 잠시 멍하니 앉아 있었다. 마치 정신이 나간 사람 같기도 했다. 사리 밝고 조쌀한 성품의 최 씨였다.

'아! 헌헌장부로다. 과연 딸이 한눈에 반할 만한 선풍도골이다. 강릉도 일원에서는 절대로 찾아볼 수 없는 습습하게 생긴 미남자로다. 딸이 잠꼬대하면서 충분히 찾을 만하구나.'

"어머니, 왜 그러세요? 어디 편찮으세요?"

선우가 주의를 시키고 나서야 최 씨는 정신을 차렸다.

"아, 아니다. 난 괜찮다."

"어머니, 저 이제 괜찮아요. 머리도 맑고, 기분도 상쾌해졌어요. 참으로 이상해요. 조금 전까지만 해도 머리가 지끈거리고 기분도 우울했는데, 이제는 거짓말처럼 아무렇지도 않아요."

최 씨는 딸의 말에 기가 막혔다. 간밤에도 끙끙 앓으며 금방이라도 죽을 사람처럼 누워 있던 딸이었다. 딸의 행동에 웃어야 할지, 아니면 울어야 할지 몰랐다. 그녀는 서둘러 점심상을 차렸다. 이옥과 선우가 방에서 겸상하고 최 씨와 막쇠는 툇마루에서 함께 식사를 했다. 이옥과 선우가 들어 있는 방에서는 연신 웃음소리가 흘러나왔다. 두 사람의 웃음소리에 최 씨도 몰래 따라 웃었고, 막쇠는 억지로 웃음을 참느라 얼굴이 벌겋게 변하고 말았다.

뱀 사건으로 이옥과 선우의 관계는 더욱 가까워졌다. 관아에서 두 사람은 마주치면 서로에게 공손히 인사를 하였다. 관기들과 관예들은 두 사람이 급격히 가까워진 사실을 눈치채고 있었지만 말은 하지 않았다. 그러나 관아에는 이옥과 선우가 보통 사이가 아니라는 풍문이 돌면서 두 사람을 질투하는 이들도 생겨났다. 두 사람은 어느새 강릉 관아에서 화제의 인물이 되어 있었다. 선우에게 마음을 주고 있던 사내들은 크게 실망하였고, 이옥에게 관심 있던 여인들은 남몰래 속을 끓여야 했다.

"두 사람을 강릉부 소속 군사로 편입했으니, 소임을 다해 주기 바라네."

안종원은 이옥과 막쇠의 무예 실력을 고려하여 강릉부의 군사로 배속시켰다. 이옥은 안종원에게 자신이 강릉에 오기 전에 개경에서 어떤 일에 종사했는지는 강릉부 사람들에게 비밀로 해 달라고 부탁했다. 관노로 온 마당에 다른 관노나 아전들에게 자신의 과거가 알려지면 운신의 폭이 좁아지거나 괜한 오해를 살 염려가 있을 것 같았다.

하지만 이미 이옥이 누구라는 사실이 파다하게 알려진 상태여서 이옥의 부탁은 큰 의미가 없었다. 안종원은 이옥과 강릉까지 동행한 나장 이가로부터 개경에서부터 강릉에 도착하기까지 있었던 일들을 빠짐없이 보고받았을 때 반신반의하였다. 그 후 이옥에게 사건의 사실 여부를 직접 확인한 뒤에 흥분을 감추지 못했다. 동강과 이포진에서의 공적을 조정에 장계를 올리면 관노의 신분에서 해방될 수 있었다. 하지만 이옥은 자신의 공적이 조정에 보고되는 것을 원하지 않았다.

안종원은 이옥의 의견을 받아들여 관속들에게 이옥에 대한 말을 일절 금했다. 안종원의 입장에서도 고려 최고의 명궁이 강릉부에 배속되었는데, 오는 도중에 세운 공(功)으로 그가 다시 개경으로 돌아간다면 크나큰 손실이 될 것이었다. 때문에 안종원은 내심 이옥의 의견을 반기고 있었다. 이옥은 강릉부에 날아온 파랑새였다. 막쇠도 이옥의 의중을 알고 매사에 말조심하며, 상관들의 말에 절대 복종하였다. 강릉부 관아 소속의 군사들은 거개가 동계 출신이라 개경에서 일어나는 정치적 변동에 대하여 잘 알지 못했다.

하지만 낭중지추라는 말은 하나 틀리지 않았다. 주머니 속에 든 송곳은 밖으로 삐져나오게 마련이었다. 강릉부 부사 휘하에는 고려의 지방군 운영 체계에 따라 여러 명의 군관이 배속되어 있었다. 그들 역시 동계에서 태어나 개경에서 일어나는 일들에 대하여 잘 알지 못했다. 군관들은 개경에서 정변이 일어나 영도첨의로 있던 신돈이 몰락하고, 그를 돕던 관료들도 몰락했다는 정도만 알고 있을 뿐이었다.

그들은 개경에서 일어나는 정치에 관해서는 관심이 없었다. 오로지 하루하루 큰일이 일어나지 않고 무사히 지나가면 그만이었다. 그들에게 이옥은 그리 큰 존재가 아니었다. 군관들은 이옥이 시중 이춘부의 아들이며, 시중이 정치적으로 잘못되어 처형되고 자식들은 노비가 되었다는 정도만 알고 있을 뿐이었다. 하지만 한 달, 두 달, 석 달이 지나고 가을이 되자 강릉부 사람들은 이옥에 대한 풍문을 접하게 되었다.

"이옥에 대한 소문 들었는가?"

"뭔 소문? 난 그 사람이 얼마 전에 살모사에게 물려서 죽다 살아났다는 것밖에 모르는데?"

강릉부에서 말발이 세다고 하는 김 군관이 최 군관에게 물었다. 그러나 만무방 같은 최 군관도 이옥에 관해 아는 것이 없었다. 며칠 전부터 강릉관아에 출처를 알 수 없는 괴소문이 왜자했다. 강릉부 관아에 귀신이 살고 있다는 말에 군사들과 관속들은 소문의 진위를 확인하느라 부산했다. 군관들은 처음에 귀신이라는 것이 무엇을 의미하는지 몰랐다. 하지만 곧 그 귀신의 정체가 밝혀지고 말았다. 개경에서 들어오는 장사치들과 교주도에서 공적인 일로 강릉부에 오가는 전령이나 관리들의 입을 통해 이옥의 전공이 서서히 알려지고 있었다.

관아 사람들은 모이기만 하면 풍문으로 들은 이옥의 이야기를 두고 설왕설래했다. 이제는 강릉 저잣거리까지 이옥의 소문이 퍼지고 있었다. 이대로 두면 관아나 저자가 진상이 밝혀지지 않은 이야기로 혼란스러울 것만 같았다. 어떤 관속이나 군사들은 이옥이 지나가면 신기한 듯 바라보며, 고개를 숙이고 예의를 표하기도 했다. 어떤 관예는 이옥을 보면 달려가 '검신님' 혹은 '신궁님' 하고 부르며 왜구와 수적패를 섬멸한 이야기를 해 달라고 조르기도 했다.

"요즘 관아 안팎으로 이옥에 관한 이상한 소문이 돌고 있다. 그 소문은 사실이 아니다. 근거 없는 언동으로 강릉부를 시끄럽게 하는 자는 매로 다스릴 것이다."

급기야 안종원이 군사들과 관속들의 입단속을 하기에 이르렀다. 그냥 내버려 두면 군사들과 관속들을 통제하는 데 큰 혼란이 올 것만 같았다. 소문은 안종원의 엄명으로 차츰 사그라들고 강릉부 관아도 평시의 안정을 되찾았다. 그러다 북녘에서 삭풍이 불어올 무렵 신임 안렴사가 부임하였다. 이옥은 신임 안렴사의 이름을 듣고 귀를 의심했다.

'척약재가 강릉도안렴사로 올 수 있다고? 이게 무슨 조화인가? 강릉으로 올 때 여흥군 이포진장 최재보가 나에게 한 말이 일종의 암시였단 말인가?'

이옥은 안종원으로부터, 곧 새로운 강릉도안렴사가 부임하는데 김구용이 올 가능성이 크다는 말을 들었다. 이옥은 부사 안종원의 말이니 틀림없을 것으로 믿었다. 김구용은 유년 시절 이옥과 한 스승 아래서 공부한 사이였다. 김구용이 일찍 벼슬길에 나섰고 이어서 이옥도 과거에 급제하였다.

김구용의 초명은 제민(濟閔)이고 자는 경지(敬之)라 하며, 호는 척약재(惕若齋)라 했다. 충렬왕 때 대몽항쟁의 상징으로 첨의중찬 판전리사사를 역임한 충렬공 김방경(金方慶)의 현손이며, 상락군 김묘(金昴)의 아들이었다. 열여섯 살에 진사에 합격하여 왕으로부터 산원(散員)을 제수받았으며, 열여덟 살 때 문과에 급제하여 덕령부주부(德寧府注簿)를 거쳐 민부의랑 겸 성균직

강이 되었다. 성균관이 중영되자 정몽주, 박상충, 이숭인 등과 함께 정주학을 일으키고 척불양유의 선봉이 되었다.

그에 반해 이옥은 무반(武班)으로 방향을 잡아 군문에 발을 들여놓았다. 두 사람은 이처럼 가는 길이 달랐는데, 공교롭게도 강릉에서 조우하게 된 것이었다. 이옥은 김구용이 새로운 안렴사로 온다는 말에 마음이 무거워졌다. 그가 자신보다 벼슬이 높아서가 아니었다. 또한, 자신이 지난해 역적으로 몰려 처형된 이춘부의 아들이란 점 때문도 아니었다. 오랫동안 보지 못한 사이에 행여 김구용이 권세나 탐하는 관가의 파락호나 이권을 좇는 이악한 오리(傲吏)가 되어 있는 게 아닐까 걱정이 되었다.

하지만 그가 이숭인이나 정몽주 등과 뜻을 같이하고 있다면 그럴 염려는 하지 않아도 될 터였다. 지방의 안렴사는 문관보다 무관(武官)의 성격이 더 짙은 관직이었다. 지방관의 비리나 부조리 등을 바로잡고 민의를 반영하여 지방의 민심을 아우르고 해당 지역의 중앙에 대한 불평불만을 잠재워야 했다.

"너는 양반도 아니고 사대부가의 여인도 아니다. 너와 너의 두 자식은 관아의 노비이니라. 네가 아직도 시중의 며느리라고 착각을 하는 모양이구나. 괘씸한지고."

"나리, 소인은 관노로서 맡은 일을 충실히 하고 있습니다."

"이방은 저년하고 두 새끼에게 일거리를 많이 주어라. 할 일이 없으니 새끼들하고 놀기만 하면서 밥만 축내고 있지 않으냐? 저것들이 일은 안 하고 노닥거리는 것을 내가 또 보면 이방은 매 맞을 각오를 해야 할 것이야."

전라도 한 해안가의 작은 현(縣)의 관아에 배속된 홍씨 부인과 두 아들은 고통의 나날을 보내고 있었다. 현령은 예전에 신돈 측근들의 눈 밖에 난 인물로, 경상도와 전라도를 전전하면서 개경으로 영전해 갈 기회만 노리고 있었다. 그는 홍상재와도 적을 지고 있어서 더욱 홍씨 부인을 미워했다. 홍상재가 한 차례 딸을 잘 봐 달라는 서신을 보냈지만, 현령은 콧방귀만 뀌며 홍씨 부인과 그녀의 두 아들을 못살게 괴롭혔다. 홍씨 부인이 일을 하다가 잠시 쉬는 것만 보면 험악한 말을 쏟아 냈다.

현령은 홍씨 부인과 두 아들이 도착한 날부터 일을 시켰다. 스무날 넘게 천릿길을 왔음에도 모자는 잠시 쉴 수도 없었다. 그들은 다른 관노들과 함께 관아 소유의 논으로 나가 피를 뽑고 김을 매야 했다. 태어나서 처음 해 보는 일이라 홍씨 부인은 일이 손에 익지 않았다. 현령은 어린 두 아들까지도 논에 들어가 잡초를 뽑게 하였다. 온종일 호미를 들고 김을 매다 보니 홍씨 부인의 손바닥은 피멍이 맺혔고, 팔과 다리는 풀에 찔려 난 상처로 뒤덮이다시피 했다. 두 아이들도 잡초를 뽑기 위해 논에 들어갔으나 거머리가 달라붙으면 기함하고 논두렁으로 기어 나왔다.

"아이고! 거머리가 다리에 달라붙어 피를 빨았나 보다."

홍씨 부인은 거머리에 피를 빨려 퉁퉁 부어오른 사치의 다리를 보며 가슴을 쳤다. 그녀는 상처 부위를 깨끗하게 닦고 헝겊으로 동여맸다.

"어머니, 거머리가 물은 부위가 아파요. 가렵기도 하고요. 긁으면 피가 나서 상처가 금방 아물지 않을 것 같아요."

"형님, 많이 아파요?"

"그래. 너도 거머리를 조심해라. 논에 들어가 잡초를 뽑으면서도 자주 양쪽 다리를 살펴보거라. 거머리는 사람의 피를 좋아한다고 들었다. 한번 피를 빨린 부위는 금방 지혈이 안 된다고 하니 거머리를 조심해야 한다."

홍씨 부인은 어린 형제가 나누는 이야기를 듣고 눈물이 앞을 가렸다. 그러나 누구에게 하소연할 수도 없는 처지였다. 다른 관노와 그의 자식들도 모두 논이나 밭에 들어가 일을 하는 처지라 어찌할 수도 없었다. 그때 이방이 관노들이 일하는 논으로 오고 있었다.

"이방 어른, 아이들에게 논이 아닌 밭일을 하게 해 주세요. 큰아이가 거머리에 물려 피를 많이 흘렸습니다. 아이들이 거머리를 무서워해 논에 안 들어가려고 합니다."

홍씨 부인의 부탁에 이방은 사치의 퉁퉁 부어오른 다리를 살펴보았다. 이방은 미색의 홍씨 부인을 좋게 보고 있었다. 그는 홍씨 부인이 이춘부의 큰며느리라는 사실을 알고도 이상하리만치 친절을 베풀었다. 하지만 현령이 정치적인 이유로 홍씨 부인을 험하게 대하자 현령의 눈치를 봐야 했다.

"에그! 대갓집 도령들이 이런 험한 일을 해야 하다니, 시중 어른께서 이 일을 아시면 얼마나 가슴 아파하실까. 내가 두 도령을 재 너머 채마밭으로 데리고 갈 테니 그리 알아요. 거기는 여기보다 일하기 수월할 거요."

이방은 홍씨 부인의 내력을 알고 나서는 다른 관노와 다르게 대했다. 현령이 정치적인 이유로 부러 홍씨 부인을 핍박하지만, 자신은 그리할 이유가 없었다. 또한, 이방은 홀아비여서 미색의 홍씨 부인에게 은근한 감정을 품고 있었다. 하지만 현령이 있을 때는 다른 관노들처럼 똑같이 대했다. 홍씨 부인은 한참 유서(儒書)를 공부할 나이에 하루아침에 관노가 되어 논밭의 잡초를 뽑아야 하는 두 아들의 처지에 가슴이 아팠다. 더구나 현령이 아버지 홍상재와 척을 지고 있는 사이라 더더욱 힘들고 불안한 나날을 보내야 했다.

예부상서 홍상재는 딸과 두 외손자가 전라도 어느 촌구석의 관아에 배속된 것을 알고 있었다. 하지만 그곳 현령과 사이가 물과 기름 같은 사이라 속을 끓이고 있었다. 홍상재는 조정에서 절친인 감문위상호군으로 있는 이하생(李夏生)을 찾아갔다. 두 사람은 주원장이 명나라 황제에 즉위할 때 고려의 축하사절로 갔다 온 적이 있었다. 이때 두 사람은 남경(南京)까지 가서 고려와 명나라가 대등한 관계로 국교를 맺는 일을 성사시키기도 했다. 홍상재는 이하생에게 딸의 안전 문제를 상의하였다.

"거기 현령이 좀 괴팍스럽기는 합니다. 신돈에게 밉보이는 바람에 좌천되어 전라도 한적한 곳의 현령 노릇을 하는 거로 아는데, 하필이면 따님과 외손자들이 그곳으로 갔군요."

이하생은 딱한 얼굴로 홍상재를 쳐다보았다. 홍상재는 웬만해서 남에게 부탁하는 인사가 아니었다. 하지만 딸과 외손자가 현재 어찌 지내고 있을지 안 보아도 눈에 선했다.

"그래서 내가 이렇게 달려오지 않았습니까? 내가 듣기로는 상호군께서 그곳 현령과 친분이 있다 들었습니다. 내 여식과 외손들이 핍박을 당하지만 않게 그곳 현령에게 편지 한 통만 보내 주세요."

웅숭깊은 홍상재가 사정하는 터라, 이하생은 모른 척할 수 없었다. 이하생은 이춘부의 동생인 인부, 광부와도 친분이 있었다. 물론 현재는 인부, 광부도 형 이춘부의 일로 관노가 되어 귀양을 가 있는 처지지만 옛정을 무시할 수는 없었다. 홍상재의 부탁을 받은 이하생은 서신을 한 통 써서 인편에 홍씨 부인이 소속된 관아의 현령에게 보냈다.

무서리가 내릴 무렵에 강릉부에 경사가 생겼다. 새로 부임한 안렴사가 동헌 마당에 강릉부 소속 군관, 아전, 관속 그리고 강릉부 관할 마을의 촌장들을 초빙하여 부임 인사를 할 예정이었다. 사람들은 신임 안렴사에 대한 불확실한 소문을 귓속말로 주고받느라 웅성거렸다.

"신임 안렴사님의 인사 말씀이 있겠습니다."

안종원의 안내에 따라 신임 안렴사가 여러 사람 앞에 섰다. 하얀 얼굴에 단아한 모습으로 보아 백면서생 같았다. 하지만 강단과 결기 있어 보이는 모습과 고고한 자태에서 감히 범접할 수 없는 영기(靈氣)까지 느껴졌다.

"바쁜데도 불구하고 많은 분이 이 사람을 환영해 주시어 고맙다는 말씀을 먼저 드립니다. 새로 부임한 강릉도안렴사 김구용입니다. 소관은 여러분들이 보고 싶어 개경에서 출발하여 열흘 만에 강릉에 도착하였습니다. 강릉은 예로부터 산천이 수려하고 민심이 좋은 고장으로 이름이 났습니다. 문명(文名)이 있는 인재들이 있고, 곳곳에 아름다운 전설이 있으며, 선남선녀가 많이 배출되는 고장이기도 합니다.

이 지방은 하슬라(何瑟羅)로 불리던 신라 지증왕 시기에 이사부(異斯夫) 장군이 우산국을 정벌할 때 전진 기지 역할을 하는 등 동해에서 가장 역동적이고 팽창하는 지역이기도 했습니다. 최근 들어 왜구들이 동해에 빈번하게 출몰하여 백성들을 불안에 떨게 하고 있습니다. 하지만 강릉부에 고려 최고의 무사가 있는 한 왜구는 기어들지 못할 것입니다. 소관은 추가로 군사를 모집하고 시설을 확충하는 데 신경을 쓸 것입니다. 여러분! 이 사람과 협심하여 강릉을 평화롭고 살기 좋은 고장으로 만들어 나갑시다."

신임 안렴사 김구용의 열변에 사람들은 우레와 같은 박수로 화답했다. 그는 인사를 하는 도중에도 이옥과 시선을 맞추었다. 안렴사의 인사말 중 강릉부에 고려 최고의 무사가 있다는 말에 사람들은 잠시 웅성거렸다. 하지만 눈치 빠른 사람들은 이미 입가에 미소를 지으며 고개를 끄덕거렸다. 신임 안렴사의 공식적인 상견례 행사가 끝나고 김구용은 부사, 강릉부 소속 군관, 아전, 촌장들을 동헌 마루로 오르게 했다. 동헌에 조촐한 음식과 술이 준비되어 있었다. 안종원 부사가 미리 환영 행사의 일환으로 마련한 자리였다.

"신임 안렴사님을 환영하는 축하연 자리를 준비했으니 안렴사님과 상견례 시간을 보내시기 바랍니다."

안종원의 인사에 뒤이어 또 한 번 김구용의 간단한 인사가 있었다. 김구용은 관기들의 도움을 받으며 환영 행사에 참석한 사람들에게 술 한 잔씩을 건네고 악수를 하였다. 그의 언동은 다른 고위 벼슬아치들과 무척 달랐다. 아랫사람들이 찾아가 인사를 하는 것이 아니라, 그가 먼저 찾아와 인사를 건넸다. 인사를 받는 사람들은 김구용이 다가오면 자리에서 벌떡 일어났다. 김구용은 손사래를 치며 자리에 앉게 하고 손수 술을 따라 잔을 건넸다. 파격적인 조치가 분명했다. 그 자리에는 김구용의 요구로 이옥도 자리했다. 이옥이 자리하자 아전들과 일부 군관들은 뚱한 표정으로 이옥을 노려보기도 했다. '관노가 감히 이 자리가 어디라고 참가했느냐?'는 시선이 분명했다. 김구용이 이옥 앞에 왔을 때 그는 얼른 자리에서 일어나 정중히 고개를 숙였다. 김구용 뒤에 선우가 술병을 들고 배시시 웃으며 서 있었다.

"이 낭장, 이게 얼마 만인가? 그간 잘 지내셨는가? 지난여름 한바탕 불어닥친 광풍에 시중 어르신이 그리되셨네. 그때 일을 생각하면 지금도 억장이 무너지네. 조정에서 나에게 병마사와 안렴사를 추천하기에 나는 부러 강릉도안렴사를 택했네. 이옥 낭장이 병부시랑 승차를 앞두고 불행을 당해 마음이 좋지 않았네. 알다시피 *간서치인 나

*간서치(看書痴) - 책을 읽는 데만 열중해서 세상 물정에 어두운 사람을 비유적으로 이르는 말.

강릉 가는 길 **199**

는 붓방아 찧는 일에는 일가견이 있지만, 병장기를 다루는 데는 서툴지 않은가?"

신임 안렴사 김구용이 이옥을 오랜 벗을 대하듯 하자, 사람들의 시선이 일제히 이옥에게 쏠렸다. 이옥과 김구용은 비슷한 나이였으며, 어려서 동문수학한 사이였다. 관직으로 본다면 김구용이 정3품이고 이옥은 관노가 되기 전에 정6품의 낭장이었다. 신돈의 사건이 없었다면 이옥은 지금 정4품 병부시랑이 되어 있을 것이었다.

관운이 좋은 김구용은 고속 승진을 한 것이었다. 그는 서른 초반으로 앞날이 창창한 인사였다. 안종원 부사보다 열세 살이나 어렸지만, 지방 수령을 규찰하는 위치이다 보니 안종원은 김구용의 지시에 따라야 하는 처지였다. 거기다 아무리 동문수학한 사이라 해도 강릉도안렴사와 관노의 위상은 하늘과 땅 차이였다. 김구용의 배려가 아니면 이옥은 감히 안렴사와 함께 앉을 수 없었다.

"안렴사 어른, 부임을 진심으로 축하합니다."

"오늘은 서로 얼굴이나 보고 상견례만 하는 것으로 하고 내일 나와 단둘이 자리하세. 개경에서 강릉까지 오면서 줄곧 자네 생각만 했다네. 그리고 강릉에 오면서 자네가 그동안 어떤 일을 했는지 알게 되었네. 나라의 녹을 먹는 벼슬아치로서 자네가 참으로 고맙고 대견하네."

안렴사가 이옥만 생각했다는 말에 사람들은 두 사람의 사이를 대략 눈치를 챌 수 있었다. 안종원이 철저하게 함구하고 있어도, 발 없는 말이 천 리를 가듯 이옥의 존재는 이미 강릉도 전체에 알려졌다. 김구용은 손수 이옥에게 술을 따랐다. 사람들은 술과 음식을 들면서도 흘끔흘끔 이옥과 김구용을 훔쳐보았다. 특히, 군관들은 신임 안렴사가 이옥을 끔찍이 여기는 것을 보고 충격을 받았다.

"낭장님, 인사 올립니다. 강릉부 소속 관기 선우라고 합니다. 제가 술 한 잔 올리겠습니다. 벌써 강릉부에 오신 것을 알았지만 오늘 가까이서 뵙습니다. 앞으로 자주 뵙겠습니다."

"고맙습니다. 관노 이옥입니다."

선우는 부러 신임 안렴사 앞이라 이옥을 처음 보는 사람처럼 말했다. 행여나 두 사람이 잘 아는 사이라면 안렴사가 질투라도 할까 걱정이었다. 신임 안렴사를 환영하는 만찬이 끝났다. 안종원은 아전들에게 김구용의 뜻에 따라 군사를 모집하는 내용의 방(榜)을 제작하여 강릉도 전역에 붙이게 했다.

"안렴사님과 부사님이 서방님을 대하는 자세가 확연히 다릅니다. 부사님은 무척 사무적이지만 안렴사님은 서방님을 마치 다정한 벗을 대하듯 하세요. 안렴사님과 서방님이 예전에 동문수학하신 관계라 그리하시나 봅니다. 참으로 다행입니다. 군관들이 서방님을 시기하는 게 역력했는데, 이제는 서방님을 무척 경계할 것 같습니다."

막쇠가 신이 난 듯 상견례 행사장에서 있었던 일을 들먹였다.

"그럴 수도 있겠지. 신임 안렴사가 나를 오랜 벗을 대하듯 하니 군관들이 나에 대한 시기와 질투가 있을 테지. 하지만 나는 군관들이나 아전들에게 아무 감정이 없단다. 우리는 부사와 안렴사께서 지시하는 일만 정성을 다하면 되는 거야. 너도 그들에게 악감정을 가지지 말거라."

이옥과 막쇠는 병기창으로 가서 석우 할아범의 일을 도왔다. 석우 할아범은 두 사람의 언동을 유심히 살피고 있었다. 강릉부에는 병사나 관속 중에 젊은 사내들이 많았다. 하지만 그들은 천방지축으로 저 잘난 맛에 사는 자들이라 석우 할아범은 그런 자들을 보면 눈살을 찌푸리곤 했다. 이옥은 석우 할아범을 대한 지 서너 달 되었지만, 두 사람은 진중한 대화를 나누지는 못했다. 늘 눈인사만 주고받는 사이로, 서로에게 일정한 거리를 두고 있었다.

석우 할아범은 몸이 부자연스러워 보였지만 맡은 소임은 철저하게 이행하였다. 그가 강릉부 군사들이 사용하는 활이나 화살을 수리할 때면 이옥이 그를 도왔는데, 그는 이옥이 활을 다루는 태도를 눈여겨보았다. 그때마다 석우 할아범은 무슨 할 말이 있는 듯도 했지만 입을 열지 않았다. 그런데 어느 날 그가 이옥과 막쇠에게 말을 걸어왔다.

"이 낭장, 신궁이란 무엇인가요?"

"네에? 신궁이라니요?"

"귀신 신(神)에 활 궁(弓), 신궁을 몰라요?"

이옥은 석우 할아범의 뜬금없는 말에 말문이 막혔다. 그가 이옥에게 묻는 것은 단순히 '귀신 신'자나 '활 궁'자를 아느냐고 묻는 게 아니었다. 이옥은 머리가 띵해지면서 머릿속에서 얼크러진 답변을 정리하느라 애썼다. 석우 할아범이 또 한 번 신궁이 무엇이냐고 물었다. 이옥은 식은땀을 흘리기만 할 뿐 얼른 대답하지 못했다. 이옥이 석우 할아범을 자세히 보니 그의 눈에서 파란 불꽃이 활활 타고 있었다.

'아! 내가 강릉에서 또 한 분의 스승을 만났구나.'

이옥은 벌떡 일어나 석우 할아범에게 넙죽 절을 올렸다. 이옥이 절을 하자 막쇠도 덩달아 석우 할아범에게 절을 하였다. 두 사람이 갑자기 절을 하자 석우 할아범은 놀라 얼른 맞절로 응대하였다. 순식간에 일어난 일이었다. 병기창에서 일하던 군사들과 관속들은 세 사람의 행동을 보고 고개를 갸우뚱거리며 귓속말로 소곤거렸다.

"스승님으로 모시겠습니다. 지금까지의 무례를 용서하십시오."

"나 같은 늙은이를 스승으로 모신다니? 뭔가 잘못 알고 있는 게 아닌가요? 나는 두 사람에게 가르칠 것이 없습니다."

"제가 스승님을 알아보지 못한 죄가 큽니다. 용서하십시오."

이옥과 막쇠가 석우 할아범 앞에 무릎을 꿇고 앉았다. 석우 할아범은 말없이 두 사람을 바라보며 길게 한숨을 내쉬었다. 그리고 잠시 병기창 밖으로 나가더니 한동안 들어오지 않았다. 막쇠는 아직도 뭐가 뭔지 몰라 어벙한 표정이었다. 그는 이옥이 절을 하니 영문도 모르고 따라서 절을 했을 뿐이라 개운하지 않았다. 막쇠는 병기를 수리하고 있던 병사를 밖으로 불러냈다.

"석우 할아범에 관하여 아시는 데까지 말씀해 주십시오."

막쇠의 부탁에 군사는 킁킁거릴 뿐 말이 없었다. 막쇠가 채근하자 그 군사는 막쇠를 측은한 듯 바라보다가 입을 열었다.

"이옥이란 분이 사람을 알아보는군."

군사는 알 듯 말 듯한 말로 한마디 툭 던졌다. 막쇠는 그의 말에 더욱 의구심이 들었다. 막쇠가 군사를 귀찮게 하자, 그는 마지못해 입을 열었다.

"석우는 할아범의 손자야. 할아범은 강릉에서 태어나 궁술 연마에 힘쓰고 *함주(咸州)로 가서 이성계 장군 휘하에서 전사가 되어 수년 동안 여러 전장을 누볐지. 그분은 이성계 장군에게 명궁이라는 소리를 들을 정도로 궁술의 달인이었어. 홍건적이 두 번째로 압록강을 넘어와 개경을 함락시켰을 때 석우 할아범은 홀로 홍건적 삼백여 명을 사살한 전과를 가지고 있네. 그런데 불행하게도 홍건적이 쏜 화살을 가슴에 맞는 중상을 당했어. 천만다행으

***함주** – 현재의 함경도 함흥.

강릉 가는 길 **203**

로 목숨을 구하기는 했지만, 정상인의 삶을 살 수가 없어 군문에서 제대하고 말았네. 참으로 아까운 분이야."

군사는 석우 할아범에 관해 많은 것을 알고 있는 듯했다.

"홀로 홍건적 삼백여 명을 쏴 죽였다니, 명궁이 틀림없습니다."

막쇠는 군사에게 들은 바를 이옥에게 전했다. 이옥도 막쇠와 마찬가지로 석우 할아범이 혼자서 홍건적 삼백여 명을 죽였다는 전과에 감동하였다. 이옥과 막쇠가 석우 할아범에 관한 이야기를 하고 있을 때 그가 병기창으로 들어왔다. 그런데 그의 손에 붉은 비단 보(褓)에 싸인 물건이 들려 있었다. 이옥과 막쇠는 눈이 휘둥그레졌다. 석우 할아범이 붉은 보를 풀었다. 마치 신줏단지 다루듯 행동이 매우 조심스러웠다. 보에 싸여 있던 것은 활이었다.

그런데 가만히 보니 그 활은 이옥이 이제까지 보아 왔던 활과 전혀 달랐다. 그는 이옥에게 그 활을 건넸다. 그리고는 아무 말 없이 이옥을 바라보았다. 활의 무게가 엄청났다. 시커멓게 생긴 철궁이었다. 그러나 활의 크기는 이옥이 가지고 있는 각궁과 거의 비슷했다. 이옥은 속으로 편전(片箭)을 생각했다. 그는 활을 받아 이리저리 살펴보았으나 전혀 아는 바가 없었다.

"그것이 바로 신궁입니다."

"네에? 쇠로 만들어진 이 활이 신궁이라고요?"

석우 할아범은 어느새 이옥에게 존댓말을 쓰고 있었다.

"그렇습니다. 그 철궁에는 고구려의 혼이 들어 있습니다. 칠백이십여 년 전 고구려 안시성주 양만춘 장군께서는 명궁이셨습니다. 장군은 안시성 전투 때 활로 고구려를 침공한 당 태종 이세민(李世民)의 한쪽 눈을 빼 버렸습니다. 장군은 여러 종류의 활을 사용했는데, 이 철궁도 그 당시 사용되었던 것을 어렵게 내가 입수한 것입니다. 이 활 줌통에 희미하게 새겨진, 갑진년 안시성주 라는 명문을 보면 양만춘 장군께서 사용했던 활이 분명합니다. 고구려 때 철궁은 장군들이 사용했습니다. 그때는 단기(檀紀)로 환산하면 *이천구백칠십칠 년이며, 보장왕 삼 년입니다.

우리 조상님들이 애용하던 활에는 맥궁(貊弓), 각궁(角弓), 목궁(木弓) 등 여러 종류의 활이 있습니다. 전장에서는 사거리가 긴 활이 절대적으로 필요합니다. 나는 이제 노쇠하고 전장에서 몸을 다친 후유증으로 이 철궁을 마음대로 사용할 수 없습니다. 나는 오랫동안 이 활의 주인을 찾고 있었습니다."

이옥은 그제야 그가 말하는 신궁의 의미를 알게 되었다. 석우 할아범은 이옥이 강릉부로 배속되던 날 드디어 철궁의 주인이 왔음을 직감했다고 했다. 그는 이옥이 용둔야에서 고려의 내로라하는 궁사들과 겨뤄 임금으로부터 상을 받은 전설 같은 이야기도 알고 있었다. 이옥이 석우 할아범을 스승으로 모시겠다고 하자, 그는 조용한 날을 잡아 스승과 제자의 결연식을 갖자고 했다.

* **이천구백칠십칠 년** – 단기 2977년은 서기 644년으로 보장왕 3년이 된다.

총관이 되다

 이옥이 석우 할아범을 스승으로 모시겠다고 한 날로부터 열흘이 지난 어느 날 초저녁이었다. 할아범의 집에 네 사람이 모였다. 석우 할아범은 강릉 관아에서 가까운 산모퉁이 초가집에 홀로 살고 있었다. 마당에 멍석을 깔고 한가운데 개다리소반이 놓였다. 그리고 그 옆에 붉은 비단에 싸인 물건이 있었는데, 며칠 전에 석우 할아범이 이옥에게 보여 줬던 그 철궁이 있었다. 소반 위에 정화수 세 그릇이 놓였다. 마침 보름달이 바다 위로 솟고 있었다.

 "석우 할아버지는 왼쪽에, 낭장님과 막쇠님은 오른쪽에 자리하세요. 제가 증인으로서 감히 세 분이 사제지간을 맺는 결연식의 주재자가 되었습니다. 낭장님과 막쇠님은 스승님에게 절을 올리세요."

 선우가 말했다. 이옥과 막쇠가 공손히 절을 하자 석우 할아범도 맞절로 응수했다. 이어서 그는 달을 향해 서서 허리를 반쯤 굽혔다.

달님! 강릉도 사는 최호(崔鎬)가 오늘 개경 사람 이옥과 막쇠를 제자로 맞습니다. 제자 이옥이 고구려 신궁 양만춘 장군의 혼이 깃든 천년 철궁을 지니게 되었습니다. 철궁은 바로 신궁입니다. 그 무생명의 신궁이 이옥이라는 걸출한 궁사와 일체가 되어 살아 있는 신궁으로 부활하였습니다. 최근 들어 고려의 남부 연안에 사악한 왜구들이 몰려들고 있습니다. 강릉에도 언젠가 그 악마들이 몰려올 것입니다. 두 제자가 신궁으로 *낙미지액의 상태에 처한 강릉을 구할 수 있도록 힘을 주소서. 스승과 제자가 일심으로 나라를 지키도록 도우소서.

이옥과 막쇠가 최호를 스승으로 둔 사실은 선우밖에 몰랐다. 최호는 이옥에게 철궁을 건네며 당분간 사제의 연을 맺은 일을 비밀로 하라고 했다. 이옥은 다음 날 아침 일찍 막쇠와 함께 철궁을 들고 활터를 찾았다. 이옥은 묵직한 철궁 시위에 고려 군사들이 보통 사용하는 죽전(竹箭)을 걸고 과녁을 응시했다. 이옥이 개경에서 가져온 각궁보다, 활시위를 당길 때 힘이 더 들어가야 했다. 본격적으로 철궁을 쏘는 기분이 참으로 묘했다. 활시위를 최대한 당기고 첫 발을 쐈다.

"서방님, 화살이 과녁에서 위로 벗어났어요."

"그래. 알고 있다. 손에 익지 않다 보니 화살이 위로 들려 날아가는구나. 십 순 정도 쏘면 수정될 것 같다. 활시위의 장력이 너무 강하여 웬만한 사람은 세 발도 쏘기 어려울 것 같다."

이옥이 활시위에 화살을 먹였다. 이번에는 쇠로 만들어진 장전(長箭)을 발사해 볼 참이었다. 쇠로 만들어진 활에 쇠

* **낙미지액(落眉之厄)** - 눈앞에 닥친 재앙.

화살을 먹이니 활이 더욱 무거웠다.

"서방님, 화살이 과녁 아래 땅에 박혔습니다."

"그동안 죽전만 쏜 탓에 쇠 화살의 속성을 간과한 탓이다."

이번에는 통아(桶兒)를 사용해 편전을 쏴 보기로 했다. 이옥이 심호흡을 고르고 시위를 당겼다. 화살이 작아 쏜 사람도 화살을 볼 수 없었다. 이옥은 편전이 상당히 빠른 속도로 날아가는 것을 느낄 수 있었다. 막쇠는 고개를 갸우뚱하더니 과녁으로 달려갔다. 그는 이옥이 쏜 화살을 찾느라 과녁 주위를 돌아다녔다. 잠시 후에 막쇠가 과녁 뒤에서 화살을 주워서 흔들었다.

"서방님! 화살이 두꺼운 과녁을 뚫고 스무 발짝 뒤에 박혀 있었습니다. 대단한 관통력입니다."

막쇠가 편전을 이옥에게 건넸다. 그런데 편전은 멀쩡했다.

'그렇다면 사거리가 각궁보다 배가 된다는 계산이 나온다.'

"막쇠야. 훈련장 동쪽 끝에 과녁을 세워라."

"서방님, 훈련장 끝이라면 좋이 수백 보는 될 겁니다."

"철궁의 사거리를 알아보려고 한다."

막쇠가 이동용 과녁 하나를 들고 훈련장 동쪽으로 뛰었다. 그가 과녁을 세우고 손을 흔들며 소리쳤으나 거리가 너무 멀어 잘 들리지 않았다. 잠시 후에 이옥이 호흡을 조절하고 시위를 당겼다. '핑' 소리를 내며 편전이 날아갔다. 편전은 이옥이 가장 애용하는 화살이었다. 막쇠가 과녁을 살펴보더니 손을 머리 위로 둥글게 모았다. 이옥이 과녁까지 걸어갔다.

'하나, 둘, 셋, 넷…… 사백구십구, 오백. 아! 철궁의 사거리가 오백이라면 나의 각궁 사거리의 두 배 이상 아닌가?'

"서방님, 편전이 과녁 한가운데 박혔습니다."

"막쇠야, 보물을 손에 넣었구나. 이 철궁의 유효 사거리가 나의 각궁 두 배가 넘는구나. 대단한 영물이다."

"서방님, 과연 보물이 맞습니다. 저도 양만춘 장군에 대한 전설을 들은 적이 있습니다. 이 활에 당 태종의 눈알을 뺀 양만춘 장군님의 혼이 들어 있습니다. 서방님께서는 이제 혼자가 아닙니다. 이 철궁을 어깨에 메고 다니면 양만춘 장군님이 함께하시는 것입니다."

이옥은 틈만 나면 철궁을 들고 막쇠와 활터를 찾았다. 어떤 날은 선우도 함께 갔다. 이옥은 철궁의 위력을 알았지만 뭔가 하나가 빠진 듯한 느낌을 받았다. 아무리 골똘히 생각해도 빠진 그것이 무엇인지 떠오르지 않았다. 철궁으로 습사를 하고 있는데 최호가 활터에 모습을 보였다.

"스승님, 어떻게 여기까지 나오셨습니까?"

이옥이 최호에게 달려갔다.

"스승님, 그렇지 않아도 고심하고 있었습니다."

막쇠도 달려와 허리를 굽히며 너스레를 떨었다. 최호의 손에 각궁이 들려 있고 옆구리에는 전통이 매달려 있었다. 그런데 전통에 든 화살이 특이했다. 강릉에서 처음 보는 화살이 분명한데, 화살 끝에 좌측과 우측으로 굽은 꿩의 깃털이 달려 있었다. 그는 두 제자에게 무엇인가를 가르치기 위해 온 듯했다.

"철궁은 손에 익었습니까?"

"스승님, 말씀 놓으십시오."

이옥은 자신에게 존댓말을 쓰는 최호에게 무안해했다. 차라리 하대하면 마음이 편할 것만 같은데, 사제지간이 된 뒤에도 최호는 이옥을 예로써 대하니 불편한 게 이만저만이 아니었다.

"사제지간은 서로 존경하고 최고의 예의로 대해야 합니다. 내가 두 사람의 스승이라고 하여 함부로 반말을 쓴다면 가르치는 것 역시 품위가 떨어지게 됩니다. 두 사람은 나의 언행에 개의치 마세요. 철궁을 잘 쏘려면 막무가내로 활시위만 당기면 안 됩니다. 활과 소통이 되어야 합니다. 궁사와 활이 일심동체면 그것이 가능하지요. 내가 여기 온 까닭은 궁술의 달인인 두 사람에게 새삼스레 뭘 가르치기보다는 우궁깃과 좌궁깃의 활용에 대해 알려 주고 실사를 해 보려는 것 때문입니다."

'우궁깃과 좌궁깃? 그것은 내가 청허도인님에게 배우려고 했던 궁술 아닌가? 수십 년간 활을 잡아야 비로소 그 경지에 설 수 있다는데, 내가 그 비법을 강릉에서 배우게 되려나 보다. 뭔가 빠진 듯한 것이 바로 이거였어.'

이옥은 최호의 좌우 궁깃 발언에 영감이 스쳤다.

"스승님, 우궁깃과 좌궁깃을 사용해 보고 싶었습니다."

"스승님, 저도 마찬가지입니다."

이옥과 막쇠가 최호에게 적극적으로 나오자 최호는 얼굴색이 밝아졌다. 혹시 두 제자가 나중에 하자거나, 시큰둥한 반응을 보이면 어쩌나 걱정했었다. 나이 든 제자들에게 싫다는 것을 억지로 배우게 할 수는 없었다. 최호는 각궁을 잡고 사선에 서더니 정면에 설치된 과녁을 한번 보고 몸을 우측으로 반쯤 틀었다. 이옥과 막쇠는 스승의 자세에 깜짝 놀랐다. 과녁을 똑바로 바라보아도 정곡을 맞히기 어려운데 몸을 오른쪽으로 트니 얼른 이해를 할 수 없었다. 그때 이옥은 느낀 바가 있었다. 최호는 꿩의 깃털이 달린 화살을 시위에 걸었다.

'아! 스승님이 궁깃 화살을 쏘려고 하는구나.'

막쇠는 두 눈만 껌뻑거리며 최호가 어서 활을 쏘기만을 기다렸다. 최호가 응시하고 있는 것은 과녁이 아니라 활터 우측에 있는 소나무였다. 최호가 과녁과 소나무를 번갈아 보더니 활시위를 만작 상태로 당겼다. 순간의 침묵이 세 사람을 압도했다. '핑' 소리와 함께 애기살이 발사되었다.

'아! 화살이 왼쪽으로 선회하며 날아간다.'

'오! 기가 막히는구나. 화살이 살아 움직이는 듯하다.'

이옥과 막쇠는 최호가 쏜 화살이 선회하며 날아가자 충격을 받았다. 이옥은 이전에 전장에서 그 같은 광경을 본 적이 있었지만, 그때는 크게 관심을 두지 않았었다. 잠시 후 과녁에서 '딱' 소리가 들렸다. 최호가 오른쪽으로 반쯤 몸을 틀어 화살을 쐈는데 정면에 있는 과녁에 적중한 것이었다.

"스승님, 적중했습니다."

"스승님, 화살이 정면 과녁 한가운데 박혔습니다."

이옥과 막쇠는 마치 어린아이처럼 손뼉을 치며 환호하였다. 그런데 최호가 이번에는 몸을 좌측으로 반쯤 틀더니 시위에 애기살을 걸고 시위를 당겼다. 세 사람은 동시에 숨이 멎은 듯했다. 활터 왼쪽 끝에도 큰 소나무 한 그루가 있었다. 최호는 그 소나무를 정조준하고 나서 고개를 우측으로 돌려 활터 가운데 있는 과녁을 응시했다. 이윽고 '핑' 소리와 함께 화살이 발사되었다.

'오! 화살이 이번에는 오른쪽으로 반 바퀴 돌며 날아가 과녁에 적중했다.'

'아! 궁깃 화살이 살아 있다. 어떻게 저런 일이……'

두 제자는 또 한 번 스승의 활 솜씨에 경탄을 금치 못했다. 이옥은 말로만 듣던 신기(神技)를 목격하고 나서 잠시 멍하니 서 있었다.

'아! 내가 지금까지 너무 자만했구나. 활을 좀 쏠 줄 안다고 너무 안하무인으로 굴었어. 내가 세상을 너무 우습게 봤어.'

이옥과 막쇠는 느끼는 바가 있었다. 막쇠가 과녁을 향해 달려갔다. 최호는 화살 두 발을 쏘고 나자 온몸에 기운이 빠졌는지 식은땀을 흘리며 힘들어하는 모습이 역력했다. 그는 홍건적과의 전투에서 가슴에 화살을 맞은 것이 평생 고질병이 되어 몸을 심하게 움직이거나 힘을 쓰면 금방 지치기 일쑤였다.

"스승님, 잠시 저 의자에 앉으시지요. 몸도 성치 않으신데, 무리하신 듯합니다. 스승님께서 백문이 불여일견이라는 진리를 몸소 보이셨습니다. 소제는 오늘 크게 느낀 바가 있습니다. 사람은 나이가 들수록, 아는 게 많을수록 침착하고 겸손해야 한다는 것을 다시 깨달았습니다. 제가 강릉부 관아에 배속된 이후로 얼른 스승님을 알아보지 못해 송구합니다. 이 어리석은 소제에게 오늘 보여 주신 궁술을 내려 주십시오."

막쇠가 화살을 가지러 간 사이에 이옥은 최호에게 깊이 고개 숙여 배움을 청했다. 최호가 이옥의 등을 다독였다.

"오늘은 두 사람에게 방금 선보인 궁술을 전수하려 합니다."

"스승님, 고맙습니다."

막쇠가 최호가 쏜 화살 두 개를 가져왔다. 최호는 막쇠가 주워 온 좌궁깃, 우궁깃 애기살 두 개를 들고 방금 자신이 보여 준 궁술에 관해 설명하려고 했다.

"지금부터 내가 말하는 내용을 잘 들어야 합니다."

좌궁깃과 우궁깃은 먼저 새의 몸통을 덮고 있는 깃털에 대한 심오한 배움의 자세가 있어야 한다. 꿩의 깃털은 몸통을 덮는 몸통 깃과 비행을 하기 위한 날개깃 그리고 균형 감각을 유지하거나 나뭇가지나 땅에 내려앉을 때 정지 활동을 위한 꽁지깃으로 구분된다. 꿩의 경우 화살에는 날개깃과 꽁지깃이 사용된다. 꽁지깃은 좌측, 우측 양쪽 다 화살 깃에 사용할 수 있다. 하지만 날개깃은 한쪽으로 치우쳐 있어 넓은 쪽만 사용한다.

좌궁깃과 우궁깃을 구분하는 것은 새의 깃이 양면의 구조가 다르기 때문이다. 꿩의 날개깃에는 선명한 줄무늬가 있다. 상단 표면의 매끈함은 비바람을 저항 없이 흘려보내고, 하단의 거친 부분은 공기의 저항력을 발생시켜 편향할 수 있게 한다. 이러한 꿩 깃털의 상반된 구조와 특징을 이용해 좌궁깃, 우궁깃을 만든다. 이처럼 화살 깃의 역할은 방향의 유지와 정확한 타격을 목적으로 한다. 따라서 좌궁(左弓)은 꿩의 오른쪽 날개깃을, 우궁(右弓)은 왼쪽 날개깃을 화살 끝에 붙여 사용한다. 이때 가장 중요한 것은 궁사의 실력 즉, 오랜 경험이다.

좌궁깃과 우궁깃의 특성을 파악했다면 수천, 수만 번을 쏘면서 완벽하게 익히면 되는 것이다. 하지만 활을 자신의 몸 일부로 여기는 궁사의 경우 약간의 습사로 쉽게 좌궁깃, 우궁깃의 사용법을 금방 터득하게 된다. 날개깃 상, 하의 특성을 살리고 활의 장력을 적절히 조화시키면 화살이 선회하며 목표물을 정확하게 타격할 수 있다. 결국, 궁사의 동물적인 감각과 오랜 세월 훈련에서 축적된 기술이 좌궁깃과 우궁깃을 자유자재로 사용할 수 있게 한다. 최호의 장황한 설명이 끝났다.

"스승님, 이제 정확하게 감을 잡을 수 있게 되었습니다."

이옥의 얼굴에 희열의 꽃이 피어올랐고, 막쇠는 아직도 눈만 껌뻑거리며 이해가 덜 된 표정이었다. 최호는 이옥을 사선에 세웠다. 방금 설명한 내용을 시험하게 할 요량이었다.

"먼저, 좌궁깃 열 발을 쏴요."

이옥이 철궁 시위에 통아를 이용해 좌궁깃 화살을 걸었다. 조금 전에 스승 최호가 한 것처럼 과녁을 가운데 두고 몸을 틀어 활터 우측 끝에 서 있는 소나무를 겨냥했다. 이옥은 정면 과녁과 오른쪽 소나무의 각도를 목측했다. 호흡을 고르고 만작 상태를 유지하며 과녁과 소나무를 가늠하다 순간 화살을 놓았다. 그런데 화살이 좌측으로 선회하다 과녁에서 열 발짝 못 미쳐 땅에 떨어지고 말았다.

"스승님, 첫발이 실패했습니다."

"그만하면 성공한 것이나 다름없습니다. 전통에 좌궁깃 화살이 아직 아홉 발이나 남았으니 모두 쏴 보세요."

이옥이 다시 좌궁깃 화살을 철궁에 걸었다. 바로 앞에 쐈을 때보다 장력의 강도를 조절하였다. '핑' 소리를 내면서 화살이 좌측으로 돌며 날았다. 그런데 이번에는 화살이 과녁에서 열 발짝 지나 땅에 떨어졌다. 이옥의 이마에 땀방울이 맺혔다.

"서방님, 시위를 너무 세게 당겼나 봅니다."

"막쇠가 바로 봤습니다. 좌궁깃을 소진할 때까지 쏘세요."

이옥이 세 발, 네 발, 다섯 발, 여섯 발을 쏘았지만, 과녁 한가운데를 맞히지 못했다. 체면이 말이 아니었다. 다시 용기를 내어 철궁의 줌통을 굳게 쥐었다. 일곱, 여덟 발까지 쏘았으나 역시 애기살이 과녁을 빗나갔다. 이옥이 잠시 호흡을 가다듬고 하늘을 바라보았다. 구름 한 점이 동쪽으로 유유히 흘러가고 있었다.

'욕심을 내지 말자. 처음 도전하는 새로운 궁술에 욕심을 내면 안 된다. 과유불급이다. 오늘 성공 못 하면 내일 다시 도전하면 되고 내일도 성공하지 못하면 모레 시도하면 된다.'

이옥이 막쇠의 손에 들려 있는 좌궁깃 화살 두 발을 물끄러미 바라보았다. 막쇠는 무안한지 얼굴을 붉혔고 최호는 앉아서 삼매경에 든 스님처럼 말없이 과녁만 응시했다.

"서방님, 힘드시면 내일 하시죠. 너무 심적 부담을 느끼면 안 됩니다."

"두 발 남았다."

이옥이 최호에게 다가가 눈인사하고 사선에 섰다. 철궁의 묵직한 감이 전해졌다. 아홉 번째 좌궁깃 애기살을 시위에 걸고 소나무를 응시하다 고개를 왼쪽으로 돌려 과녁을 바라보았다. 이옥은 심호흡을 두 번 하고 만작 상태를 유지하다 순간 화살을 날렸다. 좌궁깃 애기살이 튕겨 나가는 소리가 무척 경쾌했다. 화살이 좌측으로 큰 포물선을 그리며 날아갔다. 잠시 후 '딱' 하는 소리가 세 사람 귓전에 울렸다.

"오! 드디어 고려에 명실상부한 신궁이 태어났도다. 천지신명님, 고맙습니다. 감사합니다. 강릉에 신실한 신궁이 *나투셨습니다."

최호는 벌떡 일어나더니 하늘을 우러러보며 큰 소리로 외쳤다. 그가 오래 기다려 온 순간이었다. 그는 자신 이외에 고려 사람 중에서 편향 궁깃을 쏘는 궁사를 보지 못했다. 그는 하루속히 좌궁깃, 우궁깃 화살을 자유자재로 쏠 수 있는 궁사를 기다리고 있었다. 최호가 예전에 상관으로 모셨던 이성계조차도 궁깃 화살은 손에 익지 않았다. 좌궁깃 화살로 과녁에 적중하면 우궁깃 화살로 쏘는 것도 금방 성공할 수 있게 된다.

"서방님, 이번에는 우궁깃 화살을 쏴 보세요."

막쇠가 우궁깃 애기살을 건넸다. 이옥

* **나투다** – 부처나 성인(聖人)이 출현하다.

총관이 되다 **217**

은 주저함 없이 바로 철궁에 화살을 걸고 활터 좌측 끝에 서 있는 소나무를 겨누었다. 그는 우측으로 고개를 돌려 과녁을 한번 보고 곧바로 화살을 날렸다. 화살이 '쉭' 하고 바람 가르는 소리를 내더니 포물선을 그리며 날아갔다. 잠시 후 '딱' 소리가 나면서 막쇠가 소리쳤다.

"서방님! 성공입니다. 우궁깃 화살은 첫발로 성공했습니다."

이옥이 우궁깃 화살을 첫발로 과녁에 맞힐 수 있었던 것은 그에게 내재되어 있는 풍부한 역량이 있어 가능했다. 수십 년 다져 온 기본 바탕이 넉넉한 상태에서, 꿩의 날개깃의 특성을 파악하고 손으로 감각을 익히면 되는 것이었다. 이론은 누구나 금방 이해할 수 있지만, 직접 손으로 그 이론을 실현하는 것은 누구나 할 수 있는 것이 아니었다. 이옥이기에 가능했다. 이옥은 막쇠에게도 자신이 터득한 기술을 알려 주기로 했다.

"스승님, 고맙습니다."

"진정한 고려의 신궁이 되셨습니다."

이옥은 최호에게 정중히 고개를 숙였다. 최호는 이옥의 등을 두드려 주었다. 사제 간의 신의가 더욱 돈독해졌고 이옥은 비술(祕術) 하나를 더 얻게 되었다. 최호가 돌아가고 이옥은 막쇠와 좌궁깃 화살과 우궁깃 화살을 땅거미가 질 때까지 습사하였다. 이옥은 철궁으로 막쇠는 각궁으로 좌궁깃, 우궁깃 화살을 쏘면서 세부적인 이론을 세우고 기록을 하며 완성도를 높였다.

"서방님, 이제는 나무 뒤에 숨은 목표물로 잡을 수 있게 되었습니다."

"막쇠야, 너와 나는 언제라도 출동할 수 있는 준비가 되어 있어야 한다."

궁시장 최호로부터 새로운 궁술을 익힌 이옥과 막쇠는 틈만 나면 활터로 달려갔다. 하루빨리 새로운 궁술을 철저히 손에 익히기 위해서였다. 보름 정도 반복하여 습사를 하니 이제는 늘 다루던 기술처럼 되었다. 막쇠도 철궁과 각궁을 손안의 영물로 삼게 되었다. 이옥은 아침 일찍 일어나 막쇠와 관아 안팎을 쓸었고, 물을 길어 오고 장작을 날랐으며, 강릉부에 소속된 동자아치와 반빗아치들의 일손을 거들기도 했다. 아침 조반을 들면 부사나 아전이 지시하는 일을 하였고, 틈이 나면 병장기 수선하는 일을 거들기도 했다. 다음 날 아침 일찍 조반을 들자마자 김구용의 호출이 있었다.

"자네는 강릉부에 배치되고 나서 허드렛일만 한 것 같구먼. 자네도 잘 알다시피 올해 초부터 왜구들이 개경 근처까지 출몰하여 백성들을 죽이거나 납치해 간 사실을 잘 알고 있을 것이네. 강릉부는 단순히 강릉 지역만 관할하는 게 아니네. 동계의 상당한 지역을 외적의 침입에서 보호하고 내분이 일어날 시에는 신속히 관리하여 백성들이 불안을 느끼지 않게 해야 하네. 임금께서도 왜구들이 조만간에 동해에 진출할 것 같다고 하셨네. 동계의 주요 지역을 돌아보려 하는데 자네가 동행해 주시게. 내가 안렴사의 소임을 충실히 수행하기 위해서는 동계 지역 곳곳을 먼저 파악해야 할 것 같네."

"안렴사님, 막쇠도 함께 따르게 해 주십시오."

"그리하게. 부사한테 들으니 막쇠는 자네와 여러 가지로 마음이 잘 맞는다고 하니 함께 가면 좋겠구먼."

김구용은 이옥과 막쇠 그리고 군관 열 명을 대동하고 강릉부에서 담당하는 동계 지역 순찰에 나섰다. 이옥과 막쇠는 각자 철궁과 각궁을 준비하고 좌궁깃, 우궁깃 화살과 일반 애기살 사십 발이 든 전통을 어깨에 멨다. 말안장에는 장검 두 자루도 꽂아 두었다. 이옥은 요즘 수십 년 쓰던 각궁보다 철궁에 더 애착을 느끼고 있었다. 특히, 철궁으로 좌궁깃, 우궁깃 화살을 쏘는 묘미는 그에게 말로 표현할 수 없는 짜릿한 희열을 안겨 주었다. 김구용을 수행하는 군사들도 활과 검을 준비했다.

고려 현종 임금 때 외적으로부터 국토의 효율적인 방어를 위해 전 지역을 동계와 북계로 나뉘었다. 그중 동계는 영동, 영서, 영동 남부 지역을 포함하는데, 북에서부터 동해를 마주하며 서해도, 교주도, 양광도, 경상도까지 경계로 삼는다. 남북으로 길게 이어진 거리는 천 리가 넘으며, 동서의 폭은 오십 리에서 길게는 이백여 리에 이르렀다.

주요 지역으로는 천리장성 아래인 함주(咸州), 안변, 강릉, *척주(陟州), 울진현 등이 있다. 안변에는 도호부가 설치되어 있어 서곡, 문산, 위산, 익곡현(翼谷縣) 등을 관할하였다. 김구용의 최종 목적지는 영덕과 덕원(德原)이었다. 이 두 지역은 경상도 관할로 왜구들의 주요 침구 대상 지역이기도 했다. 군사 모집 방문(榜文)을 보고 강릉부에 이러저러한 내용을 묻는 사람들도 꽤 있었지만, 단체로 지원하는 경우는 아직 없었다.

계절이 초겨울에 접어들었다. 김구용 일행은 모두 말을 타고 순행 길에 나섰다. 동계와 경상도의 경계 지역인 영덕까지 다녀오려면 최소 보름은 걸릴 것으로 예상했다. 그들은 강릉부를 떠나 바다를 끼고 남쪽으로 내려갔다. 제일 먼저 우계(羽溪)를 들러 현령에게 우계의 대략적인 상태를 보고받았다. 다음은 *옥원(沃原)에 들러 주변 지역을 둘러보았다. 옥원은 동계의 남북을 오가는 관리나 군사들이 지나는 요충지로 왜구들의 주요 공격 대상이 되는 지역이었다. 김구용은 이곳을 관할하는 구실아치로부터 상태를 보고받았다.

"이옥 낭장, 동계 해안 이남에서는 영덕과 덕원이 아주 중요하니 그리로 방향을 잡아 보시게. 내 추측으로는 만약 왜

* **척주** – 지금의 삼척.
* **옥원** – 지금의 강원도 삼척의 한 지역.

구들이 동계로 진출한다면 제일 먼저 영덕을 공격하고 이어서 덕원을 노릴 것이네. 다음으로는 농산물이 풍부한 강릉을 공격할 것이고 위로 더 올라가 안변과 함주도 공격할 수 있을 것이네. 우리는 영덕과 덕원의 방어 태세를 시급히 점검할 필요가 있네."

"안렴사님 말씀이 지당하십니다. 지금껏 왜구들은 고려의 남해와 서해를 중점적으로 약탈했습니다. 최근에는 말을 타고 교주도나 양광도 지역의 내륙까지 침구하고 있습니다."

이옥은 개경에 있을 때 왜구들의 약탈 방식이 예전에 비해 크게 달라지고 있다는 사실을 알게 되었다. 그는 직접 왜구들을 상대로 여러 차례 전투를 치르기도 하면서 왜구의 속성을 파악할 수 있었다. 아마도 강릉부에서 이옥만큼 왜구에 관해 잘 알고 있는 인사는 없을 것이었다.

"안렴사님, 경상도 지역은 경상도 지역을 관할하는 그 지역 병마사나 도호부사가 알아서 하지 않을까요?"

전 군관이 김구용의 의도를 몰라 물었다.

"영덕과 덕원은 경상도 관할이지만 강릉도를 지키기 위해서는 그 지역을 순찰해 보는 게 좋네. 다니면 강릉도가 어떻게 왜구들의 침입에 대비하는 게 좋은지 해답이 나올 것이야."

김구용이 전 군관에게 그의 의도를 전하자 전 군관은 공손히 고개를 숙이며 수긍하는 의사를 나타냈다. 김구용 일행의 길라잡이는 강릉부 소속 군관 중에서 가장 동해안 지리에 밝고 침착한 성격을 지닌 전 군관이 맡았다. 이옥은 강릉부에 배속된 뒤로 다른 사람들에게 궁술 실력을 보여 줄 기회가 없었다. 일행은 척주의 해안 방어시설들을 둘러보았다. 날이 저물자 안렴사 일행은 척주의 한 역참에서 하룻밤 묵기로 했다. 뒤늦게 척주 현령이 소식을 듣고 찾아왔다. 김구용은 현령에게 해안 방어시설을 둘러본 소감을 전하고 철통같은 경계 태세를 유지하라고 신신당부했다.

"세 시진 정도 더 남쪽으로 내려가면 울진현이 나옵니다."

전 군관이 김구용에게 알렸다. 다음 날 안렴사 일행은 해가 뜨기 전에 척주 역참을 출발해 서둘러 남행을 시작했다. 군사 서너 명이 말을 갈아타기도 했다. 해안을 따라 난 길이 무척 험했다. 어떤 구간은 우마차가 다닐 정도로 도로가 평평했지만, 산악 지형으로 난 길은 말 한 필이 겨우 지나갈 정도로 좁고 험했다. 준령을 넘을 때면 숲속에서 괴물이라도 튀어나올 것만 같았다.

"군사들은 주위를 살펴라."

전 군관은 군사들에게 사주 경계를 펼치게 했다. 일행이 긴장한 채 험준한 준령 두 개를 넘었지만 아무 일도 일어나지 않았다. 산세가 험한 지역을 통과할 때면 전 군관은 가슴을 졸여야 했다. 요즘 들어 동해안에 왜구들이 자주 출몰하는 상태라 그는 신경이 예민해져 있었다. 가뜩이나 강릉을 출발하여 경상도의 영덕까지 살펴보고 돌아오기까지 천 리가 넘는 거리였다.

김구용 일행의 순행은 충격 그 자체였다. 동계의 해안 지역은 그런대로 방비가 되어 있었으나 경상도 관할 지역인 영덕과 덕원의 방어 태세는 형편없었다. 영덕에 주둔하고 있는 군사들은 훈련이 안 된 상태로 머리 숫자만 채운 상태였다. 덕원 역시 방어 상태는 영덕과 크게 다르지 않았다. 덕원이 영덕보다 군사의 수는 약간 많지만, 덕원 부사는 왜구라는 말만 들어도 도망갈 위인이었다. 김구용 일행이 영덕 현령과 덕원 부사를 만나 여러 가지 조언을 했지만 그는 시큰둥한 표정만 지을 뿐이었다.

김구용은 열하루 만에 강릉부로 돌아왔다. 그는 돌아오는 길에 왕산(王

山)에서 집단 농장을 가꾸며 살고 있던 세력을 만나 포섭하는 데 성공하기도 했다. 그 집단을 이끄는 자는 박장쇠라는 인물이었다. 김구용 일행이 그들을 설득하는 데 약간의 분란이 있었지만, 이옥의 뛰어난 무술이 모든 문제를 말끔하게 해결했다. 이옥과 박장쇠의 의견 충돌은 무술 대결로 해결했는데, 이옥의 검술이 한몫한 것이다. 김구용은 오십 명의 집단을 강릉부로 데리고 왔다. 이옥의 실전(實戰)을 목격한 강릉부 군사들은 그의 검술과 궁술에 충격을 받았다.

"먼 길 다녀오시느라 고생하셨습니다."

안종원이 땅거미가 질 무렵 강릉부에 도착한 김구용 일행을 마중하였다.

"안종원 부사! 영덕과 덕원을 둘러보고 오는 길에 군사가 될 장정 오십 명을 모집하여 데리고 왔습니다. 이들을 우선 강릉부 소속 군문에 별도로 배속시키세요. 사흘 뒤부터 훈련에 들어갈 겁니다. 내일 아침에 군관과 아전들을 동헌으로 모이도록 하세요."

김구용은 이옥을 불러 강릉부에서부터 영덕과 덕원까지 다녀온 결과물을 만들라고 지시했다. 이옥은 견문 보고서를 작성하느라 다른 일은 할 수 없었다. 지도를 그리고 그 지도 위에 각 지역의 군사 배치 현황과 방어시설의 종류 등을 숫자로 표기했다. 이옥은 각 지역을 돌아보고 느낀 점과 문제점 그리고 해결 방안까지 조리 있게 작성해야 했다. 이옥은 보고서 작성을 마치고 김구용에게 보여 주었다.

"문서를 작성하느라 고생했네. 내일 아침에 군관들과 아전들을 이리 모이라고 했네. 이 지도에 그려진 대로 우리가 둘러본 동해안 주요 지역에 대해 느낀 점과 대안을 설명해 주게."

김구용은 안종원을 참가시켜 이옥이 작성한 문서를 보며 질의하고 응답하는 식으로 삼자(三者) 토론을 벌였다. 동행하지 못한 안종원이 주로 질문을 하고 이옥이 응답하였다. 각 지역의 현황과 외적 방어를 위한 대비태세에 관하여 안종원은 많은 질문을 쏟아 냈다. 이옥이 구체적인 예를 들며 설명하자 안종원은 금방 이해하였는지 고개를 끄덕거렸다. 김구용이나 안종원이 신경을 쓰는 부분은 군사의 증강과 정예화 방안이었다.

"안렴사 어른, 박장쇠와 그의 부하들은 어찌하실 겁니까?"

안종원은 박장쇠와 그의 부하들이 마음에 걸리는 듯했다.

"그 문제는 소인이 말씀드리지요."

이옥이 김구용에게 양해를 구했다. 두 사람은 이미 박장쇠 부대에 대한 용도를 상의한 상태였다.

"박장쇠와 그의 부하들은 별군(別軍)을 만들어 관리하는 게 좋을 듯합니다. 그들은 모두 젊고 활기찬 사내들입니다. 모두가 오랫동안 어부 생활을 한 탓에 육지보다 바다에서 생활하는 것을 편하게 느끼는 자들입니다. 그들 상당수가 병장기를 다룰 줄 알고 단합이 잘 되어 있습니다. 그들을 기존의 강릉부 소속 군사들과 섞어 놓으면 서로 이질감이 생겨 불상사가 발생할 수 있습니다. 그들에게 특수 임무를 부여하여 왜구들 침입에 대비하는 방안을 고려 중입니다."

"별군에게 특수 임무라?"

안종원이 두 눈을 크게 뜨고 관심을 보였다.

"그들은 땅 위에서보다 물속에 들어가면 제 세상을 만난 것처럼 빠르게 움직입니다. 그들을 바다에 항시 대기시켜 왜구가 침입하면 왜선을 파괴하게 하는 임무가 적당할 것 같습니다."

"오! 그런 방안이 있었군. 참으로 기발한 부대가 되어 왜구들을 대적할 수 있을 것으로 보네. 그렇다면 그들에게 특수 훈련을 시켜야 하겠구먼."

김구용이 무척 놀라워했다. 이옥과 남행에서 돌아오는 길에 박장쇠와 그의 부하들에 관하여 대충 이야기를 했지만, 구체적인 활용 방안을 구상해 놓은 것은 아니었다.

"그들에게 급료와 군량미만 제공하고 소인과 안렴사님이 직접 통제하는 부대로 만들려고 합니다. 강릉부 사람들에게는 부대의 성격을 고려하여 공개하지 않고 비밀부대로 양성하고자 합니다."

이옥은 김구용으로부터 강릉도 군사 활용 방안에 관하여 연구하라는 임무를 부여받은 상태였다. 세 사람의 토론은 심도가 있었다. 부사와 안렴사 두 사람은 무(武)보다 문(文)에 가까웠다. 하지만 동해안으로 왜구의 출몰이 빈번해지자 이제는 문관이나 무관 가릴 것 없이 병장기를 들고 나가 싸워야 할 판이었다. 세 사람은 자료를 훑어보고 토론을 하는 과정에서 새롭게 드러난 문제를 발견하고 이옥은 그 대책을 꼼꼼하게 기록하여 두었다. 새벽이 돼서야 세 사람은 자리를 파하고 잠자리에 들었다.

"열하루 동안 동해안 지역에서 왜구가 침범할 가능성이 큰 곳을 다녀왔습니다. 가서 직접 본 결과는 너무나 충격적이었습니다. 현지 순찰한 결과를 나와 동행했던 고려 중앙군 이군 낭장을 역임한 이옥이 설명할 것입니다."

김구용의 발언이 있었다. 아전과 군관 중 일부는 새로운 안렴사가 이옥을 감싸고 두남두는 것에 심기가 불편한 듯했다. 그들도 이제는 이옥이 강릉부에 관노로 배속되기 전에 개경에서 어떤 일을 했고, 누구의 자제인지 자세하게 알게 되었다.

"강릉도 주요 지역과 경상도 영덕, 덕원 등지를 돌아온 바를 말씀드리겠습니다. 여기 지도를 봐 주세요."

강릉부 소속 아전, 군관들이 동헌에 모였다. 그 자리에는 박장쇠도 김구용의 지시로 참석하였다. 이옥의 설명이 길게 이어졌다. 척주, 울진, 영덕, 덕원의 지방군 배치 실태, 방어시설, 최근에 왜구가 출몰한 지역과 그 지역의 방어 태세 등을 지도를 보며 상세하게 설명했다. 이옥의 설명을 듣던 군관이 고개를 갸우뚱거리기도 했다. 이옥의 설명과 자신들이 알고 있던 바가 아주 다르다고 판단하는 듯했다. 한 시진 가까이 설명이 이어졌다. 군관들은 대체로 알아듣는 것 같은데 아전들은 눈만 슴벅거릴 뿐 이옥이 도대체 무슨 이야기를 하는지 이해하지 못하는 것 같았다. 설명이 끝나자 김 군관이 질문했다. 그는 군관이 관노에게 질문한다는 것이 마음에 내키지 않은지 약간은 뚱한 표정이었다.

"강구항은 영덕의 대문과 같은 곳인데 그곳을 방어하는 관군이 그렇게 적다면 큰일입니다. 해안을 방어하는 고려군의 주요 무기는 활입니다. 영덕에 비해 우리 강릉부에서는 앞목 해안과 남대천으로 통하는 하안구(河岸丘) 양편에 병력이 배치되어 있습니다. 병력의 숫자는 영덕의 강구항 방어 병력보다 약간 많지만 보강이 필요합니다. 유사시에 남대천이 뚫리면 왜선이 강릉부 관아 코앞까지 올라올 수 있습니다. 이 부분을 어찌 보강할 것인지 안렴사님께서 답변해 주셔야 할 것 같습니다."

"김 군관의 질문도 이옥이 할 것입니다."

김구용의 말에 군관들은 어이없어했다. 군관들뿐만 아니라 아전들도 킁킁거리거나 입을 삐죽거리며 김구용에게 불만이 가득한 표정이었다. 안렴사 김구용에게 응답을 요구했으나, 관노가 답변한다니 그들은 불만을 드러냈다. 하지만 김구용은 부러 이옥에게 답변하도록 했다. 그는 군관들의 불만을 최고조로 끌어올리려고 하는 것 같기도 했다. 김구용은 궁즉통(窮卽

通)의 이치를 깨달은 명유(名儒)이기도 했다. '궁하면 통한다'.《주역(周易)》에 기술된 말로 궁즉변(窮則變)이면 변즉통(變則通)을 의미한다. '궁극에 도달하면 변하게 되고 변하면 통하게 된다'.

"우리 강릉부에 소속된 군사의 수는 전체 일천이백 명입니다. 그중 보병이 일천, 기마병이 이백 명입니다. 비상시 가용 자원으로는 준병력이라 할 수 있는 집단이 약 오백여 명이고, 관속이 이백여 명입니다. 김 군관님 말씀대로 앞목 해안 일대 감시 초소와 남대천으로 통하는 주변에 병력이 배치되어 있습니다. 그 병력으로는 왜구 백 명이 급습한다면 어렵게 막을 수는 있겠지만, 그 이상이 몰려온다면 우리 군이 절대로 불리합니다. 왜구는 장검을 주 무기로 하고 있습니다. 조만간 이 지역에 병력을 더 배치해야 한다고 봅니다. 병력 추가 배치의 구체적인 문제는 추후 안렴사님께서 결정하실 사안입니다."

이옥의 막힘없는 답변에 모두가 놀라워했다. 강릉부에 배속된 지 서너 달밖에 안 된 사람 입에서 나올 수 있는 답변이 아니었다. 이번에는 서 군관이 질문을 했다.

"강릉부에는 수군이 없다고 해도 과언이 아닙니다. 다 낡은 배가 겨우 열 척밖에 없습니다. 이 같은 상태에서 왜구들이 수백 척의 배를 타고 급습한다면 어찌할 것인지요? 이 문제는 부사님이나 안렴사님께서 답변 주셔야 할 것 같습니다."

서 군관과 다른 군관들이 일제히 김구용을 바라보았다.

"이번에도 이옥이 답변할 걸세."

안렴사의 답변에 군관들은 충격을 받은 표정이었다. 안렴사가 강릉부의 일개 관노에게 강릉부의 모든 군사 활동 전반에 관해 일임한 듯한 태도를 보여 속으로 분노하는 사람도 있었다.

'도대체 누가 안렴사고 누가 관노야? 기가 막히는구먼.'

'안렴사가 강릉을 너무 모른다. 모르면 부사에게 맡기든지.'

'안렴사와 이옥이 친하다는 것은 눈치챘지만 우리들의 물음을 관노에게 일임하다니, 강릉의 장래가 암담하구나.'

이옥이 서 군관의 질의에 답변했다.

"강릉부에는 낡은 배가 열 척이 있으나 거의 폐선에 가깝습니다. 하지만 비상시에는 종요롭게 사용할 수 있습니다. 그 쓰임의 방안은 현재 안렴사님과 의논 중입니다. 저는 안렴사님의 지시가 있으면 그 폐선을 수리하여 사용할 복안(腹案)을 가지고 있습니다. 서 군관님의 질문은 이번에 안렴사님께서 남행을 다녀오시면서 새로 모집하여 데리고 온 박장쇠 부대와 연관이 있을 듯합니다. 곧 안렴사님께서 강릉도 방어대책을 세우실 것입니다. 오늘은 이 정도에서 답변드리겠습니다."

이옥의 막힘없는 답변에 모두 놀라워하면서도 내색은 하지 못하고 있었다. 하지만 일부 군관과 아전들은 이옥이 모든 것을 주재하는 것 같아 속이 불편했다. 김구용은 군관과 아전들이 이옥의 진가를 몰라보고 있다고 판단하고 그들에게 어떻게 하면 이옥의 실체를 알게 할지 골몰했다. 이옥은 추가 설명을 하고 토론을 이어 나갔다. 이 상태에서 강릉부 소속 모든 군사의 결집력을 보여 주기 위해서는 어떤 계기가 있어야 할 것 같았다.

"아직 우리 강릉부 소속 군사들의 역량을 파악하지 못했습니다. 나는 이옥을 강릉도 군사를 관리 감독할 수 있는 총관에 위임하고자 합니다. 여러분이 나의 뜻에 적극적으로 동조해 주리라 믿습니다."

사람들은 서로의 얼굴을 쳐다보며 안렴사의 정신 상태를 의심하는 눈치였다. 안종원하고도 사전에 상의하지 않은 상태에서 나온 파격적인 언동이었다. 가장 놀란 사람은 당사자인 이옥이었다. 영덕을 다녀오는 길에 김구용의 언질이 있기는 했지만, 그때는 지나가는 말로 여겼었다. 사람들은 유구무언이었다. 모두 충격받은 모습이 역력했다. 이옥의 기량을 가장 잘 아는 사람은 김구용과 막쇠뿐이었다.

동헌을 나온 사람들은 삼삼오오 모여 안렴사의 조치에 대해 의견을 나누었다. 모두 벌레 씹은 얼굴이었다. 아전들은 각자 일터로 가서 사람들에게 김구용의 말을 전하며 어이없어했고, 어떤 아전은 김구용의 처사에 분노하며 격한 말을 쏟아 내기도 했다. 갑자기 이옥은 강릉부에서 주목받는 인사가 되고 말았다. 아전들의 말이 부풀려지며 관속들 사이에서 돌다가 강릉 저잣거리까지 퍼져 나갔다. 문제는 강릉의 안전을 책임지는 군부의 군관들이었다. 그들은 서너 명만 모이면 김구용의 처사를 두고 성토하기 바빴다.

"관노를 강릉부 총관으로 세우려 하다니, 이는 있을 수 없는 처사입니다. 그가 아무리 활을 잘 쏜다고 하지만 나는 그의 명령을 따를 수 없습니다. 그리고 나는 그가 활 쏘는 것을 본 적이 없습니다."

"나도 같은 의견입니다. 그는 관노입니다. 관노가 총관이 되어 우리를 감독한다니, 이건 말이 안 되는 조치입니다."

강릉부 소속 군관들의 불만이 서서히 증대되는가 싶더니 급기야 그들은 관아 여기저기를 빠대며 불만의 목소리를 흘리고 다녔다. 이옥이 강릉부의 군사를 관리 감독하는 처지라도 군관들이 움직이지 않으면 총관은 유명무실한 지위가 될 수밖에 없다. 김구용은 안종원과 이옥을 불러 상의했다.

"안렴사님, 군관들이 불만을 토로한다고 하여 군법으로 다스릴 수는 없습니다. 그들이 스스로 머리를 숙이고 이옥 총관의 지시를 받들도록 해야 합니다. 규율만 앞세워 엄하게 다스리면 반발심과 함께 예상치 못한 불상사가 발생할 수도 있습니다."

안종원이 먼저 자신의 의견을 내놓았다. 군사들을 군법대로 강하게 다스린다고 좋을 것이 없다는 것을 전쟁 경험이 없는 김구용도 이해는 하고 있었다.

"내가 이옥을 총관으로 앉힐 예정이라고 말한 것이 좀 성급하기는 하지만, 기왕에 한 말이니 밀고 나가려 합니다. 군관 서너 명이 불평한다고 하여 나의 뜻을 철회하거나 그들의 눈치를 살피다가는 되는 일이 없을 겁니다."

잠자코 앉아 있던 이옥이 의견을 냈다.

"이 일은 저로 말미암아 일어났으니 제가 해결 방안을 제시하고자 합니다."

이옥이 김구용과 안종원을 번갈아 바라보았다.

"어떤 방안이 있는가?"

김구용이 물었다.

"강릉부 군관 중에서 무예에 뛰어난 다섯 명을 선발하여 이론과 실전으로 저와 대결을 벌이게 하십시오. 대결에서 제가 패하면 총관의 직분을 사양하겠습니다. 군관들이 지면 앞으로 어떠한 불평불만도 표출하지 않겠다는 언약을 받아야 하겠지요."

이옥이 잠시 고민하다가 혁신적인 방안을 제시했다.

"군관 다섯 명과 이론과 실전으로 대결을 벌인다?"

"안렴사 어른, 그거 괜찮은 방안 같습니다. 이론은 병법을, 실전은 검과 활로 승부를 가리면 될 것 같습니다. 안렴사 어른께서 심사를 맡으시면 될 것 같습니다. 실전은 검술 및 궁술 실력을 어떤 방식으로 겨룰지 그 방편을 세부적으로 다듬으면 묘안이 도출될 수 있을 것입니다."

안종원 부사가 수정된 방안을 제시하자 김구용은 고민했다. 군관들의 불만을 잠재울 방안은 모두가 수긍하는 방법이어야 했다. 김구용은 군관 중에서 무술이 뛰어나다고 평가받는 자들을 부르게 했다. 잠시 후에 다섯 명의 군관들이 김구용의 집무실이 있는 동헌으로 모여들었다. 김 군관, 최 군관, 전 군관, 서 군관, 이 선달 등이었다. 모두 긴장된 얼굴을 하고 있는데, 행여 김구용에게 질책이라도 받는 게 아닌지, 무척 걱정하는 듯했다. 김구용은 여유 있는 모습으로 그들을 맞았다. 그들 중에서 이 선달은 향시(鄕試)에 급제하고 강릉부에 소속되어 있는 자로 문무에 뛰어난 능력을 보이는 자였다. 군관들이 직수굿하게 앉아 김구용의 안색을 살폈다.

"나는 국왕 전하의 명을 받아 파견된 강릉도안렴사입니다. 전 고려 중앙군 이군육위 낭장 이옥을 강릉부의 군사를 관리 감독하는 총관에 중용하려는 데에 이견이 많다고 들었습니다. 여러분과 이옥의 역량을 평가하여 가장 뛰어난 사람을 총관으로 중용하겠습니다. 평가는 병법 이론과 검술 및 궁술 실전으로 보겠습니다."

군관들은 굳은 표정으로 김구용의 제안을 들으면서 분위기를 파악하느라 촉각을 곤두세웠다. 안렴사가 자신들의 불평불만을 들어준다는 말에 놀랍기도 하고 한편으로 불이익을 당하지 않을까 불안해하기도 했다.

"안렴사님, 저희의 불만을 수렴하여 주시니 고마울 따름입니다. 저희가 잠시 의견 조율을 하도록 시간을 주십시오."

"좋습니다. 한 식경 드리지요."

김구용은 벼슬의 높고 낮음에 상관없이 아랫사람들에게 항상 존댓말을 사용하였다. 그의 그 같은 언동이 오히려 강릉부 구실아치들을 긴장하게 했다. 군관들은 밖으로 나와 김구용의 제안을 두고 의견을 조율하였다. 그들은 과거 시험을 보는 기분으로 시험에 응하기로 했다. 김구용과 안종원이 직위를 앞세워 자신들의 뜻을 강압적으로 관철시키려 하지 않은 것만으로도 군관들은 무척 고무된 상태였다.

그들은 안렴사와 부사의 뜻을 받아들이기로 의견 일치를 보았으며, 시험 결과에 이의를 달지 않기로 했다. 그들도 김구용이 제시한 이옥의 총관직 제수에 제동을 걸 기회가 주어지자 자신들의 역량을 보여 줄 기회라며 내심 반기는 분위기였다. 군관들이 안렴사의 집무실로 다시 모였다. 김구용, 안종원, 이옥 그리고 다섯 명의 군관이 한데 모였다.

"안렴사님, 저희에게 이틀의 여유를 주시지요. 시험 준비할 시간이 필요합니다. 갑자기 아무것도 준비가 안 된 상태에서 시험을 본다면 제대로 된 답을 쓸 수 없을 것 같습니다."

이 선달이 군관들을 대표해 조율된 의견을 전달했다.

"이틀이라? 이틀……. 그럼, 사흘을 주지요. 오늘부터 나흘이 되는 날 아침에 이곳으로 모이도록 하세요. 이론 시험은 병법을 응용한 실전 대비 방책을 묻는 문제를 제시하고, 실전 시험은 검술 및 궁술 대결로 평가하겠습니다."

김구용이 군관들의 의견을 수렴하자 안종원과 이옥이 안도하였고, 군관들도 수긍하는 분위기였다. 김구용이 군관들의 의견을 무시하고 당장 시험을 본다면 오히려 더 큰 반발심만 불러올 것이었다. 강릉부 관아는 이옥과 군관들이 동등한 자격으로 시험을 본다는 내용이 알려지면서 묘한 분위기가 조성되었다. 하지만 이옥은 담담한 심정으로 평소처럼 행동했다.

"낭장님, 여기 계셨군요."

"선우."

이옥이 막쇠와 병장기 보관 창고에서 일하고 있을 때 선우가 찾아왔다. 그의 손에는 꿀물이 든 호리병이 쥐여 있었다. 선우는 두 사람에게 꿀물 한 잔씩 건네고 강릉부 관아에서 일어나고 있는 기류를 전해 주었다.

"강릉부 사람들은 낭장님과 군관들의 시험에 큰 관심을 가지고 있습니다. 군사들은 물론이고 관속들과 하예(下隷)들조차도 이번 시험에서 전 군관이 일등을 하거나 이 선달님이 일등을 할 거라는 둥 별의별 말들을 다 쏟아 내고 있습니다. 그들은 낭장님의 실력을 전혀 모르고 하는 말이라 저는 신경 쓰지 않습니다. 하지만 일부 군관과 아전들은 낭장님의 코를 납작하게 만들어야 한다며 험한 말을 하고 있습니다. 이번에 그들의 기고만장한 콧대를 꺾어 놓으세요. 저는 낭장님의 저력을 믿습니다. 낭장님께서 강릉도 전군을 지휘하실 겁니다."

선우의 말에 이옥은 얼굴이 홧홧했다. 너무 일방적인 말로 자신을 추어주니 어떻게 말해야 할지 잠시 정신이 몽롱할 지경이었다.

"이 사람을 그리 믿어 주시니 몸 둘 바를 모르겠습니다."

막쇠가 꿀물 한 잔을 마시고 슬쩍 자리를 피해 주었고 두 사람은 한참 동안 정담을 이어 갔다. 이옥을 바라보는 선우의 시선이 보통 때와 달랐다. 그녀의 강렬한 시선에 이옥은 어쩔 줄 몰랐다. 하지만 남녀가 유별하고 장소가 공개된 곳이라 깊은 이야기를 나누기에는 적합하지 않았다.

"낭장님, 빨랫감이 있으면 주세요. 대장부는 손수 빨래하는 게 아니랍니다. 큰일을 하실 분은 큰일에만 전념하셔야 해요. 남의 시선 따위는 너무 신경 쓰실 거 없어요."

"아닙니다. 막쇠와 같이 빨래도 하고 터진 곳이 있으면 바느질도 한답니다. 신경 써 주시니 감사할 따름입니다."

이옥은 선우가 속옷 빨랫감까지 달라는 말에 그만 얼굴이 화끈 달아올랐다. 개경에 있을 때도 그랬다. 속옷을 벗어 홍씨 부인에게 건네줄 때도 무척 수줍음을 탔던, 그런 성격이었다. 속옷 터진 곳을 막쇠에게 꿰매라고 시키는 것이 거북하기도 했다.

"사내들이 바느질하는 게 쉽나요? 개의치 마시고 주세요."

이옥은 꿀물을 건네고 돌아가는 선우의 뒷모습을 한참 바라보고 있었다. 여인이 사내의 속옷을 빨아 준다는 것은 보통의 교감으로는 불가한 일이었다. 선우가 이옥에게 과감하게 다가갈 때마다 이옥은 벙어리 냉가슴 앓듯 시원한 말을 하지 못했다. 선우와 홍씨 부인의 모습이 교차하면서 이옥은 혼란한 심사를 달래야 했다.

"강릉부가 마치 복마전이 되어 가는 느낌이 듭니다. 참으로 걱정입니다. 아무래도 새로 온 안렴사가 강릉을 말아먹는 게 아닌지 모르겠습니다."

"그리되면 그자는 강릉에서 쥐도 새도 모르게 사라질 수 있지. 강릉 사람들이 그런 자를 가만히 놔두겠어? 두고 보자고."

아전들은 모이기만 하면 안렴사의 조치에 이러쿵저러쿵 말이 많았다. 그들도 군관들처럼 이옥에 대한 안렴사의 처분에 불만을 느끼고 있었다. 하지만 밖으로 드러내 놓고 말은 하지 못했다. 자칫 말을 잘못했다가 김구용의 노여움을 사는 날이면 관아에서 쫓겨날 수도 있었다.

아전과 군사들의 관심과 우려 속에 사흘이 지나고 시험을 보는 당일 아침이 밝았다. 동헌으로 이옥과 다섯 명의 군관들이 모였다. 군관들은 병법 공부를 얼마나 많이 하였는지 모르지만 자신만만한 표정이었다. 그들은 이번 시험에서 일등을 차지하여 강릉부의 총관에 앉으려고 혈안이었다. 그들은 관노로 전락한 이옥쯤은 이론이나 실전으로 얼마든지 제압할 수 있을 것으로 자신했다.

그러나 전 군관은 김구용의 남행 때 이옥이 왕산에서 박장쇠를 단 한 수로 완벽하게 제압하는 것을 목격했기 때문에 이미 포기한 상태였다. 그는 이번 시험에서 군관들이 논술(論述)로는 앞선다 해도 실전에서는 이옥을 이길 가능성이 없다고 판단했다. 전 군관은 이옥에 관하여 자신이 보고 들은 바를 다른 군관이나 군사들에게 일절 말하지 않았다. 그는 강릉부 소속 군관 중에서 이옥을 능가할 자가 없다는 것을 단정하고 있었다. 다만 안렴사가 시험에 응하라고 하니 어쩔 수 없이 참가한 것이었다.

"이번 시험은 앞으로 우리 강릉부의 운명을 좌우할 수도 있다고 봅니다. 시험은 공명정대해야 합니다. 누가 우수한 성적을 내든지 그 사람을 강릉부 총관으로 앉히고 직분을 수행하는 과정을 지켜볼 것입니다. 그가 탁월하다고 판단되면 나의 직권으로 강릉도 전군을 통솔할 수 있는 정5품 중랑장보다 한 단계 위인 군사(軍師)에 승차시킬 예정입니다."

군관들은 한껏 고무되었다. 자신과 가문의 명예를 위해 절호의 기회가 찾아온 것이었다. 지방의 초군으로 평생을 복무해도 낭장 벼슬도 얻기가 힘든 상태에서 중랑장 이상의 벼슬까지 승차할 수 있는 특혜를 마다할 사람은 없었다.

"지금 나눠 주는 용지에 답안을 작성하여 제출하면 됩니다. 시간은 한 시진을 드리지요. 시간이 모자라는 사람은 별도로 반 시진을 더 줄 수도 있습니다. 시험 문제는 공정성을 기하기 위해 나와 안렴사 어른이 오늘 아침에 다섯 가지를 만들었습니다. 여러분께서 상의하여 그중에서 하나를 선정하세요. 선정된 문제로 시험을 치르도록 하겠습니다."

안종원이 서술 형식의 이론 시험을 안내하고 한 사람당 시권(試券)을 작성할 용지 두 장과 필묵을 제공했다. 답지는 가로로 한 *자[尺], 세로로 석 자 정도 되는 크기였다. 이옥과 군관들은 시험 문제를 하나하나 검토하더니 그중에서 하나를 선택했다. 안종원이 선정된 시험 문제를 벽에 게시했다.

    왜구 삼천 명이 새벽에 강릉부를 기습했을 때 어떻게 방어할 것인지
    대처 방안을 논(論)하라.

이옥과 군관 다섯 명만 남고 다른 사람들은 자리를 피해 주었다. 군관들은 시험 과제를 보고 멍하니 앉아서 시권을 어떻게 작성할지 골몰했다. 이옥도 면벽 자세로 잠시 묵상에 들었다. 군관들은 서로 눈치를 보며 즉시 시권을 작성하기 시작했다. 이옥도 천천히 시권을 작성했다. 시권은 시험이 끝나면 모두 공개하는 것을 원칙으로 했다. 군관들은 이옥이 어떻게 시권을 쓰는지 자꾸만 언덕눈질하였다. 안렴사의 집무실에는 무거운 침묵과 숨소리만 들릴 뿐이었다. 금방 한 시진이 지나갔다. 이옥은 이미 시권을 작성하고 조용히 앉아 있었다. 김구용과 안종원이 기침을 한 번씩 하고 들어왔다. 모두 시권을 작성한 상태였다.

"각자 작성한 시권을 벽에 붙여 놓으세요."

김구용의 지시에 각자 자신의 시권을 벽에 붙였다. 여섯 장의 시권이 벽에 붙었는데 한눈에 봐도 수준이 판가름 날 것만 같았다. 이옥의 시권은 빈 곳이 없을 정도로 꽉 채워져 있는 반면에 군관들의 시권은 대부분 반도 채워지

*자 - 한 자는 30cm 정도이다.

지 않은 채 붙어 있었다. 군관들은 서로의 답지를 보고 얼굴이 벌겋게 변하여 반쯤 고개를 숙였다. 그들은 마치 큰 죄를 지은 사람처럼 얼굴을 들지 못했다. 이론 면에서 이미 결론은 난 듯했다. 김구용의 권유에 따라 서로 상대방의 시권을 읽어 보았다. 김 군관이 열 줄 정도로 시권을 작성하다 말았고, 최 군관과 서 군관 그리고 전 군관은 스무 줄 정도 서술하였다. 이 선달이 답지의 반 정도를 채운 정도였다.

"이 선달이 먼저 시권을 소개해 보구려."

김구용이 다섯 명의 군관 중 비교적 가장 길게 시권을 작성한 이 선달에게 말했다. 이 선달은 부끄러운지 머리를 벅벅 긁으며 씩 웃고 나서 자신의 답지를 소개했다.

"《손자병법》모공편을 보면 '십즉위지오즉공지배즉분지(十則圍之五則攻之倍則分之)'라 했다. 즉, 아군이 적의 열 배가 되면 포위하고, 아군이 다섯 배이면 공격하고, 아군이 두 배이면 병력을 분리하여 공격한다. '적즉능전지소즉능도지불약즉능피지(敵則能戰之少則能逃之不若則能避之)', 이 말의 뜻은 아군이 적보다 능력이 우세하면 전쟁을 하고 적보다 소규모의 능력이라면 도망친다는 것이다. 아군이 적보다 능력이 모자라면 피해야 한다. 왜구가 삼천 명이라 했으니 현재 우리 강릉부에 소속된 군사보다 많다. 왜구를 두 패로 갈라지도록 유도한 뒤에 싸워야 한다. 우리 강릉부 소속 정규 군사 수가 일천이백 명이니 왜구들과 정공법으로 전투를 하면 승산이 희박하다. 일단 강릉부 관아를 벗어나 산으로 들어가 장기전에 대비하며 기회를 노리는 편이 아군에게 유리하다."

이 선달의 장황한 설명에 김구용의 낯빛이 어두워졌고 안종원 역시 같았다. 이옥은 이 선달이 강릉부에서 얼마나 오랜 기간 소속되어 있었는지 궁금했다. 안종원은 이 선달에 이어 비슷한 분량의 시권을 써낸 최 군관, 전 군관, 서 군관에게 시권의 내용을 물었다. 전 군관이 대표로 설명을 하겠다며 나섰다. 세 사람의 시권을 보니 내용이 거의 비슷했다.

"왜구가 우리 강릉부를 습격한다고 하면 반드시 앞목 해안에서부터 시작될 것입니다. 아군은 이곳에서 승패를 결정지어야 합니다. 《손자병법》 지형편(地形編)에서 손자는 여섯 가지 지형에 대해 말했습니다. 전장의 지형에는 사통팔달하는 '통(通)', 들어가기는 쉬워도 나오기 어려운 '괘(挂)', 피아가 모두 험요(險要)한 곳을 점거해 대치할 수 있는 '지(支)' 등이 있다고 했습니다. 이밖에 협곡을 뜻하는 '애(隘)', 산은 높고 물이 깊은 '험(險)', 피아 사이가 먼 지형인 '원(遠)'이 있습니다. 앞목 해안 뒤편 우측에는 월대산이 있습니다. 이 산은 통보다 괘에 속한다고 볼 수 있습니다. 아군의 전 병력을 월대산에 숨겨 놓고 왜구를 이곳으로 유인하여 공격하면 쉽게 이길 수 있습니다."

전 군관은 자신의 답지 내용을 설명하고 나서 흔연한 표정이었다. 김구용은 강릉부에 파견되자마자 가장 먼저 강릉 주변 산천경개를 파악하였다. 전 군관의 설명에 김구용은 어느 정도는 수긍하는 편이었으나 흡족한 표정은 아니었다. 김구용은 김 군관에게도 그의 시권 소개를 요구했다. 김 군관의 시권은 너무 한심할 정도였다. 김구용과 안종원은 군관들의 뇌리에 전략이 부재한 상태를 알고 속으로 통탄했다. 다섯 명의 군관이 사실 강릉부 소속 전체 군사를 대표하고 있다는 점이 더욱 심각한 문제로 대두되었다. 김구용의 굳은 표정이 오래가고 있었다. 군관들은 안렴사가 자신들의 왜구 대응 방도에 크게 실망하는 안색을 보이자 안절부절못했다.

"이번에는 이옥이 왜구 대처 방안에 관해 설명해 보라."

김구용의 목소리가 경직되어 있었다. 안종원과 군관들은 슬며시 김구용의 눈치를 살폈다. 군관들은 안렴사가 이미 자신들의 시권에 크게 충격을 받았거나 낙담했다는 것을 눈치채고 있었다. 군관들의 고개가 점점 더 아래로 숙어지고 있었고 탄식하는 소리도 들렸다.

"우리 강릉부는 앞으로 동해를, 뒤로 백두대간의 근간인 대관과 오대산이 있습니다. 왜구들이 삼천 명 이상의 대군을 동원한다면 바닷길을 통할 것입니다. 대관을 넘어오는 방법도 있지만, 바닷길을 통해야 대군을 동원하기 쉽습니다. 강릉부를 침공할 목적이 있다면 앞목 해안을 통해 올 것이 확실시됩니다. 그럴 경우 그들은 남대천을 거슬러 전함을 타고 올 수도 있습니다. 그들 일부가 아군의 관심을 분산시키기 위해 북쪽이나 남쪽 해안에서 상륙하여 접근할 수도 있습니다. 왜구들이 앞목 해안을 통해 강릉부로 진출한다는 조건으로 전략을 구성했습니다. 소관은 세 단계로 전술을 기술했습니다. 첫 단계는 공성계, 두 번째 단계는 화공법, 세 번째 단계는 정공법입니다."

"기대되는구먼."

김구용의 얼굴에 서서히 웃음기가 번졌다. 이옥은 이 기회에 이미 김구용과 안종원에게 충분히 주지시킨 자신의 삼 단계 전략을 군관들에게도 알려 줄 기회라고 판단하였다. 이옥은 벽에 걸려 있는 강릉도 관할 지도를 보며 계속 설명했다.

"여러분은 '탄금주적(彈琴走賊)'이라는 말을 잘 알고 있을 것입니다. 허허실실로 공성계를 말할 때 입에 올리는 말이지요. 아울러 '읍참마속(泣斬馬謖)'이란 말도 알고 계실 겁니다. 촉나라의 군사 제갈량이 제1차 북벌 전쟁을 수행할 때, 그의 휘하 장수 마속에게 위나라 장수 사마의와 치를 전투 방법을 알려 주었습니다. 마속은 가정(街亭)을 지키고 있었습니다. 하지만 막상 위나라군과 전투가 벌어지자 마속은 촉군(蜀軍)을 산 위에 주둔시키는 실수를 하게 됩니다. 촉군은 위나라군이 수로를 차단하자 대패하였고, 군법에 따라 마속은 참수됩니다."

이옥은 이어서 서성(西城) 전투를 이야기했다. 사마의에게 패한 제갈량이 마속의 목을 베고 퇴각 작전을 진행하다가 서성에 잠시 주둔하게 되었는데, 서성에는 군사가 이천오백여 명밖에 안 되었다. 사마의는 십오만 대군을 이끌고 서성으로 밀려들고 있었다. 촉군에게는 절체절명의 고빗사위였다. 이때 제갈량은 부하들에게 성문을 활짝 열고 성문 주위를 깨끗이 청소하라고 지시를 내렸다. 또한, 위나라군이 가까이 오더라도 각자의 위치에서 떠나지 말라고 지시했다. 그리고 제갈량은 머리에 윤건을 쓴 뒤 두 동자(童子)를 데리고 성루로 올라가 태연하게 칠현금을 탄주했다. 이 모습을 본 사마의는 온몸이 얼어붙으며 전율을 느꼈다. 알 수 없는 공포와 두려움이 엄습했다. 사마의는 병법의 귀재인 제갈량이 자신을 유인하기 위한 술책을 쓰고 있다고 판단하고 즉시 퇴각명령을 내렸다.

"그럼, 화공전법은 언제 사용합니까?"

이옥의 이야기를 듣고 있던 이 선달이 물었다.

"두 번째 단계인 화공전법은 첫 번째 단계가 성공한 다음에 펼칠 예정입니다. 왜구들을 강릉부까지 접근하게 유도합니다. 공성계를 원용한 다음 화공전법을 씁니다. 왜구들이 삼천여 명 몰려왔다면 적어도 배가 전함과 수송선 등 이백여 척 이상일 것입니다. 그들 중 일부는 남대천을 거슬러 올 수도 있겠지만, 그들이 타고 온 전함 대부분은 앞목 해안에 정박해 놓았을 것입니다. 하지만 아군의 일부가 이미 앞목 해안에 매복해 있을 테지요. 즉, 왜구들이 강릉부 관아로 향하고 나면 매복해 있던 군사들이 왜구들의 전선을 불태울 것입니다. 왜구들은 파도에 배가 떠내려가지 않도록 밧줄로 배들을 연계해 놓을 테니, 화공전법은 제대로 먹혀들겠지요.

만약 비가 내린다면 특수부대를 투입할 것입니다. 특수부대는 지난번 남행 순례 때 안렴사님께서 모집하여 강릉부 군대에 편입시킨 박장쇠의 부대가 맡게 될 것입니다. 박장쇠의 부하들은 땅보다 물속에서 더 빨리 움직이는 수영의 귀신들입니다. 날씨가 좋다면 앞목 해안에서 적벽대전 버금가는 장면을 보게 될 것입니다. 그 특수부대가 왜선 밑바닥에 구멍을 낼 것입니다."

"오! 과연 기가 막힙니다."

최 군관이 손뼉을 치며 감탄했다.

"해안에 자신들이 타고 온 배가 모조리 불타거나 침몰하고 있다는 사실을 알게 된 왜구들은 해안으로 몰려들겠군요. 그다음은 어떻게 하나요?"

전 군관이 신이 나서 이옥에게 물었다.

"정공법으로 왜구들을 소탕합니다. 강릉부 관아와 앞목 해안 중간쯤 주력부대를 배치합니다."

"그 정공법 좀 소개해 주시지요. 우리는 이옥님의 상대가 안 된다는 것을 알게 되었습니다. 우리가 이옥님을 잘못 알고 있었던 게 확실합니다. 이론 시험은 그동안 보잘것없는 지식으로 입만 살아 있던 우리 자신을 깨닫게 해 준 기회 같습니다."

가장 빈약한 시권을 제출한 김 군관이 말했다. 그는 어느새 이옥에게 '님' 자를 붙이며 그를 존경하는 듯 태도가 변해 있었다. 김 군관은 나이 마흔 살로 군관 중에서 가장 연배가 있었고 강릉부 군사들의 기류를 좌지우지하는 인물이기도 했다. 그의 말에 다른 군관들은 꿀 먹은 벙어리처럼 아무 말도 하지 못하고 있었다. 이옥은 김구용과 안종원에게 이미 설명한 바 있는 자신의 전술을 다시 한번 세밀하게 소개했다. 그는 지도상에 있는 지명과 그 지역의 지형지물을 이용할 때 장단점 등을 부연 설명했다. 군관들은 이제 자신들이 작성한 답지는 까맣게 잊고 이옥의 이야기에 빠져들고 있었다.

어느덧 군관들 가슴속에는 이옥을 존경하는 마음이 움트기 시작했다. 그동안 자신들이 이옥을 비난한 짓이 얼마나 비열하고 잘못된 것인지 깨닫는 순간이기도 했다. 김구용은 군관들이 이옥에게 빠져든 것을 보고 내심 흔연한 마음을 감추지 못했다. 반나절에 걸친 이옥과 군관들의 이론 시험은 이옥의 완승으로 귀결되고 말았다. 이옥의 시권에 아무도 이견을 제시하지 못했다. 이옥이 언제 강릉부 주변을 손금 보듯 파악했는지 모르지만, 군관들은 이옥의 박식함에 혀를 내둘렀다. 그러나 2차 시험을 궁술과 검술로 기량을 겨루기로 했으니 이제 와서 중단할 수는 없었다.

"자, 이제 2차 실전을 펼쳐야 하니 훈련장으로 나갑시다."

김구용이 군관들에게 활터로 가자고 했다. 그런데 군관들은 움직일 생각이 없는 듯 서로 눈치만 보며 앉아 있었다. 이 선달이 김구용의 눈치를 보다가 입을 열었다.

"안렴사님, 이옥 총관은 용둔야에서 개최한 국궁대회에서 우승하고 임금님에게 신기를 선보인 적이 있다고 들었습니다. 또한, 개경을 떠나 동강을 건널 때 수적패 스무 명을 활로 섬멸했고, 여흥군 이포진에서도 왜구 수십 명을 사살했다 들었습니다. 이뿐만 아니라, 남행에 길라잡이로 갔다 온 군사들의 말에 의하면 이옥님은 울진현 근처 왕산에서 박장쇠와 그의 수하들을 혼자서 제압했다 들었습니다. 고려 최고 신궁이며 검신의 경지에 있는 이옥 총관님과 저희가 겨룬다는 것은 말이 안 된다고 봅니다. 실전도 우리 군관들이 깨끗하게 승복하겠습니다."

이 선달이 군관들을 대표해 승복을 선언하였다. 그는 어느덧 이옥에게 총관이란 호칭을 부여하고 있었다.

"그럼, 당초 언약한 바와 같이 여러분들은 이옥을 강릉부 총관으로 인정하는 것으로 알겠습니다. 하지만 백문이 불여일견이니 시범 행사를 갖도록 하겠습니다. 행사는 오후에 훈련장에서 공개적으로 진행하도록 하겠습니다."

오후에 이옥과 다섯 군관이 실전 대결을 펼친다는 소식이 금방 강릉부 관아에 파다하게 퍼졌다. 관아뿐만 아니라 관아 인근 지역까지 소식이 알려지면서 강릉 사람들도 큰 관심을 가졌다. 훈련장에는 군관, 아전, 강릉부 소속 군사, 관속들 외에도 주변에 거주하는 백성들까지 소문을 듣고 몰려들었다. 개중에는 경계 근무지를 몰래 이탈하여 이옥과 군관들의 무술 대결을 보려고 달려온 군사들도 있었다. 그들 중에는 당연히 선우도 있었다. 이옥은 낡은 상복(喪服) 차림이고 다섯 명의 군관들은 화려한 무복 차림이었다.

"전 고려 중앙군 이군 소속 낭장 이옥과 강릉부 소속 군관 다섯 명이 조를 짜서 검술 대결을 펼치겠습니다. 검술 대결에 이어 궁술 대회를 실시하겠습니다. 이번 대결은 단순히 시범 차원에서 갖는 행사입니다. 대결 순서는 전 군관과 김 군관, 서 군관과 이옥, 최 군관과 이 선달입니다. 목검으로 열 합을 결전하여 다섯 합 이상 이긴 자가 승자이며, 세 명이 선발되면 그들끼리 최종 승자를 가리는 방식으로 진행하겠습니다."

안종원 부사의 소개가 끝나자, 훈련장에 모인 사람들이 손뼉을 치며 환호했다. 어느새 구경꾼들이 수를 셀 수 없을 정도로 몰려들어 관속들과 군졸들이 인파를 통제해야 했다. 어린애를 업은 아낙, 코흘리개 꼬마, 수줍음 많은 처녀, 떠꺼머리총각, 허리가 반쯤 굽은 노인, 양갓집 여인 등 강릉부 관아 주변 백성들이 구름처럼 몰려들었다. 백성들이 몰려든 이유는 이옥이 고려 최고의 신궁이며 검신이라는 소문 때문인 듯했다. 막쇠도 철궁을 어깨에 메고 관중 속에 섞여 있었다.

"전 군관, 인정사정 보지 않을 것이네."

"김 군관님, 저도 마찬가지입니다."

두 사람은 단 위에 있는 김구용과 안종원을 향해 고개를 반쯤 숙여 예를 갖추고 서로에게 인사를 나눈 뒤에 대결을 시작했다. 김 군관의 움직임이 예사롭지 않았다. 전 군관이 먼저 공격을 시도했다. 목검을 쥐고 허공으로 뛰어올라 김 군관을 향해 검기(劍氣)를 뿜어냈으나, 김 군관이 몸을 피하며 전 군관의 검기를 되받아쳤다. 일 합, 이 합, 삼 합까지는 우열을 가리기 어려웠으나 네 번째 합에서 그만 전 군관이 김 군관의 예봉을 피하지 못했다. 한번 실수하자 당황한 전 군관은 연달아 허점을 간파당하면서 무릎을 꿇었다. 군중들은 '아!' 하는 탄식을 쏟아냈다. 단 위에 앉아 있던 김구용과 안종원도 일어서서 손뼉을 치며 승자인 김 군관에게 격려를 보냈다.

"저런! 아쉽다. 전 군관의 지검대적세(持劍對賊勢) 자세가 참으로 멋졌는데, 참패하다니. 전 군관도 상당한 실력자인데……."

"김 군관님이 한 수 위야. 전 군관의 진전살적세(進前殺賊勢) 초식은 김 군관님에 비해 좀 약해 보였어. 안타깝네그려."

"전 군관님이 이길 줄 알았는데……."

이어서 서 군관과 이옥의 대결이었다. 군사들과 아전들은 전 군관의 패배를 무척 아쉬워했다. 반면 전 군관은 깨끗하게 승복하고 김 군관에게 고개 숙여 예를 갖추었다. 드디어 강릉부의 모든 관속과 군사 및 강릉 사람들의 기대를 한 몸에 받은 이옥이 등장했다. 서 군관은 이옥보다 덩치리가 크고 꽤 모지락스러워 보였다. 서 군관은 이옥의 명성을 잘 알고 있는지라, 잔뜩 주눅 든 모습이었다. 그는 긴장한 얼굴로 땅바닥만 내려다보았다. 이옥이 출전하자 김구용과 안종원의 눈빛이 달라졌다. 서 군관이 이옥의 상대가 안 된다는 것은 자명한 사실이지만, 두 사람은 이옥의 실전을 본 적이 없었다. 김구용뿐만 아니라 군관들도 이옥이 검신이니 검선(劍仙)이니 하는 소문에 잔뜩 기대하고 있었다.

두 사람이 훈련장 한가운데 서서 김구용과 안종원에게 예를 갖추고 대결 자세를 취했다. 이옥과 서 군관은 서로에게 인사를 하였다. 얼굴이 하얀 이옥과 구릿빛의 서 군관이 날카로운 눈빛을 주고받았다. 두 사람의 지검대적세에 사람들은 숨이 막힐 듯했다. 일 합을 치르고 나서 이옥이 목검을 허리춤에 꽂고 대결 자세를 취했다. 그의 행동에 자존심이 상했는지 서 군관이 공격을 시도했다. 이 합, 삼 합……. 서 군관이 다양한 초식으로 이옥을 공격하였지만, 번번이 허공만 가를 뿐이었다. 목검을 휘두르면 이옥을 충분히 타격할 수 있는 간격인데도 서 군관은 허공만 가르며 힘을 뺄 뿐이었다. 목검을 피하는 이옥의 동작이 얼마나 빠른지 사람들은 두 눈을 부릅뜨고도 정확히 볼 수 없었다.

'천지신명님, 이옥 낭장님께서 다치지 않도록 보호하소서.'

선우는 눈을 감고 중얼거렸다. 서 군관이 일방적으로 다섯 합을 공격하여도 실속이 없었다. 한번 목검을 내리치거나 올려칠 때마다 몸에서 상당한 기력이 소모되었다. 그 때문에 서 군관의 자세가 눈에 띄게 흐트러졌다. 그때 이옥이 기합 소리와 함께 공중으로 뛰어오르더니 한 손으로 서 군관의 목덜미의 *이근혈을 살짝 건드리고 사뿐

* 이근혈(耳根穴) – 귀 뒤의 아래쪽 들어간 부분이다. 신경이 밀집되어 있어 점혈당하면 즉사할 수 있다.

히 착지하였다. 서 군관은 장승처럼 그 자리에 멍하니 서 있다가 풀썩 주저 앉았다. 관중들도 한동안 조용했다. 안종원이 이옥의 승리를 확인하자 그제 야 여기저기서 웅성거리는 소리가 들렸다. 이옥은 주저앉은 서 군관의 혈 을 풀어 주고 손을 잡아 일으켜 세웠다. 선우도 그제야 눈을 뜨고 천지신명 께 고마워했다. 만약 이옥이 목검으로 혈도를 찍었더라면 서 군관은 중상 을 입었을 것이었다.

"정 서방 자네 보았는가? 나는 두 눈을 뜨고도 이옥이 어떻게 서 군관을 제압했는지 모르겠네. 귀신이 곡을 할 일이야."

"나도 눈을 부릅뜨고 두 사람의 대결을 쳐다보았는데 뭐가 어떻게 된 것 인지 자세히 모르겠네. 귀신에 홀린 것 같았어."

"우와! 윤 서방도 봤지? 검을 잡고 공격하는 상대를 빈손으로 눈 깜짝할 사이에 제압하다니, 이옥이 과연 검귀, 아니지, 검신(劍神)이 분명하네그려. 이옥이 목검을 사용했다면 서 군관은 중상을 입거나 죽었을지도 모르네."

검법에 관하여 아무것도 모르는 관중들도 이옥의 동작을 보고 혀를 내둘 렀다. 김구용은 자리에 앉아 빙그레 웃으며 이옥의 승리에 흔연해했다. 이 어서 최 군관과 이 선달의 대결이 진행되었다. 이 선달의 세 차례 걸친 선제 공격에 최 군관은 방어하다가 허점을 보이며 그만 무릎을 꿇고 말았다. 안 종원이 1차 대결에서 승리한 김 군관, 이옥, 이 선달을 불러냈다.

"한 사람이 두 사람을 차례로 대결을 펼쳐서 최종 승자를 가린다. 먼저 김 군관이 이 선달과 대결하고 이어서 이옥과 대결한다. 이옥이 이 선달 및 김 군관과 대결하여 최종 승자를 결정한다. 모두 내 말을 알아들었지요?"

세 사람은 안종원의 복잡하고 불합리한 대결 방식을 얼른 알아듣지 못했다. 안종원은 검술 시합 심판을 본 적이 없었다. 도대체 무슨 말을 하는 것인지 이해할 수 없었다. 그때 뒤에 앉아 있던 김구용이 나섰다.

"결승전은 내가 직접 주관하겠소이다."

"그리하시지요."

안종원은 얼굴이 상기되어 머쓱한 표정이 되었다.

"결승전은 실검으로 대결하는데, 이옥을 상대로 이 선달, 김 군관이 한 조(組)가 되어 대결하시오."

"안렴사님, 실검 대결입니다. 이옥이 위험합니다. 이 선달과 김 군관은 강릉도뿐만 아니라 동계의 군문에서 알아주는 검객입니다. 자칫 아까운 인재 한 사람 잃을까 걱정됩니다."

안종원은 얼굴이 하얗게 변해 김구용에게 제동을 걸려고 했다. 그로서는 처음으로 상관인 김구용에게 항의하는 것이었다.

"부사는 걱정할 필요가 없어요. 나는 결과를 알고 있습니다. 행사가 잘 마무리될 테니 걱정하지 말고 탁주와 안주를 넉넉히 준비하세요. 강릉 사람들과 오늘을 기념해야겠습니다."

김구용의 황당한 지시에 안종원은 당황스러웠다. 목검도 아니고 실검으로 대결하는데, 이옥이 동시에 검술 달인 두 명을 상대한다는 것은 위험천만한 발상이 아닐 수 없었다. 하지만 안렴사의 명령이니 거역할 수도 없었다. 김구용의 명령에 이 선달과 김 군관은 얼굴빛이 붉으락푸르락했다. 신임 안렴사가 자신들을 너무 무시하는 처사에 부아가 난 것이었다. 그들뿐만 아니라, 구경꾼들도 김구용의 명령에 고개를 갸우뚱거렸다. 김구용도 안종원 부사의 말에 내심 걱정이 일었다. 안종원은 관속들을 불러 술과 안줏감을 가져오도록 지시했다.

'내가 괜한 명령을 내렸나? 부사 말대로 이옥이 다치기라도 한다면 큰일이다. 내가 계획하고 있는 일이 수포가 될 수도 있다. 하지만 이옥은 신궁이며 검신이라는 호칭을 듣는 최고의 무사가 아닌가? 지난번 왕산에서 박장쇠를 단 일 합으로 제압하지 않았던가?'

김구용이 뜨악한 표정을 짓자 안종원이 눈치를 보았다. 안종원은 김구용이 지금이라도 대결 방식을 일대일로 바꾸었으면 하는 심정이었다. 안종원뿐만이 아니었다. 아전들과 군관들도 안렴사의 지시를 크게 우려하는 듯했다.

"시작하라."

김구용의 명령이 떨어졌다. 이 선달과 김 군관은 무르춤한 표정을 감추지 못하고 대결에 임했다. 두 사람은 서로 눈빛으로 신호를 주고받으며 고개를 끄덕거렸다. 이 선달의 얼굴에 설핏 미소가 피었다 사라지기도 했고, 김 군관도 음흉한 눈빛으로 이옥을 노려보았다.

'낭장님! 조심하세요. 이 선달과 김 군관은 강릉도에서 최고의 검사(劍士)로 명성을 날리는 분들입니다. 특히, 이 선달은 진검 대결에서 패한 적이 없답니다. 안렴사님께서 갑자기 무슨 이유로 저런 대결을 명하신 걸까? 낭장님이 다치기라도 하면 어찌하려고······.'

선우는 아예 관중들 뒤로 나가 세 사람의 대결을 보지 않으려고 했다. 이 선달과 김 군관이 장검을 잡쥐고 이옥을 중심으로 원을 그리며 돌았다. 이옥은 검을 빼지 않고 두 사람의 발놀림과 검을 쥔 자세 그리고 시선이 머무는 곳을 살폈다. 세 사람은 잠시 시선을 주고받을 뿐 공격은 하지 않았다.

'이 선달은 대륙 검법을 익힌 게로군. 김 군관 역시 보법(步法)이 비슷한 것을 보니 한 스승 밑에서 배웠거나 함께 오래 수련한 게 분명해. 오랜만에 검기를 여러 사람에게 선보일 수 있겠어. 장백검법의 수룡비천(水龍飛天)

초식으로 초전에 승부를 낼 것이다.'

　수룡비천은 여러 상대를 대적할 때 적합한 검술이었다. 이옥은 한 손에 검을 쥐고 고목처럼 서서 자신을 향해 검기를 뿜어내고 있는 이 선달과 김 군관의 움직임을 감각적으로 느끼고 있었다. 이 선달이 기합 소리와 함께 허공으로 뛰어오르며 몸을 돌려 이옥을 공격했다. 하지만 이옥은 한순간 그림자처럼 사라졌다가 공중에서 하강하며 이 선달의 목덜미를 노렸다. 이옥의 번개 같은 후일자세(後一刺勢)는 가히 일품이었다. 이옥의 공격을 미처 방어하지 못한 이 선달이 뒷목을 잡더니 픽 쓰러졌다. 칼집으로 급소를 살짝 건드리기만 한 것이었지만, 장백검법을 완벽하게 익힌 이옥에게 이 선달은 상대가 안 되었다.

　이옥의 검술에 기가 질린 김 군관은 몸이 얼어붙었는지 검을 제대로 사용하지 못했다. 이번에 이옥은 김 군관에게 틈을 주지 않고 검을 빼서 지면을 향해 내리친 다음에 회전과 동시에 상승하면서 전방위 공격을 시도했다. 이옥이 질러 대는 기합에 흙먼지가 뽀얗게 일며 천지가 진동하였고 관중들은 몸을 떨어야 했다. 검과 검이 부딪히며 푸른빛이 번쩍하고 날 때마다 천지사방이 잠시 어두워졌다. 어느새 이옥의 칼은 칼집에 들어가 있었다. 김 군관의 칼이 두 동강이 났고, 그는 얼이 빠져 주저앉고 말았다. 그도 역시 이 선달과 마찬가지로 단 일 합 만에 무릎을 꿇었다. 김 군관이 두 합 이상 버틴다면 이옥은 뇌풍타봉(雷風打峰)이나 추뢰순섬(秋雷瞬閃) 초식을 구사할 생각이었다.

　"오! 과연 검신이로다. 내 눈으로 보고도 도저히 믿을 수 없구나. 이옥이 나와 동문수학한 사이라는 게 자랑스럽도다."

　'어떻게 강릉도 최고의 검객 두 명을 일 합 만에 제압한단 말인가? 안렴사가 자신 있게 지시한 것은 다 이유가 있었구나. 어쩐지, 안렴사는 이옥의 경지를 알고 있었구나. 과연 고려의 검신이로다.'

안종원은 벌어진 입을 다물지 못하고 한동안 멍청한 표정으로 이옥을 바라보기만 했다. 구경하던 관중들은 '이옥'을 연호하며 환호작약하였고, 군관들은 굳게 입을 다문 채 김구용의 눈치를 살폈다. 막쇠는 입이 양쪽 귀에 걸렸고, 선우는 남몰래 눈물을 훔쳤다.

"다음은 궁술 시합이다. 궁술 시합 역시 시범 행사이니 검술처럼 죽기 살기로 하지 않아도 된다. 모두 맞은편에 설치된 과녁을 바라보고 사선에 서라. 활은 똑같이 우리 강릉부 군사들이 사용하는 막막강궁이고 화살은 대우전을 사용한다. 한 사람이 여섯 *순을 쏘아 과녁 정중앙에 가장 많은 화살을 쏜 자가 일등이 된다."

이 선달과 김 군관은 충분히 쉬었음에도 아직 정신이 반쯤 나간 듯했다. 두 사람은 얼굴이 하얗게 떠 있었고, 다른 사람들과 시선을 마주치려고 하지 않았다. 사선과 과녁 사이 바탕은 대략 어른 보폭으로 백오십여 보(步) 정도였다.

"김 군관님! 힘내시오."

"선달님! 정신은 돌아오셨지요? 포기하지 말고 끝까지 삼십 발을 쏩시다. 이번 궁술 시합에서는 우리 강릉부 군관들의 처참하게 구겨진 위신을 세워야 합니다. 이옥이 신궁이라고 하지만 저렇게 멀리 떨어진 과녁을 몇 발이나 맞힐지 모르겠습니다."

김 군관과 이 선달은 아직도 이옥의 진가를 몰라보고 있었다. 최 군관, 서 군

*순(巡) - 순은 화살 5발을 쏘는 것. 여섯 순은 화살 30발을 쏘는 것을 말한다.

관, 전 군관도 서로를 격려하며 반드시 이옥에게 설욕하자고 다짐했다. 안종원의 시작 신호가 떨어졌다. 여섯 명의 궁사가 한 발 한 발 정성을 다해 화살을 쏘기 시작했다. 이옥은 활을 잡는 자세가 군관들과 확연히 달랐다. 관중들은 궁사들이 쏜 화살이 과녁에 적중할 때마다 손뼉을 치며 환호했다. 이번 시합에서도 관중들의 시선은 이옥에게 쏠려 있었다. 군관들은 화살을 쏘면서도 이옥의 과녁에 신경을 쓰는 듯했다.

일 *다경도 안 되어 이옥은 서른 발의 화살을 모두 쏘았다. 과녁은 멀리 떨어져 있어 눈으로 식별하기 곤란했다. 이 선달을 끝으로 활쏘기 시합이 끝났다. 김구용과 안종원, 시합에 참여한 군관들과 아전들, 박장쇠, 막쇠 등이 결과를 확인하기 위해 이동했다. 과녁에 가까이 갈수록 여기저기서 탄식이 터졌다. 하지만 과녁에 정확하게 몇 발이 명중했는지는 아직 확실하게 알 수 없었다. 김구용이 과녁으로부터 삼십여 보(步) 전에서 걸음을 멈추자, 안종원이 육방의 아전들에게 과녁을 확인하여 보고하도록 했다. 잠시 후 각자 맡은 과녁을 확인한 아전들이 달려와 고했다.

"이 선달, 스물세 발이오."
"김 군관, 스물두 발이오."
"서 군관은 스물네 발이오."
"전 군관은 스물다섯 발이오."
"최 군관은 스물한 발이오."

이방이 뜸을 들였다. 이옥의 성적만 발표하면 되는 거였다. 이방은 얼굴이 붉게 물들어 있었는데 자꾸만 주먹으로 가슴을 쳐 댔다. 순간 모든 사람의 이

* **다경(茶傾)** – 차 한 잔 마실 시간.

목이 이방의 입에 쏠리며 그의 입에서 무슨 말이 나올지 궁금해했다.
"이옥! 서, 서른 발이오."
맨 마지막으로 이방이 소리쳤다. 그런데 이방의 목소리가 너무 우렁차 옆에 있던 사람들이 깜짝 놀랄 정도였다. 강릉부에 영웅이 탄생하였다. 한 사람이 검신과 신궁이란 소릴 듣는 것은 하늘이 낸 사람이라야 가능한 것이었다. 김구용과 이옥 그리고 선우, 막쇠 등은 말을 아꼈다. 안종원은 이옥에게 두려움을 느꼈다. 말로만 듣던 고려의 신궁을 직접 눈으로 확인한 것이었다. 군관들은 조금 전까지만 해도 이옥을 반드시 꺾겠다고 다짐했지만 유구무언이었다. 아전들은 신궁을 직접 보게 되었다며, 경이로운 시선으로 이옥을 우러러보았다. 그들은 지난 서너 달 동안 이옥의 진가를 알아보지 못한 자신들의 무능을 탓했다. 군관들은 이옥을 꺾겠다는 오기가 얼마나 어리석고 가당치도 않은 짓이었는지를 뼈저리게 느끼고 있었다. 과연 명불허전이었다.

"이옥 총관! 여러 사람에게 오래도록 기억에 남을 묘기를 보여 주는 게 어떻겠습니까?"

김구용도 어느새 이옥을 총관이라 칭하며, 공손한 언동으로 대했다. 이옥은 김구용의 부탁을 거절할 수 없었다. 이옥이 잠시 하늘을 올려다보았다. 그는 하늘을 보며 창공에 무엇이 있는지 살피는 듯했다. 이윽고 이옥은 막쇠가 메고 있던 철궁과 좌궁깃 애기살 한 개를 넘겨받고 훈련장 한가운데로 나갔다. 훈련장에 모여 있던 사람들은 일제히 입을 닫았고 숨을 죽였다. 이옥은 가장 아끼는 철궁에 좌궁깃 애기살을 시위에 걸었다.

"이옥 총관님이 무엇을 맞히려고 하는 거지?"
"훈련장에 딱히 맞힐 게 없는데……."

"구름을 맞히려고 하시나? 하늘에 구름도 없는데……."

사람들은 이옥의 일거수일투족에 신경을 집중하였다. 이옥이 활시위를 만작 상태로 당기더니 하늘을 올려다보았다. 그때 서쪽 하늘에 매로 보이는 새 두 마리가 훈련장 쪽으로 날아오고 있었다. 두 마리가 한 쌍인 듯한데, 훈련장 한가운데 위로 오더니 다른 곳으로 날아가지 않고 빙빙 돌기도 하다가 그 자리에 체공(滯空)하며 날갯짓을 하기도 했다. 어림잡아도 직선거리로 고도(高度)가 삼백 보 이상은 되어 보였다. 이옥이 하늘을 응시하자 사람들은 '우우' 소리를 내며 이옥을 응원하였다.

'옥아, 화살에도 눈과 마음이 있으니 너의 마음을 화살에 실어서 쏴야 한다. 맞히고자 하는 목표물이 심장이 있는 것이라면 반드시 그것의 마음을 얻어야 한다. 네가 그것과 일심(一心)이 되면 맞힌 것과 다름없다. 목표물이 아무리 작고 멀리 있더라도 궁사와 목표물 그리고 화살이 일심이 된다면 맞히지 못할 일이 없을 것이다. 물아일체의 경지에 이르면 그때 비로소 궁신(弓神)이라 할 수 있다.'

'날갯짓의 상, 하의 특성을 살리고 활의 장력을 적절히 조화하면 화살이 선회하며 목표물을 정확하게 타격할 수 있다. 결국, 궁사의 동물적인 감각과 오랜 세월 훈련에서 축적된 이성이 우궁깃과 좌궁깃을 자유자재로 사용할 수 있게 한다.'

이옥은 무예 사부 청허도인과 최호의 가르침을 환청으로 듣고 있었다. 이옥이 크게 숨을 들이마시고 매를 응시했다. 매가 바로 눈앞에서 날고 있는 느낌이어서 손을 뻗치면 닿을 것 같았다. 이옥은 매 두 마리와 화살 끝이 일직선이 되는 순간을 포착해야 했다. 화살이 시위를 떠나고 숨을 두 번 쉴 때 매에 닿게 되는데 거리 측정이 정확해야 했다. 매 한 마리는 체공하고 다른 한 마리가 원을 그리며 돌 때였다. 이옥은 활을 들어 매가 있는 서쪽이 아니라 동쪽 하늘을 응시하였다. 호흡을 조절한 이옥은 좌궁깃 애기살을 날렸다. 그가 쏜 애기살이 '핑' 소리를 내며 허공을 향해 날아갔다. 화살이 동쪽을 향하다가 큰 포물선을 그리며 서쪽으로 날아갔다.

"앗! 화살이 휘어져 날아간다."

"어떻게 화살이 저리 곡선을 그리며 날아갈 수 있을까?"

"화살이 살아 있다."

구경꾼 중에서 시력이 좋은 사람들이 환호성을 질러 댔다. 화살이 시위를 떠난 뒤에도 이옥은 활 쏠 때의 자세를 그대로 유지하면서 하늘을 노려보았다. 시력이 좋지 않은 사람들은 침을 삼키며 허공을 올려다보았다. 그들은 아무것도 보이지 않는 허공을 응시할 뿐 아무 반응이 없었다. 약한 바람 소리만 들릴 뿐 천지에 아무 이상이 없는 듯 보였다.

"저기 봐라! 하늘에서 뭐가 떨어지고 있다."

관중 속에서 한 사람이 소리쳤다. 사람들의 시선이 일제히 그 사람이 손으로 가리키는 방향을 응시했다. 보통 사람의 눈에도 새 두 마리가 빙글빙글 돌면서 지상으로 낙하하고 있는 게 여실히 보였다. 그것이 지상에 가까이 내려오자 새 두 마리가 애기살 하나에 몸통이 관통된 채 퍼덕거리는 모습을 확인할 수 있었다. 믿을 수 없는 장면에 사람들은 탄성을 질러 댔다. 김구용과 안종원은 두 번, 세 번 눈을 씻고 창공을 바라보았다. 군관과 아전들 역시 두 눈을 뜨고서도 지금 자신들이 보고 있는 장면이 꿈인지 생시인지 분간을 못 하는 것 같았다. 선우는 울컥 가슴 깊은 곳에서 치받는 희열로 몸을 부르르 떨어야 했다.

"이옥님이 보라매 두 마리를 화살 한 개로 떨어뜨렸다. 신궁이 강릉에 강림하셨다. 내 두 눈으로 보고도 믿지 못하겠다."

"소문이 사실이었다. 명궁이 강릉에 나투셨다. 기가 막히다."

"내 나이 칠십에 오늘 같은 일을 처음 본다. 하늘님께서 강릉에 수호신을 보내셨도다. 이옥님, 만세다!"

"어떻게 동쪽 하늘을 향해 쏜 화살이 서쪽 하늘에 떠 있는 보라매를 맞힐 수 있단 말인가? 저분은 사람이 아니고 귀신이 틀림없다."

"오늘 이옥님이 고려의 국궁 역사를 새로 쓰셨다. 이제 왜구들은 강릉에 얼씬도 할 수 없게 되었다. 이옥 총관님은 강릉의 보물이다. 우리가 나라님 모시듯 해야 한다. 바람 소리만 듣고도 왜구가 온 줄 알고 도망치던 군사는 이제 사라지게 되었다. 이옥님, 만만세다!"

훈련장은 온통 '이옥', '이옥 만세'라는 구호로 가득했다. 김구용은 감격에 겨워 눈물이 흐르는 것도 잊은 채 단 위에 서서 흥분한 감정을 진정시키느라 애를 썼고, 안종원도 조용히 가슴을 쓸어내리며 광분하는 관중들을 지켜보았다. 가슴을 진정시킨 김구용이 이옥의 손을 잡고 단 위로 올라섰다. 관중들이 갑자기 입을 다물고 김구용과 이옥을 올려다보았다.

"여러분! 강릉에 검신이며 궁신(弓神)이 강림하신 것을 똑똑히 보셨지요? 이 사람도 그동안 소문으로만 듣던 사실을 오늘 목격하고 흥분을 감출 수 없습니다. 이옥 총관은 지난해 개경 근처 용둔야에서 벌어진 궁술 대회에서 우승하여 임금님에게 '고려 강궁'이라는 칭호와 함께 상으로 말과 황금 안장을 하사품으로 받았습니다. 그 대회는 고려 최고의 궁사들이 참가한 대회였습니다. 앞으로 나는 이옥 총관을 중심으로 강릉도를 왜구의 공격으로부터 여러분의 목숨과 재산을 지키는 데 전력을 기울일 것입니다. 강릉부를 비롯한 강릉도 전 군사들과 관속들이 이옥 총관이 추진하는 각종 군사 전략과 전술에 이견이 없이 적극적으로 협력하리라 기대합니다."

김구용 안렴사의 연설에 훈련장에 운집한 모든 사람이 손뼉을 치며 환호하였다. 김구용은 아직도 흥분을 가라앉히지 못한 듯 얼굴이 벌겋게 상기된 채 얼굴에 그의 심사를 그대로 드러내고 있었다. 그 뒤에 직수굿하게 앉아 있던 안종원이 일어나더니 헛기침을 한번 하고 입을 열었다. 그 역시 흥분이 완전히 가시지 않은 듯했다.

"여러분! 김구용 안렴사님과 이옥 총관은 어려움에 봉착한 강릉을 구하기 위해 오신 소중한 분들입니다. 이 사람 역시 임금님의 명을 받고 강릉부의 부사로 왔습니다. 저는 안렴사님을 보필하고 이옥 총관과 합심하여 강릉을 외적으로부터 방어할 것입니다. 우리 모두 두 분의 영웅을 기리는 뜻에서 만세를 부릅시다. 고려국 만세! 김구용 안렴사 천세! 이옥 총관 천세!"

안종원의 열변에 사람들은 흥분이 배가되어 가만히 두면 무슨 일이라도 일으킬 것만 같았다. 안종원은 그 같은 강릉도 사람들의 속마음을 읽고 그들의 응어리를 시원하게 뚫어 줘야 했다.

"고려국 만세! 안렴사 천세! 이옥 천세! 안부사님 천세!"

"김구용 천세! 이옥 총관 천세!"

"이옥 총관, 만세!"

강릉부 관아의 훈련장에는 관아가 들어서고 나서 처음으로 만세와 천세가 울려 퍼졌다. 훈련장에는 잠시지만 계급도 없었고, 벼슬아치도 노비도 존재하지 않았다. 군관들은 아전을, 아전들은 관아 소속 낮은 신분의 관속을, 김구용과 안종원은 강릉도 백성들을 얼싸안고 감격을 나누었다. 선우는 어느새 이옥의 손을 잡고 희열을 만끽하였다. 두 사람은 오랜 세월 정을 나눈 정인처럼 전혀 어색함이 없었다. 김구용과 안종원은 두 사람의 다정한 모습을 보고 환하게 웃으며 손을 흔들어 주었다.

"훈련장에 있는 사람에게 술과 고기를 무료로 제공하세요."

김구용의 지시에 안종원은 관속들을 소집했다. 이미 술과 음식이 훈련장 한쪽에 준비되어 있었다.

"술통과 고기를 훈련장 가운데로 옮겨 누구나 먹고 마시며 즐기게 하라."

안종원의 지시에 이백여 명의 관속들이 일사불란하게 움직였다. 군관들은 생전 처음 보는 광경에 눈이 휘둥그레졌다. 훈련장은 거대한 축하연 장소가 되었고, 운집한 사람들은 안렴사와 부사의 후의에 감사한 마음의 표시를 어찌해야 할지 몰랐다. 그러나 술에 취해 고성방가하거나 주정을 부리는 사람은 볼 수 없었다. 김구용, 안종원, 이옥은 훈련장 수십여 곳에 분산되어 술과 고기를 맛보고 있는 사람들을 찾아다니며 격려하였다. 그들 뒤로 선우를 비롯한 관기 서너 명이 동행하며 분위기를 띄웠다.

"안렴사님! 고맙습니다. 잘 먹겠습니다. 오늘 여러 번 감동 먹었습니다. 이런 행사가 자주 있으면 좋겠습니다. 소인이 강릉에서 칠십 년을 사는 동안에 오늘 같은 경사는 처음입니다. 소인이 감히 술 한 잔 올려도 되겠습니까?"

머리에 백설이 소복이 쌓인 노인이 김구용에게 다가와 술잔을 건넸다. 외모는 상당히 연로해 보였지만 눈빛이 날카로워 보통 사람이 아닌 듯했다.

"이 사람에게 감사할 게 아니고 여기 이옥 총관에게 하세요."

"후덕하고 현명한 두 분 목민관께서 우리 강릉에 부임한 것과 검선(劍仙)이며, 신궁이신 이옥 총관님이 오신 것도 강릉 백성들에게 홍복입니다. 세 분의 방명(芳名)은 천년만년 강릉 백성들에게 회자될 것입니다. 이제는 강릉 백성들이 발편잠을 잘 수 있을 것 같습니다. 소인이 비록 나이는 먹었지만, 왜구들이 쳐들어오면 창칼을 들고 나가 싸울 것입니다. 이옥 총관님, 소인은 관아 동문 뒤에 사는 윤가입니다. 비상시에 소인을 꼭 불러 주십시오."

윤 노인의 말에 김구용은 감동하여 눈물을 글썽거렸고, 안종원은 윤 노인에게 허리를 반쯤 굽혀 인사를 올렸으며, 이옥은 윤 노인에게 술을 안다미로 따라 공손히 건넸다. 훈훈한 분위기에 선우와 관기들은 즉석에서 노래를 부르고 춤을 추며 분위기를 한껏 띄웠다.

가시리 가시리잇고 나난 / 버리고 가시리잇고 나난
위 증즐가 대평성대…….

선우가 고려가요 중 남녀노소 누구나 알고 있는 〈가시리〉를 부르기 시작하자 훈련장에 운집해 있던 강릉도 사람들이 따라 부르기 시작했다. 한곳에서 노랫소리가 울려 퍼지면서 삽시간에 훈련장은 거대한 집단 공연장이 되었다. 강릉부 소속 군관, 군졸, 아전, 관예, 백성들이 혼연일체가 되어 흥겨운 공연마당을 연출한 것이었다. 김구용과 안종원 그리고 이옥은 군중 속으로 들어가 덩실덩실 춤을 추었다. 상, 하의 구분이 엄격하고 경직된 분위기인 개경에서는 상상도 할 수 없는 일이 벌어지고 있었다. 강릉부의 집단 공연마당은 땅거미가 내려앉을 때까지 이어졌다. 안종원은 아낌없이 술과 고기 등을 내어 군사들과 관속, 관아 주변 사람들에게 호궤했다.

"안렴사님과 부사님은 이전의 벼슬아치들과 전혀 다르다. 이전에 부임했던 분들은 백성들과 오늘처럼 마음을 나눈 적이 없었다. 그들은 늘 근엄하고 두려운 존재로 항상 백성들 위에 군림하려 했다."

"우리 강릉 백성들은 나중에 세 분이 임기를 마치고 떠나면 송덕비(頌德碑)를 세워 강릉 사람들 가슴에 영원히 새기고 잊지 않도록 해야 한다."

"강릉이 이제야 태평성대를 맞이했다. 이제야 살맛나는 세상이 되었다. 왜구들은 절대로 강릉에 침구하지 못할 것이다. 그놈들이 온다면 앞목 앞바다에 모조리 수장될 것이다."

사람들은 입에 침이 마르도록 안렴사, 부사, 이옥을 찬양했다. 날이 저물자 김구용은 안종원, 이옥, 행사에 참여했던 군관, 육방의 아전, 박장쇠 등을 동헌으로 불러 그동안의 수고를 치하하였다. 군관들은 그동안 자신들이 지녔던 편협한 사고와 언동에 느낀 바가 많았다. 그들은 이옥을 제압해야 할 대상에서 이제는 군신(軍神)으로 대하고 있었다.

"이 선달, 오늘 일을 어찌 평가하오?"

김구용의 하문에 이 선달은 군관들의 눈치를 한번 보았다.

"저희 강릉부 군관들이나 군사들이 많은 것을 깨달았습니다. 오늘을 계기로 우리 강릉도 소속 전군에는 조금의 이견이나 잡음이 없을 것이며, 안렴사님, 부사님, 총관님을 하늘처럼 모실 것입니다."

이 선달의 답변에 다른 군관들도 고개를 끄덕거렸다.

"전 군관, 자네는 나와 영덕까지 다녀오는 남행에 동행했네. 오늘 무엇을 느꼈는가? 허심탄회하게 말해 보게."

"소관은 덕원에 갔을 때 덕원의 늙고 어둔한 부사와 가리산지리산하며 방향을 잃은 군사들의 언동에 크게 실망했습니다. 하지만 소관은 오늘 세 분의 일치된 행동에 감동하였습니다. 특히, 전설처럼 여겨지던 이옥 총관님의 무예를 직접 보고 가슴이 벅차 남몰래 눈물을 흘려야 했습니다. 앞으로 총관님의 무예가 우리 강릉도 전군에게 접목된다면 강릉도 군문은 고려에서 최강이 될 것으로 믿습니다. 당분간 오늘 만끽한 감동으로 잠을 이루지 못할 것 같습니다."

전 군관의 말에 김구용과 안종원은 기꺼운 표정을 감추지 못했다. 이옥은 멋하여 어디에 시선을 두어야 할지 몰랐다. 당사자 앞에서 소감을 말하는 전 군관도 멋쩍기는 마찬가지였다. 잠시 침묵이 흐르고 나서 안종원이 이방을 지목했다.

"이방은 어찌 얼굴이 그리 빨간가? 술을 많이 마셨는가? 오늘 행사를 뒤에서 준비하느라 고생했네. 오늘 행사가 어땠는지 소감을 말해 보시게."

"소인은 검선이며 신궁이신 이옥 총관님을 알현한 행복감과 충격 그리고 감동에 아직도 흥분이 가라앉지 않아 이렇게 얼굴에 홍조를 드리우고 있습니다. 소인은 얼마 전에 개경을 다녀온 사람에게서 이옥 총관님의 명성을 들었습니다. 지난해 용둔야에서 고려의 내로라하는 명궁들을 모두 제압하고 나라님에게 고려 강궁이라는 칭호와 황금 안장 올린 준마를 하사받았다는 말을 헛소리로 치부하고 믿지 않았습니다.

그런데 오늘 그 전설 같은 이야기를 소인이 직접 확인하고 충격과 감동에 몇 번이나 전율했는지 모르겠습니다. 창공을 나는 새를 지상에서 활을 쏘아 잡는 신기는 처음 보았습니다. 이옥 총관님이 쏜 애기살이 무지개처럼 반원을 그리며 날아가 매 두 마리가 관통되어 떨어질 때 희열감에 저도 모르게 오줌까지 지려 바지를 갈아입어야 했습니다. 이옥 총관님의 신기는 강릉에 영원히 전설로 남을 것입니다."

이방의 말에 모두 배꼽을 잡았다. 그런데 김 군관이 무슨 할 말이 있는 듯 양 볼을 씰룩거렸다. 김구용이 김 군관에 고개를 끄덕거렸.

"이옥 총관님의 실체를 몰라뵙고 함께 사선에 서서 화살을 날린 일을 생각하니 우리 군관들이 얼마나 우둔한 우물 안 개구리인지 알게 되었습니다. 아직도 그 일을 생각하면 얼굴이 화끈거립니다. 이 총관님은 오늘 검술 시합에서 검을 제대로 사용하지 않았습니다. 구사하신 초식도 처음 보는 신기였습니다. 앞으로 총관님의 궁술과 검술을 전수받을 수 있게 된 기대감에 가슴이 울렁거립니다. 저희 군관들은 길게는 이십 년, 짧게는 오 년 정도 군사로 복무했습니다.

저는 이옥 총관님의 이론 시험 시권을 읽어 보았는데, 관노의 신분으로 이곳에 배속된 지 서너 달 만에 어떻게 그 같은 명안(名案)을 작성할 수 있는지 그저 감탄만 나옵니다. 손자병법을 응용한 전술과 공명의 서성 전투 이야기는 정말 가슴에 와닿았습니다. 강릉도의 총관이 되셨으니 군사 훈련 할 때에 진법(陣法)에 관하여 알려 주시기 바랍니다. 저희 강릉도 군사들은 여태껏 진법훈련을 받은 적이 없습니다. 이 총관님의 집안일을 생각하면 안 된 일이지만, 총관님이 강릉에 오신 게 강릉의 모든 백성에게는 경사가 분명합니다. 강릉의 수호신이 되어 주시길 간청드립니다."

김 군관의 말은 극찬이었다. 김 군관의 말에 아무도 이의를 달지 않았다. 김구용은 박장쇠와 다른 아전들에게도 오늘의 행사에 관하여 물었다. 그들의 답변은 한결같았다. 김구용은 이옥을 정식으로 총관에 임명하고 장차 왜구들의 침입에 대비한 훈련에 돌입할 것임을 밝혔다. 동헌에 모인 사람들은 박수로 안렴사의 처결에 이의가 없음을 천명하였다.

김구용의 뜻은 곧바로 행동으로 이어졌다. 김구용은 우선 강릉부 군제의 편성을 수정하고 동계 혹한기 훈련에 돌입했다. 왜구들이 봄부터 늦가을 수확기까지 집중적으로 고려를 침구했기 때문이었다. 하지만 강릉부 소속 군사들은 계절과 관계없이 외적 방어 및 공격에 초점을 맞춰 강도 높은 훈련에 돌입하기 위한 준비에 착수했다.

첫 임무를 수행하다

　김구용은 이옥의 의견을 반영하여 강릉 해안에 일정한 간격을 두고 참호를 파고 주변에 나무를 심은 다음 돌을 세워 위장을 완벽하게 했다. 또한, 곳곳에 전망대를 설치하여 바다와 주변의 산지 등을 감시하게 했다. 참호를 파는 일과 전망대를 설치하는 공사는 결코 쉬운 일이 아니었다. 모든 강릉부 군사들이 모여 방어선을 구축한 다음에는 왜구들이 주요 침입로로 예상되는 앞목 해안과 남대천 주변에도 진지를 건설하였다.
　"박장쇠 부대장은 부하들과 배를 언제든지 사용할 수 있도록 손을 보시게. 자네와 부대원들은 해귀(海鬼)라 불리니 배 수리도 잘할 것으로 믿네."
　"이 총관님, 고맙습니다. 저희가 이제 사람대접을 받게 되었습니다. 배 수리에 최선을 다하겠습니다."
　이옥은 박장쇠 부대에 많은 애정을 쏟고 있었다. 추운 날씨에도 불구하고 군사들은 아침부터 저녁때까지 방어시설물 설치에 공을 들였다. 박장쇠는 바닷가에 방치되다시피 한 군선(軍船) 열 척을 육지로 끌어올려 수리에 들어갔다. 이옥은 사역에 참여하지 않는 군사들에게 병장기 수리를 지시하였다. 겨울철이면 군사들은 날씨를 핑계로 군영에 머물며 낮잠을 자거나 잡기로 시간을 보내는 게 습관처럼 몸에 배어 있었다. 하지만 이제는 분위기가 완전히 바뀌었다. 해가 바뀌었지만 강릉은 평온을 유지하고 있었다. 그 평온이 오히려 김구용과 이옥에게는 불안 요소로 작용했다.

"이옥 총관, 방어시설 구축이 끝나고 날씨가 풀리는 대로 군사들에게 실전에 유용한 훈련을 시켜야 하네. 중앙군에서 쌓은 경험과 해박한 병법 등을 고려한 계획을 수립해 보게."

"훈련을 대비한 문안 등을 작성하고 있었습니다. 올해는 왜구들의 침입이 다른 때보다 더욱 심할 것으로 사료됩니다. 군사들에게 진법을 응용한 훈련과 궁술, 창검술 등을 집중적으로 연마하도록 할 예정입니다."

두 사람은 진법에 대하여 오래 이야기를 나누었다. 김구용은, 만약 대규모로 왜구가 강릉을 침공한다면 강릉부 군사로는 방어나 격퇴가 어려울 것으로 판단하고 개경의 도움을 요청할 생각이었다. 하지만 그는 나라의 사정과 임금의 난해한 성정을 잘 알고 있었다. 김구용은 병력과 물자 지원을 요청하는 장계를 작성하다가 번번이 찢어 버리고 한숨만 쉬었다. 이옥은 군문에 몸담고 있을 때 인연을 맺은 인사와 동문수학하던 관리, 청허도인의 지도를 함께 받으며 무예를 익히고 친분을 나눴던 사람들의 면면을 곰곰이 생각해 보았다.

'문하찬성사 황상 선배에게 이곳의 사정을 말하고 도움을 청해 볼까? 청허 사부님께 부탁을 해야겠어.'

이옥은 김구용에게 막쇠를 개경에 보내겠다고 말했다. 이옥의 이야기를 들은 김구용은 즉시 호응하였다. 그는 막쇠에게 강릉부 소속 군사라는 증명서를 발급하고 이옥의 일을 돕도록 했다. 이옥은 청허도인에게 보낼 서신을 작성하였다. 자신이 지난해 개경을 떠난 이후의 사정을 말하고 현재 강릉부의 군사 현황을 소개하면서 황상에게 도움을 요청하는 내용까지 덧붙였다. 막쇠가 말을 타고 달리면 강릉에서 개경까지 가서 답신을 받아 오는 데까지 열나흘 정도면 넉넉할 것 같았다.

"서신을 청허도인님께 전달하거라. 답신을 받아 와야 한다."

막쇠는 이옥과 청허도인을 자주 뵌 적이 있었다. 꽃샘추위가 기승을 떨치고 있었다. 이옥은 개경으로 떠나는 막쇠를 눈보라 휘날리는 대관까지 배웅하였다. 막쇠는 활과 전통을 메고 장검도 지니고 있었으며 여비도 충분했다. 이옥에게 궁술과 검술을 익혔기 때문에, 무예에 능한 무사도 그를 상대하기 버거워 할 정도였다. 막쇠는 하루라도 단축할 요량으로 쉬지 않고 말을 달렸다. 재를 넘고 강을 건넜는데 그가 하루 달리는 거리는 이백 리(里) 이상이었다.

주막이나 역참에서 잠자는 것 이외에는 잠시도 쉬지 않고 말을 달렸다. 평창현을 지나고 원주현 물막을 경유하여 이틀 만에 여흥군에 접어들었다. 금방 해가 떨어질 것 같았다. 말은 마치 막쇠의 의중을 알기라도 한 듯 이포진으로 향하고 있었다. 이포진에 도착하자 사방에 땅거미가 내려앉았다. 이포진에는 초봄인데도 수십 척의 배들이 정박해 있고 사람들로 북적였다.

'그 집으로 가야겠다. 그 집 이름이 여흥원(驪興苑)이었지.'

막쇠는 배편으로 강을 건너 여흥원 앞마당에 도착했다. 청사초롱이 주위를 환하게 밝혔다. 말 울음소리가 나자 집 안에서 동자 한 명이 뛰어나와 막쇠를 맞이했다. 지난여름에 들렀을 때 보지 못했던 아이였다. 동자는 막쇠에게 말고삐를 받아들고 말을 안채로 몰고 가며 소리쳤다.

"길손 한 분 들어가십니다."

막쇠는 눈에 익은 여흥원을 살피며 대문 안으로 들어섰다. 소녀가 막쇠를 반갑게 맞았다. 그 소녀도 처음 보는 얼굴이었다. 새로 들어온 급사인 듯했다.

"나리, 어서 오세요. 안으로 드세요."

"주인님 계시느냐?"

"저희 주인님을 아세요? 주인님은 지금 귀빈을 맞을 준비로 꽃단장하고 계세요. 우선 객실로 드세요. 주인님 모셔올게요."

"아니다. 귀빈 맞을 준비를 한다는데, 모셔오지 않아도 된다. 저녁 식사를 내오거라. 오늘 밤은 여흥원에서 하룻밤 묵고 갈 것이다."

막쇠는 여주인이 귀빈 맞을 준비를 한다는 말에 기분이 상했다. 그는 여흥원을 나가 다른 곳으로 자리를 옮길까 생각하였다. 하지만 이왕에 들어온 집이니 나가더라도 식사는 하고 갈 참이었다. 막쇠가 뚱한 표정으로 앉아 있을 때 문이 열렸다.

"무사님, 오셨군요. 기다리고 있었습니다."

여흥원 여주인 난희가 환하게 웃으며 막쇠에게 인사를 했다. 막쇠는 '기다리고 있었다'는 말에 잠시 혼란스러웠다.

"오랜만에 뵙습니다. 그런데 기다리고 있었다니, 그게 무슨 말씀인지요?"

막쇠의 물음에 난희는 자초지종을 이야기했다. 그녀는 지난여름에 봤을 때보다 더욱 생기가 발랄해 보였다. 조금 전에 '귀빈을 맞을 준비로 꽃단장하고 있다'는 소녀 사환의 말과는 전혀 맞지 않은 언동이었다. 난희는 점점 알쏭달쏭한 말을 하여 막쇠를 어리둥절하게 만들었다. 그녀는 며칠 전 꿈속에서 이옥을 만나 흔연한 시간을 보냈다고 했다. 그녀는 꿈 이야기를 할 때 얼굴을 붉혔다. 그러다 어제 오랫동안 빈집으로 있던 까치집에 동쪽에

첫 임무를 수행하다 **267**

서 까치 한 쌍이 날아들어, 오늘내일쯤 동쪽에서 귀한 손님이 찾아올 것으로 예측했다는 것이다. 막쇠 혼자 여흥원에 든 것을 보고도 난희는 실망하는 빛이 없었다. 막쇠는 이옥의 근황을 전하고 개경에 가는 길에 들른 것이라고 말했다.

"무사님이 여흥원에 다시 오셨으니 머지않아 이옥 총관님께서도 오실 것이라 믿습니다. 그때는 금의환향하시는 길에 오실 겁니다."

'나나 서방님이 온다는 것을 미리 알고 있었다니, 과연 신비로운 여인이다.'

난희의 말에 막쇠의 오해가 눈 녹듯 풀렸다. 막쇠는 난희가 미래를 예측하는 초능력을 가진 여인이라고 생각했다. 그녀의 말대로라면 이옥에게 조만간 역경이 닥치고 이어서 어깨춤을 출 일이 생길 터였다. 난희는 강릉을 오가는 길손들로부터 이옥에 관한 소식을 듣고 있었다. 막쇠는 즐거운 상상을 하며 만면에 미소를 띠었다.

"지난해에도 예언을 해 주셨지요."

"맞습니다. 이옥 총관님은 나라의 대들보가 될 인물입니다. 일정 기간이 지나면 제 말이 거짓이 아니라는 것을 알게 될 겁니다. 막쇠님, 오늘 밤은 이곳에서 편히 주무세요. 개경에 가셨다가 강릉으로 돌아가실 때도 들르세요. 제가 총관님께 드릴 게 있답니다. 조반은 동틀 무렵에 차려 놓겠습니다."

난희가 나가고 푸짐한 저녁상이 들어왔다. 막쇠는 오랜만에 다른 사람의 눈치를 보지 않고 배불리 먹고 발편잠을 잘 수 있었다. 다음 날 막쇠는 아침밥을 일찍 들고 개경을 향해 떠났다. 막쇠는 개경을 향해 떠나면서 난희에게 정중하게 고마움을 표시했다. 막쇠가 떠나자 난희는 뒤란 장독대에 정화수를 올려놓고 동녘을 향해 앉았다.

천지신명님! 이옥 총관님을 도와주세요. 총관님이 강건하셔야 강릉이 살고 고려가 온전할 수 있습니다. 지난해 총관님의 아버님께서 억울하게 누명을 쓰고 돌아가셨습니다. 그런데도 총관님은 백성을 위하는 마음 하나로 나라를 원망하지 않고 백성만을 생각하고 있습니다. 이옥 총관님의 무용과 지혜로 왜적을 소탕하게 하시고, 아버지의 억울함을 *탕척하게 도우소서. 소녀가 마음에 맞는 인연을 찾았습니다. 하오나, 지금은 그가 관노의 신분으로 있습니다. 이 인연이 발전하여 부디 호연(好緣)으로 오래오래 이어질 수 있도록 도와주소서. 비나이다. 비나이다.

다음 날 아침 일찍 막쇠는 이포진을 떠나 곧 광주현에 도착하였다. 광주의 역참에 들러 말을 갈아타고 개경을 향해 달렸다. 배로 한수(漢水)를 건너 양진 나루에 내려 북서쪽을 향해 말을 달렸다. 이틀 후에 막쇠는 개경 천마산 선옥에 도착했다. 강릉을 출발하여 나흘 만에 도착한 것이었다. 보통 사람이 말을 타더라도 엿새 걸리는 길을 이틀이나 일찍 도착한 것이었다.

"도인님, 안녕하세요?"
"너는 이시중 댁 막쇠가 아니냐? 아닌 밤중에 홍두깨라더니, 네가 여긴 어떻게 온 것이냐? 옥이는 어디에 있는 것이야? 지금 잘 지내고 있는 것이지?"
"도인님, 이것은 서방님께서 보낸 것입니다."
막쇠가 청허도인에게 서신이 든 봉투를 내밀었다. 서신을 읽는 그의 두 눈이 화등잔만 해졌다.

*탕척(蕩滌) - 죄명을 씻어 줌. 더러운 것을 깨끗이 씻음.

사부님, 조춘지절에 기체후 일향 만강하시온지요? 소제는 지난여름 저희 가문에 몰아친 태풍으로 인하여 관노가 된 뒤에 강릉부 관아에 배속되었습니다. 이곳 부사는 전 전법총랑 안종원이며, 어려서 동문 수학했던 김구용이 강릉도안렴사로 있습니다. 김구용의 배려로 군사들의 훈련과 관리 감독을 전담하는 총관으로 있습니다.

사부님, 부탁이 있습니다. 황상 *문하찬성사를 통하여 최무선이 연구 중인 화전(火箭), 철령전, 피령전을 지원받고자 합니다. 세 종류의 신무기 지원이 어렵다면 화전만이라도 구할 수 있으면 좋겠습니다. 화전은 왜구를 퇴치하는 데 크게 도움이 될 듯합니다. 뜬금없이 어려운 말씀을 전해 송구합니다. 항상 건강하시길 빕니다.

강릉에서 이옥 올림

청허도인은 이옥의 서신을 읽고 난 뒤에 한동안 뜰 앞을 바장였다. 전혀 예상치 못한 애제자의 서신에 그는 심사가 복잡해진 듯했다. 청허도인은 막쇠에게 서신에 적히지 않은 것들을 물었다. 그는 현재 조정에서 외적을 물리칠 신무기를 제작하고 있는지 아닌지 잘 알지 못했다. 지난해 영도첨의 신돈과 이춘부 등 개혁 정치를 펼치던 인사들이 대거 숙청된 후부터는 조정의 동정에 대해 별로 관심을 두지 않았기 때문이다.

청허도인은 즉시 개경 저자에 있는 황상의 집으로 향했다. 황상은 고려 조정의 고관(高官)이기는 하지만, 무척 검소한 생활을 하고 있었다. 남에게 자신의 직위를 자랑하며 거들먹대거나, 직

* **문하찬성사(門下贊成事)** – 문하부(門下府)의 정2품 관직.

위를 이용해 남의 치부를 폭로하는 일이나 파렴치한 행위는 일절 하지 않았다. 청허도인이 황상의 집을 찾았을 때 그는 마침 집에 있었다. 황상은 자신의 집을 찾아온 스승에게 깍듯하게 대했다.

"사부님께서 소제의 집을 다 찾아 주셨습니다. 그간 별고 없으셨는지요? 자주 찾아뵙지 못해 송구합니다."

황상이 청허도인에게 정중하게 인사를 하였다. 그는 조정의 대신이지만, 청허도인의 권위 앞에서는 늘 몸을 사렸다.

"보다시피 나는 여전하네. 지난해부터 조정에 피바람이 일더니 요즘은 좀 어떤가? 나는 자네만 안전하면 된다만……."

"피바람의 후유증이 아직도 남아 있습니다."

"각설하고, 일단 이것을 읽어 보시게. 이옥이 보내온 서신일세."

청허도인이 봉투를 건넸다.

"아! 그래요? 강릉부 관아에 잘 있다고 하지요?"

"자넨 옥이가 강릉부에 있는 걸 알고 있었구만."

황상은 이옥의 서신을 다 읽고 나서 안색이 어두워졌다. 황상은 이옥이 강릉부에 배치되었다는 것을 알고는 있었지만 미리 입 밖에 낼 수 없었다. 그는 차라리 이옥이 왜구의 출몰이 빈번한 전라도 또는 경상도로 가는 것보다 강릉으로 가는 게 다행이라고 여겼다. 하지만 요즘 들어 왜구들이 고려 전역에 나타나고 심지어 내륙 지역에까지 출몰하는지라 안전한 지역이 없었다.

"옥이가 강릉부에서 중요한 위치가 되었군요. 옥이가 그냥 직수굿하게 앉아 있지 않을 거라고 짐작은 했습니다. 그러기에는 옥이의 재주가 너무 아깝습니다. 그의 애민정신을 전하와 조정 신료들이 본받아야 하는데……."

황상이 길게 한숨을 내쉬었다.

"무선이 요즘 무엇을 하는지 알고 있는가?"

"무선이는 군기감에 있으면서 화약과 신무기 만드는 일에 전념하고 있습니다. 얼마 전에도 소제를 찾아와 자신이 의도하고 있는 화약류가 만들어졌으니, 신무기를 만들 화통도감(火筒都監)을 설치해 달라고 부탁을 하더군요. 소제가 전하와 병부에 그의 뜻을 전했지만, 아무런 답변을 듣지 못했습니다."

고관대작으로서 할 일을 못한 탓이라고 생각하는지 황상은 청허도인을 똑바로 바라보지 못했다.

"자네가 옥이에게 도움될 만한 선물을 준비해 보시게. 그동안 왜구들이 서해와 남해에 집중적으로 침구했네. 옥이의 서신에도 쓰여 있듯 왜구들이 방비가 허술한 강릉도로 침구한다면 고려는 엄청난 손실을 볼 것이네."

"사부님, 무선이를 만나서 의논해 보겠습니다. 철령전과 피령전은 어려울지 모르지만, 화전 정도는 구할 수 있을 겁니다."

"나는 자네만 믿네. 선옥에 지금 옥이가 보낸 종자가 와 있네. 내일까지 답변을 주시게. 하루아침에 관노가 되어 유배를 간 입장에서도 그곳 총관이 되어 외적을 격퇴하려고 백방으로 애쓰는 옥이가 대견하지 않은가? 그 애를 도와 공을 세우게 해야 하네."

청허도인의 단호한 말에 황상은 안 된다는 말을 할 수 없었다.

"사부님, 잘 알겠습니다. 옥이에게 꼭 선물을 보내겠습니다. 안 된다면 소제가 벼슬을 내려놓고 강릉으로 달려가겠습니다. 소제는 십여 년 전에 강릉도 만호(萬戶)를 역임하여 그곳 사정을 잘 알고 있습니다."

황상이 주먹을 불끈 쥐었다. 그는 강릉의 사정을 너무나 잘 알고 있었다.

"나는 이만 돌아가겠네. 내일 중으로 답변을 주시게."

청허도인이 일어서려 하자 황상이 급히 술상을 들이게 했다. 하지만 그는 바쁘다며 술 한 잔을 비우고 즉시 황상의 집을 나섰다. 사부를 문밖까지 배웅한 황상은 즉시 홍상재를 만나기 위해 집을 나섰다. 그는 홍상재를 잘 알고 있었다.

"자네가 웬일인가? 내 집에를 다 오고?"

홍상재가 황상을 맞았다.

"자네 내자께서 술을 아주 잘 담근다는 소문을 듣고 왔네."

홍상재는 황상을 사랑채로 안내했다. 황상은 앉자마자 이옥이 서신을 보내온 사실을 알렸다. 홍상재는 사위 이옥이 무예 사부인 청허도인에게 신무기를 보내 달라는 청이 있었다는 말에 서운한 감정이 들었다.

"고맙네. 내가 할 일을 자네가 대신하는구려. 내 사위를 위한 일이니 당연히 도와야지. 지금 최무선이 완전하지는 않지만, 어느 정도는 화약을 이용하는 신무기를 만드는 데 성공했다고 들었네. 내가 병부시랑을 만나 볼 테니 자네는 군기시를 찾아 도움을 구해 보시게. 강릉은 다른 지역에 비해 왜구에 의한 피해가 적어서 왜구들이 그곳을 노리고 있을지도 모르네."

홍상재는 딸이 배속된 지방관아의 수령이 자신과 척을 진 사이라, 친분이 있는 이하생에게 도움을 부탁한 적이 있었다. 홍상재는 딸과 외손자들이 기약도 없이 관아의 노비로 지내는 것이 안타깝고 답답했다. 딸과 외손자가 관노로부터 벗어나는 방법은 이옥을 포함하여 이씨 문중 사람이 나라에 혁혁한 공을 세우는 길밖에 없었다.

"장인이라 역시 다르군. 고맙네."

"고맙긴? 내가 오히려 고맙지. 술이나 한잔 드시게."

두 사람은 술을 한 잔씩 마신 뒤, 홍상재는 병부로 달려가고 황상은 군기시로 발길을 놓았다. 황상이 군기시에 도착했을 때 최무선은 군기감 소속 사람들과 신무기 도면을 펼쳐 놓고 진지하게 토의를 하는 중이었다.
　"옥이가 찬성사 어른께 그런 부탁을 했군요. 저 같으면 임금이 미워서라도 가만히 있을 겁니다. 저는 어른께서 화통도감 설치 문제가 잘 풀려서 오신 줄 알았습니다. 도대체 조정 중신들은 무엇을 하고 있는지 답답합니다. 화약을 이용한 신무기를 만들어 왜구를 쓸어버릴 생각은 하는지, 아니면 나 몰라라 하는지 미치겠습니다. 찬성사 어른, 시간이 없습니다."
　최무선은 임금에게 수십 차례나 화통도감 설치를 건의했으나 응답이 없었던 일로 서운한 감정을 드러냈다.
　"옥이는 임금을 생각해서가 아니라, 불쌍한 백성들을 구하려고 하는 것이네. 다른 것은 원하지 않네. 옥이는 나를 능가하는 고려의 신궁이 아닌가? 화전 오백 개만 만들어 주시게. 관노가 되었어도 임금을 원망하지 않고 오로지 백성을 생각하는 그의 애민정신을 우리가 알아줘야 하네."
　황상이 최무선에게 사정하였다.
　"찬성사 어른, 지금 만들고 있는 여러 종류의 신무기는 완벽하지 않습니다. 현재도 시험 중에 있습니다. 제가 만들려고 생각하고 있는 신무기는 포의 종류로는 대장군포, 장군포, 삼장군포, 육화석포, 화포, 신포, 화통 등이 있고, 발사체는 화전, 철령전, 피령전, 철탄자, 천산오룡전 등이 있으며, 적진으로 날아가 터지는 무기로 유화, 주화, 촉천화 등이 있습니다. 하지만 염초(焰硝)의 질이 약해 흑색화약이 명나라나 옛날 원나라 수준까지 도달하지 못하고 있습니다. 제가 노력을 하고 있으니 일 년 정도 지나면 완성도가 높아져 실전에서 사용할 수 있을 것 같습니다. 그때까지 기다리셔야 합니다."

최무선이 지극히 사무적인 태도로 말하자 황상은 은근히 부아가 났다. 하지만 그를 설득하여 이옥에게 보내 줄 선물을 마련해야 했다. 더군다나 윽박지른다고 해결될 일도 아니었다.

"자네에게 군기시에서 하는 일을 들으러 온 게 아니네. 한시가 급하네. 여러 가지 사정으로 보아 올해 왜구들이 대거 고려를 침공할 것으로 점쳐지고 있어. 여러 종류의 신무기 중에서 활을 이용해 사용할 수 있는 화전만 시험 횟수를 늘려서 조기에 완성할 수 있도록 해 보게. 강릉은 개경에서 멀리 떨어져 있고 병력도 얼마 되지 않아 왜구 천여 명이 쳐들어가도 금방 초토화될 걸세. 또한, 화통도감 설치 문제를 내가 전하께 주청하여 조속히 매듭짓도록 하겠네."

황상이 자존심을 구겨 가며 최무선에게 사정하다시피 했다.

"아무튼, 알겠습니다. 옥이가 관노의 신분으로 강릉부의 군사를 조련하는 위치가 되었으니 축하할 일입니다. 옥이의 우국충정을 생각해서라도 화전을 조기에 완성해 보겠습니다. 아무리 빨라도 두세 달은 걸릴 듯합니다."

"한 달 내로 만들어 보시게. 내가 물심양면으로 지원하겠네. 옥이 속이 얼마나 탔으면 사람을 보냈겠는가? 부탁하네."

이옥과 최무선은 청허도인을 통하여 인연을 맺은 사이였다. 최무선이 연구하고 있는 흑색화약은 염초, 황, 목탄으로 제조되는데, 가장 어려운 문제는 염초의 질을 높이는 것이었다. 목탄이나 황은 천연 재료라 크게 문제가 될 것이 없었다. 그러나 염초는 담장 밑에 있는, 빛이 검고 맛이 매우며 질소가 함유된 흙에서 염기성의 물질을 추출해서 정제하는 공정을 거쳐 제조되기 때문에 무척 까다롭고 어려웠다.

명나라는 화약을 사용하고 있었지만, 아직 국가 체계가 완전하지 않아 고려와 같은 주변국에 제조법을 알려 주지 않고 완성된 화약만을 비싼 값에 판매하려고 했다. 삼 년 전에 망해 몽고 초원으로 돌아간 북원(北元) 역시 고려가 화약을 개발하는 것을 꺼렸다. 최무선은 철저하게 혼자 힘으로 제조법을 연구해야 했다. 그는 명나라와 몽고에서 구매한 화약과 화포 기술서를 연구하고 분석한 후에 직접 만들어 보기 시작했는데 상당히 위험이 따르는 일이었다. 고려는 화약을 구입하여 사용하고 있었기에 최무선이 기초부터 연구를 한 것은 아니었다.

"황상이 답신을 보내 주었구나. 과연 내 제자로다."

다음 날 황상은 인편에 청허도인에게 답신을 보냈다. 답신에는 조만간에 화전(火箭)을 만들 수 있을 것이라고 했다. 청허도인은 이 정도의 답신이라도 받아 낸 것에 만족해야 했다. 연구 중인 신무기 개발에 자꾸만 간섭하거나 채근하면 오히려 역효과가 날 것 같았다. 청허도인은 황상이 보내온 답신을 근거로 하여 이옥에게 보낼 서신을 작성하여 막쇠에게 건넸다.

"이것은 군사를 조련하는 데 참고가 될지 몰라 보내는 것이니, 틀림없이 옥이에게 전해야 한다."

청허도인이 막쇠에게 건넨 것은 진법도서(陣法圖書)였다. 청허도인은 여러 해 동안 연구한 진법서를 이옥에게 전해 주려고 했다. 그는 검과 활만 다루는 은둔자가 아니었다. 그의 진법도서는 *풍후와 손자(孫子) 그리고 오기(吳起)가 만든 진법을 참고하고, 제갈공명의 진법을 연구하여 고려 산하에 맞게 만든 병법서였다. 진법은 대규모 군사가 동원된 전장에서만 쓰일 법하지만, 청허도인은 소규모 전투에서도 진법이 유효적절하게 쓰일 수 있다는 것을 알고 있었다. 그가 이옥에게 진법도

* 풍후(風后) - 대륙의 신화에 나오는 인물로 지남차를 만들었고, 역법과 병법, 산수의 창시자라고 전해진다.

서를 전하려고 한 이유는 최근 왜구의 고려 침구 방식이 예전보다 규모가 커지고 기마(騎馬)가 등장했기 때문이었다. 막쇠는 잠시도 지체하지 않고 개경을 떠나 강릉으로 향했다.

'아차! 그렇지. 집에 잠시 들렀다 가자.'

막쇠는 말머리를 돌려 집으로 향했다. 그는 어려서부터 이옥의 가노(家奴)로 있었으니, 이옥의 집이 자신의 집과 같았다. 금방 집에 도착한 막쇠는 차마 눈을 뜨고 집을 바라볼 수 없었다. 대문은 자물쇠로 굳게 닫혀 있었는데 앞마당은 온갖 잡동사니가 쌓여 있어 오랫동안 사람이 살고 있지 않다는 표시가 났다. 막쇠는 담장을 넘어 집 안으로 들어가 보았다. 안채와 사랑채의 방문이 모두 열린 채 뜯겨 있었고 쓸 만한 물건은 남아 있지 않았다.

도둑이 들었는지 가재도구는 거의 다 사라지고 깨진 장독과 부서진 장롱 등이 집 안에 아무렇게나 나뒹굴고 있었다. 가족들이 가져가지 못한 옷가지와 이부자리 등 살림살이도 여기저기 널려 있었다. 집을 관리하지 않고 이 상태로 계속 내버려 두면 흉가가 되어 부랑자들이 기어들어 불을 지르거나 저절로 무너져 내릴 것만 같았다. 막쇠는 한동안 마루에 앉아 지나간 이춘부 가문의 영화를 그려 보았다. 집을 나온 막쇠는 울적한 심사로 말을 달렸다. 그는 동강을 건너 파평현, 한양, 광주목을 거쳐 이틀 만에 여흥군의 이포진에 도착했다. 이미 땅거미가 내려앉아 사방이 어둑시근했다. 막쇠는 여흥원을 찾았다. 객실을 예약이라도 한 양 그의 행동은 주저함이 없었다. 막쇠가 여흥원 대문 안으로 들자 난희가 반색하며 맞았다.

"무사님, 어서 오세요. 예상보다 빨리 오셨네요."

그녀는 동자처럼 막쇠를 무사라고 불렀다. 아마 지난해 여름에 왜구들이 이포진을 습격할 당시에 이옥과 활을 쏘던 모습을 보고 그리 부르는 것 같았다. 막쇠는 '무사님'이란 호칭이 싫지 않았다.

"다시 뵙습니다."

그녀의 배시시 웃는 얼굴에 보조개가 깊게 패였다. 앞마당에만 매화가 피어 있는 게 아니었다. 난희가 앞장서서 막쇠를 객실로 안내하였다. 그녀에게서 향긋한 냄새가 풍겼다. 막쇠는 야릇한 감정에 가슴이 울렁거리기도 했다. 하지만 난희의 관심 대상 인물은 이옥이란 것을 그는 잘 알았다. 자신이 난희에게 지나친 호의를 보이거나 무엇을 바란다면 난희가 이상하게 볼 것 같아 극도로 언동을 조심했다. 주인에게 관심을 주는 여인을 희롱했다가 나중에 이옥에게 자신의 추태가 알려지면 난감한 일이 되고 말 것이다.

"개경에 갔던 일은 잘 되었는지요?"

"네. 그래서 강릉으로 가는 발걸음이 가볍습니다."

"잘되었습니다. 피곤하실 텐데, 우선 씻으세요. 곧 저녁상 올리겠습니다. 무사님, 술도 한 주전자 올릴까요?"

"막중한 임무를 수행하는 터라 술은 사양하겠습니다."

난희가 객실에서 나가자 막쇠는 손발을 씻고 저녁 밥상을 받았다. 막쇠는 푸짐한 밥상을 보고 눈이 휘둥그레졌다. 손님마다 이렇게 한 상 가득 음식을 차려 내오면 여흥원이 큰 손해를 볼 것만 같았다. 식사를 끝내고 막쇠는 자리에 누웠으나 잠이 오지 않았다. 개경에 있을 때 사귀던 처녀 생각도 났고 일찍 돌아가신 부모님 생각도 났다. 멀리서 개 짖는 소리가 들리고 이어서 이름을 알 수 없는 새들이 지저귀는 소리가 들리기도 했다. 막쇠는 뒤척이다가 겨우 노루잠을 잘 수 있었다. 잠깐 잠든 것 같았는데 동창이 훤하게 밝아오고 있었다. 막쇠가 소세를 하고 나니 아침 밥상이 들어왔다.

"이것은 이옥 낭장님과 무사님께 드리는 저의 정성입니다. 낭장님을 지난해 여름에 뵈었을 때 상복을 입고 있는 모습을 보고 가슴이 아팠습니다. 두 분이 봄부터 가을까지 입을 수 있는 옷을 준비했습니다. 바느질 솜씨가 좀 투박합니다."

막쇠가 조반을 먹고 여흥원을 떠날 준비를 하고 있을 때 난희가 커다란 보퉁이를 가지고 나와 그에게 건네며 말했다.

"저의 옷까지 준비하셨다고요?"

막쇠는 그만 울컥하여 눈물을 쏟을 뻔했다. 난희가 이옥에게 마음을 쓰고 있다는 것을 알고 있었지만, 자신의 옷까지 준비할 줄은 몰랐다. 막쇠도 이옥이 개경을 떠날 때 입고 왔던 베로 만든 상복으로 겨울을 나는 것을 보고 가슴이 아팠었다. 선우가 건넨 두툼한 겨울옷을 속에 입고 겉에는 외투처럼 걸친 상복을 볼 때마다 안타까웠다. 난희가 새로 지은 옷이 전달된다고 해도 이옥은 겉에는 상복을 입을 것이 분명했다. 막쇠는 몇 번이고 난희에게 고맙다는 인사를 하고 강릉으로 향했다. 강릉에서 자신을 기다리고 있을 이옥과 안렴사 등을 생각하면 잠시도 지체할 수 없었다.

이옥은 김구용, 안종원과 협의하여 종합적인 외적 방어계획이 나오기 전까지 우선 군관들만 집합시켜 무술 훈련을 시키고 있었다. 군관들이 먼저 일정 수준의 무예를 갖추고 있어야 군사들이 군소리 없이 따를 것이기 때문이었다. 이옥은 우선 강릉부 소속의 모든 군관의 실력을 점검해 보았는데, 그 결과에 충격을 받았다. 궁술의 경우 화살 열 발을 쏘면 과녁 중앙에 꽂히는 개수는 서너 발 정도였다.

검술은 이옥과 대결하면 모두 단 일 합도 버티지 못했다. 창술도 역시 비숱한 수준이어서 군관들의 무술 실력 향상이 절실한 상태였다. 군관들의 무술 실력이 어느 수준 이상 되면 이어서 전 사병을 상대로 체계적인 훈련을 시킬 예정이었다. 그러나 군관들은 오랜 세월 자신만의 방법과 몸에 붙은 습관 때문에 이옥의 지도를 쉽게 따라 하지 못했다.

"오늘 훈련은 우리 고려 활의 특성을 알아보고 한 사람이 열 순(巡)씩 연사하겠습니다. 활쏘기가 끝나면 검술 훈련에 들어가겠습니다."

김구용의 지시로 아전들도 훈련에 참여하였다.

"우리는 강릉부의 전반적인 일을 처리하는데, 군이 활을 잡고 검을 잡아야 할 필요가 있습니까? 여태껏 아전들이나 구실아치들이 무예를 연마한 적이 없었습니다. 안렴사 어른, 재고해 주십시오."

아전들과 하예들의 반발이 심했다. 그러나 김구용은 모든 관리와 관속이 병장기를 잡아야 한다는 의지에 변함이 없었다. 김구용은 나라를 지키고 백성들을 보호하는 데 직분과 남녀의 구별은 불필요하다고 보고 있었다. 반면 관속들은 강릉에 오랜 세월 변고가 없었던 관계로 나태함과 타성에 젖어 있었다. 그들은 군사들이 있는데 자신들까지 군사 훈련을 받아야 한다는 명을 거부하려고 했다. 김구용은 관속들의 반응에 기가 막혔다. 당장 그러한 말을 하는 자들에게 매를 치거나 말로 혼내 줄 수도 있지만, 그런 방법보다 먼저 그들을 이해시켜야 했다. 매를 들면 잠깐은 말을 듣겠지만 진정한 훈련이 될 수 없었다.

"왜구들이 코앞에 닥쳐도 병장기를 다룰 줄 몰라 눈 뜨고 당할 수는 없는 것입니다. 나라는 군사들만 지켜야 한다는 법은 없습니다. 외적이 침입하면 남녀노소 누구나 병장기를 들고 나가 싸워야 합니다. 여러분도 삼백오십 년 전에 있었던 강감찬 장군과 설죽화(雪竹花) 장군의 귀주대첩 이야기를 잘 알 것입니다. 강감찬 상원수가 이끄는 고려군은 귀주에서 거란의 최정예 기마병 십만 명을 섬멸했습니다. 그때 강감찬 장군 휘하에서 활약한 설죽화 장군은 처녀였습니다. 거란군에게 피살된 아버지의 원수를 갚기 위해 처녀의 신분을 감추고 출전하여 거란 장수의 목을 베고 오랑캐들을 섬멸하는 데 앞장섰습니다.

왜구들이 강릉에 쳐들어와 우리의 부모 형제를 죽이는데 여러분은 군사가 아니라고 도망가거나 보고만 있을 겁니까? 모두가 창칼을 쓸 줄 알고, 활을 쏠 줄 알면 왜구들은 절대로 강릉을 넘보지 못합니다. 만약 우리 강릉이 왜구들의 손에 넘어간다면 여러분은 산목숨이 아닐 겁니다. 젊은 사람들은 포로로 잡혀가 노예로 팔리거나 온갖 고통을 당하며 구차한 목숨을 살아야 합니다. 하지만 우리가 하나로 단결한다면 왜구는 절대 여러분들의 목숨과 재산을 탈취하지 못합니다. 잠시의 괴로움은 오랜 평화를 가져다줄 것입니다."

김구용의 힘 있는 연설에 관속들은 감동하여 손뼉으로 화답했다. 김구용의 연설에 이어서 안종원 부사가 말했다.

"지금 이후로 군사 훈련에 불평불만을 토설하는 군관은 직급을 삭탈하고 일반 병사로 편입할 것이다. 아전과 관속도 향리의 직책을 박탈하고 군법에 따라 처벌할 것이다. 나도 안렴사님과 오늘부터 이옥 총관에게 검술과 궁술을 배울 것이다. 그러니 더는 이의가 없었으면 좋겠다. 우리가 평화를 원하면 한시도 전쟁 준비를 소홀히 하면 안 된다. 준비된 자만이 평화를 누릴 수 있는 자격이 있는 것이다."

안종원의 단호한 말에 몇몇 관속은 얼굴이 붉으락푸르락했다. 아직도 어깃장을 놓으려는 군관과 아전이 있음에 안렴사와 부사는 이옥을 지원해 줄 필요를 느꼈다. 상관의 명령을 거역하는 자들을 그냥 내버려 두면 왜구와 실전을 치를 때 가장 위험한 내부 요인이 될 수 있기 때문이었다. 처음부터 그러한 자들의 기를 꺾어 놓지 않고 지나치면 두고두고 골칫덩이가 될 수도 있다. 이옥은 두 눈을 부릅뜨고 근엄한 얼굴을 하였다. 평소의 모습이 아니었다. 그는 수많은 전장을 누볐기 때문에 중간 간부급 군관이나 일반 병사 다루는 방법을 알고 있었다.

"나라가 있어야 내가 존재하고 가문이 있는 것입니다. 조국이 망하면 나라는 존재도 없고 가문도 없으며, 오로지 외적의 노예가 되거나 죽음이 있을 뿐입니다. 뿐만 아니라, 부모 형제와 처자식도 그리된다는 것을 알아야 합니다. 고려는 사방에 외적이 있습니다. 북으로는 원구(元寇), 여진, 명나라가 우리 고려를 노리고 있고, 남으로는 왜적들이 고려를 침공할 기회를 엿보고 있습니다. 이 같은 엄중한 상태에서 너와 내가 따로 없고, 군사와 향리가 따로 있을 수 없습니다. 외적이 나타나면 모두 병장기를 잡고 맞서야 합니다. 지금 고려는 전시 상태입니다. 전시 상태에서 명령 불복종, 하극상, 이적 행위는 선참후계의 대상입니다. 모두 명심하시기 바랍니다."

이옥이 부사와 같이 강력하게 나오자, 강릉부 군관들과 구실아치들은 고개가 점점 숙어지며 안절부절못했다. 이옥이 선참후계라는 말을 꺼내자 군관들의 얼굴빛이 달라졌다. 자칫 잘못하면 왜구들과 싸우기도 전에 상관에게 목을 내놓을 수도 있게 된 것이었다. 이옥의 경고가 있고 난 뒤로 군관들과 관속들은 이옥의 명령에 고분고분했다. 이옥은 그들을 모두 활터로 데리고 갔다. 강릉부 안에 마련된 활터는 동시에 다섯 명이 활을 쏠 수 있는 시설이었다. 사선에서 과녁까지는 어른 발자국으로 백오십 보 어간 떨어져 있었다.

"사대에 오르기 전에 활쏘기에 관해 중요한 몇 가지를 말씀드리겠습니다. 잘 듣고 가슴에 새겨 두시기 바랍니다."

이옥이 활쏘기 기본자세에 관하여 설명하였다. 성실 겸손, 겸손하고 성실하게 행한다. 자중절조, 행실을 신중히 하고 절조를 굳게 지킨다. 예의엄수, 예의범절을 엄격히 지킨다. 염직과감(廉直果敢), 청렴겸직하고 용감하게 행한다. 습사무언, 활을 쏠 때는 침묵을 지킨다. 불원승자(不怨勝者), 나를 이긴 사람을 원망하지 않는다.

이어서 궁사의 몸가짐에 관하여 말했다. 아무리 활을 잘 쏜다고 해도 몸가짐이 올바르지 못하면 제대로 활쏘기를 익혔다고 할 수 없는 것이다. 이옥의 열정적인 설명에 군관들은 신경을 곤두세웠다. 그가 말하는 내용을 이미 잘 알고 있거나 체화한 자도 있지만, 그렇지 못한 자가 더 많았다.

선찰지형, 먼저 지형을 살펴라. 후관풍세, 바람의 풍세를 살핀다. 비정비팔(非丁非八), 발의 위치는 정자도 팔자도 아니다. 흉허복실, 가슴은 비우고 배에 힘을 준다. 전추태산(前推泰山), 줌손은 태산을 밀듯 앞으로 민다. 후악호미(後握虎尾), 깍짓손은 호랑이 꼬리를 당기듯 뒤로 당긴다. 이옥이 활을 들고 자세를 잡으며 설명을 하였지만 몇몇은 고개를 갸우뚱거리며 이해를 못하겠다는 표정이었다.

"나의 설명에 이의가 있으면 말씀하세요."

이옥이 잠시 설명을 멈추고 질문을 받았다.

"이 총관님, 비정비팔에 대하여 세밀하게 설명해 주세요. 다른 사항들은 이해가 가나 비정비팔은 선뜻 와닿지 않습니다."

활쏘기를 시작한 지 얼마 안 된 호방이 이옥에게 물었다.

"오! 좋은 질문입니다. 잘 들어 보세요. 발은 丁(정) 자 모양도 아니고 八

(팔) 자 모양도 아닌 형태로 벌려 과녁의 좌우 아래 끝에 서고 두 발끝이 숙여지지 않도록 하며, 체중의 중량을 앞발과 뒷발에 실리게 하여 밟고 서야 합니다. 어깨를 돌려 자연스럽게 만작의 상태가 되어야 하는 동작에도 비정비팔이 적용되어야 합니다. 완성된 궁체는 엄지발가락을 시작으로 등줄기가 곧은 상태로 이어지며 힘이 실려야 하는데, 이런 완벽에 가까운 자세는 수천 년 동안 터득한 조상들의 자세가 이 활법에 적용된 것입니다."

호방은 이옥의 말을 알아들었는지 고개를 끄덕거렸다. 이옥이 즉문에 관하여 즉답(卽答)하자 군관들은 그의 궁술 지도에 관심을 보이기 시작했다.

"그러니까, 힘의 균형과 자세의 균일 그리고 마무리를 위해 비정비팔이 필요한 것이네요."

"그렇습니다. 비정비팔의 핵심을 말하자면 이렇습니다."

이옥의 반복되는 설명이 이어졌다. 김구용과 안종원이 이옥의 발동작과 손동작 그리고 활을 잡고 다루는 자세 하나도 놓치지 않으려 애를 쓰는 자세가 무척 진지해 보였다. 이옥이 직접 자세를 잡으며 설명할 때마다 군관들과 아전들도 모두 일어나 활을 잡고 그대로 따라서 했다. 활을 어쩌다 잡아보기는 했지만, 오늘처럼 구체적이고 사실적으로 훈련을 받아 본 적이 없는 김구용과 안종원도 이옥의 자세를 따라 하느라 구슬땀을 흘렸다. 처음에는 어색했던 궁체가, 연습할수록 차츰 틀이 잡혀 가는 듯했다. 이론에 대한 설명이 끝나자 다섯 명씩 사선에 서서 활을 잡았다.

"총관님께서 저희의 궁체를 살펴 주시지요."

이 선달이 사선에 올라 이옥에게 도움을 요청했다. 다섯 군관의 궁체가 같아 보이기는 했으나 자세히 보면 제각각이었다. 그는 자세를 잡아 주고 나서 연사를 시작했다.

"한 사람이 열 순씩 쏩니다. 자, 시작합니다."

조금 전에 이론 교육을 받은 탓인지, 군관들의 활을 잡은 궁체가 꽤 안정되어 보였다. 하지만 오십 발을 쉬지 않고 쏘는 일은 상당히 어려웠다. 스무 발을 넘어가면 줌통을 잡은 손이나 활시위를 당기는 손이 힘이 빠지거나 벌벌 떨리기도 하고 어깨의 근육이 뭉치기도 했다. 오십 발을 쏘아 과녁을 맞힌 개수는 대부분 서른 발 정도였다. 군관들에 이어 평소에 활을 잡아볼 일이 없는 아전 등 구실아치들이 허술한 자세로 사선에 섰다. 이옥은 기본적인 자세를 한번 시범을 보인 뒤에 습사를 시작하도록 했다. 아전들에게는 사 순(四巡)을 쏘게 했다.

"두 눈을 부릅뜨고 과녁을 보고 화살을 쏘면 됩니다."

활을 쏴 보지 않은 사람에게 화살 스무 발은 너무 과한 수량이었다. 아전들은 마지못해 활 쏘는 시늉을 해 보았지만 엉성한 자세에 웃음이 절로 났다. 자신들도 화살을 쏘고 어이가 없는지 실실 웃기만 했다. 그들이 쏜 화살 대부분은 과녁에 도달하지도 못했다. 김구용과 안종원의 안색이 점점 심하게 일그러졌다. 이번에는 김구용과 안종원이 활을 잡았다. 두 사람 역시 사 순을 쏘게 했다. 완력이 좋은 안종원이 아홉 발을, 김구용이 다섯 발을 맞혔다. 이옥은 궁술 훈련을 마치고 재차 궁술의 기본자세와 기초 이론을 설명하였다.

"오랜만에 활을 잡으니 그동안 나태했다는 생각이 드는구먼."

김구용이 초라한 실적에 머리를 벅벅 긁었다.

"그 정도면 좋은 성과입니다. 조금만 더 습사를 하면 좋은 결과가 있을 것입니다. 안렴사님과 부사님께서도 군사들 무술 훈련 때 함께하시지요."

"알겠네. 그리하겠네."

김구용이 겸연쩍게 웃으며 이옥의 지도에 고마워했다. 두 사람은 이옥이 없다면 강릉부는 바람 앞의 등불 신세와 같다는 것을 잘 알고 있었다.

"잠시 숨을 돌리고 검술 훈련에 들어가겠습니다. 활을 쏜 뒤라 많이 힘이 들 것입니다. 검술 훈련은 저의 기본 초식 실기를 선보이고 이론만 하겠습니다. 다음부터는 실기에 집중하지요."

활을 잡고 난 뒤라 모두 양팔이 뻐근했지만, 이옥은 잠시 휴식을 취하고 난 다음에 검술 훈련에 들어갔다. 그는 청허도인에게 전수받은 장백검법을 군관들과 아전 및 김구용, 안종원에게 가르치기로 했다. 군관들은 기본기와 많은 전투 경험의 축적으로 약간의 초식을 알려 주고 자세만 수정하면 되었지만, 검을 처음 잡아 보는 사람들에게는 비상시에 사용할 수 있는 두세 가지 초식만 가르치고자 했다. 이옥의 화려한 초식에 군관들과 아전들은 손뼉을 치며 환호하였고, 김구용과 안종원은 이옥의 동작 하나하나를 눈여겨보느라 정신을 집중했다. 훈련을 마치고 이옥이 자신이 머무는 관아의 처소로 돌아와 쉬고 있는데 막쇠가 도착하였다.

"서방님, 잘 다녀왔습니다."

막쇠가 이옥에게 청허도인이 보낸 물건을 건넸다.

"서신과 책이로구나."

이옥이 서신을 먼저 읽어 보았다. 사부의 서신을 읽는 이옥의 안색이 퍽 좋지 않았다. 막쇠는 괜히 불안하였다.

'두세 달을 기다리라고? 그 안에 왜구들이 강릉으로 밀고 들어오면 곤란하다. 봄이 다 지나가고 있다. 늦어도 유월 안으로 물건이 오면 좋은데······.'

이옥은 청허도인이 보내온 서신을 읽고 한숨을 쉬었다. 자신이 아무리 활을 잘 쏜다고 하여도 수백 수천여 명이 물밀듯 공격한다면 막아 내기 불가능했다. 그때 유용하게 사용할 수 있는 무기가 바로 화전(火箭)이라고 믿고 있던 터였다. 침통해하던 이옥은 진법도서를 보더니 입가에 미소가 번지기 시작했다. 이옥의 얼굴에 화색이 돌자 막쇠는 개경의 집 이야기를 꺼냈다.

"막쇠야, 네가 화전보다 더 귀중한 것을 가져왔구나. 고생했다. 내가 사부님께서 보내 주신 진법도서를 연구하여 강릉부 군사들에게 진법훈련을 시켜야겠구나. 개경 집이 불타거나 무너지지 않고 온전히 있다니 다행이구나. 하지만 그 집은 이미 나라에 적몰되었으니, 앞으로는 갈 필요 없다. 아무튼, 먼 길 다녀오느라 고생 많았다."

이옥의 얼굴이 펴지자 그제야 막쇠가 보퉁이를 이옥에게 건넸다. 이옥은 보퉁이를 보고 눈이 휘둥그레졌다.

"서방님, 난희라는 분을 아시죠?"

"난희? 아! 여흥군 이포진에 있는 여흥원 여주인······."

이옥은 난희를 금방 기억해 냈다. 막쇠가 개경에 갈 때와 올 때 여흥원에서 묵었던 사실과 강릉으로 향할 때 난희가 옷을 준 내막을 고했다. 막쇠의 이야기를 듣고 이옥은 보퉁이를 풀어 보았다. 옷을 펼쳐 든 이옥의 가슴이 콩닥거렸다. 그는 봄옷을 입어 보았다. 몸 치수를 재 보지도 않았는데 옷의 품이 딱 맞았다. 이옥이 옷을 벗을 때 옷 안 주머니에서 무엇인가 떨어졌다. 곱게 접힌 종이였다.

이옥은 두근거리는 손으로 종이를 펼쳐 보았다. 하얀 종이에 꽃 그림이 그려져 있고 오른쪽에 한시가 적혀 있었다. 옆으로 뻗은 나뭇가지에 붉은 매화 두 송이가 피어 있고 가지에는 새 한 마리가 외롭게 앉아 있었다. 그 아래에는 시들어 떨어진 매화 두 송이가 있는데 보는 사람의 심사를 흔들어 놓기에 충분했다.

花開不同賞 花落不同悲

　　欲問相思處 花開花落時

　스무 글자에 여인의 정한(情恨)이 진하게 녹아 있었다. 이옥은 그림을 감상하고 시를 읽고 또 읽으며, 난희의 아름다운 모습을 그려 보았다. 이옥의 가슴에 잔잔한 파문이 일었다. 하룻밤 인연을 맺었을 뿐이었다. 그것도 객사를 운영하는 여주인과 손님이 지나가는 바람처럼 옷깃을 스쳤을 뿐이었다. 난희가 어떤 마음을 가지고 이런 연시(戀詩)를 보내 왔는지 모르지만, 이옥은 적잖이 놀랐다. 이옥은 연시를 음미해 보았다.

　'화개부동상이라, 꽃이 피었어도 함께 꽃구경할 사람이 없다. 화락부동비, 꽃이 시들어 떨어져도 함께 슬퍼할 사람이 없다. 욕문상사처, 그대는 지금 어디 계시는가요? 화개화락시, 봄꽃이 피고 지는 이때에…….'

　그림과 시가 절묘하게 어울렸다. 한 폭의 그림이 애잔하게 이옥의 가슴에 새겨지면서 우두망찰 잠시 아무것도 할 수 없었다. 이옥은 난희의 서신을 읽고 또 읽으며 그녀를 처음 만났을 때를 그려 보았다. 지난여름 이옥이 새벽에 소란스러운 소리에 잠에서 깨어 그녀를 찾았을 때부터 다음 날 이포진 나루에서 헤어질 때까지 작별을 아쉬워하던 그녀의 모습이 눈에 선했다.

　'이 시는 당나라 여류시인 설도(薛濤)가 지은 〈춘망사〉의 앞부분이 아닌가? 임을 떠나 보낸 여인의 정한이 진하게 깔렸구나. 난희라는 여인은 오가는 사내 중에 마음에 드는 대상이 있으면 이런 식으로 유혹을 하는가? 나는 지난해 여름 하룻밤 묵으며, 난희에게 춘정을 느끼지 못했는데……. 내가 노비가 되어 강릉으로 가는 도중에 그러한 여유도 없었고……. 이것이 그녀의 순정이라면 다행이지만, 나쁜 의도를 가지고 나에게 이런 글과 옷을 보냈다면 걱정이다. 선우도 나를 단순한 관노가 아닌 사내로 보고 있는데, 이 일을 어찌한다? 어쩌면 글과 옷이 그녀의 순정일 수도 있다. 난희는 지난여름에 이포진의 진장(津將)을 통해 나의 신분을 알았을 것이다. 내가 기약 없는 노비가 된 사실을 알고도 이렇게 마음을 썼다면, 난희의 서신과 옷은 순정의 표현이 틀림없을 것이다.'

이옥은 보퉁이를 막쇠에게 건넨 뒤, 김구용과 안종원에게 막쇠가 개경에 다녀온 내용을 고했다.

"이옥 총관과 막쇠가 큰일을 했구먼. 우리가 신무기인 화전을 손에 넣으면 왜구들을 격퇴하는 데 큰 도움을 받을 것이네. 참으로 장한 일을 했네."

김구용은 마뜩하여 입이 벌어졌다.

"이옥 총관, 고생했네."

"아직 실체가 만들어진 것이 아닙니다. 화전의 물량이 아주 적거나 강릉에 제공되지 않을 수도 있습니다. 약속한 기일 내로 온다면 다행입니다. 화전이 지원되지 않을 경우를 고려하여 군사들에게 진법훈련도 병행하려고 합니다. 이번 일은 막쇠의 공이 큽니다. 막쇠는 어려서부터 소관에게 궁술과 검술을 익혔습니다. 혼자 왜구 열 놈은 충분히 제압할 수 있는 실력입니다."

이옥이 막쇠의 무예를 자랑했다.

"외적 방어계획이 완성되면 막쇠를 긴히 쓰려 하네."

김구용의 말에 이옥은 속으로 무척 기꺼워하였다. 그는 동헌을 나오다가 선우를 만났다. 그녀를 지난번 군관들과 무예 대결을 벌일 때 본 뒤로 여러 날 동안 만나지 못했다. 그런데 그녀의 손에 옷 보따리가 들려 있었다. 강릉부 관아에는 두 사람이 마음 놓고 대화를 나눌 장소가 많지 않았기에, 이옥은 선우를 데리고 병기고로 갔다. 병기고 안에는 막쇠와, 궁시장으로 있는 최호가 활을 수리하고 있었다. 최호도 선우와 잘 통하는 사이라 크게 신경 쓰지 않아도 되었다. 다른 사람들은 병장기를 닦고 조이고 기름 치는 일을 하고 있었다. 그들은 이옥과 막쇠가 최호와 사제 관계란 사실을 전혀 알지 못했다.

"총관님, 요즘 바쁘신가 봐요? 지난번 무술 시합 때 저는 간이 몇 번이나 콩알만 해졌는지 몰라요. 강릉부 소속 군관, 군사, 아전, 관예들은 모두 총관님의 열렬한 지지자가 되었답니다. 강릉 백성들도 소문을 들었는지 요즘 저자에 나가 보면 사람마다 총관님 이야기로 시간 가는 줄 모른답니다."

"그, 그래요?"

"저도 궁술을 배우고 싶어요. 예전에 아버지가 활을 잘 쏘셨어요. 아버지를 따라 활터에 자주 가기는 했지만, 성인이 되어서는 한 번도 가 보지 못했어요. 활이나 창검은 사내들이나 군사들만 다루는 줄 알고 있었어요. 그런데 총관님이 아전들과 관예들에게 활을 쏘도록 지도하신다니 저도 배우고 싶어요."

선우의 당찬 이야기에 이옥은 기분이 좋았다. 이옥은 강릉에 와서 여인에게 처음으로 궁술을 배우고 싶다는 소리를 들은 것이었다.

"오! 그래요? 참으로 잘되었습니다. 그럼, 내가 아전들을 훈련할 때 다른 관속들과 활쏘기에 참여할 수 있도록 할게요."

"고마워요. 왜구가 강릉에 쳐들어오면 누구나 창칼과 활을 들고 싸워야 해요. 나라를 지키는 데 남녀노소가 따로 놀면 안 된다고 봐요. 그리고 옷을 가져왔어요. 이 옷으로 갈아입으시고 빨랫감을 주세요. 겨울옷 위에 입고 있는 상복(喪服)도 터진 곳이 있어 손을 봐야 해요."

"속옷 같은 것은 내가 빨거나 막쇠에게 시켜도 되는데……."

"큰일 하실 분이 빨래라뇨? 이 옷으로 갈아입으시고 빨랫감을 주세요."

"그, 그러면 잠시 기다리세요."

이옥은 선우에게 보따리를 받아 병기고 안에 마련된 내실로 들어갔다. 그는 선우의 호의를 자꾸만 거절하는 것도 예의에 벗어나는 것 같아 옷을 갈아입기는 했지만 괜히 미안한 생각이 들었다. 선우가 곁에 있는 관계로 이옥은 난희가 보내 온 옷을 입지 못한 채 궤짝 안에 넣어 두고 있었다. 이옥의 부자연스러운 행동을 보고 막쇠는 속으로 웃음이 나왔다. 선우는 빼앗듯 이옥의 빨랫감을 가지고 관아를 빠져나갔다.

이른 봄부터 시작된 가뭄은 사월에 접어들면서 더욱 극심하여 산천의 초목들도 대부분 시들거나 고사 직전이었다. 농부들은 논에 겨우 물을 가두고 모를 심어 보았지만, 사나흘 지나면 물이 모두 증발하여 말라 죽기 일쑤였다. 강릉부에서는 관리들이 아침 일찍 마을마다 돌면서 원로들에게 논에 물을 대라고 성화였다. 그러나 마을 사람들은 따가운 햇볕보다 귀신처럼 출몰하는 왜구 때문에 들녘에 나가지 못하고 있었다.

마을마다 구성된 수호대(守護隊)가 있었지만 그들의 주 무기는 죽창이나 농기구뿐이었다. 마을 사람 중에서 병장기를 다룰 줄 아는 젊은 남자는 모두 강릉부에 차출되다시피 했다. 어촌의 경우는 더욱 심각했다. 여러 달 지속하는 강릉부의 조업 금지령으로, 고기잡이로 근근이 목숨을 연명하던 어촌의 백성들은 생계가 막막했다. 일부 어부들은 강릉부의 명을 어기고 야음을 틈타 배를 띄우기도 했으나 수확은 신통치 않았다.

낮에는 득달같이 달려드는 왜구들 때문에 어선을 띄울 수 없었다. 강릉부에서는 고기잡이로 생계를 꾸려 가는 어민들에게 이렇다 할 대책을 마련해 주지 못하고 약간의 식량만을 배급하였다. 어민 중에서도 젊은이들은 병역(兵役)으로 차출되어 강릉부에 배속된 상태였다. 산천이 가물어 백성들이 아우성인데 곧 왜구들이 대규모로 해안가로 들이닥칠 거란 소문이 왜자했다.

"서방님, 요즘 밖에 나가면 곧 전쟁이 날 것이란 소문이 파다합니다. 강릉부가 불바다가 되고 백성들은 죽거나 왜구들에게 포로로 끌려갈 수 있다고 해요. 불안해 죽겠습니다."

"막쇠야, 소문은 소문일 뿐이다."

"서방님, 저기 *우계가 보이네요."

막쇠는 여러 사람과 있을 때는 이옥을 총관이라고 부르지만, 둘이 있을 때는 계속 서방님이라고 호칭했다. 막쇠가 저 멀리 아스라이 보이는 지역을 가리켰다. 우계는 강릉부에서 말을 달리면 한나절에 닿을 수 있는 곳이었다. 우계는 산과 바다를 모두 접하고 있고 해안가에서 보기 드물게 넓은 평지가 있어 농산물과 해산물이 풍부한 지역이었다. 특히, 강릉부에서 관할하는 여러 지역 중에서 오곡 생산이 많은 지역이라 왜구들의 출몰이 빈번했다. 지난해에 한 떼의 왜구들이 나타나 우계현 민가를 급습하여 여러 명의 백성이 죽거나 다치고 양곡 수십 석을 탈취당하기도 했었다.

이옥은 김구용의 지시에 따라 우계현으로 말을 달리고 있었다. 어제 우계 현령이 전령을 보내 왜구의 출현을 알려 왔었다. 그의 보고에 따르면 왜구가 탄 것으로 짐작되는 작은 배들이 우계 앞바다에 나타났다 사라지기를 반복하고 있었다. 김구용은 이옥과 막쇠만 파견하여 현장의 상태를 살피고 어떻게 대책을 세울 것인지 파악하게 했다.

* 우계(羽溪) - 강릉 남쪽에 있는 지역의 지명. 신라 때 삼척군에 속했으나, 고려 때 강릉에 속했다.

"서방님, 먼젓번에 왜구들이 서방님의 홍시(紅矢)에 무척 놀랐을 겁니다. 참으로 통쾌하고 신나는 일이었습니다. 저는 서방님의 홍시를 보면 기운이 저절로 납니다. 붉은 깃의 화살이 소리 없이 날아가 왜구의 이마나 가슴에 박힐 때 저절로 탄성이 나오곤 했지요. 서방님이 쏘는 애기살은 때에 따라 반원을 그리며 날아가니 귀신도 탄복할 지경입니다. 저는 서방님을 따라가기에는 한참 멀었습니다. 죽었다가 깨어나도 불가할 겁니다."

막쇠는 말을 달리면서 활 쏘는 시늉을 하기도 했다. 막쇠가 활을 잡기 시작한 시기는 이옥과 비슷했다. 이옥의 몸종 노릇을 하면서 틈이 날 때면 그도 이옥에게 활 쏘는 법과 검술을 배우곤 했다.

"스승님 덕분에 가능한 일이야. 너도 노력하면 된단다."

최호가 얼마 전에 이옥과 막쇠를 제자로 받아들인 뒤로 짬이 날 때마다 세 사람은 활터에서 습사를 했다. 이옥은 청허도인에게서 배운 궁술은 몸에 배어 있지만, 최호에게 배운 새로운 활쏘기 방식은 좀 더 습사가 필요하다고 느끼고 있었다. 이전까지는 직사(直射)만 쏘던 이옥이 궁깃 화살 쏘는 법을 익힌 것이다. 고려 군사들의 활은 보통 목궁이지만 이옥의 활은 흑각궁이었다. 흑각궁을 만들 때 활채에 사용되는 물소 뿔은 귀해서 고려에서 구하기 쉽지 않았다. 그는 아버지의 후광과 자신 또한 조정에서 무관으로 근무하고 있어 외지에서 물소 뿔을 들여오는데 어렵지 않았다. 흑각궁은 고려에서 최고의 명품이었다.

이옥은 김구용에게 강릉부 병사들이 사용하는 활을 보수해야 한다고 설득했다. 왜구들의 주 무기는 단병접전에 유리한 칼이었지만, 때에 따라서는 활도 사용하였다. 김구용은 흔쾌히 이옥의 청을 들어 주었다. 뿐만 아니라, 이옥의 주장을 받아들여 병사들이 사용하는 화살도 바꾸도록 했다. 최호는 활을 모두 개조하고 이옥의 활도 강도를 높였다. 이옥의 흑각궁을 해체하여 활채의 삼삼이에 쓰인 대나무를 제거하고 뽕나무를 덧댄 뒤 물소 뿔을 새것으로 바꾸었다.

또한, 안쪽에 붙어 있던 쇠심줄을 모두 제거하고 탄성이 뛰어난 것으로 교체하고 활시위도 더욱 단단한 것으로 교체하였다. 노련한 궁시장의 손을 거친 이옥의 활은 천하무적의 막막강궁이 되었다. 이옥이 개경에서 사용한 활은 주로 친목을 위한 용도였으나 이제는 왜구의 목숨을 노리는 살상용 병장기가 돼야 했다.

최호의 손을 거친 이옥의 활의 성능은 두 배 가까이 향상되었다. 보수를 마친 이옥의 활은 사거리가 크게 늘어 왜구들의 활을 훨씬 능가하였다. 이옥은 주로 보통 화살 길이의 절반밖에 안 되는 애기살을 *통아를 이용해 사용하였는데, 직선으로 날아가 백발백중하는 가공할 위력을 자랑하였다. 게다가 최호로부터 선물 받은 철궁은 궁깃 화살을 쏘는 데 탁월한 성능을 보여 주었다.

"얼마 전에 총관님께서 다녀간 뒤로 왜구의 출몰은 뜸한 편입니다. 총관님의 지시대로 매일 현의 모든 남녀노소가 궁사가 되기 위하여 연습을 게을리하지 않습니다."

* **통아(桶兒)** - 애기살을 쏠 때 사용하는 도구. 궁사의 자세를 안정되게 하고 정확성을 높여 준다.
* **안집별감(安集別監)** - 지방행정 조직 중 최말단인 현령보다 아래인 관리. 일명 감무(監務)라 불렀다.

이옥이 온다는 소식을 듣고 우계현의 *안집별감이 나타나 이옥에게 예를 갖추었다. 향리들이 이옥에게 깍듯하게 대하자 구경 나온 백성들도 이옥에게 고개를 숙였다. 그들은 이옥이 강릉부에 소속된 노비였다는 사실과 그의 가문이 신돈의 반역 사건에 연루되어 풍비박산 난 속사정도 알고 있었다. 또한, 그가 우계에 출동하여 왜구들을 사살했으니, 조정에서 곧 복권시킬 것이라 기대했다. 이옥은 강릉에 와서 처음으로 왜구를 소탕한 일을 떠올렸다. 올 초봄에 왜구들이 탄 배 두 척이 우계현 해안가에 나타났다는 급보를 받은 김구용은 이옥과 막쇠를 급파하였다. 강릉부에 소속된 군사가 왔다는 소식에 우계현감과 백성들은 기뻐하였다. 그러나 파견된 군사의 수를 보고 그들은 낙담하였다.

이옥과 막쇠는 각자 화살 오십여 발을 짊어지고 해안으로 접근하여 왜구들의 동태를 살폈다. 왜구들이 탄 것으로 의심되는 배 두 척이 해안가에 정박하더니 무장한 왜구 이십여 명이 해안에 내려 민가가 있는 방향으로 접근하기 시작하였다. 반면 우계현 안집별감은 이옥이 허풍을 떤다고 판단하고 관군들과 그의 뒤를 따랐다. 안집별감과 관군들은 여차하면 도망갈 궁리를 하고 있었다.

이옥과 막쇠는 해안 둔덕에 몸을 숨기고 있다가, 왜구들이 백오십여 보(步)쯤 왔을 때 이옥의 활이 붉은 깃이 달린 애기살을 날리기 시작했다. 눈 깜짝할 사이에 왜구 서너 명이 비명을 지르며 나뒹굴었다. 이옥이 정체를 드러내자 왜구들은 함성을 지르며 칼을 빼 들고 달려왔다. 이번에도 이옥의 활이 번개처럼 애기살을 날렸다. 왜구들이 추풍낙엽처럼 맥없이 화살을 맞고 쓰러졌다.

왜구들도 두 사람을 향해 화살을 쏘며 응전했으나, 번개처럼 자리를 이동하는 이옥과 막쇠를 제압할 수 없었다. 이옥의 애기살은 백발백중 목표물에 꽂혔다. 반원을 그리며 날아오는 애기살에 왜구 서너 명이 비명을 지르며 쓰러지자 나머지 왜구들은 혼비백산하여 도망치기 시작했다. 이옥과 막쇠는 사력을 다해 도망치는 왜구들을 뒤쫓아 애기살을 날렸다. 배에서 내린 왜구 스무 명이 *일각도 안 돼 전멸하고 말았다. 해안에 내렸던 왜구들이 모두 사살되자, 바닷가에 대기하고 있던 왜선(倭船)은 급히 남쪽으로 도망쳤다.

'이옥 총관은 하늘이 내린 신궁이로다.'

안집별감을 비롯한 관군들은 눈앞에서 벌어진 광경에 탄성을 연발하면서도 도저히 믿을 수 없었다. 왜구가 나타났다는 말만 들어도 도망칠 궁리부터 했던 관군들이었다. 관군들은 해안가로 달려가 쓰러진 왜구들의 상태를 살폈다. 이십여 구의 시신 중 열두 구는 목에, 나머지는 이마에 붉은 깃이 달린 애기살이 박혀 있었다. 관군은 사살된 왜구들의 목을 베어 해안가에 길게 장대를 세우고 걸어 놓았다. 그 일이 있은 뒤로 왜구들은 우계 지역에 나타나지 않았다.

우계 사람들은 이옥에게 '천수(天手)'라는 별명을 붙여 주었다. 하늘이 내린 명사수란 뜻이었다. 이옥의 첫 전과는 금방 강릉도 전체로 퍼져 나갔다. 우계 현령으로부터 보고를 받은 김구용은 그럴 줄 알았다며 고개를 끄덕거렸다. 이옥은 총관으로서 강릉부 병사들의 궁술 훈련을 시키는 와중에도 강릉도에 속한 지역을 돌아다니며 병사들에게 궁술을 지도했다. 그의 지도를 받은 병사들의 궁술 실력은 예전보다 몰라보게 향상되었다.

"천수님이다!"
"신궁님이 오셨다."

이옥이 안집별감의 안내를 받아 궁술

*일각(一刻) - 아주 짧은 시간으로 1시간의 1/4 정도.

을 익히는 병사들을 둘러보기 위해 자리를 옮겼다. 활터에 이옥이 나타나자 병사들이 우르르 몰려들었다. 이옥을 처음 보는 병사들은 소문으로만 듣던 신궁을 보고 호기심과 경외심으로 그를 대하였다.

"활은 손으로 쏘는 것이 아니라 마음으로 쏘는 겁니다. 반드시 맞히겠다는 마음이 없으면 열 발자국 앞에 있는 적도 맞힐 수 없습니다. 자신과 활 그리고 화살이 일체가 되지 않으면 목표한 바를 맞힐 수 없습니다. 궁사가 활을 잡고 시위를 당긴 후 숨을 멈추고 과녁을 응시합니다. 목표와 화살과 궁사의 마음이 일직선에 놓였다고 판단될 때 자신도 모르게 화살이 날아갈 것입니다. 이때 날아가는 것은 화살이 아니라 궁사의 마음입니다."

이옥의 말을 얼른 이해하지 못한 병사들은 고개를 갸우뚱거렸다. 이옥은 활을 잡고 직접 시범을 보이기로 했다. 그가 화살을 시위에 먹인 다음 과녁을 노려보았다. 이옥을 바라보는 병사들은 숨을 죽이고 화살 끝을 응시하였다. 이옥의 눈은 매의 그것과 다를 바 없었다. 한 발, 두 발, 세 발이 정확히 과녁에 꽂히자 병사들은 환호성을 질렀다. 이옥과 막쇠는 이틀간 우계현 관아에 머물며 궁술 지도를 하고 해안에 은밀하게 설치된 진지를 둘러보았다. 이옥이 우계현에서 돌아오자 김구용이 급히 그를 불렀다. 김구용 안렴사 주재로 긴급회의가 진행되고 있었다. 안렴사를 비롯한 부사와 군관, 아전들의 안색이 굳어 있었다. 이옥이 집무실로 들어가자 부사와 다른 군관들은 목례로 이옥을 대했다.

"동계 병마사(兵馬使)로부터 긴급한 연락이 왔는데, 곧 왜구들의 대규모 공세가 있을 것 같다고 하네. 지난번 그놈들이 우계에서 자네에게 혼쭐이 난 뒤로 한동안 잠잠하더니 또다시 준동할 조짐이 있다고 하니 걱정이네. 지금 그에 대비한 회의를 하는 중일세. 이 총관이 우계로 가면서 나에게 건넨 외적 방어계획을 대충 전파하였네. 하지만 이해가 안 가는 부분에 대한 질의에 대해서는 나 역시 병법에 조예가 깊지 못해 어려운 점이 있네. 이옥 총관이 외적 방어계획 방향을 말해 주게."

"안렴사님, 그 계획안은 좀 더 손을 봐야 합니다. 기본 안(案)을 보여 드린 것은 안렴사님의 의견을 듣고 보강하려고 했던 것입니다."

"내가 보기에는 괜찮은 듯한데?"

"소관이 두 분과 협의하여 수립한 강릉부의 외적 방어계획은 현장을 확인해야 하는 문제와 병법의 적용 등 연구할 것이 남아 있기에 며칠의 기간이 더 필요합니다. 계획이 완결되면 세밀하게 알려 드리겠습니다."

"우계의 현재 형편은 어떤가?"

김구용이 이옥에게 우계의 상황을 물었다. 이옥은 김구용에게 우계에서 보고 들은 바를 빠짐없이 보고하였다. 그의 보고를 듣는 중에도 김구용은 고개를 끄덕거리며 이옥에게 무한한 신뢰를 보내고 있었다. 이옥은 말로 보고를 마치고 왜구의 침입에 대비한 자신의 생각을 말하고자 했다.

"안렴사님께 할 말이 있으면 말해 보게."

김구용의 눈치를 보고 있던 안종원이 이옥을 보고 말했다.

"소관의 생각을 아뢰겠습니다."

손자는 '지피지기백전불태(知彼知己百戰不殆)', 적을 알고 나를 알면 백번 싸워도 위태롭지 않고, '부지피이지기일승일부(不知彼而知己一勝一負)', 적을 모르고 나만 알면 한 번 싸우고 한 번 지며, '부지피부지기매전필패(不知彼不知己每戰必敗)', 적도 모르고 나도 모르면 싸울 때마다 진다고 했다.

그동안 왜구의 침범 사례를 살펴볼 필요가 있다. 이십여 년 전인 충정왕 재위 초기부터 왜구가 본격적으로 우리 고려를 침범하기 시작했다. 왜구들이 강화현을 침구했을 때 칠백여 명의 기병과 이천여 명의 보병이 동원되었다. 그때 왜구들은 삼백여 명의 강화현 백성들을 죽이고 쌀 사만 석을 약탈했었다. 왜구의 최대 병력이 삼천여 명이 된다는 가정에 따라 강릉부도 비슷한 수의 기병과 보병을 확보해야 왜구와 싸워도 승산이 있을 것 같았다. 현재 강릉부의 군사를 더 확충하고 군부를 재편해야 한다. 이옥이 열변을 토하고 나서 강릉부 외적 방어계획의 핵심을 꺼내려 했다.

"이 총관, 그 일은 나와 별도로 만나서 의논하세."

김구용은 군관이나 아전 가운데 혹시 왜구나 다른 지역에 연결된 자가 있을지도 모른다고 판단하고 서둘러 회의를 끝냈다. 강릉부 군사와 백성들의 목숨이 달린 외적 방어계획을 세세한 내용까지 공개할 필요는 없었다.

"나나 안 부사나 서재에 앉아 붓방아만 찧던 사람들이라 전투나 전쟁 같은 사태를 맞으면 허둥대기만 할 뿐일세. 다행히 지금까지 소규모로 동해안을 넘보는 왜구들을 자네가 격퇴해 평온을 유지하고 있네만, 병마사의 전언대로 왜구가 대규모로 침입할 경우 어찌 그들을 격퇴해야 할지 막막할 따름이네. 그래서 내가 부사와 자네만 따로 불렀네. 조속히 외적 방어계획을 완성해 놓고 동계 병마사와 양광도, 교주도 안렴사들에게 협조를 구해야 하네."

김구용은 저녁 식사를 겸해서 이옥과 부사 안종원을 임영관으로 불렀다. 푸짐하게 차려진 음식과 술이 후각을 자극하였다.

"안렴사 나리, 부사 나리 그리고 이옥 총관님을 모시게 되어 영광입니다. 지금은 업무가 끝난 시각이오니 한잔 하시면서 말씀 나누시기 바랍니다."

"선우야, 나나 부사는 개경에 임자가 있는 몸이니 아쉬울 게 없다마는 이 총관은 현재 총각이나 다름없으니 앞으로 잘 모셔야 한다."

"안렴사 어른의 명을 받잡겠습니다."

지난해 이옥이 뱀에 물린 사건으로 두 사람은 마음을 나누는 사이가 되었지만 공적인 자리에서는 극도로 조심했다. 김구용도 선우가 이옥을 마음에 두고 있다는 사실은 눈치채고 있었다. 강릉부에서 공식적인 행사가 있으면 사소한 일이어도 관기들은 함께 참여하여 분위기를 띄워야 했다. 그때마다 선우는 늘 이옥의 곁에서 맴돌았다. 하지만 이옥이 총관이 되면서 그녀는 남을 의식하거나 타인의 시선을 더욱 예민하게 받아들였다. 선우는 김구용과 안종원 잔에 술을 가득 따랐다.

"이 총관도 한 잔 받으시게."

이옥이 잔을 바닥으로 내려놓자 안종원이 눈치를 주었다. 그러나 아무리 업무가 끝난 시각이라지만 이옥은 자신이 관노라는 사실을 망각하면 안 되었다. 김구용에 의해 총관이 되었다고 해도 나라에서 정식으로 면천(免賤) 조치를 내리지 않는 한 이옥은 여전히 관노였다.

"소관은 감환 기운이 있어서 술을 멀리하고 있습니다."

안종원은 더는 이옥에게 술을 권하지 않았다. 아무리 두 사람이 구연(舊緣)이 있다고 하여도 염연히 지위 고하의 규정이 있기에 이옥은 술을 자제했다. 이옥은 김구용에게는 마음을 놓았지만, 나이 많은 안종원은 내심 경계하였다.

"아프지 말게. 타관에서 아프면 그것만큼 서러운 게 없네. 우리 개경에 있을 때처럼 허심탄회하게 이야기를 나누어 보세."

"소관은 두 분과 자리를 함께하는 것만으로도 큰 영광입니다."

이옥은 자신을 한껏 낮췄다. 옛일은 그냥 허망하고 신기루일 뿐이었다. 김구용, 안종원, 이옥의 가문은 품격이나 위상 등이 비슷했다. 하지만 지금은 국록(國祿)을 먹는 두 명의 고위 관리와 총관이 된 관노의 사이일 뿐이었다.

"왜의 열도는 지금 남북으로 나뉘어 각축을 벌이고 있네. 다이묘들은 각자도생하며 살기를 도모하고 있지. 내 생각으로는 왜구들이 요즘 들어 빈번하게 출몰하는 이유가 바로 다이묘들의 부침과 연관이 있다고 보네. 특히, 남조의 세력과 각축을 벌이고 있는 케이혼쓰 집단이 가장 위험하다고 보고 있네."

김구용이 술잔을 비우며 수염을 쓸어내렸다.

"안렴사께서 바로 보셨습니다. 케이혼쓰 가문은 대마도를 오랫동안 통치했습니다. 그런데 지금은 그의 둘째 아들 마코지로[孫二郞]가 당주가 되어 활약하고 있다고 합니다. 그자는 아비보다 정치적 역량이 많이 떨어지기는 하지만 상당히 잔인하다고 들었습니다. 저는 아무래도 그자가 걱정입니다."

안종원도 왜구가 빈번하게 출몰하다 보니 자연히 왜국의 정치 판도에 신경을 쓸 수밖에 없었다.

"두 분께서 왜국의 정세를 훤히 알고 있으니 다행입니다. 우리는 마코지로에 대하여 좀 더 상세하게 알아야 할 필요가 있습니다. 소인도 개경에 있을 때부터 케이혼쓰 부자에 대하여 들은 바가 있고, 특히 그 가문이 대마도를 통치하고 있다는 사실에 주목해 왔습니다. 고려에 출몰하는 왜구들은 케이혼쓰 가문이 뒤에서 사주하며, 대마도를 기점으로 활동하는 게 틀림없을 듯합니다. 안렴사 어른께서 개경에 전령을 보내 왜에 대하여 자세히 알고 있는 분에게 자문해 보는 게 어떠신지요?"

이옥이 조심스럽게 두 사람의 눈치를 보며 의견을 말했다. 이옥의 의견에는 잘못된 게 없었다. 김구용이 알고 있는 대마도와 그 지역을 통치하고 있는 왜의 군벌들에 관한 것들이 어쩌면 너무 피상적이라 외적을 효율적으로

첫 임무를 수행하다 301

방어하는 데 아무런 도움이 안 될 수도 있었다. 이옥의 의견에 김구용과 안종원은 고민이 깊어졌다.

"총관님 말씀이 맞는 거 같아요. 소인이 비록 아녀자이지만 전장에 임하기 전에 적을 알고 대책을 세우면 승산이 있을 것 같습니다."

대개의 고관대작 자제들은 예의가 없고 거만하며 백성들을 우습게 보는 경향이 있었다. 그러나 이옥은 관노가 되어 겸손한 것이 아니었다. 그의 언동에는 항상 겸손이 습관처럼 배어 있었다. 이옥의 그러한 심성이 다른 고관의 자제들과 차이가 날 뿐만 아니라 그를 한층 더 고고한 인물로 보이게 했다.

"선우가 이 총관이 강릉부에 배속된 뒤부터 생기가 넘치는 것 같구나."

안종원이 이옥과 선우를 번갈아 보며 말했다. 그는 두 사람의 다정한 사이를 질투하는 것 같았다. 아무에게나 함부로 마음을 주지 않는 선우였다. 안종원도 강릉부 부사로 부임한 뒤로 선우의 마음을 얻어 보려고 무던히 애를 쓰고 있던 차였다. 그런데 부사의 은근한 구애에도 전혀 반응이 없던 그녀가 이옥에게는 스스로 다가가 호의를 보이니 안종원은 낙담할 수밖에 없었다. 아무리 고관의 벼슬아치라도 선우의 마음에 들지 않으면 퇴짜 맞기 십상이었다.

"이 총관은 어려서 나와 동문수학한 사이란다. 지난해 여름 아무도 막을 수 없는 태풍이 휘몰아치는 바람에 신분이 격하되어 여기까지 왔지만, 고귀한 장상(將相)의 씨앗이 틀림없다. 네가 이 총관을 잘 보살펴야 한다. 졸지에 어머님과 부인, 자식 그리고 형제들까지 노비가 되어 전국에 뿔뿔이 흩어졌으니 그 심정이야 오죽하겠느냐?"

김구용이 선우에게 넌지시 이옥의 처지를 강조하였다. 지난해 이춘부가 신돈과 연계되지 않았더라면 이옥은 지금쯤 자신보다 더 높은 벼슬을 하고 있을지도 모를 일이었다. 임금에게 신묘한 궁술을 선보여 말과 황금 안장을 하사받았으니 앞날은 보장받은 것이나 다름없었다. 실제로 이옥은 용둔야 행사 이후로 정4품에 해당하는 병부시랑(兵部侍郎)에 승차할 예정이었다. 하지만 신돈의 일이 터지면서 승차는 물거품이 되고 말았다. 김구용 역시 지난해 초까지만 해도 자신이 강릉도안렴사가 되어 강릉으로 올 줄은 전혀 예상하지 못했다.

"안렴사 어른, 부사 어른! 총관님을 그리 아끼시니 제가 오히려 고마울 따름입니다. 두 분의 뜻에 따라 소인이 총관님을 잘 보필하겠습니다."

이옥은 선우의 말에 깜짝 놀랐다. 여인이 남자를 보필한다는 게 무슨 뜻인가? 이옥은 눈앞이 아찔한 상태가 되어 무슨 말을 해야 할지 몰랐다. 혹시나 김구용이나 안종원이 자신과 선우의 은밀한 관계를 눈치를 채고 있는 게 아닌지 걱정이 되기도 했다. 선우가 가까이 다가올수록 이옥은 자꾸만 뒷걸음질치듯 하였고 마음이 무거웠다. 선우의 말에 이옥은 얼굴이 화끈거렸다. 늦게까지 술자리가 이어졌다. 그러나 이옥은 나이 많은 안종원과 함께 있는 것이 편치 않았다. 김구용과 안종원이 불콰할 때까지 이옥은 가시방석에 앉아 있는 기분이었다. 술자리가 파하고 나서 선우가 이옥의 처소로 찾아갔다.

"총관님, 이것은 지난번 주신 속옷입니다. 그리고 이것은 봄옷 두 벌입니다. 겨우내 입다시피 한 동복은 이제 벗고 이 옷으로 갈아입으세요. 혹시 제가 술자리에서 한 말 때문에 마음 쓰시는 거는 아니시죠? 일부러 그리 말했어요. 그래야 그 두 분이 저에게 미련을 두지 않죠."

선우가 배시시 웃었다. 이옥은 선우가 일부러 그리 말했다는 것에 놀라고 있었다. 그녀가 영악하기도 했지만, 다른 한편으로는 자신에게 적극적으로 다가오려는 선우의 성정에 경외심마저 일었다. 이옥은 아직도 지난 늦가을에 선우가 선사한 옷을 입고 있었다. 위에 겉옷처럼 베로 된 상복을 입는 것으로 방한복을 대신하면서 겨울을 보낸 것이었다. 동복 두 벌로 겨울을 보낸 이옥은 옷을 입을 때마다 선우에게 마음속으로 고마워했다. 그런데 아침저녁으로 훈훈한 바람이 불어오자 그녀가 다시 봄옷을 가져온 것이었다. 개경을 다녀온 막쇠가 난희에게 받아온 봄옷도 있지만, 이옥은 차마 그 옷을 입지 못했다. 어쩌면 그가 강릉부에 있는 동안은 입을 수 없을 것 같았다.

- 중권에서 계속 -